関西学院大学研究叢書　第197編

「眼」から「薔薇」へ

F.H.ブラッドリー哲学から読み解く
T.S.エリオットの自意識の変容

岡田弥生
Yayoi Okada

関西学院大学出版会

「眼」から「薔薇」へ

F. H. ブラッドリー哲学から読み解く
T. S. エリオットの自意識の変容

iv

目　次　　iii

凡　例　　vi

序章 1

第Ⅰ章 「J. アルフレッド・プルーフロックの恋歌」における眼 25

自己の眼に糾弾されるプルーフロック＝エリオット

「J. アルフレッド・プルーフロックの恋歌」への道　　25

F. H. ブラッドリー哲学への道　　45

ブラッドリー哲学から読み解くプルーフロック＝エリオット　　51

第Ⅱ章 『荒地』における眼 59

独我論と罪意識

『荒地』への道　　59

『荒地』を巡って　　109

「有限の心の中心」と「モナド」　　117

第Ⅲ章 『うつろなる人々』と、『聖灰水曜日』 127

新たな視点としての薔薇の出現

薔薇の予兆　　127

ブラッドリーからアンドリューズへ　　138

薔薇の出現　　164

第IV章　『四つの四重奏』とブラッドリー哲学............189
　　　　火の苦しみと恩寵の薔薇

　　「バーント・ノートン」　192
　　「イースト・コウカー」　204
　　「ドライ・サルヴェイジェズ」　220
　　「リトル・ギディング」　230
　　ブラッドリー哲学の帰着　248

第V章　苦しみの意味.................................263
　　　　実在を求めて

　　『岩』　264
　　『大聖堂の殺人』　270
　　『一族再会』　277
　　『カクテル・パーティ』　290
　　『秘書』　299
　　『長老政治家』　314
　　評論においても　326
　　エリオットの終幕　332

　　　　注　　　343
　　　　参考文献　367
　　　　年　表　379
　　　　あとがき　387
　　　　索　引　391

vi

凡　　例

* 省略記号は以下に記す表記を用い、後に続く数字は原作のページ数を表す。
* 数字は、聖書の引用などを除いて、原則としてアラビア数字を用いる。
* 原則として公表されている範囲で初出の主要人物の生没年、および書名の出版年を（　）で示した。
* 詩の題名に関して日本語は「　」、英語は" "表記とした。
* 原典が翻訳されている場合は「参考・引用文献目録」の原典の後に併記した。これらの翻訳本は必要に応じ参照し利用した。

［省略記号］
Bradley, F. H.

AR： *Appearance and Reality*. Oxford: Clarendon Press, 1893. London: Swan Sonnenschein, 1908.

CE： *Collected Essays*. Vols. 1–2. Oxford: Clarendon Press, 1935. Bristol: Thoemmes Press, 1999.

ES： *Ethical Studies*. 1876. Oxford: Oxford UP, 2006.

ETR： *Essays on Truth and Reality*. 1914. Oxford: Clarendon Press, 1962.

Eliot, T. S.

CC： *To Criticize the Critic and Other Writings*.1965. London: Faber and Faber, 1978.

CPP： *The Complete Poems and Play of T. S. Eliot*. London: Faber and Faber, 1969.

KE： *Knowledge and Experience in the Philosophy of F. H. Bradley*. London: Faber and Faber, 1964. New York: Farrar, Straus, 1964.

NT： *Notes towards the Definition of Culture*, 1948. London: Faber and Faber, 1962.

OPP： *On Poetry and Poets*. 1957. London: Faber and Faber, 1986.

SE： *Selected Essays of T. S. Eliot*. 1932. London: Faber and Faber, 1986.

SW： *The Sacred Wood: Essays on Poetry and Criticism*. 1920. London: Methuen, 1966.

UPUC： *The Use of Poetry and the Use of Criticism,* 1933. London: Faber and Faber, 1980.

WF： *The Waste Land: A Facsimile and Transcript of the Original Drafts*. Ed. Valerie Eliot. London: Faber and Faber, 1971. New York: Harcourt Brace Jovanovich, 1971.

序章

　20世紀を代表する詩人の1人T. S. エリオット（T. S. Eliot, 1888, Sep. 26–1965, Jan. 4）は、第1次、第2次世界大戦と続く騒然とした世にあって、「時の静止点」（'the still point of the turning world,'）を求め、「永遠にして必然的な真理についての認識—ヌース」（'a knowledge of eternal and necessary truths—νοῦς,' "Leibniz' Monads and Bradley's Finite Centres," *KE* 193）へと至る道を希求した。「その生涯において、エリオットほど、綿密な調査の対象とされ、著した言葉の意味について考察されてきた人はいないだろう」とマシューズ（T. S. Matthews, 1901–91）は記しているが、エリオットの著作には焼印を押したように彼自身の人生が反映されている。「自分自身の個人的な、私的な苦悩を貴重で未知なものに、普遍的で非個性的な何ものかに昇華させようとする——およそ詩人にとって唯一の生きがいといえる——この激しい苦闘」（"Shakespeare and the Stoicism of Seneca," 1927, *SE* 137）とエリオットが呼ぶ、自意識（'self-consciousness'）の変容を作品において読み解き、エリオットの真髄に迫るのが本書の目的である。

　もとより哲学、神学、文学、文化論とエリオットの中にあまりに多くの才能が混在しているために、エリオットの世界を読み解くことは容易ではない。1927年イギリス国教会（Church of England）改宗後、「文学においては古典主義者、政治においては王党派、宗教においてはアングロ・カトリック」とその公的立場を鮮明にしたが、エリオットは死後も自らの私生活が暴かれるのを嫌った。しかし、「いかなる詩人も、またいかなる芸術家も、それだけ

で完全な意味を持つものはない。その意義、その評価は、過去の詩人や芸術家たちに対する関係の評価にほかならない」と「伝統と個人の才能」("Tradition and the Individual Talent," 1919, *CPP* 15) で伝統を重んじたエリオットではあったが、その作品において真のエリオット像を吐露してきたのも事実である。

　エリオットを読み解く鍵は 1927 年、自ら詩人であり、オックスフォードのウォスター学寮のチャプレン (chaplain of Worcester College) としてエリオットの洗礼を執り行ったウィリアム・フォース・ステッド (William Force Stead, 1884–1967) に宛てた以下のエリオットの言葉に手がかりを見いだすことができるかもしれない。

　　　長年培ってきた持論ですが、通常の詩の題材と宗教的な詩の狭間に、現
　　　代の詩がまだ探求しきれていない重要な分野がある。それは神を求める
　　　人間の経験であり、神的目標に関する、より強烈な自己の思いを自らに
　　　説明するものといえる、『聖灰水曜日』(*Ash-Wednesday*, 1930) において試
　　　みたようなことです。[5]

　エリオットは「若いころの評論では、芸術における非個性 (impersonality) を強調していたが」("Yeats," 1940, *OPP* 255)、「詩人はすべて自分自身の感情から出発する」(*SE* 137)、また「芸術作品の創造、あるいは劇の登場人物の創造には、作者の個性、もしくはより深い意味で、作者の生命を登場人物に注ぎ入れる過程がある」("Ben Jonson," 1919, *SE* 157) と述べ、「個人的経験の深淵から語る詩人は真理を語る」[6] と述懐しているように、まさに長年にわたるエリオットの詩の意図はゴードン (Lyndall Gordon, 1941–) の言葉を借りれば、「霊的自伝」('spiritual autobiography') を書くことだったと言っても過言ではないと思われる。[7] そこに作り物ではない、胸を突き刺すようなエリオット自身の声を聴く。

　エリオットは「今」('now') そして「ここ」('here')、[8] という言葉をよく用いているが、特定の時代に、特定の場所で生を受けた作者が渾身の真実を込めて著したものが文学作品であると考えるとき、やはり詩人の生涯における伝

記的背景を無視することはできない。

　前述したように、私生活を語ること、それを他人から詮索されることを拒み、伝記が書かれることも望まなかったために、長い間エリオットの伝記に関しては一種の禁制が引かれていたような状態が続き、その作品から詩人像を読み取るしかなかった。しかし、次第にエリオット夫人に許可された伝記が現れ始め、本書においてはいくつかの優れた伝記を手がかりとすることができた。たとえばアメリカ出身で、エリオットの近くに生き、宗教的関心をエリオットと同じくした長年の知己センコート（Robert Sencourt, 1890–1969）の『T. S. エリオット——想い出』（*T. S. Eliot: A Memoir*, 1971）[9]をまず挙げることができる。

　またアメリカ中西部に生まれ、東部の大学を卒業後イギリスに移住し、アングロ・カトリックとなり、イギリス女性と結婚したジャーナリスト、トーマス・スタンリー・マシューズの『評伝 T. S. エリオット』（*Great Tom: Notes Towards the Definition of T. S. Eliot,* 1974）がある。その末尾には、「筆者の育ちと背景と伝統遺産とが彼［エリオット］と似たところがあるということだけを頼りに、誰にも確信など持てるはずのない——時には本人すら持てぬ部分のある——思想や感情について、おこがましくも推量をたくましくしたことに対して」[10]と謝罪めいた言葉を述べるほどマシューズはエリオットの人生に肉薄している。銘記すべきはエリオット自身 1956 年頃ある意味それを容認するような言葉を残していることである——「私は、故人となった詩人の個性や私生活は、心理学者の踏み込んではならない聖域だなどというつもりなどはありません。科学者たるものは、その好奇心の赴くままに、探求したい素材を研究する自由を持っていなければなりません。少なくともその犠牲者が故人であり、かつまた、名誉棄損の法に照らして中止を求められるようなことのない限りにおいてではありますが。詩人の伝記を書いてはならないという理由などまったくないのです。ある人間の作品に重大な関心を持っている批評家なら、その人間の生涯についても、当然何がしかは知っているものと考えてしかるべきでしょう」（"The Frontiers of Criticism," *OPP* 111）と述べている。

　さらにイギリス詩人にしてジャーナリストのスティーヴン・スペンダー（Stephen Spender, 1909–95）の『エリオット伝』（*Eliot,* 1975）がある。訳者あと

がきにあるように、エリオットとは 21 歳の年齢差があり、20 歳のスペンダーがエリオットに初めて自作の詩を読んでもらった時からある意味 2 人は師弟関係にあった。ロマン派特有の主観的想像力の尊重や、1930 年代には共産主義になるなど社会への積極的な参与はエリオットとは異質であったが、年齢を重ねてゆくうちにスペンダーはエリオットの精神的世界にも理解を向け始め、ある種の共感に基づく独特の『エリオット伝』[11]が纏められる結果となった。

　また前述したイギリス在住の伝記作家ゴードンは、『エリオットの若き日々』(*Eliot's Early Years,* 1977)、『エリオットの新生』(*Eliot's New Life,* 1989)、『T. S. エリオット——不完全な生涯』(*T. S. Eliot: An Imperfect Life,* 1998) などエリオット伝を重ねている。

　さらに、「その生涯と著作との関係の解明」を意図し、アンビヴァレントな巨人の《詩と真実》を見事に描破しているとして、1984 年度ウィットブレッド賞 (Whitbread Biography Award) を受賞したイギリス人批評家アクロイド (Peter Ackroyd, 1949–) の『T. S. エリオット』(*T. S. Eliot,* 1984) も貴重な情報源である。「エリオットの天才の複雑性を十二分に明示し、彼の生涯と作品との間の有機的統一を論証している優れた伝記であり、エリオットの伝記に関して本書を超えるものはしばらく出現しないであろう」[12]と『サンデー・タイムズ』(*Sunday Times*) は記している。そのほかにも参考文献は数多くあるが、これらを参照し、エリオットの自意識の変容を読み解いていきたい。問題の根はすでに幼少期にみることができる。

　まずはその生い立ちである。トマス・スターンズ・エリオットは、1888 年 9 月 26 日、セントルイス (St. Louis) ロカスト通り (Locust Street) 2635 番の祖父の所有であった敷地内に建てられた邸宅に生まれた。父ヘンリー・ウェア・エリオット (Henry Ware Eliot, 1841–1919)、母シャーロット・シャンプ・エリオット (Charlotte Champe Eliot, 1843–1939) の第 7 番目の子供であり、兄と 5 人の姉を持つ末っ子であった。長女エイダ (Abigai Adams Eliot, 1869–1943) とは 19 歳も隔たっていた。エイダによるとエリオットは「用心深く、利発で、控えめで、いたずら好きな子供」[13]であった。また第 6 子のシオドーラ (Theodora Sterling Eliot, 1885–86) が夭折したので、すぐ上の兄ヘンリー・ウェア (Henry

Ware Eliot, 1879–1947）とは9歳も年齢が開いていた。ヘンリーはエリオットの良き理解者であり、エリオットの最初の妻ヴィヴィアン（Vivienne Haigh-Wood, 1888–1947）も彼を慕っていた。

　エリオットは人生の初めの16年間をセントルイスで過ごした。セントルイスは開拓時代の繁栄の面影があるアメリカ中西部の中心地であり、フランス、アメリカ南部、ニューイングランド、そしてドイツ文化が混じり、早くから弁証法的歴史の発展を唱えるヘーゲル主義が根付いていた。セントルイスで育ったことをエリオットは誇りとしていた。[14]セントルイスはまたエリオットの詩の舞台としても登場するミシシッピー川に面しており、エリオットは幼少期を思い出すと 'the river is within us …' ("The Dry Salvages," *CPP* 191)など、いつもミシシッピー川の様子と流れのリズムを思い起こしていた。また6歳のころアイルランド系の子守女アニー・ダン（Annie Dunne）とロカスト通りとジェファソン・アヴェニュー（Jefferson Avenue）の角にある小さなカトリック教会に通って彼女が祈っていたこと、そして彼女と神の話をしたことをエリオットは記憶している。

　　その16年間、今では取り壊されてしまったが、ロカスト通り2635番にあった家で過ごした。この家は祖父の所有であった広い土地に建てられており、祖父の時代には黒人の住居がその敷地内にあった。私の子供時代、祖母はまだワシントン・アヴェニュー2660番にあった家に住んでおり、それはちょうど角を曲がったところにあった。両親以外で私が覚えている最も初期の人間的な影響は、アニー・ダンというアイルランド人の子守女であり、私は彼女に非常になついていた。彼女は私をヴァンドゥヴェンター広場（Vandeventer Square）の少し先にあったロックウッド夫人の学校（Mrs Lockwood's）へ付き添ってくれた。川岸も私に深い印象を与えていた。水量が増したとき、イーズ橋（Eads Bridge）に連れて行ってもらうのはとても大きな喜びだった。……私は中年になるに従って、幼いころの連想の力と印象の強烈さが一層鮮明になってきて、ずっと昔に忘れられたと思っていた多くの些細な事柄が、再びよみがえってくるのである。たとえば当時ロカスト通りとジェファソン・アヴェニューの

角に立っていた小さなカトリック教会に、私の子守女がお祈りに行く
際、一緒に連れていってくれたこと、私がフォレスト・パークで写真を
撮った春のすみれといかにも貧弱な野牛、新年に汽笛を鳴らす蒸気船な
どである。[15]

　エリオットは後にはアメリカを去ってイギリスに帰化したが、ヴィヴィア
ンとの別居直前、ハーヴァード大学講演の合間、1933 年 1 月（1919 年の父の
死以来 14 年ぶり）にセントルイスに戻って、講演「シェイクスピア批評研究」
("The Study of Shakespeare Criticism") を行った。その後もエリオットは時節
セントルイスの家族を訪ねており、少年時代の場面に新たなひらめきを与え
た。そしてそれらは、詩と散文の印象的な箇所に反映されている。
　晩年、人生で幸福な時期は 2 つしかなく、それは幼児期と第 2 の結婚生活
であったとエリオットが述べたといわれるが、[16] セントルイスで過ごした幼少
期はいわばエリオットの楽園期であった。ちなみにもう 1 つの幸福な時期で
ある第 2 の結婚において 1958 年秋、妻ヴァレリー（Valerie Fletcher, 1926–
2012）を伴って、セントルイスを訪れている。
　先祖を辿れば、ヘースティングズ（Battle of Hastings, 1066）の征服者の 1 人
ウィリアム・ド・アリオット（William de Aliot）を輩出した由緒ある家系であ
り、[17] 1670 年ごろカルヴィニストであるアンドルー・エリオット（Andrew Eliot,
1627–1703）が、サマセットのイースト・コウカー（East Coker）を出てアメリ
カに渡り、マサチューセッツ州ビバリー（Beverly）に移り住んだ。アンド
ルーは州の行政委員に選出され、町のタウン・クラーク（町役場書記）となっ
た。（それから 4 代目にあたる）エリオット家で最初に牧師となったノース・
チャーチの牧師アンドルー・エリオット（Rev. Andrew Eliot, 1718–78）は、ハー
ヴァードの学長に選出された後も牧師であり続けた。
　祖父、ウィリアム・グリーンリーフ・エリオット（William Greenleaf Eliot,
1811–87）はボストン出身で、1831 年ハーヴァード神学校を卒業すると、当
時カトリック教徒が多く住むフランス系の町セントルイスに移り、妻ととも
に、ユニテリアン教会を設立した。
　近代のユニテリアン主義は 16 世紀のイングランドおよびハンガリーにお

いて、反三位一体論的キリスト教として成立した。プロテスタントの一派であるが、イエス・キリストの神性を認めないことが特徴である。父なる神、子なる神イエス、聖霊なる神の三位一体を基本信条とする正統派といわれるキリスト教からみれば異端と見なされる。

　アメリカ合衆国はユニテリアン派にとって最も豊かな土壌になり、合理主義と人道主義の代表的系譜を形成してきた。[18]ユニテリアニズムはイエス・キリストを手本とし、啓蒙された良心に統制される限り、人間には進歩の可能性があると考えた。そのため、厳しい倫理基準を課し、立派な仕事を信頼し、権威ある制度、諸施設に敬意を払い、公務や倹約を重視した。エリオットはその特徴の1つを「感情的慎み」（'a kind of emotional reserve'）[19]と表現しているが、まじめで誠実を心がけた。社会的関心を強調し、カルヴァン派が強調した予定説や永罰を否定しているため、ユニテリアン派はアメリカの商業階級維持にまさにうってつけの楽観主義と社会進歩の理念を提供した。

　しかしながらユニテリアニズムが、人間中心主義を徹底させ、エマソン（Ralph Waldo Emerson, 1803–82）らの超絶主義となりアメリカン・ルネサンスへの動きと結びついた時、逆にユニテリアニズムに、カルヴァン主義的な信仰への回帰があった。そのためグリーンリーフのユニテリアニズムはキリストの神性を否定するものではなかった。

　グリーンリーフは教会設立3年後にワシントンに赴き、ユニテリアン派の倫理的博愛主義信仰をもとに広範囲な社会活動を行った。ワシントン大学創設にも助力し、1872年総長となった。彼は奴隷廃止論者でもあり、南北戦争においてミズーリ州を北軍に加担させることに尽力した。そしてグリーンリーフにあっては義務感が常に意識の筆頭にあった。

　「再生」（"Regenerataion," 1853）と題する説教の中で、グリーンリーフはまず「ヨハネによる福音書」3章6–7節——イエスはお答えになった。「はっきり言っておく。だれでも水と霊とによって生まれなければ、神の国に入ることはできない。肉から生まれた者は肉である。霊から生まれた者は霊である」——を引用し、ユニテリアン派は、信仰による即時の奇跡的変化は信じないが、堕落する人間の生活が高みに向かうという顕著な変化は信じると述べる。しかし人が人類の一員として生まれたこと自体、再生を必要とする腐

敗した性質を受け継いでいるとする「ローマの信徒への手紙」5章12–21節などに基づく原罪と人間の全的堕落は削除されるべき教義であるとする。[20]

　グリーンリーフによると「原罪」の教義も、時代とともに意味合いが変化し、次第に「生来の不完全さ」（'original imperfection'）の意味で用いられているという。人間は確かに、悪をなす不完全な存在ではあるが、善への志向、真理と純潔を愛する性質が付与されている。人間性が根本から変化することはなく、内的にも外的にも動機が浄められ変化する。それがキリストに従うことであり、個々人によって異なる成長である。霊的な事柄に関しては神の助けなくしては成り得ないが、神はわれわれを通して働かれるのである。ゆえに人間がこの世でなすべきは「ヨハネの手紙Ｉ」3章7節──「だれにも惑わされないようにしなさい。善を行う者は、御子と同じように、正しい人です」──に従い、善を追い求めることであると述べる。[21]

　エリオットが生まれる前年に亡くなっているが、エリオットの言葉から彼がセントルイスのユニテリアン派の影響を生涯意識していたことがうかがえる。[22]

　　　私たちにとっては、教会とはユニテリアンのメシア教会（Unitarian Church of the Messiah）であり、当時、父と祖父母の家から数ブロック西のところにあるロカスト通りに位置しており、都市とはセントルイスのことであり──それはオリーヴ通りの路面電車の終点、フォレスト・パークに接する一番端の地域であった──当時子供の私には、そこから未開の西部が始まるのであった。[23]

　グリーンリーフには14人子供がいたが、成人にまで達したのはそのうち4人の息子と1人の娘のみだった。息子2人はユニテリアン派の牧師となったが、エリオットの父親は、ニューイングランドのユニテリアンの著名な人物から名づけられたにもかかわらず親への反抗の1つとして牧師ではなく事業[24]に従事した。父の意に沿えない罪悪感からか「ある愚か者の回想録」（"The Reminiscences of a Simpleton"）を執筆している。また元来画家志望であって、猫のスケッチを何枚も書いていた。しかしエリオットが生まれた時にはすで

に耳が不自由になっていたことが要因かもしれないが、エリオットは父親に親近感を覚えることはなかったといわれる。むしろその顔立ちと「心配性と神経症的性格が似ている」[25]といわれたマサチューセッツ出身の母親シャーロットの影響をエリオットは強く受けた。

エリオットはシャーロットの愛情を求め続け、彼女の死に至るまで長い手紙を送っている。シャーロットは大学に行けなかったことで自らを完全な失敗者と思っていた。彼女は詩を書き、博愛クラブのような組織にいくつも参加していた。61歳の時に出版した、義父の伝記『ウィリアム・グリーンリーフ・エリオット――牧師、教育者、博愛主義者』(*William Greenleaf Eliot: Minister, Educator, Philanthropist,* 1904) を、子供たちに与えた。その中で神と人への「献身」こそ、伝道者としてのみでなく、教育者、博愛主義者として、地域に多大な貢献をしたグリーンリーフを貫く力であったと述べている。[26]偉大すぎる祖父の影、そして芸術家に憧れた父母の期待をエリオットは担って育ったのである。

1898年エリオットはセントルイスを離れ、東部に向かい、祖父が設立したワシントン大学の一部であるスミス学院 (Smith Academy) に入学した。ヘルニアのため遊びには積極的に加われなかったが、ラテン語、ギリシャ語、ローマ史、英米史、初歩数学、フランス語、ドイツ語、そして英語を学んだ。1905年秋ハーヴァード大学に進学できるはずであったが、両親が彼の健康を気遣い、ボストン郊外の(ハーヴァード大学の予備校的学校)ミルトン学院 (Milton Academy) に転校する。その間も母シャーロットはエリオットを心配しコブ校長 (Mr. Cobb) に手紙を何通か送っている。1905年9月には息子トムの風邪のことで問い合わせており、[27]1906年5月にもトムが学校近くの採石場の池で泳ぐことの許可を求めたことを報告している。[28]

エリオットは詩人であり批評家でもある友人、ハーバート・リード (Sir Herbert Read, 1893–1968)[29]へ宛てた手紙の中で「ミズーリで生まれたので北部人だとは思えないし、先祖が北部人なので南部人だともいえない」[30]と述べているが宗教的価値観はやはり先祖の北部にあり、先祖伝来の「公共への奉仕」の精神が根付いていた。いわばピューリタニズムから派生したボストン・ユニテリアン中核の家族に属するエリオットは、生涯にわたってエリオット家

の「不言実行」（*Tace et fac*）の家訓を守り、日々の務めを果たすことに過敏なほど忠実であることを要請されていた。そしてその厳しい倫理基準にかなわなかったときには自己の内に齟齬を覚えていた。

　一般的に人が自己との関係に齟齬をきたすと、相手が逃れることができない対象だけに内なる苦悩、過剰な自意識を伴う。まさにこの絶えざる自己とのかかわり方の食い違い、キルケゴール（Kierkegaard, Søren・Aabye, 1813–55）が『死に至る病』で描いている自己綜合における分裂関係（self-disrelationship）（すなわち自己自身に関係する正しい自己関係の齟齬）[31]の問題は、エリオットの詩、詩劇においても、生涯にわたって最大のテーマの1つであった。

　たとえば詩劇『長老政治家』（*The Elder Statesman,* 1958）の第2幕で主人公のロード・クラヴァトン卿（Lord Claverton）が「われわれの内部に潜んでいる静かな観察者、この苛酷な無言の批評家」と呼ぶ分裂した自己との対峙を次のように述べている。

> 多分わしは、人生を楽しむということがなかったのかもしれない。／少なくとも、世間の人たちは、人生を楽しんでいるように思える。／自分でそれと意識せずに。ところがわしの場合は、／自分が楽しんではいないということを自覚することが多かった。／心のずっと奥深いところに巣くっている自己に対する不満、／わしは一生それにつきまとわれてきた。そのため、世間に弁明するよりも、／まず何より自分自身に弁明しなければならなかった。／われわれの内部に潜んでいるこの自己、この静かな観察者、これは一体何者なのだろう？／この苛酷な無言の批評家は、われわれを恐喝し、／結局は徒労でしかないようなはかない行動へと駆りたてる。／そして結局、その批評家は一層厳しくわれわれを裁く。／叱責され続けたわれわれが犯す過ちのゆえに。　（II. *CPP* 544–5）

　「われわれの内部に潜んでいる静かな観察者、苛酷な無言の批評家」は、超自意識（自意識の過剰）で、フラストレーション（欲求阻止）が強いほど、意識化されやすい。自我が意識されるときは、これを意識する自我が対立的に意識され、したがって阻止された欲求の意識とともに、欲求を阻止された自

我の意識、このような自我をさらに意識する自我と無限に進む性質を持つ。これを自意識の過剰という。過剰なる自意識の進行においては矛盾拮抗する自我が意識化され、劣等感、離人感、分裂感などの異常自我意識に進むことがある。[32]

エリオットの超自意識とも呼ぶべきものは、1915 年発表のエリオットの作品「J. アルフレッド・プルーフロックの恋歌」（"The Love Song of J. Alfred Prufrock"）に、強烈な眼のイメージとして登場する。そしてこの眼は、1922 年出版の『荒地』（*The Waste Land*）においては、かっと見開かれた「蓋なしの眼」（'lidless eyes'）となり鮮鋭さの頂点を極め、やがて 1925 年出版の『うつろなる人々』（*The Hollow Men*）では、盲目となった主人公の眼はその鮮烈さをまったく失ってしまう。しかしながら同じ詩の中で眼が再びダンテ（Dante Alighieri, 1265–1321）『天国篇』（*Paradiso*）の「無窮の星 ／ 天国の薔薇」（'the perpetual star ／ Multifoliate rose,' *CPP* 85）として現れることが予言され、まさに 1930 年出版の『聖灰水曜日』（*Ash-Wednesday*）の中に「追憶の薔薇 ／ 忘却の薔薇」（'Rose of memory ／ Rose of forgetfulness,' *CPP* 91）として開花する。さらに 1943 年出版の『四つの四重奏』（*Four Quartets*）においては、薔薇は火と一体となり、ここに超自意識を表す眼は、恩寵を表す薔薇への変容を全うするとみることができる。すなわち、エリオットの主要な詩作品における眼から薔薇へのイメージの変化を辿ることによって、エリオットの自意識の変容を辿ることができる。そしてその変容は詩劇、評論へも及んでいる。

影響を受けた人物に関しては、エリオットはその数が多いほど良いと考えていた──「詩人は影響を受けざるを得ません。だから、1 つだけの影響から逃れるために、できるだけ多くのものに身をまかせるべきです」[33]と述べている。

T. S. エリオットの人間的および学問的な影響関係をすべて詳らかにしてひも解くことはほぼ不可能に近いことであるが、本書はエリオットの変容の背景を、1914 年から 1916 年の間、ちょうど『プルーフロックとその他の観察』（*Prufrock and Other Observations*, 1917）とほぼ時期を同じくして書かれた『F. H. ブラッドリーの哲学における認識と経験』（*Knowledge and Experience in the Philosophy of F. H. Bradley*, 1964）[34]に求めた。

12

　残念ながらエリオットはハーヴァードまで口頭試問を受けには出かけられ
ず、博士の学位を取得しなかったが、F. H. ブラッドリー（F. H. Bradley, 1846–
1924）の影響は、改宗の3年後に、エリオットが「宗教的な事柄においてもブ
ラッドリーの弟子だ」[35]と述べたほど彼の生涯を貫くものであった。

　19世紀後半イギリスでは、カント（Immanuel Kant, 1724–1804）やヘーゲル
（George Wilhelm Friedrich Hegel, 1770–1831）の影響が大陸より一足遅れて波
及し、カントやヘーゲルなどのドイツ哲学を取り入れつつ、イギリスの伝統
的経験論や功利主義を批判的に乗り越える一元論的・全体的哲学が支配的で
あった。その中でも特にブラッドリーは、ドイツ観念論、特にヘーゲルに影
響されたイギリスの批判的客観的観念論哲学者である。[36]

　批判的客観的観念論は、判断作用と実在間には調和しがたい緊張状態があ
り、実在（‘reality’）の十全な認識は判断にとって不可能で、純粋感情によっ
てのみ可能となるとし、ロック（John Locke, 1632–1704）やヒューム（David
Hume, 1711–76）やミル（John Stuart Mill, 1806–73）らの功利的経験論に対し
て、個に着目した。[37]実在は継ぎ目のない絶対［哲学用語でいう絶対とは何も
のにも依存せず、何ものにも制約されず、一切の条件、他者との関係から独
立なもの］[38]であるとする。

　この哲学論文に関して、出版当時エリオット自身「学術的に哲学すること
を止めてから46年もの歳月がたった今では、私は、自分がこの論文の中で
使われているような専門用語でものを考えることができなくなっていること
に気付いている。実際、今読んでみても論文が理解できるとは思えない」
（*KE* 10）と述懐しているように、ひどく難解で、歴代のエリオット学者も大
半がこの論文を曖昧模糊としているとして敬遠してきたが、エリオット研究
において看過できないものである。エリオット自身次のように述べている。
「カリフォルニア大学のヒュー・ケナー（Hugh Kenner, 1923–2003）教授が『不
可視の詩人』（*The Invisible Poet*, 1959）を刊行され、その中で、1章を設けら
れて、私の論文に注目し、私がブラッドリー博士の説に負うところが大きい
と述べられた。だが、私の好奇心が最初に刺激されたのはアラスカ大学のア
ン・ボルガン（Ann Bolgan）教授の訪問によってであった」（*KE* 10）。さらに
エリオットは、「私はこの論文を詳細に調べられたボルガン教授に大変恩恵

を賜っている」（*KE* 10）と言葉を重ねている。

　エリオットはブラッドリーを「イギリスにおける最も素晴らしい哲学者」
と述べており、1924 年ブラッドリーが亡くなった折、弔辞を送り、その文[39]
体の卓越性を評価している。

　　フランシス・ハーバート・ブラッドリーが逝去した。われわれ同時代の
　者は、この事実を形而上学者たちの学問競争で最後まで生き延びた人の
　死として、確かに、謹んで記録に残し、とり急ぎ、最新の学問的分野で
　の目新しい動きを論じるだろう。私がブラッドリーの栄誉を讃えるの
　は、彼の生前の業績のためではない。またミルの権威を打破した人とし
　てでもなく、哲学者仲間の中でイギリスの地位を取り戻した人としてで
　もない。私は未来とかかわっているのである。ブラッドリー哲学が残し
　ていった力は恐らくここにある。すなわち、明らかにヘーゲルの恩恵を
　蒙っていたにもかかわらず、彼の哲学は、ドイツ哲学を怪物的存在とし
　ている情緒的傾斜（'emotional obliquities'）の影響を全く受けていないこ
　とである。
　　ブラッドリーの熟達した文体を苦労して学ぶ人はほとんどいないだろ
　う。彼の文体は、われわれの言語で書かれたものの中で最も繊細な哲学
　の文体だった。そこには、鋭敏な知性と情熱的感情が伝統的均衡を保っ
　ている。根気よく年月を捧げる人のみが彼の語る意味を理解するであろ
　う。彼の書いたものは、現に今生きている人であれ、これから生まれて
　くる人であれ、そうした少数者の上に、思考の一部門のみならず、彼ら
　の存在が有する全き知的、情緒的色彩、それを変えさせてしまうあの神
　秘的で、完璧な力を発揮するのである。今生きている世代のこうした者
　に、彼の訃報は、衷心からの深い哀悼の念をもたらすものである。[40]

　より具体的には、ブラッドリーの何がそこまでエリオットを引き付けたの
だろうか。評論「フランシス・ハーバート・ブラッドリー」（"Francis Herbert
Bradley," 1927）においてエリオット自身が問いを発している。「それではわ
れわれはブラッドリーの影響の本質とは何か、そして彼の著作と人格がなぜ

魅力的であるのか、その永続性の原因は何であるのかを考慮しなければならない」（*SE* 445）。そしてその答えとして——（ブラッドリーは）、その哲学的な功利主義批判において、その土台を覆そうとした（*SE* 448）、そして素朴で粗野で未熟で偏狭な哲学の代わりに、これと比べて広範な洗練された普遍的な（'catholic, civilized, and universal,' *SE* 448）哲学をもってこようとしたのである。

エリオットはこうも記している。「ブラッドリーはアリストテレスのように、言葉に対する注意深い配慮に関しては卓越していた。彼の言葉は、意味が不鮮明になったり、誇張されたものにならないよう、慎重に考えたうえで用いられたものであった。また彼の努力の向かうところは、イギリス哲学をギリシャの伝統により近づけることであった」（*SE* 455）と。また「知恵に関しては」、後に『四つの四重奏』において「われわれが得られる唯一の知恵は謙遜である」と述べているが、「ブラッドリーは大きな役割を果たしていた。知恵は大部分、懐疑主義と冷笑的でない幻滅感から成っている。これらに関してブラッドリーが果たした役割は大きい。そして、懐疑主義と幻滅感とは、宗教的理解にとって有益な要素なのであるが、その点でも、ブラッドリーは大きな役割を果たしたのである」（*SE* 449–50）と記している。そして何よりエリオットにとってブラッドリーが人間の限界を認めているところに魅力を感じていたと思われる。「ブラッドリーの文章は……魂の苦悩を感じさせる」[41]とエリオットは述べている。

ブラッドリーが、ヘーゲルと一線を画すのは自意識に対する考え方であるとマンダー（W. J. Mander）は指摘する。[42]ヘーゲルにとっては理性的な自意識は経験や実在に洞察を与えるものであるが、ブラッドリーにとって自意識はいやしがたい関係性を持つものであり、実在を知る手立てとはなり得ないのである。

実はエリオットにも1913年に書かれたとされる15ページの手書き論文「実在の度合い」（"DEGREES OF REALITY"）[43]があり、筆者はケンブリッジ大学キングス・カレッジのアーカイヴスで拝読する機会を得た。律義さを表すような筆跡で、「われわれは対象については実在し、等しく実在するというところから定義したい。実在には度合いがあり……」（'We may lay it down as the start that all objects such are real and equally real. There are I believe degrees of reality ...') という書き出しで始まるその論文はまさにブラッドリーの口調とそっくりである。それは『F. H. ブラッドリーの哲学における認識と経験』の序文でエリオットが紹介しているヴァレリー夫人の言葉のとおりである——「妻は、私の散文がいかにブラッドリー博士のものに密接に基づいて構成されているか、またこの長年の間、何とわずかしか変わっていないかが分かると直ちに察知した」(*KE* 10–1)。「実在の度合い」論文で、エリオットは精密に経験を論じている。しかし、最後には「それが何か分からない」と述べ、自意識についても「それがどういうものなのか分からない」、とブラッドリー的懐疑論調で締めくくっている。

　『F. H. ブラッドリーの哲学における認識と経験』に関して「今読んでみてもそれが理解できるとは思えない」(*KE* 10) とエリオットは述べているが、筆者にはそれは多分にエリオットの一種の照れ隠しであって、若い日の悩みの中にあって、それを書いた思いを忘れるわけはないと思われる。

　確か『現象と実在』(*Appearance and Reality*, 1893) を購入して読んだのは 1913 年 6 月だったはずで、この論文自体は 1913 年のいつ書かれたのか、ロイスのセミナー "A Comparative Study of Various Types of Scientific Method" に出席していたころ (1913 年 9 月から翌年 5 月まで) なのか、いつかは、はっきりしないが、論文からはすでにブラッドリーに深いシンパシーを抱いていることが理解できる。ただし客体の定義や、観念 ('idea') と実在の違いを視点の相違の観点から力説していることなどから、より視点を中心とする後のエリオットの思想へとつながっているとみられる。

　さてブラッドリーは『倫理学研究』(*Ethical Studies*, 1876) や『論理学原理』(*The Principles of Logic,* 1883)、『現象と実在』で、1 なる全体としての「絶対者」('the Absolute') を実在とする形而上学を展開する。実在は、記述としては度合いの問題とならざるを得ない。時間のように知性ではとらえがたいものである。ブラッドリーのいう実在、絶対者とは、矛盾や不整合を排除する、分割不可能な単一システムであり、世界の現象的事実は、この絶対者の部分にすぎないとする。多様な現象は実在に帰属し、絶対者の統一において整合的で調和的に存在するという。

エリオットの博士論文が準拠する『現象と実在』は 2 部より成り、第 1 部は 12 章に分かれ、「現象」（‘Appearance’）に関して述べる。「現象」は認知する自己の意識があって初めて成立するが、「現象」は関係性を有する。「A と B が C と関係があれは、C は D というあらたな関係で A と B と関係を持ち、そしてまた E という関係を生み、際限がない。A と B だけをとれば、A 固有の部分と B と関係がある部分があり、それぞれとの関係も生じる……」（*AR* 54–61）、そのように際限なく続く複雑な関係がある。時間、空間、因果関係、自己など、すべて関係性を含んでいるため、この一貫性のなさのみで、現象の偉大な塊を糾弾するのに十分であるとする。

第 2 部は 13 章から 27 章より成り、「実在」と絶対者についての述懐である。現象に陥るのは自己矛盾だとすれば、実在は自己矛盾ではなく、一貫して、調和がとれている。さらに、実在は経験の性質を有する。なぜなら関係性のない多様性がそこにあるからである。

何度も繰り返されているテーマは、前述したように、実在は 1 つであるということである──「実在は 1 つであること、それは本質的に経験であり、心地よさのバランスを保っていることを発見した。全体の中では現象以外にはなく、現象のあらゆるかけらは全体を実体化する」（‘We have found that Reality is one, that is essentially is experience, and that it owns a balance of pleasure. There is nothing in the Whole beside appearance, and every fragment of appearance qualifies the Whole,’ *AR* 511）；「実在は 1 つである。それは単一でなければならない。なぜなら複数性は実在ととらえられると矛盾する。複数性は関係を含み、その関係性を通して不本意ながらよりすぐれた単一性を強く主張する」（‘Reality is one. It must be single, because plurality, taken as real, contradicts itself. Plurality implies relations, and, through its relations, it unwillingly asserts always a superior unity,’ *AR* 519–20）。

ブラッドリーによるとわれわれの関係からなる経験は初期の直接経験から生まれたもので、直接経験には、その内部には、違いは感じられるが、質的な差はないため、異なった概念（‘concept’）の対立はないのである。［哲学でいう直接経験とは見るがままの色、聞こえるがままの音など、すべて主観的にとらえられたとおりの経験をいう。したがってこのような経験を成立させる

対象の本質は問わない。[44] 初期のこの調和ある曖昧さから関係性の知識に進むにつれて、予見的無邪気さから、矛盾の誤った世界へと移っていく。思考のあるところでは、それ（'that'）と何（'what'）が、内容と現実、形容と本質の違いを生じ、思考のあるところには矛盾が生じる。それゆえ、実在、すなわち絶対者は直接経験に似て思考を越えるものと考えなければならないというのである。

　ブラッドリーによると矛盾や間違い、悪は調和がないので実在ではないが、まったくの無でもなく、全体の調和に寄与しているという。

　結論として、「実在はわれわれの善悪の尺度」であるが、「実在は1つの経験、自己充足的で、単なる関係を超越している」、そして「実在そのものは現象から離れては無である。最終的に、現象が関係で何とかつながっており、実在を論じることは無意味である」（AR 551–2）と述べ、「この書を終えるにあたって実在は霊的（'spiritual'）であると述べておきたい。……より霊的になればなるほど、何ものもより真実に実在的になるのである」（AR 552）と締めくくる。[45]

　ブラッドリー自身が序で述べているように、この書は一貫したシステムを説明するものではなく、不完全なままに終えたものである（AR xi）。しかしあれほど実在のことを熱く語ったにもかかわらず、最後は実在を、「不可解」と断言する。また絶対者を明確に定義せず、現象が「溶け込み」（'fused'）「変容し」（'transformed'）「変化し」（'transmuted'）「溶解した」（'dissolved'）ものと、どこまでも断定を避けており、最後まで釈然としない感が残る（cf. KE 119）。

　しかし矛盾にもすべて行き場があるというこの哲学はエリオットには魅力があったのだろう。ブラッドリーは人間を矛盾だと断言する。しかし矛盾を意識できることがそれを乗り越えられることでもあるとする。「なぜなら人間は矛盾している者だからである。しかし人間はそのことを認識している、そこが大きな違いである。なぜなら矛盾を認識することはそれを乗り越えることだからである。さもなければどうしてそれを知ることができるだろうか？ 人間が完全になるよう予知されていなければ、矛盾を感じることもなく、痛みも感じることなく、本来の自分と違うと斥けることもない」（ES

313) とブラッドリーは述べる。

またブラッドリーは「われわれの経験というのは時に、単一で、客体となることによって壊れてしまう。しかしそのような破壊された感情の全体は別の全体に不可避的に場を譲る。それゆえにわれわれが感じることは、それが続く間、単純で条件や関係によって破壊されているとは思わず、常に1つに感じられるのである」(*AR* 522) と述べ、さらに次のように断言する。

　このような関係のもとでの経験の統一は、それらの上に位置するさらなる統一を予期させる。それゆえ実在は1つであるという宣言に十分で肯定的な意味を付与することができるのである。頑固な反対者は以下のような前提で、責められるべきである。第1に実在は肯定的で、否定を内包している。第2に実在が内包して補っているすべての複数性によって実在は資格が与えられている。しかしながら、第3に、実在自体は複数ではない。最も誤りのない道をここまで来て、実在の単一性を主張するのである。……すべての疑いを越えて、実在が1つであることが明らかになった。実在は統一体であるが、何の統一なのか？　われわれがすべて承知しているように、われわれが知っていることのすべてはあまねく経験からなっている。実在はそれゆえ、1つの経験であり、この結論を疑うことは不可能である。　(*AR* 522)

　要するにブラッドリーはイギリス経験主義による経験の行き過ぎた単純化に警鐘をならし、観念の連環による思考で説明するやり方に変えて、精神の統一された判断力に力点を置いた。あえて誤解を恐れずにいうならば経験の全体性を科学的にではなく五感によって詩的にとらえようと試みているようである。

　すべての人の世界、つまり人がその中に含まれている全世界は、1つであり、彼の精神に1つの世界として来る。実際にはそれが複数であると固守したところで必然的にそうである。しかしこの統一は多分たいていの人には基本的な全体にすぎない。……外的な五感によって感じられる

事実があり、内的な領域の考えや親しい感情や過ぎ行く気分がある。そしてこれらの領域は伝え合うが、全体的には呼応しない。さて私には実際の世の中の存在がある、そして不可解な過去と未来がある。義務や宗教的真実、これらは一方では一般的な事実を見通し、一方ではそれらを超越する。そしてまた希望や、願望、夢、狂気、泥酔、そして誤り、すべて「非実在」とも呼べる領域があるが、しかしすべては実在の全体の要素と数えられるのである。（*ETR* 31）

　利那的な現実の中にあってエリオットはブラッドリーによって全体性を希求したのだろうか。内部分裂する自己の「希望や、願望、夢、狂気、泥酔、そして誤り」を実在でないと切りすてながらも、全体性の中に含めた哲学者の中に、混乱の中に統一を求めた精神的巡礼者の救いを見たのだろうか。

　さて博士論文に戻ると、エリオット自らが結論で述べているように、エリオットの認識論は、本質的にブラッドリーの『現象と実在』に基づいている。「絶対的観念論の中で私が最も重要と考えている『真実ならびに実在の度合い』（'degree of truth & reality'）の学説、および『関係の内在性』（'internality of relations'）の学説は、これを保持する」（*KE* 153）とエリオットは述べている。

　エリオットの論文は 1. 直接経験、2.「観念的」と「実在的」の区別、3. 心理学者の認識の扱い、4. 認識論者の認識論、5. 独我論と分かれており、絶対者は「いかなる部類の対象にも入らない」（*KE* 169）としている。

　第 1 章でブラッドリー同様「直接経験」（'immediate experience'）を知る行為の出発点、知識と対象とが一体となっている最も根源的認識の発端の場とし、唯一の独立した実在（*KE*18）と定義している。

　直接経験に関する言及を拾い上げると、直接経験を語るのにエリオットは否定から始めている。「第 1 に、経験を意識と同一視しないように注意しなければならない。あるいは、経験を主観の付属物と考えないように注意しなければならない。また直接経験を感覚と混同しないようにしなければならない。また、直接経験を批評家の目の前を通り過ぎる一種の回転画のようなものと考えてもいけない。さらにはまた、直接経験を心の内容あるいは心の実体（'substance'）と考えることも避けなければならない」（*KE* 15）と述べる。

すなわち、エリオットが対決したのはブラッドリー同様、「自分たちの認識から離れたところに1つの独立した世界があると仮定し、……どのような形で、またどんな方法でこの実在はこの主観性の外側を破って内側に侵入してくるかと問う」(*KE* 87) 二元論的な実在論の立場であり、エリオットは次の点において世界の一元性を主張する。それは、すべてのものに備わっている超越性においてであり、すべてのものは統一された唯一のものを起源とするということにおいてである。「対象が絶えず志向('reference')へと自己超越するのである。だから、絶対的な客観はどこにも見いだせない」(*KE* 68) と述べているとおりである。

第2章「観念的」と「実在的」の区別について——においては、ブラッドリーの考えも批判される。すなわちブラッドリーの誤りは「概念と観念の混同」(*KE* 40) であり、「観念」という語は痛々しいまでに曖昧さが充満している。エリオットは「概念が実在で、観念は現象である」(*KE* 46)、「観念は、対象ではない、それは存在と意味の中間の段階に位する」(*KE* 80–1)、「志向される対象が究極的な実在なのである」('The intended object is ultimate reality,' *KE* 86) と述べる。ただしエリオットは、「実在を予測する観念」('the idea which is predicted of reality,' *KE* 38)——別の表現でいえば、「この観念は、その過程のどの瞬間をとってみても絶対に実在と切り放たれ『浮遊している』ものではない。そもそも観念が観念である時には、観念は実在的であろうと意味していなければならない」(*KE* 41–2)——を強調する。

続く第3章において「これこそが心理学の分野であると判別される精神的な対象の領域は存在しない」(*KE* 84) と述べ、心理学者の認識を批判し、第4章において認識論者の認識論の問題、そして第5章の非実在の対象の議論へと続くが、「私がこれまで述べてきたことは、ブラッドリーの形而上学と直接関係がないように見えるかもしれないが、認識論的な議論の際に、絶えずここでとってきた全体的な立場は、同氏の形而上学を支持してきたものである」(*KE* 138) との言葉をさしはさまなければならないほどブラッドリー説と自説が混然となっている。

全体としてエリオットの論文の大部分がブラッドリー的視点からの他の哲学者や心理学者の批判から成り立っている。すなわちカントの影響を受けた

実在論哲学者、アレクサンダー（Samuel Alexander, 1859–1938）や心理学を経験科学とするリップス（Theodor Lipps, 1851–1914）らカリフォルニア大のアダムス教授（George P. Adams,1882–1961）が提唱している観念論と同種の心の「プロセス」を研究対象とする動能心理学者たち（conational psychologists）、また「意識内容と対象、心理対象と物的対象を明確に区別する」スタウト（George Stout, 1860–1944）のような心理学者に対する批判、そして特にマイノングの知覚論に関しては、「実在の対象と観念の対象、劣性（*inferiora*）と優性（*superiora*）を区別するから複雑になっている」（*KE* 95）とし、またラッセル（Bertrand Russell, 1872–1970）に対しても、（優性を二分するという）「こうした区別は、われわれが現実に接する対象と実際に対応するのか疑問である」（*KE* 95）と述べる。さらに新実在論を唱えたムーア（George Moore, 1873–1958）に対しては「観念を概念と取り違えている」（*KE* 47）とし、ヘーゲル派ボーザンケト（Bernard Bosanquet, 1848–1923）においてもその観念の定義を批判することに終始する。このようなことから読者が論文タイトルにあるブラッドリー哲学における知識と経験を系統的に理解するには著しく難解な論文であると言わざるを得ない。実に定義の曖昧なエリオットのブラッドリー哲学解釈からエリオットを理解するのは至難の業である。

　ドナルド・チャイルズ（Donald J. Childs）は『哲学から詩へ』（*From Philosophy to Poetry*, 2001）の中で、エリオットのブラッドリー解釈研究に関して興味深い見解を述べる。[46] ごく掻い摘んでチャイルズの見解を紹介すると、1970 年以前においては、マーゴウリス（John Margolis）らはエリオットの博士論文にかかわるのは無意味であるとし、ケイシー（John Casey）は、エリオットの哲学に関してはヒュー・ケナーの研究に追加すべきことはないと述べる。ロブ（Edward Lobb）もエリオットのブラッドリーに関する哲学論文は哲学的には価値があっても文学にはわずかしか影響がないとし、さらに、「最も熱心なエリオットの思想解釈においても派生的で折衷的な、中古のブラッドリー（'a Second–Hand Bradley'）以上ではない」としている。[47] その後チャーチ（R. W. Church）がブラッドリーを取り上げたが、ほんの 3 ページで、しかもエリオットとブラッドリーとの違いには言及していなかった。[48] 続くシュミット（Kristian Smidt, 1916–2013）、スミス（Grover Smith, 1923–2014）、ボリエール（E.P. Bollier）、フリード

（Lewis Freed）[49]らの業績も、あたかもエリオットが師であるブラッドリー哲学を文学に応用しているかのように取り上げているというのがチャイルズの見解である。チャイルズによれば、ケナーはブラッドリーの影響に関しては最も優れており、トンプソン（Eric Thompson）、ボルガンが文学におけるブラッドリーの影響を探求し、[50]さらに、フリード、ブレット（R. L. Brett, 1917–1996）、ワッソン（Richard Wasson）、カニンガム（Adrian Cunningham）らは教育、文化、政治、宗教など他の分野にまでブラッドリーのエリオットへの影響を読み取っている。[51]このような中、エリオットとブラッドリーの主張を混同しているものとして、Yale 学派のミラー（J. Hills Miller, 1928–）を挙げ、そのミラーの主張に影響された作品としてアントリム（Harry T. Antrim）やモウブレイ（Allan Mowbray）[52]の作品等を列挙している。こうした経緯を受けて、次第に（中古のブラッドリーではない）エリオット自身の声を読み解く傾向にあることをチャイルズは伝えている。

　事実エリオット自身デカルトからカント、ヘーゲルへの思想の流れに抗しつつも、ブラッドリーの観念論にも全面的には賛同できず、論文においてブラッドリー哲学をそのまま踏襲してはいない。しかしながら作品に表れるエリオットの言葉は、決して一貫性を欠いたものではない。それは「多大な苦難と苦悩」[53]が伴うが真理への巡礼の旅ともいえる霊的自伝として読み取ることが可能であり、生涯にわたってエリオット作品の背後に確かにブラッドリーの影響を読み取ることができる。否、むしろエリオットにおいてブラッドリー哲学の理念の完成をみることができるとするのが筆者の見解である。

　ボルガンは、「エリオットの文学批評に出てくるあらゆる重要な理論上の概念はもちろん、彼の詩の構成原理の背景にもブラッドリーの精神が横たわっていることは、きわめて明白である。それは戸惑うほどの豊かさで、単一の研究では究明し尽くせないほどである。願わくは、この土地を切り開き、この輝かしい金鉱石をさらに輝かしいものとできるように。もしそれがあるとするならば」[54]と述べる。

　チャイルズが挙げるそれぞれの批評家がどこまでエリオットの真髄に近づけたのか判断するのは容易ではないが、まさに洗練された言葉を駆使するエリオットが放つ胸を刺すような苦しみの言葉、この苦難の暗夜の彼方に目も

くらむまばゆい光が見えることを信じて、エリオットのとらえたブラッドリー哲学、さらにその延長線上にあるランスロット・アンドリューズ（Lancelot Andrewes, 1555–1626）の影響による受肉の概念を経て、ダンテの薔薇へと至るエリオットの主要作品における「眼」から「薔薇」へのイメージの変化の中に、エリオットの自意識の変容を検証し、エリオット作品の真髄にたどり着きたいと願う次第である。

第 I 章

「J. アルフレッド・プルーフロックの恋歌」における眼

自己の眼に糾弾されるプルーフロック＝エリオット

「J. アルフレッド・プルーフロックの恋歌」への道

　1906 年の秋、エリオットはハーヴァード大学に入学する。長身の細身で顔立ちが良く、書物好きの青年であった。「ボストン夕刊紙」（"The Boston Evening Transcript"）、「ヘレン伯母さん」（"Aunt Helen"）、「従妹ナンシー」（"Cousin Nancy"）などにその印象が反映されているように、エリオットはボストンの中産階級の因襲性に批判的な立場をとっている。

　エリオットの学部の学びは 18 のコースから成り、1 年次には 7 つの古典コースを含み、フランス語、ドイツ語、中世史、英語と比較文学が組み込まれていた。またダンテの『神曲』（*La Divina Commedia*）のクラスを受講し、イタリア語で詩句を暗唱していた。形而上詩人ダン（John Donne, 1572–1631）の詩のコースも受講していた。さらに現代哲学史の文芸雑誌『ハーヴァード・アドヴォケイト』（*The Harvard Advocate*）の編集にも参加し、初期の詩をこれに発表する。[1] そして「苦しむためだけの力を有した」（"Baudelaire," 1930, *SE* 423）と評するボードレール（Charles Baudelaire, 1821–67）の強烈な自意識にエリオットは直面した。[2] ダンテの地獄ではなくボードレールの感じた地獄は近代のものであるとし、そこに宗教的側面を見いだしている。そしてボードレールの劇的苦悩を表す言葉の響きとリズムがエリオットをとらえた。

またエリオットは詩と文学、詩と劇を区別している傾向に異議をとなえているが、一方で原理を欠いた、独白、傍白、亡霊、暴行流血騒ぎ、時間場所の不合理などはあるものの、エリザベス朝時代の最もすぐれた劇作家数人に表れた「一般的人生哲学と呼んでもいいようなもの」、そして「無韻詩のリズムの変化」("Four Elizabethan Dramatists," 1924, *SE* 115–7) に注目した。さらに1908 年にアーサー・シモンズ (Arthur Symons, 1865–1945) の『文学における象徴主義運動』(*The Symbolist Movement in Literature*, 1899) の改定版を読んだことに端を発してフランス象徴派詩人と本格的にかかわるようになる。[3]

エリオットはエリザベス朝時代の劇作家とともにフランス象徴派詩人、とりわけジュール・ラフォルグ (Jules Lafarge, 1860–87) が詩人としての出発点であったことをエズラ・パウンドの『詩選』(*Selected Poems*, 1928) の序文に記している。

> ジュール・ラフォルグの「自由詩」(vers libre) は——ラフォルグはボードレール以後最大のフランス詩人ではなかったとしても、最も重要な技術刷新者であったことは確かである——シェイクスピア後期の韻文やウェブスター (John Webster, 1580?–1634?) や、ターナー (Cyril Tourneur, 1575?–1626) のものが自由詩であるというとらえ方において自由詩である。……私自身の韻文は、自分で判断する限りにおいて、他のいかなるタイプのものより、本来的な意味での「自由詩」に近い。少なくとも、1908 年あるいは 1909 年に書き始めた形式は、後期エリザベス朝の演劇と共にラフォルグを研究したことから直接引き出されたものです。そしてこの点から出発した人を私はほかに知らない。[4]

『文学における象徴主義運動』の中で「ラフォルグの芸術の根幹には深い自己憐憫があり、それが半ばすすり泣き、半ば自嘲するピエロの笑いへと至る」[5]とシモンズは述べている。『プルーフロックとその他の観察』には、生きることへの恐怖と逡巡する内省的なためらいが読み取れるが、それらはフランス象徴詩人、とりわけラフォルグの口調や、冷笑的な態度をまねたものである。

エリオットからロバート・ニコルズ (Robert Nichols 1893–1944) への 1917 年

第 I 章 「J. アルフレッド・プルーフロックの恋歌」における眼　27

8月の手紙に以下のように綴られている。

　　数年前、ハーヴァードでラフォルグに関心を持つようになった時のこと
　　を覚えています。それは偏にシモンズの本によってであり、テキストを
　　取り寄せようとパリに手紙を出したことも覚えています。辞書を引いて
　　も単語の半分も分からない状態でしたが、迷ったあげく、そうするのが
　　最善策と考えました。ラフォルグを読んだことのある人や、読むよう勧
　　める人に出会ったのは、それから数年してからのことでした。私はほか
　　の誰よりもラフォルグに感謝しています。あの特別な瞬間、あの特別な
　　年に、私にとってあれほど多くの意味を持った作家は、ラフォルグ以外
　　に、それ以後、出会っていないと思います。[6]

　エドマンド・ウィルソン（Edmund Wilson, 1895–1972）は「J. アルフレッド・プ
ルーフロックの恋歌」とラフォルグの「伝説」（"Légende"）の初期版の結尾を比
べてエリオットがラフォルグの不規則な韻律構造を行ごとに再現しているこ
と、さらにラフォルグの詩の主題——抑圧された感情の激発を誘うと同時に
貧苦な憐憫の情をもかきたてる女に対して、小心すぎたり幻滅を感じたりし
て恋することもできない男の逡巡と抑圧——が「J. アルフレッド・プルーフロッ
クの恋歌」や「ある婦人の肖像」（"Portrait of a Lady"）の主題と酷似していると
述べる。[7] 実際エリオットの『若き日の詩』（*Poems Written in Early Youth*）の中に
「ユーモレスク」（ラフォルグをまねて）"Humouresque" (After J. Laforgue) があ
り、これはラフォルグの「ピエロたちの話しぶり」"Locution des Pierrots, XII" の
第2連をもとにしたものだった。[8]

　　One of my marionettes is dead,　　僕のマリオネットの一つが死んだ
　　Though not yet tired of the game—　　まだゲームにあきていないのに
　　But weak in body as in head,　　だけど頭と同じく体も弱った
　　(A jumping-jack has such a frame).　　（操り人形はそんな体格だ）

　　But this deceasèd marionett　　だけどこの死んだマリオネットは

I rather liked: a common face,　　　僕は好きだった。平凡な顔をして

(The kind of face that we forget)　　（私たちが忘れてしまっているような）

Pinched in a comic, dull grimace;　　やつれて、怠惰なしかめっつらで

Half bullying, half imploring air,　　半ばいじめ、半ば懇願し

Mouth twisted to the latest tune;　　口には最新流行歌を浮かべ

His who-the-devil-are-you stare;　　誰が鬼かと見つめる彼の視線

Translated, maybe, to the moon.　　たぶん月に召天させられ

With Limbo's other useless things　　リンボー［辺獄］の役立たないものとともに

Haranguing spectres, set him there;　　熱弁をふるう観客たち、彼をそこに置こう

'The snappiest fashion since last spring's,　「昨年春からのしゃれたファッション

'The newest style, on Earth, I swear.　「地上で最新のもの。

'Why don't you people get some class?　「なぜ人々は品位を得ないのだ？

(Feebly contemptuous of nose),　　（弱弱しく軽蔑的な鼻）

'Your damned thin moonlight, worse than gas—　「ガスより細い呪われた細い月明かり、

'Now in New York'—and so it goes.　　「今はニューヨーク」、そんなものさ。

Logic a marionette's, all wrong　　マリオネットの論理、みんなまちがっている

Of premises; yet in some star　　仮説であって、でもどこかの星の

A hero!--Where would he belong?　　英雄、彼はどこに属すのか？

But, even at that, what mask *bizarre*!　　でも、それでも、何という奇妙なマスク！

＊＊＊

Locutions des Pierrots, XII　（ピエロたちの話しぶり XII）

Encore un livre; ô nostalgies　　また一冊の書物が。おお郷愁よ。

Loin de ces très-goujates gens,　　これら下劣な者たちから遠く、

Loin des saluts et des argents,　　挨拶からも金品からも遠く、

Loin de nos phraséologies!　　また僕らの美辞麗句からも遠く！

第Ⅰ章 「J. アルフレッド・プルーフロックの恋歌」における眼　29

Encore un de mes pierrots mort;　　またひとり僕らのピエロが死亡。

Mort d'un chronique orphelinisme;　　慢性的な孤児境遇のせいで死亡。

C'était un coeur plein de dandysme　　あいつは、月に浮かれたダンディ趣味で

Lunaire, en un drôle de corps.　　満ち満ちた心を、奇妙な肉体に包んでいた。

Les dieux s'en vont; plus que des hures　　神々は去る、くだらぬ雁首しか残らない。

Ah! ; ça devient tous les jours pis;　　ああ！ 日々事態は悪化する。

J'ai fait mon temps, je déguerpis　　僕は刑期を終えて立ち退く

Vers l'Inclusive Sinécure!　　あの「すべてを包み込む閉鎖」のほうへ！

　エリオットのマリオネットはラフォルグにおけるピエロと対応する。しかしエリオットとマリオネットの関係とラフォルグのピエロに対するのとでは少し違いも感じられる。ラフォルグのピエロはラフォルグ自身を表しているが、エリオットのマリオネットの背後には冷やかに距離を置いてマリオネットを見る話者エリオットが見える。聖にも俗にも属し得ない自己嫌悪にも似たエリオットの自意識である。

　エリオットは、3年で文学士の資格を得、1909年英文科修士に進んだ。当時のハーヴァードはまさに黄金期で、『宗教的経験の諸相』(*The Variety of Religious Experience,*1902) の著者で意識の流れで著名なウィリアム・ジェームズ (William James, 1842–1910) が一世を風靡したが、エリオットはその楽観的な実利主義を受け入れなかった。またプラグマティズムの推進者であり、観念論を矛盾あるものとしたジョージ・サンタヤーナ (George Santayana, 1863–1952) のもとでもエリオットは学んだ。デューイ (John Dewey, 1859–1952) はサンタヤーナの哲学を「背骨の折れた自然主義」と評したが、それは彼が唯物的な自然主義を唱えながら、人々を自然的な「存在」の領域から超自然的な「本質」の領域に誘うからである。[9]サンタヤーナの自然主義とある種の幻滅観がフランス象徴詩にのめり込んでいたエリオットを引き付けたものと思われる。

　また伝統と教養を重んじるニュー・ヒューマニズムのアーヴィン・バビット (Irving Babbitt, 1865–1923) を初めて知ったのはフランス文学批評の講義を

聞いた時だとエリオットは述べている。[10]バビットは教義としてというより人間性の事実として原罪を受け入れていた。[11]

　1910年6月修士を修了すると、エリオットは夏の間2カ月間をマサチューセッツのアン岬(Cape Ann)の海辺の別荘で過ごした。その折、これまで創作した詩を書き写したのが「三月兎の調べ」("Inventions of the March Hare" なお「三月兎」とは発情期の兎を意味する。1996年に *Inventions of the March Hare* として出版される)であり、表題には「T. S. エリオット全詩集」と書かれていた。ラフォルグから影響を受ける以前の詩はまったく含まれていない。エリオットは1907年から17年まで「三月兎の調べ」に詩作を重ねた。後の「J. アルフレッド・プルーフロックの恋歌」「ある婦人の肖像」などはこのノートに記された。そこには多感な青年の告白が満ちている。

　そして、かねてからの計画通り9月から約1年間をパリで過ごすこととなる。パリでエリオットはアラン＝フルニエ(Alain-Fournier, 1886–1914)という若い小説家と出会った。フルニエはエリオットにフランス語を教え、ジッド(André Paul Guillaume Gide, 1869–1951)やクローデル(Paul Claudel, 1868–1955)というカトリック思想リヴァイヴァルに深くコミットした『新フランス評論』(*Nouvelle Revue Française*) と連携する作家たち、そしてドストエフスキー(Fyodor Mikhailovich Dostoyevsky, 1821–81) を紹介した。[12]

　さらにエリオットに深い影響を与えたであろうジャン・ヴェルドナル(Jean Jules Verdenal, 1890–1915)(ゴードンによると「顎に口髭とえくぼのある悪意のない丸顔の青年」)との関係も指摘しなければならない。[13]

　アクロイドによるとエリオットはアラン＝フルニエの義兄弟で親友だという『新フランス評論』の編集長ジャック・リヴィエール(Jacques Rivière, 1886–1925) と知り合いであり、ヴェルドナルもリヴィエールの知り合いであったことから、エリオットとヴェルドナルとは紹介されて会ったのであり、ただ偶然に会ったということではないようだ。2人は同じペンションの別の部屋に住んでいた。[14]

　確かに2人には共通の関心があった。というのは、ヴェルドナルは医学生ではあったが、彼の最大の関心事は文学であり、蔵書にはラフォルグの『詩集』(*Poésies*) と『伝説的教訓劇』(*Moralités Légendaires*, 1887) があった。ヴェ

ルドナルの親友の1人は彼がフランスにおける反近代主義者シャルル・モーラス（Charles Maurras, 1868–1952）やアクション・フランセーズ（Action Française）[15]の文学や政治に少しは興味を持っていたことを回想している。1930年になるとエリオットはモーラスから距離をおくようになるが、エリオットの『ランスロット・アンドリューズのために』（For Lancelot Andrewes, 1929）の序文の宣言も、エリオットが寄稿していた『新フランス評論』にアルベール・ティボーデ（Albert Thibaudet, 1874–1936）が注に記したモーラスの3つの主義「古典、カトリック、王党派」（classique, catholique, monarchique）の影響によるところが大きいと思われる。[16]いずれにせよ、この2人の青年は知的な面でも想像面でも非常に共感し合った。連れだってあちこちの美術館を訪ね、最新刊の書物について論じ、エリオットがパリを去ってからは文通を通して友好を保った。

　（ヴェルドナルへのエリオットの手紙のコピーは残されていないが、）ヴェルドナルのフランス語の7通の手紙（日付は、1911年7月初め、7月半ば、10月17日、1912年2月5日、4月22日、4月26日、12月26日）はハーヴァード大学ホートン・ライブラリー（Houghton Library）に保管されており、The Letters of T. S. Eliot Vol. 1 に掲載されている。

　たとえばヴェルドナルは1911年7月にミュンヘンにいるエリオットに宛てた手紙の中で読んだ書物のこと、またババリア（Bavaria）の便箋を「あなたの美しい手書きを添えて」送ってくれるよう求めている。また7月25日付の手紙では、エリオットの手紙が届いたことを告げ、続いてパリの労働者たちが富裕層に倣って科学や理性を追い求め、物質主義に陥り、懐疑的になっていることを嘆いている。またヴェルレーヌ（Paul Marie Verlaine, 1844–96）、ユイスマンス（Joris-Karl Huysmans, 1848–1907）、バレス（Maurice Barrès, 1862–1923）、ジャム（Francis Jammes, 1868–1938）、ペギー（Charles Pierre Péguy, 1873–1914）、ブルジェ（Charles-Joseph-Paul Bourget, 1852–1935）、クローデル（Paul Claudel, 1868–1955）、カルドネル（Louis Le Cardonnel, 1862–1936）らの名を挙げ、（物質主義が変形した）実証主義（Positivism）が横行している中、19世紀後半、多くの詩に、キリスト教への回帰の形を取って、日増しに強まる観念への憧憬がみられることに言及する。しかし「肝心なことは、各々がどれ

くらい深く最善への知識へ向かう内的生活に影響を与えるか」（'*how far he can influence our inner life towards the knowledge of the supreme good*'）であるとヴェルドナルは述べている。そして9月にエリオットに会えるよう願っているとも書かれている。実際ミュンヘンで2人は最後に会っていた可能性がある。ヴェルドナルはパリで『神々の黄昏』（*Götterdämmerung*）を見たことから、エリオットにワグナー（W. R. Wagner, 1813–83）を聴くよう勧めてもいる。[17]

10月にはヴェルドナルは「受験勉強に没頭しなければなりませんが、あなたを忘れたとは思わないでほしい」[18]と断りを入れ、1日12時間猛勉強している様子を伝えている。医師資格試験には合格するが、疲れ切り、いやおうなく思いは戦争へと駆り立てられている。翌年1912年4月には、春の遠出でエリオットと過ごした地を訪ね、「私たちが共に過ごしたこの景色は特にあなたを思い起こさせる」[19]と感傷的に書き送っている。手紙のやり取りはヴェルドナルが戦場で亡くなるまで続いたものと思われるが、残されているヴェルドナルの最後の手紙には「主よ、私に良きことをもたらし、たとえ私が望んだとしても悪を斥けてください」[20]との祈りがなされている。ヴェルドナルの手紙の文面から、戦争に伴う危機感を背景にした若者の切羽詰まった真摯な思いを読み取ることができる。

1911年秋、エリオットはゴーギャンの「黄色いキリスト」の複製を1枚持って帰国し、再びボストンで哲学を専攻することとなる。そしてこの直前の夏に「J. アルフレッド・プルーフロックの恋歌」を完成するのである。特筆すべきは処女詩集『プルーフロックとその観察』をヴェルドナルに捧げており、これにはダンテの『神曲』『浄罪篇』第21歌133–6行からのエピグラフ——「いまこそ ／ あなたのためにわが身を燃やす私の愛の大きさが ／ お分かりでしょう、私は自らの身のむなしさを ／ 忘れて、魂を固いもののように扱ったのですから」——が掲げられている。

さて、われわれが最初に強烈なエリオットの眼のイメージに接するのは、この『プルーフロックとその他の観察』の最初を飾る「J. アルフレッド・プルーフロックの恋歌」（"The Love Song of J. Alfred Prufrock"）においてである。

詩人としての大きなスタートを飾るべきこの詩が世に出たのはモダニズム［ここでは主として第1次大戦以降戦間期の1920年代に起こった実験的な芸

第 I 章　「J. アルフレッド・プルーフロックの恋歌」における眼　33

術運動を指す］の旗手エズラ・パウンド（Ezra Pound, 1885–1972）の功績に負うところが大きい。ハーヴァードの 1 年違いの学友でエリオットに献身的な友情を示し続けた作家コンラッド・エイケン（Conrad Aiken, 1889–1973）の紹介で、ほかのモダニストたちの例にもれず、1914 年 9 月 22 日にエリオットはパウンドを表敬訪問している。[21] 9 月 30 日にはパウンドは「J. アルフレッド・プルーフロックの恋歌」を「アメリカ詩の中で最も素晴らしい」と称賛し、10 月 3 日には「若きエリオットは、私がアメリカ人の中から見つけた最後の知的な男で注視に値する」[22]と記している。パウンドは『プルーフロックとその他の観察』の編集、出版に助力し、その後も長くエリオットとかかわることとなる。

　エリオットがユード・メイソン（Eudo C. Mason, 1901–69）に宛てた手紙によると『プルーフロックとその他の観察』は 1911 年以前から書き始められ、1917 年版のテキストに至ることが分かる。何か大きな問題にぶつかって焦燥している有様をひそかに「三月兎の調べ」に告白している。[23]

　エリオットは「真の詩は理解される前に心に伝わってくる」（"Dante," 1929, *SE* 238）と述べ、「人間の理解を超えたことを、こうして視覚的な影像で一瞬一瞬とらえていくことができる巨匠の手腕」（*SE* 267–8）を讃え、ダンテの詩に傾倒したが、「J. アルフレッド・プルーフロックの恋歌」は地獄から浄罪界［煉獄］へとウェルギリウス（Publius Vergilius Maro 70–19 BC, Virgil あるいは Vergil とも呼ばれる）に案内されるダンテの旅を思わせる年齢不詳の男の独白である。

　　　Let us go then, you and I,

　　When the evening is spread out against the sky

　　Like a patient etherized upon a table;

　　Let us go, through certain half-deserted streets,

　　The muttering retreats

　　Of restless nights in one-night cheap hotels

　　And sawdust restaurants with oyster-shells:

　　Streets that follow like a tedious argument

Of insidious intent

To lead you to an overwhelming question...

Oh, do not ask, 'What is it?'

Let us go and make our visit.　　(ll. 1–12, *CPP* 13)

　　さあ出かけよう、君と僕とで、

手術台で麻酔にかけられた患者のように

夕暮れが空一面に広がる時、

行ってみよう、半ば打ち捨てられた人気のない街々をぬけ

つぶやき声の漏れる

安らぎのない一晩どまりの安ホテルの隠れ家や

牡蠣殻とおが屑の散らばった飲み屋のある街

何か途方もない難問へと捲き込もうとする

くどくどしい議論のように

果てしない街々を過ぎ……

「それは何だ？」なんて聞かないでくれ、

さあ、出かけて訪問しようじゃないか。

　「君」に関して、エリオット自身誰と特定せず、特に思い入れがない「主人公のその時の男友達だ」[24]と述べているが、ある意味分裂しているプルーフロックの自意識とも受け取れる。2–3 行の 'evening ...spread out...sky...upon a table' の特異なイメージはエリオットの博士論文の言葉──「私が意味するところは、実践の世界は理論的な視点からではどうしても説明し尽くせない、ということである。なぜなら、実践の世界は、実践的な視点という理由のために、現にあるがままの世界であり、われわれが説明しようとしている世界は、いわば手術台の上に横たわっている世界、すなわち単にそこにある世界であるのだから」（*KE* 13）を想起させる。

　ミケランジェロのことを話している有閑マダムたちの間をさまよううちに、傍観者として主人公は「窓ガラスに背中をこすりつける黄色い霧」を見る。そして時の思索が続く。

第 I 章 「J. アルフレッド・プルーフロックの恋歌」における眼　35

　　And indeed there will be time

For the yellow smoke that slides along the street

Rubbing its back upon the window-panes;

There will be time, there will be time

To prepare a face to meet the faces that you meet;

There will be time to murder and create,

And time for all the works and days of hands

That lift and drop a question on your plate;

Time for you and time for me,

And time yet for a hundred indecisions,

And for a hundred visions and revisions,

Before the taking of a toast and tea.　　(ll. 23–34, *CPP* 13–4)

　　そしてなるほど時間があるのだ

窓ガラスに背中をこすりつけながら

街を滑りゆく黄色い霧にも

時があるのだ、時があるのだ

これから出会う多くの顔に、あわせる顔をつくろうための

時間ならまだあるのだ、

時があるのだ、人殺しや創造のために、

君のお皿の上で疑問をつまみあげたり降ろしたり

毎日する両手の仕事のための時間なら、

なお決まらない百のためらい、

百の幻想と見直しのための時間ならあるだろう、

それからゆっくりトーストを食べ、お茶を飲んだって

君にも僕にもそれくらいの時間ならあるだろう。

　「コヘレトの言葉」3 章 1–8 節を思い起こさせるように、‘There will be time’
が 5 度繰り返される (ll. 23, 26, 26–7, 28, 37)。しかし読者には、それによって
かえって時が切迫しているさまが突き付けられる。

And indeed there will be time

To wonder, 'Do I dare?' and, 'Do I dare?'

Time to turn back and descend the stair,

With a bald spot in the middle of my hair—

(They will say: 'How his hair is growing thin!')

My morning coat, my collar mounting firmly to the chin,

My necktie rich and modest, but asserted by a simple pin—

(They will say: 'But how his arms and legs are thin!')

Do I dare

Disturb the universe?

In a minute there is time

For decisions and revisions which a minute will reverse.　　(ll. 37–48, *CPP* 14)

　　本当に「ひと思いにやってみようか？」「やってみようか」

と煩悶する時があるのだ、

おれの頭のまん中にある禿を見せ

踵をかえして、階段を降りてゆく時間があるのだ――

(「あの人の髪はなんて薄くなっていくんでしょう！」と女たちは言うだろう)

おれのモーニング・コート、カラーはかたく顎をしめつけ、

ネクタイは贅沢で地味だが、一本のピンで引き立っている

(「でもあの人の手足は何と細いんでしょう！」と彼女たちは言うだろう)

いっそここらで思い切って

宇宙を混乱させてみるか

一瞬の中に一瞬が逆転する

決断と見直しの時がある。

　事実気取った哲学者の言とは裏腹に、スプーンで計るような人生の意味の希薄さに喘いでいるプルーフロックの姿を見る。

　　For I have known them all already, known them all—

第Ⅰ章　「J. アルフレッド・プルーフロックの恋歌」における眼　37

Have known the evenings, mornings, afternoons,
I have measured out my life with coffee spoons;　　(ll. 49–51, *CPP* 14)

　おれはとっくにそれらをみんなみんな知っていたのだ、
　夕べも朝も午後の日もみんなみんな、
　おれはおれの人生をコーヒーの匙ではかりつくした；

そして「眼」が出現する。

　　And I have known the eyes already, known them all—
　The eyes that fix you in a formulated phrase,
　And when I am formulated, sprawling on a pin,
　When I am pinned and wriggling on the wall,
　Then how should I begin
　To spit out all the butt-ends of my days and ways?
　　　And how should I presume?　　(ll. 55–61, *CPP* 14–5)

　それに、おれはとっくにあの眼を知っている、みんな知り尽くしている——
　定型文に人間を規定するあの眼を知っている、
　がんじがらめにされ、ピンの上に四つん這い
　ピンに刺されて壁の上をのたうち廻るとき、
　一体どのように始めればいいんだ
　どうして吐き出すのだ、わが日々の残片を。
　　　一体どうすればいいのだ。

　ここでのプルーフロックの自己認識は、彼の超自意識を表す眼で釘付けにされた昆虫のイメージである。「自意識、つまり、永遠にして必然的な真理についての認識、つまり心」（*KE* 193）とエリオットは定義しているが、自意識そのものは自己とかかわることのできる人間本来の優れた特質であり、責任ある態度とか自由な態度は、この自意識を前提としてのみ初めて可能とな

る。しかしプルーフロックの分裂した自意識はプルーフロックを苛んでいる。

プルーフロックはエリオットの詩の一主人公にすぎないが、興味深いことにエリオットは1962年の雑誌のインタビューで、「プルーフロックは40歳くらいの男で、ある意味では私自身である」[25]と述べている。23歳の青年エリオットはこの詩において、髪の薄くなりかけた力ない中年紳士の仮面をかぶった道化の役を演じてはいるが、自己の内にある深い「圧倒的な問い」（'overwhelming question'）に向かっているのである。

ゴードンがエリオットの作品すべては自意識の強い霊的自伝であるとの見解をもとにエリオットを解釈していることをすでに述べたが、霊的自伝は1640年以降イギリスにおいては廃れたが、ピューリタンの影響のもとアメリカにおいては衰えることなく続いた。[26]

確かにエリオットには、多分にカルヴァン派に近いユニテリアンの先祖から受け継いだ沈鬱な影が付きまとっていた。ライス・ブレナー（Rice Brenner）はエリオットをニューイングランドのピューリタンとして自らの救いの達成を求めた作家としている。[27] またエドマンド・ウィルソンは『ランスロット・アンドリューズのために』に「ニューイングランド人の道徳と人間の罪深さへの深い思い」を読み取り、エリオットには「政治や社会改革によるのではなく、ただ恵みによって救いを達成しようとする神学者に光を求める」[28] 傾向があると述べる。

エリオットのピューリタン的傾向の一例を挙げれば、たとえば「聖ナーシサスの死」（"The Death of Saint Narcissus"）のように性は罪と結びついている。

> His eyes were aware of the pointed corners of his eyes
> And his hands aware of the pointed tips of his finger.
>
> Stuck down by such knowledge
> He could not live men's ways, but became a dancer before God
>
> ("The Death of Saint Narcissus'" ll. 14–7, *CPP* 605)

彼の眼は自らの眼のとがった端を意識した

彼の手はそのすんなりした指先を認めた

それを知ったおそれから
若者は人としては生きられず、神の御前の踊り手となった

　コンラッド・エイケンは、「J. アルフレッド・プルーフロックの恋歌」を初めから支持し、自分で書き写すなどしている。そのエイケンに宛てた手紙からエリオットの当時の苦悩を読み取ることができる。

　いかに大都会では自意識が強烈になることか。君はそれを意識したことがあるだろうか。これが現在の問題なのだ。大都会で独り暮らしをするようになった時から僕が苦しんでいるのは、あの神経性の性的衝動の体験である。昨年秋までは、どうしてか分からないが、そんなものはほとんどなかったが、パリに来てから今が最悪だ。……僕は女性に頼っている。オックスフォードでは、それ［女性との関係］の欠乏感を感じていた。これがそこにもっと長く滞在する気にならなかった理由の 1 つだった。あそこでは勉強と平凡な日常生活の繰り返しで、この欠乏感は無気力の形となって現れた。一方都会にいると、生き生きとして感覚が鋭くなる。人は欲望を抱きながら街を歩き回り、機会があるときはいつも上品さが壁のように立ちはだかる。時々思う。もし数年前に童貞と臆病さを処理していたなら、僕はもっとうまく暮らせただろうにと。実際、今でも結婚前に、そうできたら良いのにと思う。[29]

　プルーフロック＝エリオットは自らを見つめ、自らの内に閉じこもり、自らを責める——「おれは、いっそギザギザの鋏をもった蟹となって、／音もない海の床板をカサコソと走った方がましだった」（‘I should have been a pair of ragged claws / Scuttling across the floors of silent seas,’ ll. 73–4）。しかし海の底というのはエリオットにとって『荒地草稿』（*The Waste Land: A Facsimile and Transcript of the Original Drafts*）で述べているように蟹が死んだ人の瞼を食べるところでしかなかったのである。

Full fathom five your Bleistein lies
Under the flatfish and the squids.
Graves' Disease in a dead jew's eyes!
　When the crabs have eat the lids.　(*WF* 121)

五尋の底でおまえのブライシュタインが
ヒラメとイカの下に横たわる。
死んだユダヤ人の眼の眼球突出症！
　蟹が瞼を食べてしまったのだ。

「泣いて断食し、泣いて祈っても」、バプテスマのヨハネのように自らの首
が運ばれてくるのを想像しても、死がせせら笑うのを見るだけ。結局プルー
フロックを支配していたのは恐れだった。

But though I have wept and fasted, wept and prayed,
Though I have seen my head（grown slightly bald）
　　brought in upon a platter,
I am no prophet—and here's no great matter;
I have seen the moment of my greatness flicker,
And I have seen the eternal Footman hold my coat, and snicker,
And in short, I was afraid.　(ll. 81–6, *CPP* 15)

おれは泣いて断食し、泣いて祈った、
おれの頭が（すこし禿げているが）大皿にのせられて、
　　運んでこられたのも見たにもかかわらず、
わたしは預言者ではありません——しかもこれも大したことではない。
おれはおれのすばらしい瞬間が明滅したり
永遠の「従僕」がおれの上衣をつかまえてせせら笑うのを見てきたのだ。
結局、おれは恐かったのだ。

プルーフロックは繰り返す。「それほどやりがいのあることだったろうか？　そういうかいがあったのだろうか？」（'would it have been worth it, after all,' l. 87; 'would it have been worth after all,' l. 99）と。

> And would it have been worth it, after all,
>
> After the cups, the marmalade, the tea,
>
> Among the porcelain, among some talk of you and me,
>
> Would it have been worth while,
>
> To have bitten off the matter with a smile,
>
> To have squeezed the universe into a ball
>
> To roll it toward some overwhelming question,
>
> To say: 'I am Lazarus, come from the dead,
>
> Come back to tell you all, I shall tell you all'—
>
> If one, settling a pillow by her head,
>
> > Should say: 'That is not what I meant at all.
> >
> > That is not it, at all.'
>
> And would it have been worth it, after all,
>
> . . . .

(ll. 87–99, *CPP* 15–6)

考えてみれば、実際それはやりがいのあることだったのだろうか？
飲酒や、マーマレードや、お茶のあと、
花瓶の間で君と僕が世間話をした後で、
いまさらやりがいあることだったのか？
微笑をもって問題を咬みちぎり
宇宙を一つの球に圧縮して
あの耐えられない疑問の方へ転がしてゆき、
「私は死者の中から蘇ったラザロです、
あなたにすべてを告げるために蘇って来たのです、さあ話してあげま

しょう」と言うなんて——
　もし誰かが頭のそばに枕を用意し、
　「そんなつもりじゃないわよ、本当に
　まったくそんなつもりじゃないわ」とでも言ったとしたら。

　それほどやりがいのあることだったのだろうか。
　　　……

　結局プルーフロックは「首を大皿に乗せられて運び込まれる」（l. 82）バプ
テスマのヨハネ（マタ 14:8、マコ 6:28、ルカ 9:9）になることは想像できても
復活したラザロ（ヨハ 11:1–44）にはなれなかったのである。
　これらの求愛に絡む逡巡から見て取れるのは、プルーフロックの眼、超自
意識、すなわち自意識の過剰の実態は、実際には起こっていないことに対す
るプルーフロックの脅迫的な過去の記憶である。
　エリオットはエピグラフにダンテの『地獄篇』第 27 歌を掲げている。

　　　S'io credessi che mia risposta fosse
　　　a persona che mai tornasse al mondo,
　　　questa fiamma staria senza più scosse.
　　　Ma per ciò che giammai di questo fondo
　　　non torn vivo alcun, s'l'odo il vero,
　　　senza tema d'infamia ti rispondo. 　（*Inferno* XXVII. 61–6, *CPP* 13）

　　もし私の返事をふたたび現世へ戻る者へ
　　　するのだと私が考えたならば、
　　　この焔はもうふたたび動かないだろう。
　　だが私の聞くところが真実なら、
　　　この深淵より生きてふたたび還った者は一人もいないのだから、
　　　私が恥を蒙る恐れもないので、お答えしよう。

第 I 章 「J. アルフレッド・プルーフロックの恋歌」における眼　43

　『地獄編』の世界は漏斗状をなしており、最上部第1圏から最下部第9圏で構成され、下に行くほど罪は重くなるが、これらの言葉は策略をめぐらして人を欺いた者が炎に包まれている地獄の第8圏で炎の刑を受けているグイド・ダ・モンテフェルトロ（Count Guido da Montefeltro, 1223–98）の語った言葉である。過去の記憶に苛まれ地獄で叱責を受け、モンテフェルトロと同様死んでいて2度と再び生きては還れない地獄にいるというプルーフロックの自己認識が読み取れる。

　そして最後は自分はハムレットではなく道化であると、ラフォルグ張りの自虐的な自嘲にプルーフロックは終始する。

　　No! I am not Prince Hamlet, nor was meant to be;
　Am an attendant lord, one that will do
　To swell a progress, start a scene or two,
　Advise the prince; no doubt, an easy tool,
　Deferential, glad to be of use,
　Politic, cautious, and meticulous;
　Full of high sentence, but a bit obtuse;
　At times, indeed, almost ridiculous—
　Almost, at times, the Fool.

　　I grow old . . . I grow old . . .
　I shall wear the bottoms of my trousers rolled.

　　Shall I part my hair behind? Do I dare to eat a peach?
　I shall wear white flannel trousers, and walk upon the beach.
　I have heard the mermaids singing, each to each.

　I do not think that they will sing to me.　（ll. 111–25, *CPP* 16）

　　いやいや！おれはハムレットじゃないし、そんな柄でもない。

行列のにぎやかし、一つ二つのシーンに出演し、
王子に忠言する
お付きの従者くらいが身の丈だ。じつに手軽な道具で
丁重で、お役に立てれば喜び
慎重で、用心深く、神経過敏で、
大口をたたくが、すこしばかり頭が鈍く
時には本当にばかげている──
時には、ほとんど道化だ。

　ああ齢が寄る……齢が寄る……
ズボンのすそを巻くってみようか。

　髪を後ろで分けようか、いっそ桃を食べてみようか？
白いフラノのズボンをはいて浜辺を歩こうか。
おれは聞いたことがある、人魚たちが互いに歌い合っているのを。

おれに歌いかけているのではないらしい。

‘I have heard the mermaids singing’ はジョン・ダンの詩「流れ星をつかまえろ」（“Song: Goe, and catche a falling starre”）の 5 行目 ‘Teach me to heare Mermaides singing’ や『真夏の夜の夢』（*A Midsummer Night's Dream* II. i), ‘I … heard a mermaid on a dolphin's back / Uttering such dulcet and harmonious breach / That the rude sea grew civil at her song’（海豚の背にまたがった人魚が歌うのを聞いた。／その美しい惚れ惚れする歌声には、／さすがの荒海も魅せられて凪いでしまった）などを想起させる。[30] しかしプルーフロックに人魚は歌いかけてはくれず、奇跡は起こらない。そして、

We have lingered in the chambers of the sea
By sea-girls wreathed with seaweed red and brown
Till human voices wake us, and we drown.　　(ll. 129–31, *CPP* 17)

赤や茶色の海藻に包まれた海の乙女の傍にいて
海の部屋でぐずぐず長居をした。
人の声で眼が覚めたかと思ったら、僕たちは溺れていく。

幻想から醒めるとき、プルーフロックは水死するしかないのである。

F. H. ブラッドリー哲学への道

　さてフランスからの帰国後は哲学にエリオットの関心が絞られることになるが、果たして哲学がプルーフロックの状況に光を当てたのであろうか。すでにソルボンヌ大学では1911年の初めの2カ月間コラージュ・ド・フランス（Collège de France）でベルグソンの金曜日の講義に出席し、ベルグソン哲学への「一時的改宗」[31]を経験しており、それはエリオットが博士課程を文学から哲学に変更するきっかけとなった。ベルグソンは、そのドグマティックで断定的な論調がエリオットを引き付けたものと思われる。

　ベルグソンは『創造的進化』（*L'Évolution créatrice,* or, *Creative Evolution*, 1907）で、自然の選択ではなく、エラン・ヴィタール（élan vital）「生命の躍動」あるいは「生きているエネルギー」が、進化の核心にあると主張した。彼は唯心論的実証主義の立場に立ち、現実が創造的で、前進的であると断言する。純粋意識は無限に創造する純粋持続であり、生命であり、自由である——「意識がある生きものにとって、存在することは変化することであり、変化することは成熟すること、成熟することは際限なく自分自身を創造し続けることです」[32]と述べた。そしてベルグソンの最大の功績は、近代哲学の焦点の1つとなった、空間の概念と物質に関連して形作られる規則的な時間と、生命と意識の本質に欠かせないメロディーの構成音のような真の時間（持続）とを区別したことである。

　この生きた現実の直観的把握を目指す、いわゆる「生の哲学」は、ドイツ観念論の理性主義、主知主義への反動的気運の高まっていた当時の知識人にとって大変魅力あるものであった。拙書『ウィリアム・フォークナーのキリス

ト像』においてフォークナーへの影響を明らかにしたが、エリオットもベルグソンの影響を受けた1人であった。「持続」の概念はエリオットがパリで書いた詩のすべてに影響を与えた。

　プルーフロックが逡巡し時間の流れに入ることができないように、ベルグソンは、「われわれは、われわれ自身に戻る時自由を味わうが、進んでそうしようとするということはめったにない」[33]と、持続の域に入り、真の自由を達成することは非常に難しいことであるとの認識を表明している。なぜなら、ベルグソンによると、われわれは意識の中に増長する自己を認め、予測できない意識の中に入ることを容認するよりむしろ、それを抑圧する。そして意識を空間化する知性によってこの抑制が強くなりすぎると、「われわれの生活は時間よりむしろ空間に展開する。そしてわれわれは、自らのためによりむしろ外部の世界のために生きるようになる」[34]ためである。

　すなわち、人が過去と全面的に対峙できない時、抑制のメカニズムが働き、時として記憶の中の都合の良い事象だけを選択してその上に現在を構築しようとするということである。しかしながらそうであったかもしれない独断的な過去の上に未来を構築する時、人は持続から外れて非現実の世界に住むことになり、いつまでも過去の重荷のもとにいることになる。

　　　現在をこれからなるものとすると、それはまだ存在していない。一方今
　　　現存しているものと、とらえるとそれはすでに過去である。……実際上
　　　われわれはただ過去のみを認知している。純粋な現在というのは過去が
　　　未来をかじって進んでいる見えない行進である。[35]

「J. アルフレッド・プルーフロックの恋歌」においても、たとえば既出の92–3, 120行目にある 'To have squeeze the universe into a ball / To roll ... / I grow old' の箇所はベルグソンの『形而上学入門』(*Introduction à la metaphysique*) の次の箇所と結びつく――「内的生命はコイルの巻きに例えられるかもしれない。生けるもの誰しも巻きの終わりが来ることを意識する。そして生きることは年を取ること。コイルが巻き上がり続けるように、われわれの過去がついてくる……そして意識は記憶を意味する。」[36]

第 I 章 「J. アルフレッド・プルーフロックの恋歌」における眼　47

　しかし何よりベルグソンにおいては、持続はより低い形からより高い形への進歩を意味するため、そこには内的持続を阻む「堕落」あるいは「原罪」の教義が入る余地はなく、持続から外れ、過去の重荷に苦しむ人間の現状の解決は、不問に付されるのである。したがってベルグソン哲学によってプルーフロックの苦しみの根源を理解することは困難である。

　エリオットのベルグソンへの忠誠は 1913 年には消滅し、ベルグソンの考えを基本的に「運命論」として批判するに至っている。[37]「生命の躍動、あるいは流動も同様、経験からの抽象である」（*KE* 19）と述べ、「ベルグソン主義自体が知的構成物である」（"Imperfect Critic," 1921, *SW* 45）とエリオットは結論づける。また「あなたにとってフランスとは」（"What France Means to You," 1944）の中でエリオットは記している、「今もまだベルグソン哲学信奉者はいると思う。だが、ベルグソン的なあの熱情が本当に分かるためには、コレージュ・ド・フランスで彼が講義をしていたときのあの満杯の教室に毎週規則的に通わなければならないであろう」[38]と。ある時期持続の概念などベルグソン哲学がエリオットを引き付けたが本来の秩序また伝統への欲求へと立ち返っており、エリオットはロマンティシズムを排斥し、文学においても論理や一貫性が優先することを強調したニュー・ヒューマニズム（New Humanism）の旗手バビットのコースで生きた過去と伝統の価値の理論を学んだ。この時期仏教へも関心を向けるが、バビットの影響であるといわれている。

　1912 年にはホルト（E. B. Holt, 1873–1946）らによる『新実在論』（*The New Realism*）の出版が波紋を呼んだとエリオットは書いている。

　　6 人の実在論者たちが、アメリカの大学の哲学科の正統であり、時代遅れになりつつあるヘーゲルの観念論に対して使命感によって立ち上がった。……彼らはゲルマン系ではなく、概して反宗教的であり、それは新鮮で、禁欲的で、憂鬱でもあり、科学的で、そしてバートランド・ラッセル氏とケンブリッジの友人たちに敬意を持っていた。これらは良い傾向だが、新実在論は戦前の哲学と同様その時代の婦人たちの帽子の型の流行のようなものだ。[39]

新実在論者たちは観念論やプラグマティズムに反対して客観主義的考え方で、科学の卓越性を説いたが、エリオットは彼らと路線を異にした。[40]エリオットはむしろアングロ・アメリカン客観的観念論（Anglo-American Objective Idealism）あるいは新観念論（New Idealism）といわれた客観的観念論哲学の影響を受けた。

客観的観念論とは知識の主観と客観はおなじように真実であり、絶対者（the Absolute）[41]あるいは観念[42]を表しているとする説であり、シェリング（Friedrich Wilhelm Joseph von Shelling, 1775–1854）の哲学がそれである。またパース（Charles Sanders Peirce, 1839–1914）やホワイトヘッド（Alfred North Whitehead, 1861–1947）も客観的観念論を用いている。主観的観念論が世界は心の内に存在する宇宙の表象よりなるとするのに対して、心とは独立に存在する宇宙の表象よりなると主張する。イギリスではブラッドリー、ボーザンケト（Bernard Bosanquet, 1848–1923）、そしてアメリカにおいてはハーヴァードでエリオットのメンターであったジョサイア・ロイス（Josiah Royce, 1855–1916）らの手によって伝統的形式を得た。[43]

ロイスによると観念は人間の意志目的のための道具であり、精神生活は同時に実践生活にほかならない。この点ではプラグマティズムと見解を共にするが、プラグマティズムが個人に根拠を求めるのに対して、客観的観念論は全世界をそのままに包摂する絶対意志を立てる。これは神であり、その意志の意識によって、有限な諸観念の意味の完全な顕現としての絶対的実在が把握されるとする。そしてここに絶対的真理が存在するとし、われわれが常に有限的真理にとどまりつつも、相対主義に陥らず、また外物の存在を感じ得るのは、絶対意志の究極目的を抱いておりながら、それに達し得ないことに基づく。絶対的真理はわれわれにとっては超越的なものと感ぜられ、有限的真理のみが与えられるかにみえるが、それは前進の手段とロイスは解く。[44]このロイスがエリオットをブラッドリーへ誘った。ただし序文で述べたがブラッドリーは批判的客観的観念論の立場で、普通の観念論が、感官と経験とによる一切の認識は単なる現象であり、ただ純粋悟性と純粋理性との観念のうちにのみ真理があるというのに対して、単なる純粋悟性と純粋理性からする物の認識はすべて単なる現象であり、ただ経験のうちにのみ真理があると

第Ⅰ章 「J. アルフレッド・プルーフロックの恋歌」における眼　49

いうある意味正反対の主張をなす。[45]

　1913 年 6 月エリオットはブラッドリーの『現象と実在』を購入し、ひと夏で読み終えたらしい。[46]エリオットはまた『現象と実在』以前に書かれた『倫理学研究』『論理学原理』も読破した。「三人のイギリスの著者に関する予言」（*Vanity Fair*, 1924）の中でエリオットはベルグソンへの懐疑を示し、ブラッドリーを純粋な哲学と評価している。

　　私の目的は、彼［ブラッドリー］哲学の詳しい説明文を書くことではなく、彼の哲学が感受性に及ぼす全体的な影響を示唆することである。この影響は、この哲学が「純粋」に哲学であるがゆえにますます顕著なものとなる。この哲学は、科学から説得力を借りていない。文学からの説得力も借りていない。彼と同時代の（彼より若いが）最も目立った哲学者、ベルグソンやバートランド・ラッセルのいずれよりも「より純粋な」哲学である。ベルグソンは生物学や心理学といった科学を利用する。この利用は、時には、彼の視点の多様性に潜む一貫性の欠如を隠し、必ずしも哲学的でない。ベルクソンの胸をわくわくさせる不滅性の期待には、幾分派手すぎる魅惑がありはしないだろうか。[47]

　エリオットの認識論は、序文で述べたように、本人の言葉どおり、「本質的には、ブラッドリーの『現象と実在』と一致している」（*KE* 153）。しかしエリオットは経験における知覚の重要性により力点を置いていること、また知覚、経験の「それ」や「何が」に着目し、経験を明示することが不可能なことを強調し、象徴が直接経験を示すことにおいて唯一有効な手段であるとしている。

　このように『F. H. ブラッドリーの哲学における認識と経験』は決してブラッドリー哲学を纏めたものではなく、ブラッドリーに準拠しつつそこからエリオット独自の発展もみているのである。

　特にエリオットは「説明の原理として『意識』や『心の働き』に依存することは拒否する」（*KE* 153）と明言している。「ブラッドリーの使う『感情』や、『心的』あるいは、『精神的』といった用語——これらのものはみな経験の主観

側を強調しているように思える」（*KE* 19）とエリオットは述べ、ブラッドリーにとっては「経験」と「感情」は同じであり（*KE* 15）、「ブラッドリー氏にとっては、一切が、あるあり方で、心的（'psychical'）なのである。それゆえ、対象と精神の働きの区別は、内的実在と外的実在と同一視されるべきものではなく、その区別は自らの心を知るという問題に還元されるべきものであるとされるのである」（*KE* 58）と説明する。

　エリオットの立場は、「直接経験」と「感情」は認識の出発点であるが、感情は「それが感情と呼ばれるためには、それは意識的でなければならない。……だから、感情というのは一つの局面、認識作用の際に現れる矛盾を含んだ局面」（*KE* 20）であるとする。「感じられている感情」（直接感情）から「観察される感情」に移ることを、心理学とは違った形而上学的用法としてエリオットは感情の「自己超越」（*KE* 21）と呼ぶ。感情が「自己超越」するときに「思考や意志や苦楽の感情や対象」（*KE* 20）が生じる。すなわち、主観と「観念的構成体」（22）としての「対象」、その個人の「世界」が出現するのである。

　もはやロマンティシズムの世界に根差せないエリオットは「心の働き」（'mental activity'）を否定し、すべての対象を「非メンタル」（'non-mental'）とした（*KE* 153）。「対象に関して言えば、私はすべての対象は非メンタルであるとの結論に達している。また精神活動についていえば、われわれが心の活動と呼んでいるものからは独立した、そしてそのようなものよりは、一層根源的な『生理学的な活動』（'physiological activity'）ないしは、『論理学的な活動』（'logical activity'）だけが見いだせるものであるという結論に達している」（*KE* 153）とエリオットは述べる。観念と実在を追求する巡礼の旅であるが、ここにエリオット哲学の独自性が出てくる。

　エリオットにとってこの世界は既成のものとしてではなく（つまり）われわれにとって意味のある世界としてではなく、ことごとくの瞬間に構成されるものとし、この世界は決して概略以上のものには出ない構成物で、本質的にみれば本性は実践的なものと考える。手短にいえば、エリオットの世界観は、彼自身が受容する実在（'reality'）の相対性（'relativity'）と実践性（'practicability'）にある。

　翻ってエリオットの実在の相対性と実践性の世界観に立つとき、実在（'the real'）と観念（'the ideal, including the unreal,' *KE* 36）は、「一見、基本的とみら

れている観念的と実在的の区別というものは、ただ一時的な狭義のものであり、その区別は、ある過程の中で起こる1つの契機にしかすぎないということである」（*KE* 32）と述べているように、対象の2個の分離した集団ではなく、2つの（客観的、観念的）存在物（'entities'）は、いわば「『互いの分け前を得ている』そのときのみ、そのいずれか一方のものが実在あるいは観念となり得るのである。実在は、志向されているまさにそのものであり、観念的なものというのは、志向（'intend'）しているまさにそのものなのである。究極的にみれば、志向しているものが志向の総体であり、志向されているものが実在の全体なのである」（*KE* 36）。

　またエリオットにとって、対象（'object'）とは、「注意の向けられている先のことであり、したがって、われわれが注意を向けていると言い得る一切が対象である」（*KE* 99）。すなわち、実在は志向によって創造された対象ということになる。つまり前述したごとく、the real と the ideal（この中には unreal も含まれる）は、不可分であるので、認識者が対象を志向し、しかも幻想（'hallucination'）に巻き込まれるのは、こういった世界観に立つとき、ある意味不可避であるといえる。

ブラッドリー哲学から読み解くプルーフロック＝エリオット

　さて長い哲学論議を経て再びプルーフロックに戻ると、プルーフロックの脅迫的な過去の記憶は『F. H. ブラッドリーの哲学における認識と経験』の中でエリオットが「過去の幻想」（'a past hallucination,' *KE* 122）と呼んでいるものととらえることができる。「幻想は現実には無かった視点を含んでいる回想の病であり」（*KE* 50）、それは「私と同じ対象を見てはいるが、私と同じ感情は抱かず、その対象から私の感情だけを削除し、それを私の心の中に存在する分離、独立した存在物（entity）とみている冷静な観察者（'qua［…として、…の資格で］knower'）から見た場合」（*KE* 24）に起こる。

　順序立てて説明すると、まずエリオットは過去と回想は違うと次のように述べる。「要するに、一般的な心理学において想起であると想像されている

意味での過去は絶対に存在しないということである。なぜなら生きてこられた過去は回想されているものではない。また回想されている過去は絶対に生きてこられたものではないからである」（*KE* 51）と指摘する。

エリオットは心理学者の認識を批判する中で視点の問題に言及する。

　　私にとって、理解困難に思えるのは出来事の定義である。心的出来事は（経験から区別されて）直接的に、経験されているといわれているが、私の疑問は、第1に、われわれの意識的な生活の中で、経験それ自体以外に何か、直接経験されるものがあり得るのかどうかである。第2に、特殊な精神に起こっているとみられているその出来事と、その精神自体の視点からみられている出来事とは必ずしも同一ではないということである。なぜなら、その精神の視点からみられている出来事というのはその精神を「実体化」（'qualify'）しているのではなく、外的実在を実体化しているのであるから。しかし、別の視点からこの出来事をみれば、その出来事というのは一体何なのか。「出来事が起こっているその法則」を持つまでは、どうしてその出来事を持ったと言えるのか。思うに、出来事というのは「何」（'what'）である――つまり、どうしてか分からないがともかく、解釈されている「それ」（'that'）である。というのは、それについて、1つの法則であり得る何かがあるという以前には、何か、ある1つの局面を選び出さなければならない。つまり、その出来事には内在しないある1つの視点を占有しなければならないからである。　（*KE* 77）

ここでいう視点とは、エリオットが「形而上学的な観点からみれば、この実在の世界は、そうしたそれぞれの視点を通じて実現しているとみるその限りにおいてのみ実在的なものである」（*KE* 90）、あるいは、「客観的な世界は、ただあれこれの視点の中でのみ現実的になるのである」（*KE* 90）という際の「この差異に実践的な興味を持っているその限りにおいての視点」（'practical interest in the difference,' *KE* 90）のことをいう。

　真実は、「われわれが意図している過去というものは、ある観念的な個人が経験しているものなのである。その観念的な個人というものは、われわれ

第Ⅰ章 「J. アルフレッド・プルーフロックの恋歌」における眼　53

自身にとって内部的なものでもあり、また外部的なものでもあろうといった
ものであり、また『きわめて曖昧な意味で』われわれの回想が『志向』してい
ると言われてもよいその過去を認識もし、また経験もしているであろうと
いったものなのである」(*KE* 50)。

　換言すれば、この「観念的な個人」('ideal [unreal] individual')、また「超個
人的自己」('supra-individual self,' *KE* 72) が超自意識（自意識の過剰）で、現
実には決してなかった視点として表れてくる。つまり、われわれは経験から
認識者を抽出し、それを解釈者とするのであるが、「結論」で述べられている
ように、「認識者としての認識者は、認識しているその世界の一部ではな
い。『認識者』('*qua* knower') は存在しないのである」(*KE* 154)。

　この問題を理解するうえでハイデガー (Martin Heidegger, 1889–1976) の解
釈学的存在論 ('hermeneutic ontology') を参照するのがふさわしい。[48]すなわ
ち、ハイデガーの用語を借りて言うならば、世界内存在としての自己はこの
世界にしっかり組み込まれているので、まったく客観的に事象をとらえるこ
とは不可能であり、自己を物のように認識しようとすれば、必ず過去には、
絶対になかった視点としての自己、超自意識（自意識の過剰）に陥るというわ
なに掛かってしまう。

　エリオットの分身プルーフロックの場合、すでに見たように彼の超自意識
（自意識の過剰）は過去の記憶に執着したために起こった。「われわれの内部
に潜んでいる静かな観察者、この苛酷な無言の批評家」に苛まれる『長老政治
家』のロード・クラヴァトン卿も同じく、過去の記憶ゆえに自らの調和と首尾
一貫性を失っている状況である。

　　直接経験は、……無時間的な統一体である。ただそれだけのものとして
　は、どこかに現前するとか、誰かに現れているというのではない。われ
　われが時間や空間や自己を得るのは、ただ対象の世界においてのみであ
　る。いかなる経験も、ただ単に直接的であり得なくなり、自らの調和と
　首尾一貫性を失うと ('by the lack of harmony and cohesion')、われわれは
　自分が対象の世界の中で意識する精神であるということを見いだすので
　ある。(*KE* 31)

そしてこの視点に固執している限りその眼から自由にはなれない。なぜなら、

> 第1にわれわれの志向する実在というものは観念的な構成体（'ideal construction'）であるということ、すなわち、丸ごと全体の実在ではなく、ある特殊の、明確には定義しがたい点からの投射であるということ。それは、想定され、選択されている全く一定しない範囲の一分野であること。第2には、この実在が実体化されるそのときのその観念それ自体が実在的なものであるということ。ただし、この観念の実在性は到底われわれが定義することのできない実在に属している。なぜなら、事実としてこの観念が存在するというそのことと、この観念の持つ意味とは別のものなのであるが、意味は一事実としてのこの観念のその存在性の中に解きほぐすことができないほど深く食い込まれているからである。（*KE* 35）

　そこでエリオットは、次のように述べる。すなわち、この「幻想の構図」から脱するには、視点の転換が必要であると。「多分あなたは、この部分的な像、あるいは、幻想は、それ自身に自己矛盾と超越を内蔵しているというかもしれないが、しかし、錯誤（'error'）の「超越」（'transcendence'）は、錯誤としてのその錯誤こそが実在の対象なのであるから、取り除かれるということはないであろうと主張できる。視点（'a point of view'）は超越する。しかし対象は超越しない」（*KE* 119）。

　つまり視点を過去の幻想の問題に取り入れて述べると、「過去に生きた。だから過去が現前している、というのか、あるいは過去を回想する、だから、過去はかつて生きた過去と同じ過去でない。というのかのいずれかである。しかし、この相違は2つの対象間のものではなく、2つの視点間の相違である」（*KE* 51）。

　エリオットのいう「視点」と「自意識」は、同義的意味を持つ[49]が、必ずしも同一視されるべきではない。

　したがって、対象の実在性は、その対象自体の中にあるのではなく、そ

第 I 章 「J. アルフレッド・プルーフロックの恋歌」における眼　55

れ自体の重大な改ざんがない限り、その対象が持つ関係の広がりの中に
あるのである。そして、こうした関係というのは、対象に注がれている
さまざまな視点のことなのである。すなわち、こうした関係が1つの志
向の点に関わらせて、この関係づけの過程で、その対象自身は変質す
る。純粋で単純であった対象が、単一局面のもとでの対象となるのであ
る。そしてここで気付くことであるが、視点は、1人の人の意識と同一
視されるべきものであると考える必要がない、ということである。われ
われが、ある対象を別の関係で決定づける時は、1つの視点から別の視
点へと視点を動かしたと言われてよいのである。もしこのことが正しい
とすれば、そのときには、有限の心の中心［エリオットのいう視点と同
意］の間の動きも、この意識内部のこの動きと、種類の上では全く変わ
らないことになるであろう。そして心の中心のこの動きこそが、多くの
局面を観念的に志向するということによって、実在の世界を構成させて
いるのである。　（*KE* 91）

　さてこのような哲学的背景を踏まえて、プルーフロックの問題に戻ると、
理論的には、プーフロックの陥っている過去の幻想から脱するには、自らの
状況を直視し、実態のない超自意識に執着するのをやめればよいということ
が理解できる。しかしながら、プルーフロックはその幻想の構図に自らをあ
まりに巻き込んでいたので、解決は途方もなく困難といわなければらなかっ
た。すなわち、

　　幻想は独立性が大きいから。厳密に言えば、幻想は自らの非実在性以外
　　には比較される対象をもたない。だから、幻想は「取り違え」（'mistake'）
　　ではない。……実在の世界に密着しているのだが、その実在との関係は
　　生理学的な基盤の方向に向かっているものである。そのため幻想は、単
　　なる錯覚の場合よりもなお一層極端な視点の転換を必然的に含むのであ
　　る。　（*KE* 117）

『F. H. ブラッドリーの哲学における認識と経験』第2章には、客観的にみれ

ば架空のものであっても当事者にとっては逃れ得ないものとなるという、まさにプルーフロック＝エリオットの苦悶が反映されている。

　　部外者の眼からみれば純粋に想像上のものであると思われる観念も、恐怖や情念に狂わんばかりにとりつかれている人にとっては、それは宿命的なものとなる。われわれは絶対に理解できないと考えられるものに対しては、決して、それを求めないとはよく言われるが、はらわたを掻きむしられんばかりの苦しみは、求める対象が可能性を持ちながら、なおかつそれが想像的とみられるその双方のとき起こることは確かだ。実際、この場合の非常な苦しみ（'*aspro martiro*'）は、対照の皮肉な事態によって引き起こされる。女性に冷たくされている男性が、予想という現実的な世界の中で、いずれそのうちに恋人をわがものにすることができるに違いないと胸をはずませているが、現前の現実はどうしようもなく、この所有感は想像上のものであると痛感させるといったときに起こる。きっとそうなるに違いないと確信し、期待感を抱いて胸を躍らせている未来の満足の心像は、逆にわれわれを絶えず想像の地獄に送り込む。（*KE* 54）

　このような若き日、エリオットはブラッドリーに辿り着いたわけであるが、その関心は優雅で知的なものに留まるものではなかった。苦悶から抜け出す手立てを求めた必死の探求であった。しかしながらブラッドリー哲学は、求めるものはすべてを与えてくれるもののようであるが、求める価値のないものの様相の予感も呈していたのである。

　　しかし問題は、ブラッドリーが幾分そっけなく語るように、哲学として、魂が不滅であるかどうかではなく、魂が、今、何処で、存在すると言えるかどうかである。そして、言えるとしたら、どんな意味で言えるかである。
　　彼[ブラッドリー]は、哲学は、無駄なものであるのか、実りのあるものであるのか、そのいずれかであろうと言っているように思える。だ

が、もし哲学を追求しようとするなら、あなたは、文学でもなく、科学でもない、あれこれのデータを使って仕事をしなければならない。われわれが成し得ることは、ただそのデータを受け入れ、最後まで議論についてゆくことである。もしそれが、多分そうなるだろうが、最後にゼロに行きついたとしても、また、心に湧き上がってきた疑問が、実は答えようのないものであるとか、あるいは、無意味なものであるということが確信されたとしても、われわれは、最後まで、少なくとも何らかのものを追求したいという満足感を得るであろう。判断の性質についての彼の理論をいったん受け入れ、それがいかなる理論と比べても、妥当だと分かれば、あなたは、彼が語る単調だが非常に行き届いた雄弁さ（彼以上に見事な英語を書いているイギリスの哲学者はいない）によって、あるところに導かれる。すなわち、それはあなたの気質次第であるが、諦観に至るか、あるいは、絶望感、どうして何かを欲したのか、欲したものはまさにそれであったのかと訝しがり、途方もない絶望感に陥るかのいずれかのところへ導かれる。なぜなら、この哲学は、あなたが求めているすべてのものを与えるが、また同時に、そうしたものは欲する価値のないものであるということも表しているように思えるからである。[50]

エイケンに宛てた手紙における詩にエリオットの煩悶が表れている。

Appearances appearances he said
And nowise real; unreal, and yet true;
Untrue, but real—of what are you afraid?[51]

現象　現象と彼は言った
しかし少しも実在しない、非実在、しかし真実
不真実、しかし実在する——何を君は恐れているのだ？

第 **II** 章

『荒地』における眼

独我論と罪意識

『荒地』への道

　人類史上初の世界大戦となった第 1 次世界大戦が人々、特に若い知識層に与えた衝撃は筆舌に尽くせないものがあった。全世界への戦線拡大により、900 万人の戦闘員の戦死者、1000 万人の非戦闘員の死者、2200 万人の負傷者と開戦当時には予想もしなかった未曾有の犠牲をもたらした。大量破壊兵器の投入によりボタン 1 つで夥しい数の人々が命を落とす。まさに人間の尊厳喪失の危機感を覚えざるを得なかった。ヒューム（T. E. Hulme, 1883–1917 戦死）は、ルネッサンスから 20 世紀初頭まで続くヒューマニズム、すなわち個我・人間性の肯定は終末を迎えていると危惧した。その危惧がまさに現実となって人類に押し寄せた。[1]エリオットの時代感覚もヒュームと共通していた。エリオットはヒュームのヒューマニズムや原罪の見解の影響の大きさについて 1930 年 10 月 6 日付の手紙で告げている。[2]エリオットがイギリスで生活するようになった経緯も 1 つには大戦の影響があった。

　1914 年ハーヴァード大学哲学科助手だったエリオットは、ハーヴァードのシェルドン在外研究奨学金（Sheldon Travelling Fellowship）を得て、オックスフォードで 1 年学ぶことが許された。2 月には授業のリポートで幻想を実在ととらえることができないすべての認識論を批判した。[3]6 月初め、まずは

パリ、ミュンヘンを経て、ドイツのマールブルク大学(University of Marburg)に滞在し、1908 年にノーベル文学賞を授与されたドイツ哲学者ルドルフ・オイケン(Rudolf Eucken, 1846–1926)の講義に出席した。しかしながら 7 月に大戦勃発のため、秋にはマールブルクを去り、ロンドンに向かう。そしてオックスフォードのマートン・カレッジ (Merton College) でブラッドリーの弟子であるジョアキム (Harold Joachim, 1868–1938) のもとエリオットはアリストテレス哲学を学ぶ。

　前述したように、9 月にはエイケンの紹介で、エズラ・パウンドと対面する。当時パウンドはロンドン在住 5 年で、すでに詩集を 5 冊出版し、イマジズム (Imagism、写実主義) を推し進め、キュビズムや未来派の影響を受けて 1910 年代の半ばに起こったイギリスの革新的芸術運動のヴォーティシズム (Vorticism、渦巻き派) を後押ししようとしていた。

　エリオットとパウンドは共に中西部出身であり、詩作を通して伝統・文化を追求しようとする同じ目的に向かっていた。パウンドはイマジストの H. D. (Hilda Doolittle, 1886–1961) やジョン・フレッチャー (John Gould Fletcher, 1886–1950) 等をエリオットに紹介した。エリオットがダンテや中世イタリア詩人の知識を持ったのはパウンドのおかげであり、またパウンドを通してフランス象徴主義の旗手レミ・ド・グールモン (Remy de Gourmont, 1858–1915) や反ヒューマニズムの T. E. ヒュームの重要性も知るのである。パウンドはさらに自身が編集する『カトリック・アンソロジー』(Catholic Anthology) にエリオットの詩 5 編を掲載し、エリオットの才能を引き出すことに尽力した。

　1915 年 1 月、エリオットは友人 2 人とクリスマス休暇を過ごし、ホワイトヘッドとラッセルの『数学的諸原理』(Principia Mathematica, 1910) を読む。2 月にエイケンがハーヴァードのフェローシップに応募することを勧めるが、むしろ大英博物館で研究を続けたいと返事している。[4]

　5 月にヴェルドナルがダーダネルス海峡 (Dardanelles) で戦死した。彼は 1913 年 3 月に兵役に就き、1914 年 11 月に軍医となり、4 月 30 日付で表彰されている。腹膜炎にかかるが、なんとか回復し、腰までつかって溺れている者の救助に当たったという。1915 年 6 月 23 日の記録に「軍医補ヴェルドナル、勇気と献身を尽くす。1915 年 5 月戦場で負傷兵の手当てに当たり戦死す

第Ⅱ章　『荒地』における眼　61

る」[5]と残されている。

　後年エリオットは雑誌『クライテリオン』（*The Criterion*）の中で「私の回顧はある午後ルクサンブルグ公園でライラックの枝を振っていた友（ガリポルの泥にまみれてしまいついに見つけることもかなわなかった）の記憶と結びついていることを認めよう」[6]と述懐している。少なくとも 1916 年 1 月にはエリオットはヴェルドナルの死を知っていたことがエイケンに宛てた手紙[7]で分かるが、最初にその死を知ったのはいつであったかは不明である。

　同じ年エリオットは突如として人生の大きな選択をすることになる。オックスフォードの夏学期（Trinity term）終了 1 週間後の 1915 年 6 月 26 日であった。友人スコーフィールド・セイヤー（Scofield Thayer, 1889–1982）を通じて出会ったヴィヴィアン・ヘイ＝ウッド（ある時期から本人は Vivien と表記し、エリオットもそれに倣った）と知り合って 3 カ月での電撃結婚をする。画家の娘で、小柄で華奢ながら水泳とダンスを得意とし、知的でスリリングな会話でトムの心をあっという間にとらえた。「これまで知っているどんな女性とも違うんだ。……それに女性が煙草を吸うのも悪くない」[8]と、1915 年 4 月 24 日、従妹のエリナー・ヒンクリー（Eleanor Hinkley, 1891–1971）にエリオットはヴィヴィアンと出会って心躍る様子を伝える手紙を送っている。

　結婚後 2 人はサセックス州のイーストボーン（Eastbourne）に新婚旅行に出かけた。ヴィヴィアンより 8 歳年下の弟モーリス（Maurice Haigh Wood, 1896–?）が語ったところによると彼らはとても幸せそうに見えた。夫妻はモーリスの車でヴィヴィアンの両親ヘイ＝ウッド宅へと戻る。[9]恐らくエリオットはその際ヴィヴィアンの神経症などの病気を知ったのだろう。ヘイ＝ウッド夫妻はエリオットの育ちの良さに安心感を得たと思われる。ヘイ＝ウッド家はダブリンにも所有地を持つ裕福な家系で、エリオット夫妻はハムステッドの妻の実家に寄寓することとなる。

　エリオットは一方で自らの両親を宥める必要を覚えていた。結婚の 2 日後エリオットの依頼でパウンドが父ヘンリーに宛てた手紙を書いている。パウンドは文学者としての生活について述べ、エリオットが「非常に有望である」[10]ことを示唆した。

　7 月の終わりにエリオットは両親に会うためマサチューセッツ州グロス

ター（Gloucester）に戻ってきた。両親の願いは新妻を連れて戻り、ハーヴァードで哲学の研究を続けることであったが、ヴィヴィアンはドイツの潜水艦Uボートを恐れてイギリスを離れることを拒んだ。両親はエリオットに博士論文だけは放棄しないように頼み、エリオットもそれを承知した。結局3週間後にアメリカを離れたが、後に両親の期待を裏切ったとの思いにエリオットは苛まれた。

　エリオットの結婚生活を目撃し、公私にわたってエリオットを支援することとなるラッセルとの本格的な出会いはラッセルがハーヴァード客員であった1914年である。ラッセルは今日論理学者、哲学者、社会評論家として知られるが、1910年に記号論理学の金字塔『数学的諸原理』を発表し、初期においてはマイノングの影響により、きわめて実在論的傾向が強かった。しかし『外部世界はいかにして知られうるか』（*Our Knowledge of the External World, 1914*）のころから、ラッセルは次第に経験論的色彩を強めていった。[11]

　ラッセルは、週1回12名の優秀な大学院生たちと茶会を持っていたが、エリオットはその1人であった。そのころエリオットはすでに「ある婦人の肖像」やプルーフロックの詩を執筆していたが、話すのは適当でないと思ったのかそのことはラッセルに話さなかった。7月9日にヴィヴィアンに紹介されたラッセルはすぐにこの結婚が失敗であることを見て取った。内省的なエリオットと幾分軽薄なヴィヴィアン。この2人がどうして結ばれたのか。ラッセルは次のように述べている。「彼女は気まぐれで、少し品が無くて、大胆なところがあり、生命力に溢れています。芸術家なのですと、確か彼［エリオット］は言っていましたが、僕は女優と思いたいところです。彼は繊細で物憂げなのです。彼女は、彼に刺激を与えるために彼と結婚したのだと言っているのですが、どうしてもうまくいかないようです。彼の方も刺激を受けるために結婚したのだということは明らかです。彼女は、そのうちに彼に飽きてくると思えます。彼女は潜水艦が恐くて、彼の家族に会いにアメリカへ行くのを拒みました。彼は自分の結婚を恥じています。」[12]また4カ月後にラッセルは愛人オットリン・モレル（Lady OttolineMorrell, 1873–1938）に手紙で告げている。「彼［エリオット］は妻に深い、全く無私の愛情を持っており、彼女は実際に彼をとても好きなのですが、時折衝動的に残酷なことをす

るのです。一種ドストエフスキー張りの残酷さで、日常的な単純なものとは違うのです。……彼女はナイフの刃渡りをして生きているような女で、いずれは犯罪者になるか聖女になるでしょう」[13]と。

　ラッセルは彼らの経済的窮状に同情して、また平和運動、婦人解放運動などでスパイを付けられている自らの事情も相俟って、（1915年）9月にラッセル・チェインバーズ（Russell Chambers）の自らのフラットに同居してはどうかとさえエリオット夫妻に持ちかける。夜間エリオットが外出する折はヴィヴィアンとラッセルが一緒に過ごすことになるにもかかわらずエリオットは容易にその提案を受け入れた。当時エリオットは2つのグラマー・スクールを転々としていたが、将来に向けて夫婦は着実に歩み始めてもいた。しかし、このころヴィヴィアンの病が重症化してしまうのである。

　1916年1月ラッセルはヴィヴィアンを保養のためトーキー（Torquary）に連れて行っている。5日後、彼が去り、エリオットがラッセルに代わってヴィヴィアンのもとに行くのであるが、エリオットはラッセルにロンドンから次のような殊更に感謝に溢れた手紙を送っている。

　　親愛なるバーディー。この度のまさに寛大の極みともいえるご親切に大変驚きました。あなたが帰らなければならなくなって大変残念に思います。ヴィヴィアンはあなたが天使であったと申しており、心から感謝する次第です。きっとあなたは可能な事をすべてしてくださり、彼女に最上のやり方で対応してくださったのでしょう。私よりもうまく。あなたがおられなければ事態はどうなっていたかと私はよく思います。あなたのおかげで彼女は生きていけるのだとさえ思えるのです。[14]

　ラッセルは手紙に次のような注釈を付けている――「エリオット夫人は病気で静養を要した。エリオットは当初ロンドンを離れられなかった。そこで私がトーキーに彼女に付き添い、エリオットが数日後私に代わった」[15]。明らかに3人は不自然な関係に思われるが、エリオットが感謝しているのはむしろ経済的支援であると思われる。ラッセルによると彼は夫婦両者が好きで、軍需品を製造する会社の社債3000ポンド相当を、（平和主義者として知られ

ているラッセルはそれを保有していることに悩んでもいたので）経済的に困窮しているエリオット夫妻に与えた。しかし数年後にエリオットはその社債を返済したということである。[16] いずれにしてもエリオットのラッセルとの関係は思想・信条的な違いのゆえにその後は親密なものとはなり得なかった。ちなみにラッセルはブラッドリーを一流の哲学者とは認めてはいなかった。[17]

　エリオットには幸せな新婚生活を過ごした時期もあり、彼の家族への手紙には妻に対する感謝の思いも綴られていた。[18] しかし、スペンダーはこの後の不幸な結婚生活について述べている。

　　その数々の理由が何であれ、結婚生活はヴィヴィアン・エリオットの「過敏な神経」に悲惨な、次第に悪化する影響を及ぼし、彼女の夫の神経には、それよりもごく僅かばかり少ない影響を及ぼしたのである。エリオットの2番目の妻ヴァレリーが『荒地草稿』への序文で述べているところから判断すると、この結婚に続く数年間に2人が経験した症状のほとんどが、心身相関症によるものであったことは明らかなように思われる。この結婚は失敗といえるものであった。[19]

　アクロイドは2人の心身相関症による病歴を事細かに記述しているが、ともに相手に対する理解を欠いたままの結婚であった。

　またエリオットの両親はヴィヴィアンを認めず、末っ子の息子がイギリスで暮らすことに反対であった。またヴィヴィアンの方も息子を貧乏暮らしのままにしておく母親の対応に反感を持っていたようである。しかし女流詩人シットウェル（Edith Dame Sitwell, 1887–1964）の手記によると1921年、確かシャーロットとエリオットの姉メアリアン（Marian）とヘンリー3人が渡英した折に、ヴィヴィアンはシャーロットと実際に会っており、会ってみるとシャーロットを悪く考えることはできなかった。[20] またヴィヴィアンはエリオットの良き理解者である兄ヘンリーに2週間に1回は手紙を書いてほしいと願っていることなどから判断するとまったく一家を拒絶していたわけではない。しかしヴィヴィアンはアメリカに対して何か異質なものを感じていたのかもしれない。

ケナーはエリオットの結婚生活に関して、「この 32 年間、彼[エリオット]は渦巻き派に最初に登場した折から、感情的に錯乱し、絶望的にそうであることが結婚後すぐに判明した才女との悲惨な結婚に縛られていた[21]」と記している。このような女性との暮らしが幸福であるはずはない。ある精神病医がヴィヴィアンの日記を読み、こう述べている。「この若い女性はノイローゼで、不安定、特に女性であることに不安感を持つ。彼女は心身症である。……最後には妄想を伴う完全な偏執病という臨床像が現れる。彼女の妄想は他人には不合理で痛ましく見えるが、彼女にとっては現実である。彼女の苦しみは見せかけのものではなく、……恐らく才能のある人で快活であると同時に不機嫌で、『複雑』である――こういった組み合わせは人を引きつけるが、共に暮らすには難しい。[22]」アメリカに生まれたが、ほとんどヨーロッパ大陸で過ごした批評家であり、画家でもある友人ウィンダム・ルイス（Wyndham Lewis, 1882–1957）はエリオットには「妻の強迫観念がある[23]」とさえ述べた。

　1920 年に 1 度だけ印刷された、奇妙な「オード」（"Ode"）の中では、花婿はベッドの上に血を見て、「内臓の飛び出た女色摩」（'succubae eviscerate,' CPP 604）と顔を合わせるシーンがあるが、エリオットは生涯を通じて、体力がないことで苦しんでいた。ある医者が 1 度彼に言ったことがある、「ミスター・エリオット、あなたの血は私が今まで検査した中で一番薄い血です[24]」と。エリオットは夫婦関係に不安を覚え、元気を消失していたのである。

　さらにエリオットには妻との関係のほかに絶えず金銭逼迫問題があった。父親の支援は、次第に増大する妻の世話に必要な金額には十分ではなかった。エリオットは博士論文を進める中、家庭教師をし、書評の仕事もした。1916 年 1 月の手紙では博士論文に取り掛かろうとしていると述べられており、（大部分はエリオットがオックスフォードを離れた時期までにはすでに書き上げられていたと推察され）、4 月にハーヴァードに送られた。しかし結局エリオットは口述試験を受けなかった。物理的な事情もあったが、この時点ですでに哲学には求めるものが得られないと判断したのだとも思われる。一方家族はイギリスを離れないというエリオットの決心を知ると、深く失望しヴィヴィアンを責めた。

エリオット夫妻は以前からの取り決めどおりに、クリスマスにラッセルのフラットを引き払い、1916 年の初めには以前住んでいたコンペイン・ガーデンズ（Compayne Gardens）に戻り、翌年の夏の初めにクロフォード・マンションズ（Crawford Mansions）18 のフラットに転居した［その後 1920 年 10 月に夫妻はリージェント・パーク近くのクラレンス・ゲート・ガーデンズ（Clarence Gate Gardens）9 に移りその建物に 10 年以上住んだ］。なぜ研究者としての道を断って灯火管制が引かれているような薄暗い大都会に身を寄せたのだろうかと訝る思いもするが、ロンドンはまた文学・知の中心地であり、社交に入っていくことができる都会であった。エリオットはオールダス・ハクスリー（Aldous Huxley, 1894–1963）や D. H. ロレンス（D. H. Lawrence, 1885–1930）らと共にオットリン・モレルのガーシントン荘園（Garsington Manor）にも招かれていた。

1916 年夏にはエリオット夫妻はチチェスター（Chichester）近くのバザム（Bosham）に小別荘を借りた。メアリー・ハッチンソン（Mary Hutchinson, 1889–1977）らが近くに家を持っていたが、夏の行楽地としてエリオットがここを選んだのは主としてヴィヴィアンの病気療養のためであった。エリオットは午前中に仕事をし、午後は自転車で出かけたり、ボートを漕いだりし、時には大英博物館図書室で、秋から引き受けることになっていた大学公開講座の準備をした。今後増える講義などの収入を期待して、1916 年末にハイガット・ジュニア・スクール（Highgate Junior School）を辞職したが、計画どおりとはいかず、ヴィヴィアンが彼の健康を気遣うような事態になる。しかし幸いにもヘイ＝ウッド家の友人 L. E. トマス氏の推薦でエリオットはロイズ銀行（Lloyds Bank）に勤めることとなる。1917 年 3 月にコーンヒル 17 番地のロイズ銀行の植民地および外国部に配属される。そこにエリオットは作家生活で最も重要な 9 年間留まることになる。『プルーフロックとその他の観察』が出版されたのは銀行に勤め始めて 4 カ月後のことである。

しかし 1917 年初めには、「当時私は自分が完全に枯渇してしまったと考えていた」[25]とエリオットは語っている。そのためか 3 月から 4 月までにはフランス語で詩を書くことを始めた。さらに後に言及することになるが、パウンドが 5 月に外国人編集者（foreign editor）となった『リトル・レヴュー』（Little

Review）に「イールドロップとアプルプレックス」（“Eeldrop and Appleplex”）
という一風変わった小作品も執筆している。

　6 月にはエリオットはパウンドの助力により前衛的文芸誌『エゴイスト』
（*Egoist*）の副編集長となり、処女詩集『プルーフロックとその他の観察』を自
費により 500 部限定で同誌から出版する。また『エズラ・パウンド——その韻
律学と詩』（*Ezra Pound: His Metric and Poetry*, 1917）をニューヨークから出版
した。

　さらにウルフ夫妻（Virginia Woolf, 1882–1941 & Leonard Woolf, 1880–1969）
やハクスリー、ルイス、ミドルトン・マリー（John Middleton Murry, 1889–
1957）、マンスフィールド（Katherine Mansfield, 1888–1923）らの［1905 年から
第 2 次世界大戦まで存在したイギリスの左派自由主義的芸術家や学者からな
る］ブルームズベリー・グループ（Bloomsbury Group）の人々と交際し、そこ
でエリオットの新鮮な詩の感覚が注目される。

　1917 年 12 月にエリオットはコールファックス令夫人の朗読会（Lady
Colefax reading）でその後もしばしば会うことになるシットウェル姉弟（Edith
Sitwell と、風刺に長けた Sir Osbert Sitwell, 1892–1969）に会っており、写実的
手法の小説家アーノルド・ベネット（Arnold Bennett, 1867–1931）とも出会っ
た。[26] また翌年 1918 年にはエリオットはヴィヴィアンをベイズウォーター
（Bayswater）のイーディス・シットウェルのアパートでの土曜アフタヌーン
ティーにも連れて行った。また裕福で文学通のシフ夫妻（Sidney and Violet
Schiff）らとの交際も始まり、1918 年 11 月にはリッチモンドのホガース・ハ
ウス（Hogarth House）にレナード、ヴァージニア・ウルフ夫妻を訪ねている。[27]
ヴァージニアは、「彼は話しぶりが実にゆっくりして凝っているが、気取り
の下には不寛容が見える」[28]という印象を持った。しかしエリオットを ‘Great
Tom’ と呼んだのは彼女で、彼女は次第に Tom に好意を持っていく。[29]レナー
ドにはエリオットが儀礼的で用心深く、考え方が柔軟ではないように思えた。[30]

　戦争により燃料も食料も不足し、不満を託つ時代であった。この戦いの中
で日常のさまざまな個人的問題などはどうでもよくなってきたとエリオット
は父に記している。[31]母親にはアメリカが 1917 年 4 月に参戦して 1918 年初め
の連合国の災禍をみて、新聞は文化のために戦えと鼓舞するが、果たして戦

うに値する文化が何かを理解しているのかとエリオットは嘆いている。[32]

　1919年1月にエリオットは父を喪う。父の承認を得ようとして努力してきた青年にとって、大きな痛手であった。しかしその年にはエリオットの活動は本格化する。年初めにロンドンの文学批評週刊誌『アテナエウム』(*Athenaeum*) の編集を引き受けたミドルトン・マリーはエリオットに副編集長を依頼しており、4月にはエリオットは当誌に文学的土壌の希薄なアメリカ文学者のジレンマを記している。[33] 6月には第2詩集 *Poems* を刊行、続いて9月と10月には文学の伝統は第1にホーマーから現代に至るまでの歴史的感覚を要すると述べた「伝統と個人の才能」を『エゴイスト』誌に発表。そしてこの論文を含む評論集『聖なる森』(*The Sacred Wood*) を1920年3月に刊行し、翌年には「形而上詩人たち」("The Metaphysical Poets") を『タイムズ文芸付録』(*Times Literary Supplement*) に発表する。このようにエリオットは見事にその業績に後押しされたが、私生活は相変わらず少しも幸福ではなかった。

　エリオットの著作に対する事実上の最も熱狂的な反応は学会から起こった。当時ケンブリッジの特別研究員であった I. A. リチャーズは1920年2月出版のダンテ『浄罪篇』第26歌から題名を取った『我汝に請う』(*Ara Vos Prec*) の詩集に興奮し、エリオットに何らかの形で学部に加わるよう要請した。しかし研究者としての将来を考えてはいないとしてエリオットは断っている。[34]

　文筆活動、猛烈な読書に加え銀行の激務と、はた目にも分かるほどエリオットは衰弱する。1920年6月10日、このころ昼食を共にしていたエイケンは「われわれの会話は、幾分自己防衛的なユーモアを交えた沈鬱なものだ」[35]と妻ジェッシー（Jessie McDonald Aiken）に書いている。7月にパウンドは文学仲間に呼びかけてエリオットに補助金（Bel Esprit fund）を出し、銀行を辞めても暮らしていけるよう計画を立て始めたが、エリオットが本心から辞めたいとは思っていなかったため、このような試みは十分には成功しなかった（エリオットは後年このことに触れるのを嫌った）。[36]

　後に『荒地』となる、「奴は異なる声でポリス・ガッゼットを読む」("He Do the Police in Different Voices") という長詩に取り掛かっていたのは、ヴィヴィアンの病気、自らの健康問題、失業者が増す社会的混乱という内外に混迷をきわめている時である。おまけに夫妻がアメリカに行くことがかなわない

第Ⅱ章 『荒地』における眼　69

中、1921年6月に母親が姉と兄と共に渡英してきた。[37]この6年振りの家族の再会はエリオット夫妻に相当の心労をもたらすものであったことは容易に想像できる。8月終わりに家族がイギリスを去ると夫婦は疲労困憊になり、エリオットは激しい不安に襲われる。

「神経衰弱」のため10月に3カ月欠勤許可が出たので、エリオットは1カ月ケント州の港町マーゲート（Margate）に滞在することとし、ヴィヴィアンの同行を求めた。彼女は最初2, 3日マーゲートに留まった。10月20日の『タイムズ文芸付録』にエリオットの『17世紀形而上叙情詩と詩』（*Metaphysical Lyrics and Poems of the Seventeenth Century*）の論評が載っているが、そこに『荒地』を執筆していた時の詩人の心境を読み取ることができる。

　　詩人の心が完全にその作品に備え付けられると、詩人は絶えず異質の経験を融合している。一般的な人の経験は混沌として、不規則で、部分的である。後者は恋をし、スピノザを読み、そしてこの2つの経験は、タイプライターの音や料理の臭いなどと同様それぞれ何の関係もないが、詩人の心にはこれらの経験が常に新しい全体を形作っている。[38]

10月22日、エリオットはマーゲートのアルベマールホテル（Albermarle Hotel）に移り、「火の説教」の大半がここで書かれた。オットリン・モレルに紹介された進化生物学者ジュリアン・ハクスリー（Sir Julian Sorell Huxley, 1887–1975）の勧めでエリオットはスイスの精神科医ヴィトー（Roger Vittoz 1863–1925）に助言を求め、[39]ひとまずロンドンに戻った後、単身心理療法のためスイスのローザンヌ（Lausanne）に向かう決意をする。1921年11月1日付のヴィヴィアンがラッセルに宛てた手紙に「トムは神経症で倒れ……マーゲートにいるが……スイスのヴィトー医師にかかる予定である」ことが記されている。[40]ヴィヴィアンは近くのサナトリウムに行く予定でパリまで同行し、そのあとパウンド夫妻と共にいた。エリオットからオットリン・モレルに宛てた1921年11月30日の手紙には積年の緊張から解かれたような思いが吐露されている。[41]12月初旬スイス、ヴェヴェイ（Vevey）の北にあるシャルドンヌ（Chardonne）の療養所にて1000行にもわたる詩の大部分を完成したエリ

オットは、パリを経由してパウンドに原稿を渡し、ロンドンに戻るのである。

　しかしパウンドはこの原稿を半分に削るよう勧める。パウンドがエリオットへ宛てた 1921 年 12 月 24 日の手紙は、大きい削正を加えたものについて、「大変よくなった」という書き出しで、あれこれ助言を与え、「こうして『4 月……』から『シャンティ』まで一貫して進む。これは 19 頁に及び、英語で最も長い詩だといえる」とその内容の豊富さを賞揚した。最後には「賛辞。汝狡猾者よ、私は 7 つの嫉みに苦しんでおり、自分の作品ではいつも自身の醜い分泌物を押し出すだけで、正しい輪郭が掴めないことの言い訳を考えている……」など賛辞と自嘲の言葉で結び、「助産男」("Sage Homme")と題する推賞の戯詩を添えている。[42] これに対して約 1 カ月後エリオットはパウンドの修正に対する感謝の言葉を贈り、再案を求められた項目について了承し、質問もしている。1.「ゲロンチョン」("Gerontion," 1920) を序詩として用いてはどうか、2. フレバスを除外した方がよいだろうか、3. "帝王切開"("Sage Homme" にある "If you must needs enquire / Know diligent Reader / That on each Occasion / Ezra performed the Caesarean Operation"「もしあなたがどうしても知る必要があれば / それぞれの場合に / エズラが帝王切開を行ったと / 精励な読者よ、知られよ」) をイタリックで印刷して巻頭に置くことをパウンドが望むかどうか、4. 雑多な箇所の削除の了承、5. コンラッド（Joseph Conrad, 1857–1924）をどこまで引用すべきか、などである。[43]

　このように 1921 から 22 年の 2 人の書簡による合議の結果、以下のようなところが削除された。重厚さに欠けるとしてエピグラフに用いられたコンラッドの『闇の奥』(*Heart of Darkness*, 1899) からの「恐怖だ、恐怖だ」('The horror! The horror!') の絶叫、ポープ（Alexander Pope, 1688–1744）の『髪の強奪』(*The Rape of the Lock*, 1714) を模して書いた部分、上流婦人のベッドでの朝食の場面、ダンテ『地獄篇』をまねた難船の場面、「風は 4 時に吹き起こった」("The wind sprang up at four o'clock") の原型が含まれた部分、序文にするつもりだった「ゲロンチョン」などである。ただし 4 章のフレバス挿話はエリオットとしては削除する覚悟であったが、パウンドは保留を求め、結果的に残った。

　こうして『原・荒地』(*ur-Waste Land*) というべきものは 1921 年秋、転地療

第Ⅱ章 『荒地』における眼　71

養先のローザンヌで書かれ、およそ現行の 2 倍の長さがあったが、モダニズ
ム運動の中心的存在エズラ・パウンドの意見に従って大幅にカットされて、
1922 年 10 月『クライテリオン』創刊号に掲載された。そして同年アメリカの
ボニー・アンド・リヴァライト社（Boni & Liveright）で出版され、翌年イギリ
スでホガース社（Hogarth Press）から出版された。エリオットは作家たちのパ
トロンであり原稿の収集家でもあった弁護士ジョン・クイン（John Quinn,
1870–1924）とギルバード・セルディス（Gilbert Seldes, 1893–1970）、そしてリ
ヴァライト社に、出版にまでいたったことに対する謝辞を 1922 年 5 月 1 日に
送っている。[44]なお自注はリヴァライト社の要求で 32 頁にするために技術的
に加わったものである。注の出典などには特にこだわらなくてよいとパウン
ドもケナーも述べているが[45]エリオットの意図を知る手がかりの 1 つになるこ
とは確かである。

　クインに預けられた『原・荒地』は 1922 年 10 月 23 日に書留で、ニューヨー
クの彼の事務所 31 Nassau Street に送られ、1923 年 1 月 13 日に到着した。
1924 年クインの死後、彼の姉妹ジュリア・アンダーソン夫人（Mrs. William
Anderson）が受けつぎ、1950 年代にその娘、メアリー・コンロイ夫人（Mrs.
Thomas F. Conroy）が保管所で発見した。そして 1958 年 4 月 4 日に 18.000 ド
ルでニューヨーク図書館（New York Public Library）のベルグ・コレクション
（Berg Collection）に売却された。アメリカにいたエリオットには連絡がな
く、エリオットは所在を知らなかった。[46]そしてようやく 1968 年にニュー
ヨーク図書館のヘンダーソン（Mr. James W. Henderson）からマイクロフィルム
がヴァレリーに送られたが、B. L. リード（B. L. Reid）著の伝記、『ニューヨー
ク出身の男——ジョン・クインとその友人たち』（*The Man from New York: John
Quinn and His Friends*）が出版される 10 月 25 日まで極秘にするという条件付
きであった。コンロイ夫人はエリオットから叔父クインに宛てた 22 の手紙
と 6 つの電報を図書館に寄贈した。そしてヴァレリーの手によって注釈が付
けられ、1971 年にフェイバー社から *The Waste Land: A Facsimile and Transcript
of the Original Drafts* として出版されたのである（*WF* xxix）。

　『荒地』はジョイスの「神話的方法」を模し、枠組みとしたのは、自注にあ
るように、ハーヴァード時代にエリオットが興味を持ったウェストン（Jessie

L. Weston, 1850–1928）の『祭祀からロマンスへ』（*From Ritual to Romance*, 1920）である。中世ロマンスによると漁夫王（Fisher King）が剣の祟りで不具になりその国に悪疫が起こり、その国土は旱魃に悩み、不毛の地と化す。この呪いを解くために高潔で勇敢な騎士が現れて危険な教会堂（Chapel Perilous）にある槍（Lance）と大皿（Grail）を得ると、水がもたらされ、国土は再び豊饒へと至る。ウェストンは、キリスト以前の自然祭祀を中世キリスト教ロマンスと結びつけた。

　今1つ、エリオットが負うところがあったと述べるのはアリキア（Aricia）のディアナ（英語読みダイアナ Diana）の祭祀職継承規定に端を発して、未開社会の呪術・神話から民族学、宗教を紐解くフレイザー（Sir James George Frazer, 1854–1940）の『金枝篇』（*The Golden Bough*, 1890–1936）が描く古代宗教、呪術に関する文化人類学の知識である。聖杯探求の源泉に生―死―再生の原型として「アドーニス、アッティス、オシーリス」信仰があることをエリオットは提示した。

　アドーニス（Adonis）はシリア王テイアース、またはキュプロス王キニュラースとその娘ミュラーとの不倫の末生じた美少年。後に彼はアルテミスの怒りに触れ、狩猟の最中に猪に突かれて死に、その血からアネモネが、彼の死を悼むアプロディーテーの涙から薔薇が生まれた。[47] アッティス（Attis）もアドーニスと同じく植物の枯死と復活を象徴した神で、ローマ時代にその崇拝が広まった。[48] オシーリス（Osiris）は、エジプト王として善政を行ったが、兄弟のセト（Set）に殺され、その死体は八つ裂きにされてナイル川に投じられた。彼の姉妹で妻のイーシスは長い間かけて夫の死体を集めて葬り、子のホーロスと共にセトを破って復讐した。[49]

　表題の直後に引用されているパウンドに宛てた「より巧みな芸術家」（*il miglior fabbro*）との言葉は『神曲』『浄罪篇』第 26 歌 117 行にある。12 世紀後半のプロヴァンス吟遊詩人アルノー・ダニエル（Arnaut Daniel 1180–1200 頃活躍）の「私よりも国の言葉を鍛えたものなのだ」を典拠とする。続く文はペトローニウス（Gaius Petronius Arbiter, c 27–66）作の堕落したネロ期のローマを描いた『サテュリコン』（*Satyricon*）の 48 章からの引用である。プルーフロックに代表されるいわば生ける屍のような生の再生のための死が必要とばかり

に、クーマエ（Cumae）の主にアポローンの神託を受けとる巫女シビル（Sybil）は「私は死にたい」と言う。シビルは若いころアポローンに愛され、その手に掴める砂粒の数の歳まで生きることを許されたが、若さを求めることを忘れていたので、老い衰えて蝉のように小さくなった、と語られている。

> 「そうなのだ、わしはクーマエで一人の巫女が藁の中に吊るされているのを確かにこの眼で見たのだから。それで子供たちが『巫女さん、あんたは何が望みなの』というと、巫女は『私は死にたい』と答えたものだ。」[50]

さて不毛の世界に生きるティレシアス[51]が盲目になった理由に関しては諸説あるが、古代ローマ詩人オーヴィド（Pūblius Ovidius Nāsō, known as Ovid, 43 BC–17/18 AD）が世界の始まりから語った『変身物語』（*Metamorphoses*, III. 320–38）からのエリオットの自注によると、ティレシアスがキュレーネー山中で交尾している蛇を打ったところ、ティレシアスは女性になってしまった。7 年間女性として暮らした後、再び交尾している蛇を見つけ、これを打つと男性に戻った。ある時女性の結婚を護る女神ユーノー（Juno）と主神ユピテル（Juppiter）が、男女の性感の差について、ユピテルは女がより快感が大きい、ユーノーは男の方が大きいとして言い争いとなり、ティレシアスの意見を求めた。ティレシアスはユピテルの考えが正しいと答えた。ユーノーは怒ってティレシアスの眼を見えなくしてしまった。ユピテルはその代償に、ティレシアスに予言の力と長寿を与えたという（*CPP* 78）。

自注によると、ティレシアスの見るものがこの詩の内容であり、ティレシアスはすべての人物を結びあわせている（*CPP* 78）。果たしてティレシアスが目撃した荒地の実態とはいかなるものであったのか。

I．「死者の埋葬」 "The Burial of the Dead"

April is the cruellest month, breeding

Lilacs out of the dead land, mixing

Memory and desire, stirring

Dull roots with spring rain.　　(ll. 1–4, *CPP* 61)

　4月は最も残酷な月
　死んだ土地からライラックを育てあげ
　記憶と欲望とを混ぜ合わし
　精気のない草木の根元を春の雨で揺り動かす。

　冒頭が衝撃的である。チョーサー（Geoffrey Chaucer, 1340 頃 –1400）の『カ
ンタベリー物語』（*The Canterbury Tales*, 1387–1400）では "Whan that Aprill with
his shoures soote / The droghte of March hath perced to the roote / And bathed
every veyne in swich licour, / Of which vertu engendred is the flour ..." ["When in
April the sweet showers fall / And pierce the drought of March to the root, and all /
The veins are bathed in liquor of such power / As brings about the engendering of
the flower"]（四月がそのやさしい雨で ／ 三月の渇きを根元まで滲み通し ／
その湿り気ですべての葉脈を浸し ／ そしてその力で花が咲き出る）とあるよ
うに、すべての生命が蘇る 4 月は至福の月である。[52]にもかかわらず、この詩
を語る主人公にとって、4 月は最も残酷な月なのである。それは「記憶」
（'memory,' l. 3）と「欲望」（'desire,' l. 3）が混じり合い切なく胸を疼かせるか
らである。8–18 行までは 1 人の男の回想であり、その記憶の底にリトアニア
生まれのドイツ女がドイツ語を交え少女時代を語る。そして痛烈な問いかけ
がなされる。

　　What are the roots that clutch, what branches grow
　　Out of this stony rubbish? Son of man,
　　You cannot say, or guess, for you know only
　　A heap of broken images, where the sun beats,
　　And the dead tree gives no shelter, the cricket no relief,
　　And the dry stone no sound of water. Only
　　There is shadow under this red rock,
　　(Come in under the shadow of this red rock),

And I will show you something different from either

Your shadow at morning striding behind you

Or your shadow at evening rising to meet you;

I will show you fear in a handful of dust.

> *Frisch weht der Wind*
>
> *Der Heimat zu,*
>
> *Mein Irisch Kind,*
>
> *Wo weilest du?*　(ll. 19–34, *CPP* 61–2)

　このからみつく樹の根は何の根か。この石屑から
伸びているこれは何の若枝？　人の子よ、
君には言えない、図り得ない。君が分かるのは
ただ壊れた石像の山。そこには陽が射し、
枯れ木の下には陰はなく、コオロギに安らぎなく、
乾いた石に水の音なし。ただ
この赤い岩の下には陰がある。
（この赤い岩陰に来なさい）
そうすれば見せてあげよう
朝、君の後ろを歩く君の影でも、夕べに、君の前に立ちはだかる
君の影とも違ったものを。
一握りの灰の中の恐怖を、見せてあげよう。

> 　「さわやかに風は吹く
> 　故郷に向かって。
> 　わがアイルランドの子よ
> 　君は今どこにいるの？」

　「根」（'roots,' l. 18）は「イザヤ書」11 章 1–2 節のメシア預言──「エッサイ
の株からひとつの芽が萌え出で、その根からひとつの若枝が育ちその上に主
の霊がとどまる」を思い起こさせ、続く「石屑」（'stony rubbish,' l. 20）とのコ
ントラストが明示され、さらに「エゼキエル書」［エゼキエルとは「神が強く

する」意］37 章の「枯れた骨の復活」の暗示を読み取ることができる。しかし続くのは「エゼキエル書」6 章 4 節の「砕けた偶像の山」（'A heap of broken images,' l. 22）、であり「太陽の熱」「枯れ木には憩う影もなく」「コオロギに慰めなく」「石は乾き、跳ぶ水の音もない」など荒涼としたイメージが重ねられ、荒地の様相が突きつけられる。そのような中、主人公は聖杯の連想を呼ぶ「赤岩」（'red rock,' l. 26）の岩陰で「恐怖を一握りの塵の中に」（'fear in a handful of dust,' l. 30）見せようという。

　エリオットにおいては岩の表象が多いが、岩は、「出エジプト記」17 章 5–6 節——主はモーセに言われた。「……あなたはその岩を打て。そこから水が出て、民は飲むことができる」、あるいは、「イザヤ書」48 章 21 節——「主が彼らを導いて乾いた地を行かせるときも彼らは渇くことがない。主は彼らのために岩から水を流れ出させる。岩は裂け、水がほとばしる」——にあるように、神のもとにあれば命の水が湧き出るが、神を離れては「つまずきの石」（イザ 8:14）と化す。

　そこに愛と死をテーマとしたワグナーの楽劇『トリスタンとイゾルテ』（*Tristan und Isolde*, 1857–59）第 1 幕にある水夫の歌が聞こえてきて、主人公にヒアシンスの園における愛の挫折を思い起こさせる。

> 'You gave me hyacinths first a year ago;
> 'They called me the hyacinth girl.'
> ——Yet when we came back from the hyacinth garden,
> Your arms full, and your hair wet, I could not
> Speak, and my eyes failed, I was neither
> Living nor dead, and I knew nothing,
> Looking into the heart of light, the silence.
> *Oed' und leer das Meer.*　　(ll. 35–41, *CPP* 62)

「去年あなたは初めてヒアシンスを下さったわね、
「みんなが私のことをヒアシンス娘なんていいますの。」
　——でも私たちが夜も更けてヒアシンスの園から戻ってきたとき

第Ⅱ章　『荒地』における眼　77

あなたは花を抱き、髪はしっとりぬれ、
私は語る言葉なく、見る眼に力なく、
生きた心地なく、何も分からず、
ただ静寂の底、光の中心をじっと見つめていたのです。
「海は荒涼としていた。」

38–40 行目の 'I could not … dead' はダンテ『天国篇』第 4 歌の最後——「ベ
アトリーチェは愛の光で満ちた／聖なる眼で私を凝視したので、／私の視
力はそれに打ち負け、背を見せ、／そのため眼を伏せ、ほとんど意識も失っ
た」を連想させる。ここには死者を抱く主人公（彼もまた死んでいる）の失意
の究極を読み取ることができる。この哀愁に満ちたシーンは豊饒神ヒアシン
スの死と騎士としての任務遂行の失敗をも暗示する。
　そして見る眼に力ない主人公に代わって登場するのは千里眼のソソストリ
ス夫人（Madame Sosostris）である。

　　Madame Sosostris, famous clairvoyante,
　Had a bad cold, nevertheless
　Is known to be the wisest woman in Europe,
　With a wicked pack of cards. Here, said she,
　Is your card, the drowned Phoenician Sailor,
　(Those are pearls that were his eyes. Look!)
　Here is Belladonna, the Lady of the Rocks,
　The lady of situations.
　Here is the man with three staves, and here the Wheel,
　And here is the one-eyed merchant, and this card,
　Which is blank, is something he carries on his back,
　Which I am forbidden to see. I do not find
　The Hanged Man. Fear death by water.
　I see crowds of people, walking round in a ring.
　Thank you. If you see dear Mrs. Equitone,

Tell her I bring the horoscope myself:

One must be so careful these days.　(ll. 43–59, *CPP* 62)

　マダム・ソソストリス、とても有名な千里眼、

ひどい風邪をめしていたのだが、それでも

なんでも当てる一組のカードを持った

ヨーロッパ一の賢い女で知られる。

さあ、と夫人が言う。

これがあなたのカード、溺死したフェニキア水夫の札よ。

（ごらんなさい。在りし日の眼、いまは真珠）

これはベラドンナ──岩地の女、

いろいろな境遇の女です。

これが三又の杖を持つ男。これが「運命の輪」、

こっちは片眼の商人。それからこの空っぽの札、

これは何か商人が背負っているもの、

あたしは見てはいけないの。

さて、「礫の男」が見つからない。水死の恐れがあるようですね。

たくさんの人が環になってぐるぐる歩いているのが見える。

ありがとうございました。エキトーンさんの奥さんにお会いになったら、

占星表はわたしが持っていくからっておっしゃってね。

この節は全く油断がなりませんから。

　マダム・ソソストリスが主人公のために引いたカードは「溺死したフェニキアの水夫」で、第4部「死んで二週間が経つフェニキア人フレバス」（'Phlebas the Phoenician, a fortnight dead,' l. 312, *CPP* 71）と結びつく。次行の「その真珠こそは在りし日の彼の眼」（'Those are pearls　that were his eyes,' l. 48）は『テンペスト』（*The Tempest*）第1幕第2場398行の詩句。ナポリ王アロンゾ（Alonso）の息子ファーディナンド（Ferdinand）は、難破で父が死んだものと思い込んで悲嘆に暮れていたが、この歌によってプロスペロ（Prospero）たちのところへ導かれる。復活の序曲である。いわばアドーニスの死と復活が暗示されて

いるがソソストリスにはこの変容（metamorphosis）の真意が掴めていない。

　次のカードが「ベラドンナ、岩地の女」（'Belladonna=beautiful lady のラテン語綴り、the Lady of the Rock,' l. 49)、すなわち、第 2 部以降に描かれる「さまざまな境遇に置かれる女」（'The Lady of situation,' l. 50) である。「三又の杖を持つ男」（'The Man with three staves,' l. 51) はタロットの役札の 1 つで十字の杖を持った皇帝、'the Wheel' はタロットの「運命の輪」である。『金枝篇』（五）第 63 章「火祭りの意味[53]」によると古代人間や豚が車軸を回し、その摩擦熱で火を得ていたところから、生のシンボルと見なされる。「片目の男」（'the one-eyed merchant,' l. 52) はタロットにはないが、片目で視野の狭い見方をする物質主義者を指していると見なすことができる。見てはいけないというその男が背負っている白紙のカード、逆さ吊りの男（'The Hanged man,' l. 55) は原注によると『金枝篇』（三）第 34 章「アッティスの神話と典礼[54]」の豊饒神アッティス祭において松の木に吊るされる司祭と、『荒地』第 5 章に表れるエマオ途上の「頭巾をかぶった男」（'the hooked figure,' ll. 359–65) の 2 つの連想を含んでいるという（CPP 76)。絞殺される豊饒神およびキリストと結びつくが、ソソストリス夫人はそのカードを見つけることができない。

　「水死の相」があるというが、罪に死ぬことを意味する洗礼を恐れているというのは読み込みすぎだろうか。7 枚のカードは、すべて「復活─新生」の表象であるが、ソソストリスには理解できない。

　次にはボードレールの『悪の華』（Les Fleurs du Mal) の「7 人の老爺」（"Les Sept Vieillards") の冒頭をもじったものと、『地獄篇』（Inferno III. 55–7)「その後からは長蛇の列をなした群集が従っていたが、／その数は非常に多かったので、／死がかくも多くの人を滅ぼしたとは信じられないほどだった」、および『浄罪篇』（Prugatorio IV. 25–7)「そこで聞こえるものは／永遠の大気をふるわせる／溜息のほかには／泣き声ひとつなかった」の言及によって現代の荒地、ロンドンの様子が語られる。

　　　Unreal City
　　Under the brown fog of a winter dawn,
　　A crowd flowed over London Bridge, so many,

I had not thought death had undone so many.

Sighs, short and infrequent, were exhaled,

And each man fixed his eyes before his feet.

Flowed up the hill and down King William Street,

To where Saint Mary Woolnoth kept the hours

With a dead sound on the final stroke of nine.　（ll. 60–8, *CPP* 62）

　非実在の都市

冬の夜明けの茶褐色の霧の下を

人の群れがロンドン橋の上を流れて行った、多数の人だ、

こんなに多くの人を死が破滅させたとは知らなかった。

たまに短く息を吐いて

銘々がその足元にじっと眼を据えていた。

坂を上り、キング・ウィリアム・ストリートを下っていくと、

セント・メアリー・ウルノス教会の、9時を打ち終える

死んだような鐘の音が漂ってきた。

　ロンドン橋、ロンドンの金融の中心街キング・ウィリアム・ストリート、そこに聞こえてくるセント・メアリー・ウルノス教会の鐘の音は始業の合図であり、死んだような現代人を弔う鐘の音でもある。

　ここにも明らかにボードレールの影がある。エリオットはボードレールに関して、自ら受けた影響を以下のように表現している。

　私は、ボードレールから、これまで私と同じ言語で書くどの詩人も、まったく発展させてこなかった近代的大都会の卑しむべき側面や、汚い現実と幻想の融合、また、当たり前の事実と空想的なものとの並置などについての詩的可能性の前例を初めて学び取った。ラフォルグからもそうだが、私はボードレールからアメリカの産業都市で得ていた素材、思春期の1人の青年の経験が詩の素材になり得るということを学び取った。また新しい詩の源泉は、今までは詩にすることは不可能であり、不

毛であり、およそ詩的でないと見なされていたものの中にも見いだせる
ということも学び取った。……私は『悪の華』全体の中の、主として十行
足らずのものに負うており、彼の意義は次の数行に要約される。

Fourmillante Cité, cité pleine de rêves,
Où le spectre en plein jour raccroche le passant ...

「蟻のように人のうごめく都会、幻想に満ちた都会
そこでは白昼亡霊が道行く人の袖を引く……」

私は、「これ」が何を意味するかを知っていた。なぜなら、これを自分の
詩にしたいと思っていることを知る前に、私は、このことを生きていた
からである。（"What Dante Means to Me," 1950, *CC* 126–7）

「死者の埋葬」の最後は次のように終わる。

There I saw one I knew, and stopped him, crying: 'Stetson!
'You who were with me in the ships at Mylae!
'That corpse you planted last year in your garden,
'Has it begun to sprout? Will it bloom this year?
'Or has the sudden frost disturbed its bed?
'Oh keep the Dog far hence, that's friend to men,
'Or with his nails he'll dig it up again!
'You! hypocrite lecteur!—mon semblable,—mon frère!'　　（ll. 69–76, *CPP* 62）

そこに私は見覚えのある男を見つけ、呼び止めた。「ステットソン！
「君はミーラエの海戦で私と一緒の船に乗っていたね。
「去年君の庭に植えたあの死骸のことだが、
「あれ、芽が出ただろうか？今年花が咲くだろうか？
「それとも突然の霜で苗床がやられのだろうか？

「ああ、あの『犬』を近付けてはだめだよ。あれは人間の味方なのだから。

「また爪で死骸を掘り出してしまうかもしれないから！

「君！　偽善者の読者！──わが同胞！──わが兄弟！」

　主人公とステットソンが言及する去年埋めた死骸は古代エジプト神話に登場する神の人柱オシーリスを指す。犬が掘り起こさないよう死骸に近付けるなという 1 行は、作者の自注（*CPP* 77）により「狼を近付けるな」という 1608 年頃のウェブスターの『白い悪魔』（John Webster, *The White Devil*, V. iv）のコルネーリア（Cornelia）の歌う葬送曲の 1 行 '*But keepe the wolfe far thence, that's foe to men*'[55] の変形である。最後の言葉──「君！　偽善者の読者！──わが同胞！──わが兄弟！」と『悪の華』に倣って主人公がステットソンに呼びかけるが、ステットソン同様、読者も荒地の住人である事実を突きつけられる。

　ところで、なぜ『荒地』の冒頭「4 月は最も残酷な月」であるのか。「春は流血の時 ／ 犠牲の季節」（'Spring is an issue of blood / A season of sacrifice,' I. ii. *CPP* 310）、と『一族再会』（*The Family Reunion*, 1939）で述べられているように、キリストの十字架の死と結びつき、しかもその死に再生の予兆がみられないときには絶望しか残されていないからなのだろう。

II.「チェス遊び」 "A Game of Chess"

　題名の由来はエリオットがその評論で「人間性に対する客観的で冷静な観察がある」（"Thomas Middleton," 1927, *SE* 167）と評価するトマス・ミドルトン（Thomas Middleton, 1580–1627）の 1624 年に初演された風刺喜劇『チェスゲーム』（*A Game at Chess*）──チェスを比喩に用いて White House がイギリス、Black House がスペインであり、後のチャールズ 1 世（1600–49）とマリアナ・デ・アウストリア（Maria Ana de Austria, 1606–46）とのいわゆるスペインとの縁組に纏わる策略を描いたもの──を出典とする。[56]

　欲に塗れた男女関係の不毛さが「チェス遊び」のテーマである。前半では有閑マダムが、後半では下層階級の女が登場するが、共に同じ女である。最初に登場する有閑マダムは、ソソストリス夫人が予言したベラドンナであ

る。豪奢な部屋は 'The Chair she sat in, like a burnished throne,/ Glowed on the marble' (ll. 77–8, *CPP* 64) からクレオパトラの館 (*Antony and Cleopatra*, II. ii, l. 190) と 'a golden Cupidon peeped out/ (Another hid his eyes behind his wing)' (ll. 80–1, *CPP* 64) から『シンベリン』(*Cymbeline,* II. iv. 87–91) で描かれるシンベリンの娘イモージェン (Imogen) の部屋を偲ばせるが、ベラドンナは才気溢れるクレオパトラとも貞淑なイモージェンとも無縁の女である。その豪華絢爛たる部屋には「あの鶯の化身フィロメーラー (Philomela) の絵姿が掛かっていた」(l. 99, *CPP* 64)。自注にあるように古代ローマの詩人オーヴィドの『変身物語』第六章から採られたものである (*CPP* 77)。

　バルカン半島の北にあったトラキア (Thrace) の王テレウスは、妻プロクネー (Prokne) の妹フィロメーラーを犯したうえ、その舌を切り取って悪事の露見を防ごうとしたが、結局妻の知るところとなり、プロクネーは自分たちの子を夫に料理して食わせることによって復讐を果たし、フィロメーラーと共に逃げる。王は追い迫ったが、祈りによってフィロメーラーはナイチンゲールに、プロクネーは燕に化身した。[57]『荒地』V の 428 行では、哀しくも新しい生の喜びを謳歌している。フィロメーラーの逸話から情欲と死、また死と復活のテーマが読み取れる。

　続いて突然人の足音がして火の玉と化した髪の女が現れ、2 部の核心をなす修羅場が繰り広げられる。

　　　I think we are in rats' alley
　　Where the dead men lost their bones.

　　　'What is that noise?'
　　　　　　　　　　The wind under the door.
　　'What is that noise now? What is the wind doing?'
　　　　　　　　　　Nothing again nothing.
　　　　　　　　　　　　　　　　　　'Do
　　'You know nothing? Do you see nothing? Do you remember
　　Nothing?'

I remember
Those are peals that were his eyes.　（II. ll. 115–25, *CPP* 65）

　私は考える、私たちは鼠の路地にいて
そこで死人がその骨をなくした

　「あの物音とは何でしょう？」
　　　　　　　　ドアの下を風が吹いている。
「それ、あの音とは何でしょう？　風は何をしているの？」
　　　　　無　また　無
　　　　　　　　　　　　　　　　「あんた
何にも知らないの？　あんた何にも見えないの？　思い出さないの
何にも？」

　　私は思い出す、
あの人の、在りし日の眼、今は真珠。

　精神的に不安定で沈黙に耐えられないこの女は、ここでは夫の立場に置か
れた主人公に話しかけるが、その答えるところによると、彼らは死人が骨を
失うネズミの小道にいてドアの下の隙間風に怯えている。女は畳み掛ける。
「何にも思い出さないの」と。主人公が思い出すのは「彼の眼は真珠だった」
という死の記憶である。これは 48 行ですでに出ているが、『テンペスト』
（*Tempest*, I. ii.）にあるエアリエルの歌の言葉である。それを聞いたナポリの
王子ファーディナンドは溺死した父の事を想い浮かべ、不滅の生命を渇望し
ているのである。
　「私はどうしたらいいの？　どうしたら？」と女は問うが答えは帰ってこな
い。女の詰問に応えて、内心エアリエルの歌を口ずさむ主人公は、「おー
おー　おー　おー、シェークスピヒーアまがいのあの襤褸切れ」（'O O O O
that Shakespeherian Rag,' l. 128, *CPP* 65）と蓄音機から流れるジャズをなぞって
しまう。[58]

そして強烈な眼が出現する。

The hot water at ten.
And if it rains, a closed car at four.
And we shall play a game of chess,
Pressing lidless eyes and waiting for a knock upon the door.

(ll. 135–8, *CPP* 65)

十時にお風呂
そして、もし雨なら、四時に箱型乗用車。
そして、チェスを一席いかがでしょう。
蓋なしの眼を押さえつけてドアのノックを待ちましょう。

10時に風呂に入り、雨が降れば4時に車で出かけ、夜通しチェス遊びと主人公は告げるが、「ドアのノックを待ちながら」('waiting for a knock upon the door,' l. 138) は読者に『闘士スウィーニー』(*Sweeney Agonistes,* 1926–27) の語り手が自らの殺人をあばきにやって来る警官のノックの戦慄を連想させる。

『闘士スウィーニー』は『荒地』の第2部を改変したものである。ミルトンの『サムソン・アゴニスティーズ』(*Samson Agonistes*, 1671) のサムソンをスウィーニーに置き換えてキリスト教世界との皮肉な対比をなしている。「ナイチンゲールに囲まれたスウィーニー」("Sweeney among the Nightingales," 1920) ではスウィーニーは人猿でアガメムノン (Agamemnon) の役割で殺される予告を受けるが、本劇では妻クリテムネストラ (Clytemnestra) と情夫アイギストス (Aegisthus) とによって殺されるアガメムノンの仇を取り、狂気となりエウメニデス (Eumenides) に追い回される息子オレステス (Orestes) の役回りをする。[59]

「あるプロローグの断片」("Fragment of a Prologue") と「勝負争い」("Fragment of an Agon") という2つのシーンから成っているが、「あるプロローグの断片」ではダスティー (Dusty) とドリス (Doris) という娼婦がトランプ占いをし、客の品定めをする場面が提示される。ドリスが「棺桶」というトランプを引

く。一同が動揺する中、戸をたたき続ける不吉な音がする。

Doris: I'd like to know about the coffin.
KNOCK KNOCK KNOCK
KNOCK KNOCK KNOCK
KNOCK
KNOCK
KNOCK　("Fragment of Prologue," *CPP* 118)

　ドリス:　　私は、あの棺桶のことが知りたい。
コツ　コツ　コツ
コツ　コツ　コツ
コツ
コツ
コツ

　このノックの音は、続く「勝負争い」で、かつて女を殺し、罪の不安に怯え
ながらも平然を装うスウィーニーへの最後のコーラスで繰り返される。

When you're alone in the middle of the night and
you wake in a sweat and a hell of a fright
When you're alone in the middle of the bed and
you wake like someone hit you in the head
You've had a cream of a night mare dream and
you've got the hoo-ha's coming to you,
Hoo hoo hoo
You dreamt you waked up at seven o'clock and it's
foggy and it's damp and it's dawn and it's dark
And you wait for a knock and the turning of a lock
for you know the hangman's waiting for you.

And perhaps you're alive

And perhaps you're dead

Hoo ha ha

Hoo ha ha

Hoo

Hoo

Hoo

KNOCK KNOCK KNOCK

KNOCK KNOCK KNOCK

KNOCK

KNOCK

KNOCK　（"Fragment of an Agon," *CPP* 125–6）

夜の真っただ中でただ独り、君が
　　寝汗をかいて、恐怖のどん底で眼を覚ます時
ベッドの中心でただ独り、君が
　　脳を打ちのめされたように、眼を覚ます時
壮絶な悪夢のもやもやにうなされ
　　フウハー（喧噪）が君に、襲い掛かってくる
フウー　フウー　フウー
君はうなされ、7時に眼を覚ましたが、
　　霧が深く、湿っていて、夜明けで、暗い
君はノックと鍵の回るのを待つのだが
　　それは死刑執行人が君を待っているのを知っているからだ。
恐らく君は生きている。
恐らく君は死んでいる。
フウー　ハ　ハ
フウー　ハ　ハ
フウー
フウー

フウー

コツ　コツ　コツ

コツ　コツ　コツ

コツ

コツ

コツ

　「それは、死刑執行人が君を待っているのを知っているからだ。」KNOCK
KNOCK KNOCK … 音の正体は罪をあばくためにやって来た死刑執行人がド
アをたたく音であった。すなわち、ここにおいてプルーフロックの眼のイ
メージが看過できない彼の罪意識（awareness of sin）と関連するものであるこ
とが示唆される。

　罪とは、ギリシャ語の hamartia（ハマルティア）という用語で、もともとは
「的を外す」という意味である。現実の人間が、人間存在の根源的構造に相即
していないばかりか、積極的に反逆しているということである。[60]

　「チェス遊び」は、続いてロンドンの居酒屋での光景へと変わる。リル（Lil）
という女友達の不毛の結婚生活が話題である。会話の中に「時間です　どうぞ
お早くお願いします」（'HURRY UP PLEASE ITS TIME,' ll. 141, 152, 165, 168,
169）と居酒場の主人の言葉が繰り返し挿入され、プルーフロックの 'There will
be time' と対比をなしている。最後は、'Good night, ladies …' （*Hamlet* IV. v.
72–4）と裏切られた愛、狂気、そして水死の連想を呼ぶオフィーリア（Ophelia）
の別れの言葉で、不毛の世界が締めくくられる。

　まさにこれらの不毛の世界を認知する主体ティレシアスこそ第 I 章でみた
エリオット哲学でいう、認識の主体とされるが実際には存在しない 'qua
knower' にほかならない。ついに「チェス遊び」においてティレシアスが 'qua
knower' を表し、その実体は罪意識を表すことが露わになったのである。

Ⅲ.「火の説教」 "The Fire Sermon"

The river's tent is broken; the last fingers of leaf

第Ⅱ章 『荒地』における眼 89

Clutch and sink into the wet bank. The wind

Crosses the brown land, unheard. The nymphs are departed.

Sweet Thames, run softly, till I end my song.

The river bears no empty bottles, sandwich papers,

Silk handkerchiefs, cardboard boxes, cigarette ends

Or other testimony of summer nights. The nymphs are departed.

And their friends, the loitering heirs of city directors;

Departed, have left no addresses.

By the waters of Leman I sat down and wept …

Sweet Thames, run softly till I end my song,

Sweet Thames, run softly, for I speak not loud or long.

But at my back in a cold blast I hear

The rattle of the bones, and chuckle spread from ear to ear.

(ll. 173–86, *CPP* 67)

　川畔のテントはこわれ、最後の葉の切れ端が

絡み合い、ぬかるんだ土手に沈んでいく。風は

音もない茶色の地面に吹き渡り、ニンフたちもいなくなった。

愛しいテムズよ、静かに流れよ、私が歌いおわるまでは

川面には空瓶もサンドイッチの包み紙も

絹のハンカチも段ボールも煙草の吸い殻も

夏の夜を偲ばせるものは何一つない。ニンフたちもいなくなった。

ニンフの遊び仲間、　市のお偉方の御曹子たちも

宛名も残さず立ち去った。

レマン湖のほとりで、私は坐して泣きぬれ……

愛しいテムズよ、静かに流れよ、私の歌の尽きるまで、

愛しいテムズよ、静かに流れよ、そんなに高く長くは歌わないから

だが背後には、冷たい風に交じって

骨のこすれる音と、耳から耳に忍び笑いが聞こえる。

題名は、釈迦が俄倻山で千人の修行僧たちに人間の五欲を劫火の火にたとえた説教に由来する。仏陀は、すべてのものは貪欲と心酔と絶望によって燃えていると説く。

　　すべては燃えている。……眼は燃えている、色形は燃えている、眼の識別作用は燃えている、眼［と色形と識別作用と］の接触は燃えている、眼の接触によって生ずる感受は、楽であろうと苦であろうとまた不苦不楽であろうと、それも燃えている。何によって燃えているのか、貪欲の火によって、瞋りの火によって、迷いの火によって燃えている、誕生・労死・憂悲苦愁悩によって燃えている、とわたしは説くのです。[61]

火といえば、1666 年のロンドン大火（The Great Fire of London）── 4 日間燃え続け、これによって中世都市ロンドンは焼失した──を思い浮かべるべきかもしれない。

さてここで描かれているのはロンドンの、夏のにぎわいも去った秋風吹くテムズ川畔である。「川畔のテントはこわれ」で始まるが、テントは旧約の神の臨在を表す幕屋の連想を呼ぶ。幕屋が壊されたということは、神の不在を象徴すると読み取れる。ウースター伯息女の結婚を祝うスペンサー（Edmund Spenser, 1552/1553–99）の『結婚祝歌』（*Prothalamion*, 1596）の美しい光景は、いまや肉欲に支配された頽廃の場と化している。レマン湖のほとりで泣きぬれた主人公の姿は「バビロンの流れのほとりに座りシオンを思って、わたしたちは泣いた」で始まる「詩編」137 編で歌われているイスラエル民族への連想を呼ぶ。自注に言及されているマーヴェル（Andrew Marvell, 1621–78）の「恥じらう恋人へ」（"To His Coy Mistress"）では 'But at my back I always hear / Time's winged chariot hurrying near' とあっという間に過ぎ行く「時の翼ある車」が背後から迫るのを聞くが、主人公スが聞くのは、テムズ川べりで風の中で鳴る白骨のぶつかり合う音と、含み笑いの声である。それは「エゼキエル書」37 章 1–14 節──神がイスラエルの民を表す枯れた骨に、霊を吹き込まれるとその骨は生きる──との預言とは対照的状況である。

第Ⅱ章 『荒地』における眼　91

A rat crept softly through the vegetation

Dragging its slimy belly on the bank

While I was fishing in the dull canal

On a winter evening round behind the gashouse.

Musing upon the king my brother's wreck

And on the king my father's death before him.

White bodies naked on the low damp ground

And bones cast in a little low dry garret,

Rattled by the rat's foot only, year to year.

But at my back from time to time I hear

The sound of horns and motors, which shall bring

Sweeney to Mrs. Porter in the spring.

O the moon shone bright on Mrs. Porter

And on her daughter

They wash their feet in soda water

Et O ces voix d'enfants, chantant dans la coupole!

Twit twit twit

Jug jug jug jug jug jug

So rudely forc'd.

Tereu　（ll. 188–207, *CPP* 67–8）

ネズミが一匹、土手に沿ってぬらぬらした腹を引きずりながら
草むらの中を静かに這って行った。
冬の夕方、私はガス・タンクの向こうの
くすんだ色の運河で釣りをしながら、
私の兄である国王の船が難破したことや、
その前に私の父である国王が亡くなったことにも思いを寄せていた。
白い体が低い、湿気が多い土地に裸で横たわり、
骨は乾涸びた低い屋根裏の小部屋に投げ込まれて、

ただネズミの足に蹴飛ばされて年月が経っていく。

しかし私の背後には時々

自動車の喇叭の音やエンジン音を聞く、

春が来るとこの車はポーター夫人のお宅までスウィーニーを運ぶのです。

おお、月はポーター夫人やその娘を

明るく照らし、

この親子はソーダ水で足を洗う。

「おお、円天井の中で合唱する少年聖歌隊の歌声よ！」

トゥィット　トゥィット　トゥィット

ジャグ　ジャグ　ジャグ　ジャグ　ジャグ　ジャグ

野蛮な王に手籠めにあって

テレウ

　そして主人公は運河に釣り糸を垂れて、父アロンゾの難破を嘆き悲しんでいるファーディナンドと化す。さらに骨の音はポーター夫人のもとへ通ってくるスウィーニーの自動車の音に置き換えられる。月光に照らしだされたポーター夫人は自注にあるデイ（John Day, 1574–1638?）の『蜂の会議』（*The Parliament of Bees*, 1641 以前執筆）の女神ダイアナ（Diana）の風刺であり、ダイアナは本来多産の女神であったのに対して、ポーター夫人は不毛の象徴である。また娘と共に炭酸水で足を洗うポーター夫人の姿は、最後の晩餐でキリストが弟子たちの足を洗ったことを記念する洗足木曜日（Maundy Thursday）の洗足式の風刺となっている。

　次に主人公は「円天井の中で合唱する少年聖歌隊の歌声」（'*Et O ces voix d'enfants, chantant dans la coupole!*' l. 202）を聞く。これは自注にあるようにヴェルレーヌ（Paul Verlaine, 1844–96）のソネット『パルジファル』（*Parsifal*）から引用したもの。パルジファルは、聖杯伝説の英雄の１人で、ヴェルレーヌが作詩に当たり念頭に置いたワグナーの楽劇『パルジファル』は、エッシェンバッハ（Wolfram von Eschenbach, c.1170–c.1220）のドイツ語で書かれた最初の聖杯伝説『パルジファル』（*Parzival*）に準拠している。中世スペインの城主

第Ⅱ章 『荒地』における眼 93

アムフォルタス（漁夫王 Amfortas）は父の死後、聖杯と聖槍とを守っていたが、魔法をつかさどる者と戦ってこれを奪われ、傷を負って床に伏した。そこに無垢の少年パルジファルが現れ、魔法使いの城に行き、快楽や肉欲の誘惑に打ち勝ち、聖杯と聖槍を取り戻し、これによってアムフォルタスの傷は癒え、国土に平和と豊饒が蘇る。ヴェルレーヌのソネットはこの少年に対する讃美の歌である。「円天井の中で合唱する少年の声よ！」と感嘆符を伴う引用は、国土の疲弊を救った聖なる力への渇望が表されている。

　しかし次にはプロクネーの燕とフィロメーラーのナイチンゲールの鳴き声が 'Twit twit twit' とティレシアスという名の音の響きに似た擬音が耳障りな音 'Jug jug jug......' となって聞こえてくる。そして現れる乾葡萄を売る商人ユーゲニデス（Mr Eugenides）はフェニキアの商人の分身と見なされる。

　次の連ではプルーフロックが逡巡した、菫色の時刻に、タイピストが自分のアパートで、ニキビ面の青年に犯される。それをティレシアスは目撃する。ここでティレシアスがこの詩の全登場人物の分身であり、同時に彼によって観察もされ、批判もされていることが公言される。実にティレシアスは単なる観察者に留まらず、「ベッドのうえの演戯なんかなにもかも経験ずみ」（ll. 243–4, *CPP* 69）なのである。

　タイピストのかけた安っぽいレコードの音楽からファーディナンドが聴いた音楽（*The Tempest*, I. ii, ll. 391–3）へと連想は飛び、ロンドン、そして漁師たち、ロンドン橋のたもとに建つ歴史の証人である聖マグヌス・マーター教会（Magnus Martyr）［12 世紀からの教会であるが 1660 年のロンドン大火災で焼失し、再建後 1760 年にも火災にあっている。筆者は教会内部も訪れた］そしてエリオットが療養していた「マーゲートの砂浜」に及ぶ。

　266 行から始まるテムズ娘の歌はワグナーの『神々の黄昏』のラインの娘の歌に呼応している。まずコンラッドの『闇の奥』の冒頭部分をモデルとして書かれたテムズ川の描写で始まり、エリザベス女王（Elizabeth I, 1533–1603）とレスター伯（Robert Dudley, 1st Earl of Leicester, 1533–88）の不毛の愛への言及の後、3 人のニンフ（Thames Daughters）がそれぞれに性の乱脈に翻弄された身の上話を語る。『浄罪篇』に倣って、死者の語りとなっている。

'Trams and dusty trees.
Highbury bore me. Richmond and Kew
Undid me. By Richmond I raised my knees
Supine on the floor of a narrow canoe.'

'My feet are at Moorgate, and my heart
Under my feet. After the event
He wept. He promised "a new start."
I made no comment. What should I resent?'

'On Margate Sands.
I can connect
Nothing with nothing.
The broken fingernails of dirty hands.
My people humble people who expect
Nothing.'
　　　　　La la　　(ll. 292–306, *CPP* 70)

「電車と埃っぽい樹。
ハイベリは私を産みました。リッチモンドとキュウが
私を駄目にしました。リッチモンドで私は膝を立て、
せまいカヌーの床で仰向けになりました。」

「私の足はムアゲートに立ち、私の心臓は
両足の下にあります。あのことがあってから
彼は泣きました。『再出発』を契ってくれました。
私は何にもいわなかった。私がなにを怨みましょう？」

「マーゲートの浜辺で。
私は何を

何に結びつけようもありません。

汚い両手の裂けた爪さき。

人々は、心の貧しい人たちは

何の期待もいたしません。」

　　　　ラ　ラ

　最初の語りは自注にあるように『浄罪篇』第5歌133行（*Purgatorio* V. 133,
CPP 79）のラ・ピア（La Pia）の話を模したもの。「あなたが上の世へ戻ったと
き／……私のことを／思い出してください。私はピアです。シェナが／
私を創り、マレンマが私を滅ぼしました。……」ラ・ピアはイタリア中部の都
市シェナの名門の出で、夫に先立たれ、再婚するが、西海岸の湿地帯マレン
マ（Maremma）で夫に殺されたか、自殺したと伝えられている。「ダンテ」の
中にも言及されている（*SE* 254）。なおハイベリはロンドン田園都市地帯であ
り、［ウルフ夫妻の住む］リッチモンド、キューは西部郊外のテムズ川に臨む
住宅、公園地域である。

　第2の女性は、エリオットが働いたロンドンの金融街の中心キング・ウィ
リアム・ストリートの北にあるスラム街ムアゲートで処女を失った。現在形
で語るのはなお生々しい記憶であり、その悔恨の強さを物語っている。

　第3の女性はケント州テムズ川最東端に位置する海水浴場マーゲートで凌
辱された。生ける屍のような自己の内面を吐露しているのである。

　そしてこれらの汚辱の告白がアウグスティヌス（St. Augustine of Hippo,
354–430）の『告白』（*Confessions*）「それから私はカルタゴに来た。すると恥
ずべき色欲の大釜が、至る所、私の耳元で、ふつふつと音を立てていた」[62]を
導く。

　　To Carthage then I came

　　Burning burning burning burning

　　O Lord Thou pluckest me out

　　O Lord Thou pluckest

96

burning　(ll. 307–311, *CPP* 70)

それから私はカルタゴに来た

燃える　燃える　燃える　燃える
主よ、あなたはわたしを救い出される
あなたは救い出される

燃える

　アウグスティヌスがカルタゴに赴いたのは 17 歳の時で、若さのゆえに、道ならぬ恋もし、遊興にも浸った。そのカルタゴはポエニ戦争でローマ軍によって港は焼かれ、町は破壊した。
　ウィリアム・エンプソン（William Empson, 1906–84）は、1926 年エリオットがクラーク講演でケンブリッジ大学を訪れた折、選ばれて一緒に朝食を取った優秀な在学生の 1 人であるが、度々『荒地』に登場するロンドンに関して次のように指摘している。「ロンドンは第 1 次世界大戦から抜け出たばかりであったが、次の大戦によって破壊されるのは確かである。なぜならロンドンは国際的な資本家の手中にあるからだ。ロンドンという場所は、カルタゴのように、塩がまき散らされ、人々に忘れ去られるだろう。さもなければ水中に没してしまうだろう」と。[63]
　自注で「東西の禁欲主義を代表するこの 2 人（仏陀とアウグスティヌス）を並べたのは偶然ではない」と述べている。『荒地』第 2 部と第 3 部とは、まさに『神曲』『地獄篇』第 5 歌に歌われた肉欲の罪を犯したものが住む地獄の第二圏の模様であり、ウェルギリウスの叙事詩『アイネーイス』（*Aeneis*）の「悲嘆の野」と呼ばれる愛の容赦ない残酷さのために死に至った者たちが住むところに相当する。
　しかし、身を刻むようなアウグスティヌスの痛切な告白の後の引用（ll. 309–310）――「されど汝我を救い出したもう。ああ主よ、汝われを救い出したもう。汝の慈愛わが前にあればなり」（'but Thou pluckest me out, O Lord,

第Ⅱ章　『荒地』における眼　97

Thou pluckest me out; because Thy loving-kindness is before my eyes,' *Confessions*
XXXIV. 53）は、罪を凌駕する神の恩寵によって救われる可能性を示唆して
いるとも解釈できる。

Ⅳ.「水死」 "Death by Water"

Phlebas the Phoenician, a fortnight dead,
Forgot the cry of gulls, and the deep sea swell
And the profit and loss.
　　　　　　　　　　　A current under sea
Picked his bones in whispers. As he rose and fell
He passed the stages of his age and youth
Entering the whirlpool.
　　　　　　　　Gentile or Jew
O you who turn the wheel and look to windward,
Consider Phlebas, who was once handsome and tall as you.

(ll. 312–27, *CPP* 71)

フェニキア人フレバスは死んで二週間たち、
鴎の鳴き声も、深海の波のうねりも
利得も損失も、忘れてしまった。
　　　　　　　海底の潮の流れが
ささやきの中でその骨を拾った。浮いたり沈んだり
年齢と若さの階段を通り過ぎ
渦巻きに巻き込まれた。
　　　　　　　異教徒よ、ユダヤ人よ
舵をとり風上に眼をやる君よ、
フレバスの身の上を考えたまえ、君と同じ長身の美男子であった彼のこ
　とを。

エリオットがパウンドに草稿から航海と難破の詩行を削除するようにと説得された時彼はフレバスについての「水死」も削除するものと思っていた。しかしパウンドはそれを残すよう主張した。僅か 10 行であるが、「水死」は、「その真珠こそは在りし日の彼の眼」に暗示された、『荒地』に潜む切ないエレジーである。

本箇所は『地獄篇』第 26 歌 133–42 行——その時、距離が遠いため、黒っぽく見える山が現れたが、その高さはこれまで誰も見たことがない程だった。私たちは皆喜んだが、すぐそれは悲嘆に変わってしまった。なぜなら、新しい陸から旋風が吹き、船の前板を激しく打ち、3 度ばかり船を水ともどもに廻したのち、4 度目には艫は沈み舳は上がったが、それも神慮だった。海はやがて私たちの上を閉ざした［なぜなら神は生けるものが許可なく浄罪山の陸へ上陸することを許されないからである］——に触発されたとエリオットは述べている。[64]

水は洗礼のイメージから欲望を浄化する作用を表す。エリオットがフランス語で書いた詩「レストランにて」（“Dans le Restaurant”）でフレバスが「二週間水浸しになっていたフェニキア人、フレバス」（Phlébas, le Phénicien, pendant quinze jours noyé, *CPP* 51）として登場している。彼は 7 歳の時に自分よりさらに幼い子をくすぐって一瞬「錯乱した」（‘de délire’）体験を物語っている。

フェニキア人フレバスは第 1 部でソソストリス夫人が水死を予言したフェニキアの水夫と重なり、予言が的中したことになる。またヴェルドナルやユーゲニデス氏とも重ねることができる。すなわち、予言にあった「運命の輪」（‘the Wheel’）を経巡ったことになる。アドーニスは豊饒を祈願して波間に投じられ、波に運ばれて、7 日後にビブロス（Byblos）に着くが、フレバスは、死んで 2 週間が経ち、渦巻きに飲み込まれてしまった。しかしその死には何ら復活の暗示はない。

V．「雷の言葉」 “What the Thunder Said”

エリオットが神経衰弱から回復しつつあったころに、強烈な苦しみの中か

ら書いた幻想詩であり、主人公の見るものは水なき地の挫折と死と不毛で満ちている。

　　　 Here is no water but only rock
　　 Rock and no water and the sandy road
　　 The road winding above among the mountains
　　 Which are mountains of rock without water
　　 If there were water we should stop and drink
　　 Amongst the rock one cannot stop or think
　　 Sweat is dry and feet are in the sand
　　 If there were only water amongst the rock
　　 Dead mountain mouth of carious teeth that cannot spit
　　 Here one can neither stand nor lie nor sit
　　 There is not even silence in the mountains
　　 But dry sterile thunder without rain
　　 There is not even solitude in the mountains
　　 But red sullen faces sneer and snarl
　　 From doors of mudcracked houses
　　　　　　　　　　 If there were water 　　(ll. 331–46, *CPP* 72)

　　 ここには水なくただ岩ばかり
　　 岩あり水なく砂の道
　　 この道は山の背をうねりゆく砂の道
　　 この山は岩のみあり水なき山
　　 水があればわれわれは立ち止まって飲めるのだが、
　　 岩の中にては立ち止まって、考えることもできない。
　　 汗は乾き、脚は砂中に埋まり
　　 岩の中にたとい水があっても
　　 腐食する歯根の死の山の口、唾吐くこともできず
　　 ここに立つこと、伏すこと、座することもできず

山の中に静寂さえもなく
乾く不毛の雷鳴に雨なく
山の中に孤独さえもなく
ひび割れた泥壁の家の戸口より
赤く陰気な顔が嘲り唸る
　　　　　　もし水があれば

　続いてエマオ途上のキリスト（イエスの復活の日、エルサレムから 10 キロ
あまり離れたエマオ途上で、名前も記されていない 2 人の弟子にイエス自ら
近付いて共に歩き、語りかけられた。ルカ 24:13–27、マコ 16:12–3 参照）の
暗示がある。[64]

　　　Who is the third who walks always beside you?
　　When I count, there are only you and I together
　　But when I look ahead up the white road
　　There is always another one walking beside you
　　Gliding wrapt in a brown mantle, hooded
　　I do not know whether a man or a woman
　　——But who is that on the other side of you?　　(ll. 359–65, *CPP* 73)

　　いつも君と並んで歩いている第三の人は誰だ？
　数えてみると君と僕しかいないのに
　見上げて白い道の行く先を見渡すと
　いつでも誰かもうひとり君と並んで歩いている
　茶色の頭巾をかぶり男か女かも分からない
　——その君の向こう側にいるのは誰なのだろう？

　しかし『荒地』には救いの暗示があるものの心が燃えることはなく、戦争の
危機感のみが残る。

第Ⅱ章　『荒地』における眼　101

What is that sound high in the air
Murmur of maternal lamentation
Who are those hooded hordes swarming
Over endless plains, stumbling in cracked earth　（ll. 367–70, *CPP* 73）

　高い空にきこえるあの音は何だろう
　母なる人の悲嘆の声だろう
　あの覆面の大群は何だろう、果てしない平原に群がりあふれ
　大地の亀裂につまずきながら歩いてゆく

　「母なる人の悲嘆の声」とは「エレミヤ書」31 章 15 節で預言され、「マタイによる福音書」2 章 18 節で実現した母親「ラケルの嘆き」を典拠とするが、「エゼキエル書」8 章 14 節のタムズ神のために泣く女たちの声、また「ルカによる福音書」23 章 27–31 節の十字架上のイエスのために泣いた女たちの声へと連想を呼ぶ。しかしどの状況にも光は見いだせない。
　西洋文明が差し迫った危機に直面しているとエリオットは危惧した。自注にヘルマン・ヘッセ（Hermann Hesse, 1877–1962）の『混沌への一瞥』（*Blick ins Chaos*, 1920）から次のように引用されている。

　　ヨーロッパの半分は、少なくとも東ヨーロッパの半分は、既に混沌への道を歩んでいる。聖なる妄想に酔い、奈落のふちを歩きながら、歌っている。ドミトリ・カラマーゾフ（Dmitri Karamasoff）が歌ったように、酔って讃美歌を歌っている。この歌を、ブルジョアは侮辱を感じて嘲笑し、聖者や預言者は涙を流して聞いている。[65]

　スペンダーは 1929 年の若き日にエリオットと初めて昼食を共にした時のことを記している。スペンダーがその崩壊はどんなものかと思っているかと尋ねたところ、「破滅的な戦争だ」とエリオットは答えた。さらにスペンダーが明確な答えを求めたところ、エリオットは答えた。「人々が街路で互いに殺し合うのだ」というものだった。[66]

岩と荒野——「紫の光の中で口笛を吹き暗がりの壁を逆さまに這い降りる赤ん坊面のこうもりの群れ」(ll. 379–81)、「虚空の中に錯倒している塔」(l. 382)、「からっぽの水溜りと飲み干した井戸の中から聞こえる歌声」(l. 384)、「空風の住居となった礼拝堂の干乾しの白骨」(ll. 388–90) など、すべては絶望的な恐怖をもたらす。パウンドの指摘によりエリオットが削除するまでは、もともとこの詩のエピグラフはコンラッドからの引用——「恐怖だ！恐怖だ！」('The horror! the horror!') ——が掲げられていたことを再確認させられる。[67]

　ガンジス川が底を見せる乾きの極みに、黒い雲が覆い、その時雷が口を開いた。

DA

Datta: what have we given?

My friend, blood shaking my heart

The awful daring of a moment's surrender

Which an age of prudence can never retract

By this, and this only, we have existed

Which is not to be found in our obituaries

Or in memories draped by the beneficent spider

Or under seals broken by the lean solicitor

In our empty rooms

DA

Dayadhvam: I have heard the key

Turn in the door once and turn once only

We think of the key, each in his prison

Thinking of the key, each confirms a prison

Only at nightfall, aethereal rumours

Revive for a moment a broken Coriolanus

DA

Damyata: The boat responded

第Ⅱ章 『荒地』における眼　103

Gaily, to the hand expert with sail and oar

The sea was calm, your heart would have responded

Gaily, when invited, beating obedient

To controlling hands 　（11. 400–22, *CPP* 74）

　　ダ

「ダッタ——与えよ。」私たちは何を与えてきたのだろうか？

友よ、血潮は私の心を打ちゆすり

あの恐るべき果断、一瞬の挺身

それは一生の思慮分別をもってしても打ち消せない

ただこれにより、これのみによってわれわれは生きてきた

それはわれわれの死亡広告にも、

慈悲深い蜘蛛糸に覆われた形見にも

われわれがいなくなった部屋で、

痩せた弁護士が開く封のもとにもありはしないもの

　　ダ

「ダーヤズヴァム——共感せよ。」私は鍵が

戸の錠の中で一度だけ廻るのを聞いた。

われわれは、めいめいの牢獄にいて、その鍵のことを思い、

鍵のことを思うことで、自分が牢獄にいることが分かる。

ただ、夕方になると、虚空の物音が聞こえ、

破れたコリオレイナスの思い出がよみがえってくる。

　　ダ

「ダムヤータ——自制せよ。」舟は

櫂を扱う馴れたものの手に軽快に応えた。

海は穏やかで、あなたの心も招かれるままに

漕ぎ手の腕に任せていたら

陽気に返事ができていたのに。

雷の言葉は、500 BC 以前に書かれたとされるインド哲学書『ブリハッド

アーラヌヤカ・ウパニシャッド（*Brihadaranyaka--Upanishad*）』V2 に基づく。果たして「ダッタ」（*Datta*— 与えよ）、「ダーヤズヴァム」（*Dayadhvam*— 共感せよ）、「ダムヤータ」（*Damyata*— 自制せよ）との雷からの要求に応答は見いだされるのか。

　第 1 の「与えよ」に対して、私たちは何を与えてきたのだろうかと苦悶する。ヒアシンスの園でただ泣きぬれたように、一瞬の挺身、それは生涯にわたって心をゆすぶる秘密の出来事。自らの死亡広告にも、人々の記憶にも、遺言書にも見いだすことはできない。

　自注にあるように 407 行は実体と虚像の違いを如実に描いたウェブスターの『白い悪魔』の第 5 幕、第 6 場（V. vi. 155）のフラミーネオ（Flamineo）が放つ言葉のパロディである。

　　　　　　"O Men

　　That lye upon your death-beds, and are haunted

　　With howling wives, neere trust them, they'le re-marry

　　Ere the worme peirce your winding sheete: *ere the Spider*

　　Make a thinne curtaine for your Epitaphes."[68]

　　　　「死の床に臥し、泣きわめく女房にとりすがられる男どもよ、
　　　　女房を信ずるな——彼らは蛆虫どもが経帷子を食い破り、くもが墓碑に
　　　　巣を掛けないうちに、再婚するぞ。」

　自らが、何も与えてこなかったゆえに、借り物の自嘲の告白をするほか主人公には答えようがないのである。

　2 つ目の要求「共感せよ」（l. 411）に対する応答は、ダンテ『神曲』『地獄篇』第 33 歌 46 行とブラッドリーの記述が結合されている。

　『地獄篇』の記述はピサの貴族ウゴリーノ伯爵（Ugolino della Gherardesca, 1220–89）がダンテに語った言葉であり、「すると私はこの恐ろしい塔の下の出入り口を釘付けにする音を聞いた」の意。伯爵はルジェリ大司教の奸計によって反逆者の罪を着せられ、2 人の息子および 2 人の孫と共に投獄され、

第Ⅱ章 『荒地』における眼　105

食物を絶たれて餓死した。ダンテが見ると、復讐の念に燃えるウゴリーノは
地獄でルジェリ大司教の後頭部をすっかり食い荒らしていた。まさに個の死
の恐怖や恩讐を鮮明に映し出している。
　一方ブラッドリーの『現象と実在』の346頁からの引用も、認識者の孤立を
説いている。

　　私にとっては、私の外部的な感覚も、この私の思想もしくは感情と少し
　　もかわらず個人的なものである。いずれの場合も私の経験は外部に閉ざ
　　された私自身の圏内に含まれる。そして、どの領域も、たとえそれぞれ
　　が同じ要素から成り立っていても、それを取り巻く他の領域に対して
　　は、すべて不可解となるのである。……要するに、ひとりの人間の魂の
　　中に現れる1個の存在と見なし得る限り、世界全体は各人にとって、そ
　　の魂に独特な個人的なものとなるわけである。

　ブラッドリーは、われわれが他者と隣り合って存在するほかないと考える
が、ブラッドリーの考える人間の在り方は、外部の世界に対して「閉じられ
た」存在である。そのため個々人の視点と経験、そこから生じる世界像は、
まさに個別的で、相対的である。
　主人公は共感を妨げる厚い壁によっていわば独房に隔離されたようであ
り、「私たちはみんなおのが独房にいて鍵のことばかり思っている」と語る。
それは「ゲロンチョン」の「ひとりぽっつり借家の中で硬直する」（'Stiffen in
a rented house,' CPP 38）世界であり、「実在するのは自分の自我だけであっ
て、他我および一切のものは、自分の自我の意識内容として存在するにすぎ
ぬ」[69]独我の世界である。
　主人公が思い起こす紀元前5世紀前半の伝説上のローマ将軍、コリオレイ
ナス（Coriolanus）は、南イタリアの部族ヴォルサイ人からコリオライを奪っ
たことによってその名を得たが、君主となろうとしたことによって護民官に
追放された。その後かつての敵ヴォルサイ人を率いてローマに攻め入ろうと
するが、母と妻の嘆願によって祖国に刃を向けることを思いとどまり、結果
ヴォルサイ人の手に掛かって殺されてしまうという悲劇の人物である。共感

106

を欠く現実の中、同じく共感する者を欠いて身を滅ぼしたコリオレイナスに
主人公は同情を寄せているのであろうか。

　3つ目の要求「自制せよ」(l. 418) は 150 BC 以前に編集されたとされる最古
の仏典『スッタ・ニパータ』(*Sutta Nipāta*) にある言葉と関連がある——「堅牢
な船に乗って、櫂と舵とを備えているならば、操縦法を知った巧みな経験者
は、他の多くの人々をそれに乗せて渡すように、それと同じく、ヴェーダ
（真理の知識）に通じ、自己を修練し、多くを学び、動揺しない（師）は、実
に（自ら）知っているので、傾聴し侍坐しようという気持ちを起こしたほかの
人々の心を動かす」[70]。しかしこの要求にも、「陽気に返事ができていたのに」
と仮定法過去完了形が用いられていることから応えることができなかったこ
とが分かる。

　このように主人公は雷の述べた3つの要求のどれにも肯定的に応えること
ができない。いわば聖杯伝説・漁夫王伝説の騎士の失敗に対応する。騎士は
危険な教会堂における試練に耐えられず、漁夫王の剣のいわれを尋ねなかっ
たなどで、国土を荒廃から救うことができなかった。その結果救いの雨は降
らず、ガンジス川は涸れ、木々の葉はうなだれたままの状態に据え置かれる
のである。

　エリオットはハーヴァードに復帰した折、サンスクリット語の学者 C. R.
ランマン (Charles Rockwell Lanman, 1850–1941) のインド史的言語学の講義に
登録し、2年目にはギリシャ・インド哲学者ジェームズ・ホートン・ウッズ
(James Haughton Woods, 1864–1935) の授業でインド哲学関係の書を読んだ。
そして原語で仏教経典である『パンチャタントラ』(*Panchatantra*)、1世紀頃
書かれたとされる 700 篇の韻文詩からなるヒンドゥー教の聖典『バガヴァッ
ド・ギーター』(*Bhagavad-Gita* 至福者の唄の意)、また十二部経の1つ『ジャー
タカ』(*Jatakar*) などを習得しようとし、姉崎正治 (1873–1949) の仏教通年講
義に出席した。当時東洋哲学に向かったバビットやポール・エルマー・モア
(Paul Elmer More, 1864–1937) らと同じ動きである。涅槃など欲望からの解放
への願望と結びつき、また家族からまったく自由になれる道としてエリオッ
トは仏教に救いを求めたのであろうが、ランマンとウッズのもとで時間をか
けて学んだが、後年ただ「不可解だということだけが分かった」[71]と述懐して

いる。

『荒地』の最後は次のように終わる。

> I sat upon the shore
> Fishing, with the arid plain behind me
> Shall I at least set my lands in order?
> London Bridge is falling down falling down falling down
> *Poi s'ascose nel foco che gli affina*
> *Quando fiam uti chelidon*—O swallow swallow
> *Le Prince d'Aquitaine à la tour abolie*
> These fragments I have shored against my ruins
> Why then Ile fit you. Hieronymo's mad againe.
> Datta. Dayadhvam. Damyata.
>   Shantih   shantih   shantih   (ll. 423–33, *CPP* 74–5)

> 私は浜辺に腰を下ろし
> 乾燥した平野に背を向けて釣りをしていた。
> せめて私の国土でも整理しようか
> ロンドン橋が落ちる、落ちる、落ちる
> 「こうして彼、火の中に飛び込んだ」
> 「いつの日か燕のようになることができたら」―おお、燕よ、燕よ
> 「王子アキテーヌは廃墟の塔にいる」
> 私はこんな断片で、自分の崩壊を支えてきた。
> それではあなたの仰せに従いましょう。ヒエロニモがまた気がふれた。
> 与えよ。共感せよ。自制せよ。
>   シャンティ　シャンティ　シャンティ

　425 行の「せめて私の国土でも整理しようか」（'Shall I at least set my lands in order?'）は「イザヤ書」38 章 1 節の預言者イザヤのヒゼキア王への言葉「あなたは死ぬことになっていて、命はないのだから、家族に遺言をしなさい」

('Thus says the Lord: Set your house in order; for you shall die, you shall not recover' [RSV]) との関連で解釈される。ヒゼキア王は歴代のユダ王国、イスラエル王国の王の中でも、敬虔な王として讃えられる数少ない王の 1 人と言われている (cf.「歴代誌」下、32:32)。イザヤの言葉に対してヒゼキア王は涙を流して神に祈り、憐みによってその祈りが聞き入れられ、寿命が 15 年延ばされた。このことから主人公の中にあるかすかな望みが読み取れるかもしれない。

426 行の「ロンドン橋が落ちる、落ちる、落ちる」('London Bridge is falling down falling down falling down') はわらべ歌の引用であるがグロヴァー・スミスはこの歌詞の続きを示している。'Take the key and lock him up, lock him up, lock him up, Take the key and lock him up, my fair lady' と続く。ここにはいわば人柱 (foundation sacrifice) の名残があり、鬼が犠牲者となり橋の不落を祈願していることと解釈もできる。[72]

427 行の「かくて彼、浄火の中に飛び入りぬ」('*Poi s'ascose nel foco che gli affina*') は『浄罪篇』第 26 歌 148 行から引用されている。アルノー・ダニエルは、救済を求めて救いの前段階である浄罪の火に身を委ねるのである。

> 「私はアルノーだ、泣いてはまた歌いつつ行き、
> 過去の狂気を悲しく思い出したり
> 行く末を見て希望の日の来るのを喜んだりする。
> この階の頂きまで君を導く
> 権能にかけてお願いするが、
> 時々は私の苦悩を思い出してくれたまえ」
> かく言い終わって彼は浄める火の中に隠れた。

(Purgatorio XXVI. 142–8)

かくして『荒地』に水はもたらされず、火によってあらゆるものが焼き尽くされる世界を苦しみとして甘受するしかない。キリスト、アウグスティヌス、仏陀、すべては禁欲の教えにのみ結びつけられ、フランス象徴派詩人ネルヴァール (Gérard de Nerval, 1808–55) の『廃嫡者』(*El Desdichado*, 1854) の

アキテーヌ王子になぞらえ「これらの断片で私は自分の廃墟を支える」しかないのである。なお 'Why then Ile fit you' (l. 431) は悲劇作家トーマス・キッド (Thomas Kyd, 1558–94) 作『スペインの悲劇——ヒエロニモがまた気が触れた』(*The Spanish Tragedy or Hieronimo is Mad Again*, 1582–92) からの引用。嫡子を殺害された裁判官ヒエロニモ (Hieronimo) は悲しみのために発狂し、復讐の機会を狙っている。折しも宮廷で上演する芝居を書くことを頼まれ、'Ile fit you'（「あなたの要求に応じましょう」）と言って、常識からすれば狂気の沙汰としか映らない決意をする。主人公も雷の言葉や「こんな断片」（'these fragments'）に従い、不可能なような万物の生命力の回復を願うというのであろうか。

　最後の 433 行の Shantih（シャンティ）は、エリオットの説明によるとウパニシャッドの末尾に置かれる定型句で、'The Peace which passeth understanding' (*CPP* 80, cf. フィリ 4：7) に相当する表現。ヒエロニモは「理解を超えた平安」を意味する「シャンティ　シャンティ　シャンティ」という言葉によってようやく宥められるのである。

『荒地』を巡って

　『荒地』論争といわれるほどこの作品を巡っては多くの著作物が出版されている。433 行にわたる詩（さらに 7 頁にわたる自注が加わる）の中に、少なくとも 35 名の作家（シェイクスピアやダンテなどは数回言及されている）からの引用句や、それらへの言及、模擬文、それに流行唄も入れ、サンスクリットを含む 6 カ国語の文句を駆使した『荒地』を迎えた時には大いなる戸惑いがあった。『マンチェスター・ガーディアン』(*Manchester Gardian*)[73] も『タイムズ』(*Times*)[74] も当惑した書評を載せた。『悲劇論』(*Tragedy*, 1927) を著した F. L. ルーカス (F. L. Lucas, 1894–1967) らの学者も「注を必要とするような詩」を名詩とは認めようとしなかった。[75]

　このような批判に対していち早くエリオットのために論じたのはエドマンド・ウィルソンであった。『ダイヤル』(*Dial*, Dec. 22) において「この詩は時

に個人的な苦悩ばかりでなく、文化全体の渇きを伝えている」と評した。ウィルソンは「『荒地』は雰囲気においても方法においてもラフォルグをはるかに凌駕している」と述べ、エリオットをイェイツ（William Butler Yeats, 1865–1939）、ヴァレリー（Paul Valéry, 1871–1945）、ジョイス（James Joyce, 1882–1941）、プルースト（Marcel Proust, 1871–1922）、G・スタイン（Gertrude Stein, 1874–1946）らと共に、現代象徴主義文学の系譜に位置づけた。さらにパウンドより想像力において優れているとし、その知性の完全さと健全さを称賛している。[76]パウンドをはじめエイケン、E. M. フォスター（E. M. Forster, 1879–1970）ら旧友たちもこぞって一時代の幻滅を表すものとして『荒地』を評価した。[77]イェイツは 1923 年 1 月に『クライテリオン』に自らの作品の抜粋を送った際、追伸に「『荒地』は大変美しいと思った。ただところどころ理解できない節がある」と書き送ったところ、エリオットは即座に「注ができ次第郵送するか直接説明させていただきたい[78]」と返答した。

　ノースロップ・フライ（Northrop Frye, 1912–91）は『荒地』は贖罪の詩だと解釈している。[79]しかし、『荒地』においては誰も救われてはいない。むしろ罪意識と個人的な嘆きを吐露している詩というほうが適切かもしれない。エリオットの言葉——「結婚は彼女（ヴィヴィアン）にとっては何の幸福ももたらさなかった……私にとっては、そこから『荒地』を生み出す心境をもたらした[80]」が、すべてを語っているようにも思われる。

　1971 年には『荒地草稿』が出され作者の次の言葉が掲げられた。

　　いろいろな批評家の方々が、この詩を現代世界の批評と解釈して私は栄誉を与えられてきました。実際、社会批評の重要な 1 つと考えてこられたからです。しかし私にとってこの詩は、人生に対する個人的で全く取るに足らぬつぶやきにすぎなったのです。単に一片のリズミカルな愚痴なのです。（*WF* 1）

玉石混交の草稿版が出されたことの是非、そもそもなぜエリオットが廃棄を他人の手にゆだねたか、パウンドによってあれほど徹底的に変えられてしまった最終版に、なぜやすやすと同意したのか、疑問は残るが、草稿刊行に

第Ⅱ章　『荒地』における眼　111

よってこの詩を原点に立ち返って再評価を行う気運が高まり、時空に限定されないこの詩の奥行きの深さゆえ、今なおそれぞれの視点で研究が重ねられている。たとえば言語や形式面における実験に敏感で、現代における文学の可能性を常に探ったヒュー・ケナーは、『機械という名の詩神』(*The Mechanic Muse,* 1987) において、「詩の数多くの声が、特定の場所や状況を設定しない中で発せられていること」に注目し、『荒地』は物事の法則を掴むのに長けたエリオットがとらえた、いわば電話の詩であり、この詩に多くの声があるのは、交換局で大規模なショートが起こっているからであるという面白い見解を述べている。[81]

　このように『荒地』に対して、さまざまな批評・見解があるが、『荒地』の解釈の難解さは、まさにその秩序の表象としての時間・空間が姿を消しているということである。時間はベルグソン的時間であり、共存しており、永遠に現存するがゆえに贖い難いのである。それは文明の危機に晒されたキリスト不在の荒廃した世界の様相である。しかしこれは一般的な様相であると同時に、ローザンヌに身を置き、「蓋なしの眼」('lidless eyes,' l. 138) が表す苦しみを絶叫する個人の声である。

　エリオットはヴァージニア・ウルフ夫妻に向かって「J. アルフレッド・プルーフロックの恋歌」の執筆後「個人的激変」を経験したと語った。[82]実にエリオットは 1911 年パリ・ソルボンヌ大学での 1 年の留学を終えてハーヴァードに戻ってのち、1914 年 7 月にシェルドン在外研究奨学金を得て再びヨーロッパに向かうまでの約 3 年間には、(猥雑な一連の "The Bolo" を除けば) ほとんど詩を書いておらず、1914 年 6 月に書かれた「焼かれた踊り子」("The Burnt Dancer")、1914 年 7 月に書かれた「聖セバスチャンの恋歌」("Love Song of St. Sebastian")、そして 1915 年の早い時期に書かれた「聖ナーシサスの死」などは、激変の時期に書かれたものとして注目される。[83]これらの殉教詩はおよそ宗教的というより、赤裸々な性表現も用いられ、主人公自らが中心人物であり、探求者でもあれば、聖者でもあり、罰を与える者でもあれば、殉教者でもある。

　特に目を引くのは草稿のエリオットの手書きの箇所 (ヴァレリー・エリオットが―― 'After the turning' から 'I am the Resurrection' ――は 1914 年かそ

れ以前に書かれたとしている、WF130）にボードレールの『悪の華』の「自傷する男」（"L'Héautontimorouménos"）に倣った口調で描かれる聖俗2つの世界の間にあって身を引き裂かれる男の苦悩である。

I am the Resurrection and the Life
I am the things that stay and those that flow.
I am the husband and the wife
And the victim and the sacrificial knife
I am the fire, and the butter also. （WF 111）

私はよみがえりであり、命である。
私は留まり、流れる物である
私は夫であり妻である
そして犠牲であり、いけにえのナイフである
私は火であり、そしてまたバターである

このころの困窮状態をエリオットは、友人エイケンに宛てた手紙の中で、仕事、博士論文、ヴィヴィアンの病気、そしてジャン・ヴェルドナルの死――と列挙していた。

たくさんお詫びしなければなりませんが、恐ろしいほど忙しいのです。私はハイガット校へ来学期から勤めることとなり、博士論文の修正をしなければならず、妻はずっと病気で、お金と彼女の健康のために時間と労力を取られ、友人のジャン・ヴェルドナルが死んだのに、［マーティン］・アームストロング（［Martin］Armstrong）を見ません。彼は今キッチェナー軍（Kitchener's army）の指揮官ですが、緊張が起こっています。例の私の出版者が徴兵されそうです。私たちはとても戦争を危惧しています。[84]

前述したように、エリオットが結婚したのはヴェルドナルの戦死直後であ

る。性的マイノリティの人権を尊重しようとする今日とは受け取り方が多少異なると思われるが、かつて、エリオットに同性愛的傾向があったとする試みがあった。ちなみに、エリオットは『荒地』に対してさまざまに解釈されようと、寛容に沈黙を守るという態度を保っていた。ある質問者に対して「この詩の本当の意味はこの詩が読む人誰にでも当てはまるということです」[85]、と語っている。しかし、『エッセイズ イン クリティシズム』(*Essays in Criticism*)、1952 年 7 月号に若い学者ジョン・ピーター (John Peter, 1921–) が「『荒地』の新解釈」("A New Interpretation of *The Waste Land*") という論文を載せた時には、エリオットは「この失敬な 7 月号の発行部数全部を即刻破棄処分にしなければ名誉棄損処分で訴訟を起こすつもりだ」との強い態度に出て、ピーター側の弁護士は取り消しの文書を発表する旨申し出た。ピーターの論文要旨は以下のようである。「以前ある時期に、著者は全く――取り返しのつかないほど、といえば恐らく正確であろう――恋に陥った。この恋の相手は青年で、この青年はその後まもなく死ぬが、溺死だったと思われる。」またピーターはその詩の中での性的罪悪感と女性嫌いという要素について叙述している。この論文はエリオットの没後 4 年して刊行されたが、明らかにエリオットは非常に狼狽したのである。[86]

「火の説教」においては、詩人自ら告白している。「われレマン湖のほとりに座りに坐して泣きぬれ」(By the waters of Leman I sat down and wept, l.182) と。スペンダーは記している――「エリオットはかつて『荒地』はエレジー（哀歌）だと述べた。誰のための？ 父親の？ ダーダネル海峡で戦死したヴェルドナルのため？」と。[87]

銘記しておきたいのはエリオットが「火の説教」218–9 行で「この私ティレシアス、盲目ながら二つの性の間を動悸して、／乾涸びた女の乳房を持った老人」と表したティレシアスと自らを同一視していることである。「火の説教」の原稿に次のようにエリオットは書いている。

　　　She turns and looks a moment in the glass,

　　　Hardly aware of her departed lover;

　　　Across her brain one half-formed thought may pass:

"Well now that's done, and I am glad it's over". [sic]　(*WF* 47)

　　彼女は振り向いてグラスの中を一瞬覗き込んだ。
　　去っていく恋人をほとんど関知していないで
　　ある考えが半ば形作られ通り過ぎようとしていたかもしれない
　　「ああ、これで終わった、終わってほっとした」と。

　パウンドは 'may' が挟まれているのを見て「ティレシアス、あなたが知っているならはっきりさせなさい」（'Make up yr. mind you Tiresias if you know know damn well or else you don't,' *WF* 47）と述べた。それに対して、エリオットは may を削除した。両性具有のティレシアスと自己を同一視しているかにみえるこの事実から、さらには『変身物語』を引用してのエリオットの説明において女性としての体験の方に偏って記述していることから読者にヴェルドナルとの深い愛を連想させるかもしれない。それは『荒地』V ——友よ、血潮は私の心を打ちゆすり ／ あの恐るべき果断、一瞬の挺身 ／ それは一生の思慮分別をもってしても打ち消せない ／ ただこれにより、これのみによってわれわれは生きてきた（*CPP* 74）——と結びつくとき、彼の罪意識を掻き立て生涯彼を打ちのめすに足る決定的な事柄を暗示しているとの疑念を生じさせるかもしれない。

　事実ピーターに続いてミラー（James E. Miller）が『エリオットの私的「荒地」——悪霊の悪魔祓い』（*T. S. Eliot's Personal Waste Land: Exorcism of the Demons*, 1977）[88] を著し、衝撃を与えた。『荒地』には 'elegy' であるとともに 'exequy'（葬列）であるというアンビヴァレントな二重の意味が付随している。つまり、直面している現実を乗り越えるために、追慕する死者を、悪魔祓いによって抹消しようとしている。言い換えれば『荒地』はヴェルドナルの存在を示すと同時に、抹消しなければならない構図となっているというのである。

　ヒアシンスは聖母マリアの象徴であるが[89]、美青年ヒュアキントス（Hyakinthos）が同性愛者であったことから、ヒアシンスが同性愛を表すと解釈して[90]、『荒地』のヒアシンスの庭でのエピソードをヴェルドナルとの愛をコ

ンテキストに読むことも可能であり、実際次のような解釈が成り立つかもしれない。すなわち、第1部「死者の埋葬」はヴェルドナルを失って、死んでいるのは愛のない結婚の結果、死のごとき生を生きる詩人その人であり、第2部「チェス遊び」はヒアシンスの庭での彼の眼を想って（現行の "The Burial of the Dead" 37行と47行の 'the drowned Phenician Sailor' は原稿から削除された 'I remember / The hyacinth garden.' を考慮に入れると結びつく。'Those are pearls that were his eyes, yes! *WF*13）、ヴィヴィアンとの不毛な結婚生活の有様を語るものであり、第3部「火の説教」では、愛無き結婚生活に伴う苦しみを業火の火とたとえ、第4部「水死」は、ヴェルドナルの海戦での死そのものととらえ、第5部「雷の言葉」はヴェルドナルのよみがえりが不可能なことを嘆く哀歌とする解釈である。

　『荒地』は古今東西のさまざまな引用を駆使した作品であるが、中でもダンテからの引用は顕著であり、自然すなわち神の娘に対する暴力者の第7圏第三環を描く『地獄篇』第15歌と、同性愛の罪に苦しむ者たちの贖罪を歌った『浄罪篇』第26歌とが中心である。また引用全体に何らかの意味で、同性愛的な傾向に苦しむ者と関連するイメージが重ねられている。アウグスティヌスの『告白』もその1つと数えられる。そして作者の愛着は『テンペスト』（I. ii）において海で死せる者を歌った「在りし日の眼、いまは真珠」に凝縮し、ダーダネルス海峡で水死したヴェルドナルと結びつく。事の真偽は別として実に感傷的で不思議な迫力をもって胸に迫ってくる解釈ではある。ただ実際には「チェス遊び」のエピソードにはヴィヴィアンが余白に「素晴らしい」と記しており（*WF*10）、完成した詩についてもエリオットがヴィヴィアンの意見を求めてもいる。アクロイドがこのことに対して問題としていないように、エリオットの呵責、罪悪感は具体的なできごとに対するものではなく、プルーフロックの——過去に実際には起こらなかったが、起こったことと同じとする——幻想に対する強烈な思い、いわば原罪意識と同じようなものと考えてしかるべきかもしれない。

　そしてここでエリオットが生涯（48年間）にわたる交流を重ねたエミリー・ヘイル（Emily Hale, 1891–1969）との交際にも言及しておかなければならない。いわばエリオットの最も親しい友人であるエミリーをわれわれに最初に

紹介したともいえるマシューズによると、彼女はエリオットより3年遅く1891年10月27日、ボストン郊外のチェスナット・ヒル（Chestnut Hill）に生まれた。父親は建築技師で、後にユニテリアン派の牧師となり、長年ハーヴァードの神学部で教え、ボストンの南部組合教会のエドワード・ヘール牧師（Edward Hale）のアシスタントを務めた。エミリーは幼い時、弟を亡くし、母親も病に倒れたため、叔母（Mrs. Perkins）に引きとられパーキンズ牧師（The Revd. John Carroll Perkins）夫妻によって育てられた。彼女の別の叔父フィリップ・ヘイルは、『ボストン・ヘラルド』（Boston Herald）の音楽批評家であった。このようにエミリーはニューイングランドの恵まれた環境に育った。

　エリオットが最初にエミリーと出会ったのはボストン・ケンブリッジに住む彼女の従姉妹のミセス・ホームズ・ヒンクリー（Mrs. Homes Hinkley）宅であり、その時エミリーはファーミントン（Farmington, Connecticut）の名門、ミス・ポーター学園（Miss Porter's boarding-school）を卒業したばかりであった。その後エリオットはヒンクリー夫人宅のスタントショーなどでもエミリーと交流を重ねている。[91] 1914年（エリオット25歳、エミリーは22歳）、エリオットはエミリーに愛を告白してはいるが、婚約するということもなくイギリスに渡ってしまう。しかし、個人的な手紙の中で結婚生活の悩みとともに将来への不安からか、ヴィヴィアンとの結婚1年後もエミリーを愛していたことを告げている。[92] 確かに彼女に心を寄せていたことは疑い得ない。エリオットの苦悶の中には自らのエミリーに対する優柔不断の思いもあったと推察される。

　エリオットの苦悩の実態がどのようなものであったのか、それを断定することはできない。しかしエリオットの側には、深い罪の意識があった。1つには、体力がなく、あるいはほかに心を占める大切な相手がいて、妻の愛に十分に応えられなかったということなのか。あまりにも性急すぎた結婚は大きな悔恨を伴うものであった。

　さらにいえば、エリオットの罪意識は妻殺しの強迫観念と結びついていた。それは詩劇『一族再会』の登場人物ハリー（Harry）にもみられるが、『荒地』に現れる「蓋なしの眼」は自らの罪意識に圧倒されて本来の眼の機能であ

る瞬きすらできない強烈な眼である。エリオットについて友人ブライト・パトモア（Brigit Patmore, 1882–1965）は、「彼［エリオット］はひどく悩んでおり自責の念に駆られていた[93]」と述べている。マシューズは記す——彼は自分自身に向かってヴィヴィアンとの別れは「安楽死を施すのだ、と言い聞かせた。すると彼自身は、いや殺人だ、と答えたのだ。[94]またメアリー・ハッチンソンは『荒地』の完成原稿を読んですぐ「これはトムの自伝だ[95]」と語った。視点が自己にしかない絶望的な孤独に苛まれている男の告白である。

「有限の心の中心」と「モナド」

　閉ざされた視点に関して想起するのは前述した「イールドロップとアプルプレックス」（*The Little Review*, 4 September, 1917, I.7–11; II.16–9）である。エリオットと思しきイールドロップ（Eeldrop）とそのアルター・エゴらしきアプルプレックス（Appleplex）の閉ざされた視点を通して荒地を生きる息苦しい孤独のさまが、10頁にも満たない紙面に、堅苦しく圧縮された文章でとらえられている。[96]

　イールドロップは、神秘主義的傾向がある懐疑主義者で、[97]神学に造詣が深く、アプルプレックスは懐疑的傾向のある唯物主義者で、物理学と生物学を学んだことがあった（8）。

　彼らは町のいかがわしい界隈に時折夜になると来て、眠り、おしゃべりをし、窓から外を眺めるために2つの小さな部屋を借りた。その部屋と地域を決めるのに細心の注意を払った。窓には厚いカーテンがかけられ、世間体を取り繕う雲（'the cloud of a respectability which has something to conceal,'）が覆っていた（2）。この雲は、ブラッドリー哲学の中にみた幻想（hallucination）であり、『荒地』で顕在化した「罪」を暗示するものとも読み取れる。

　彼らのその場所の近くには警察署があり、彼らは窓からその入り口を見ることができた。それのみが彼らには逆らうことができない魅力を持っていた。犯人が捕まえられた折には、興奮の輪が辺りを渦巻いた。事件が起こると2人は外に飛び出し、それぞれのやり方で事件の調査に乗り出した。イー

ルドロップが受動的な物腰で周りの人々の話に耳をそばだてたのに対して、一般庶民に語る才に長けたアプルプレックスは、通行人に質問するなどした後、事件の特質に沿ってアルファベット順に A（adultery）から Y（yeggmen）まで分類した。2 人とも平凡で体裁のよい、あるいは家庭的なものからではなく、「あまりにもよく分類され、当然のこととされ、あまりにもよく体系化されている世界」から逃れようとし、「人間の魂をその具体的な個性によってとらえようとしていた」(8)。

　イールドロップは食卓を共にした太ったスペイン人を分析し、その結果「あのスペイン人について観察したことは、他のスペイン人には当てはまらない。言葉にして表現することもできない」(8) と述べ、組織化された社会について警告する。「正統神学と魂に関する称賛すべき理論の衰退とともに、出来事の独自性が消失した。人はその分類においてのみ重要である。……人生の破滅という恐るべき重大さが看過されている。分類された階級の中でのみ、人々は幸せになるか、あるいは惨めになるかが許されている。ゴプサム通り (Gopsum Street) で男が女を殺す。重要な事実はその男にとってその行為は永遠であり、彼が生きなければならないそのわずかな空間において男はすでに死んでいる。彼は境界を越えてしまっている。何で殺したのか？正確にはいつなのか？　誰が死体を発見したのか？　『啓蒙された大衆』にとっては、それはただの酒の席の問いであり、失業や、改革すべき他の分類の証拠に過ぎない。だが罰の永続性を主張していた中世の世界は、もっと真理に近い何かを表明していた。」(9) アプルプレックスも「人間は分類されることによって何かが失われる」(10) という。

　さらにイールドロップは現代の人間の存在論的危機を述べる──「大半の人間は、一般化された抽象的な人間という以外の何物も表現する言葉を持っていないだけではない。彼らはたいていの場合、一般化された人間である以外の自分の姿に気付いていない。……多くの人々は、いかなる瞬間にも十分に実在していないようである」(10) と。

　アプルプレックスがベルグソン哲学を持ち出すが、イールドロップは「要するにわれわれは、われわれの視点から出るべきであり、舞い戻ってわれわれの視点を説明すべきではない。（ベルグソンの）直観の哲学は他の哲学より

第Ⅱ章　『荒地』における眼　119

直観的でない。われわれはプラットフォームを持つべきでない」(10) と述べ、アプルプレックスの言葉を遮り、さらに言葉を続け、「個人主義者からなる群衆は、最も不気味だ。なぜならほとんどは性格を持っていないのだから」(11) と述べる。まさに『荒地』の足元のみを見つめて通り過ぎていく群衆のイメージと重なる発言である。結局イールドロップはレッテルによる自意識から逃れるために無名の人物に留まることを願い、銀行員であることのみ明かす。アプルプレックスが「妻と 3 人の子供と郊外の野菜畑がある」(11)とイールドロップの個人情報を付け加えるが、イールドロップは、「その通りだが私は伝記的な詳細を述べる必要はないと思った」(11) と反論する。そしてそれぞれの週末に向かう。

　第Ⅱ部は日曜の夕暮れ時、生暖かい空気が立ち込め、イールドロップがバプティスト教会の聖歌隊の歌声を聴きながら、警察署の入り口の石の上でトランプ遊びをしている 3 人の少女の様子を見ているところから始まる。イールドロップがブルームズベリーの社交界の女性シェヘラザード（Scheherazade 本名はイーディス Edith ——明らかに Edith Sitwell をもじっている）はどうしているかと問うと、アプルプレックスが「現代社会調査」のファイルを持ち出し、Barcelona と Boston の間に誤って挿入されていた London のファイルを取り出し、イールドロップが支払うべきと彼女が残した洗濯屋の請求書、彼女が「振出人回し」(R/D) と記した小切手、ホノルルからの（罫線上に書かれた）母の手紙、レストランの請求書に書かれた詩「アッティスに」("To Atthis")、そしてエクイステップ（Equistep）夫人の噂が書かれたエクイステップの最上の紙に書かれたシェヘラザード自身の手紙、そしてフールスキャップ版に書かれたアプルプレックスの彼女に対する評などの記録を取り出す (17)。イールドロップは、「彼女はどうなったのだろうか。もうあの炎は燃え尽きたのだろう」と述べると、アプルプレックスが、彼女は生きていて、ベイズウォーターのロシア人ピアニストのもとへ情熱に任せ走ったと聞いたこと。またしばしば無政府主義者のティールームで見かけられ、夜にはカフェ・ドゥ・オランジェリー（Café de l'Orangerie）に姿を現したことなどを指摘する。

　アプルプレックスの説明にもかかわらず、彼女は齢をとって見る影もなく太っているのだろうとイールドロップは想像する。それに対してイールド

ロップのヴィジョンは感情ではなくイマジネーションに基づいているとアプルプレックスが言葉を挟むが、イールドロップはお構いなしで彼女に纏わる事実を語りだす——ホノルルのピアノ調音師の娘で、カリフォルニア大学の社会倫理で優等賞を取得した。約12時間の交際で有名なサンフランシスコのビリアードのプロと結婚し、彼と2日間生活を共にした後、ミュージカルに加わり、ネバダで離婚した。数年後パリで姿を現した時には、英米人に知れ渡ったカフェ・ドゥ・ドーム（Café du Dome）のショート夫人（Mrs Short）、ロンドンではグリフィス夫人（Mrs Griffiths）として小さな詩集を発刊し、よく知られているいくつかのサークルに受け入れられていた。しかし「彼女がすでに社交界から消えてしまった」(18)と主張する。イールドロップにとって彼女はすでに遠いファイル上だけの存在である。

　それに対してなぜ彼女が消えてしまったのか、その理由が知りたいとアプルプレックスは次のように彼女を分析する。「イーディスはそのロマンチックな過去にもかかわらず、何か目的を持ち、それを着実に遂行しようとしているのだろうか。……彼女は鋭い観察力、他人に対する批判力という資質を持っているが、私はそれを一つの見方に結びつけることができない。……皆は『何と完璧な不可侵性』（'How perfectly impenetrable!'）と言うが、私は彼女の内面が埃っぽい屋根裏の混乱状態ではないかと疑念を持つ」(18)。アプルプレックスの言葉はまるでエリオット自身の内面の自己分析のようにも読める。

　一方イールドロップは次のように述べる。「私は朝人々が目覚め、イーディスが、服や新聞、化粧品、手紙や本、ヴァイオレット・ドゥ・パルム（Violettes de Parme）の香水と煙草の臭いでまき散らされた部屋に入ってくるのを想像するのに記憶に頼る必要はない。壊れたブラインドから日差しが入ってきて、彼女が1日を始めるのを想い浮かべるのに苦痛を感じはしない。その詩 'To Atthis' から判断して彼女は、芸術的能力の皆無な芸術家だと思っている」(18)と述べ、彼女から離れて一般的な芸術論を語る。「……芸術の素材になり得る人々は、内面に何か無意識的なもの、彼らが十分に気付かず、理解していない何かを持っていなくてならない」(19)と語る。そして、「彼女の素材である経験は、すでに精神的産物で、理性が消化したもの

である」(19) と述べ、次のように結論づける。「彼女は悲劇的ではない。あまりに合理的なのだ。彼女の生涯には進展もなければ、退歩も衰えもない。彼女の状況は一度限り決まっていて、以後変化はない。破局はなく、今後もない」(19) という。

体系的な世界でイーディスは最も自己と分裂していない点で悲劇的ではないと2人の見解は一致している。ここに自己内分裂をしている悲劇的プルーフロック＝エリオットとの対比が読み取れる。一方、悲劇的でないとの言及に加えて、「イーディスが満足してはいない」(19) との発言から、彼女がいかに社交界で活動的であっても、内面性の広がりのない、実在的な何かとのつながりを欠いた、精神的に枯渇した状況が読み取れる。しかしそれは話し手の精神状況を反映させたものにすぎず、結局は彼女も彼らにとってはあいまいな自我意識の一部でしかないとの印象を読者に抱かせる。

イールドロップとアプルプレックスの厚いカーテンで外界と閉ざされた窓は、個々人が仕切られた自我（Bradley の「有限の心の中心」）を表しており、エリオットが言及しているライプニッツ（Gottfried Wilhelm Leibniz, 1646–1716) の単子論を思い起こさせる。

ライプニッツは、ユダヤ神秘主義カバラ (Kabbala)、プラトン、アリストテレス、トマスらの影響を受けて、世界は不可分の1点の無限者からの流出としての無限個の単子を要素とする合成体であるとする ("The Development of Leibniz' Monadism," 1916, *KE* 179)。単子は窓をもたないが、予定調和によって、各々がいわば実在を表出している。

単子(モナド)は、万物の実在性を担う構成要素として、不可分の単純実体であるが、原子と違って、非物質的、精神的な本性を有し、表象と欲求からなる。それは生物の統一性、自己同一性の原理、あらゆる活動力の根源である。これに対し、物体の形や大きさや運動など、延長的性質そのものは、現象、「よく基礎付けられた現象」にすぎない。自然界には至る所において、またそのいかなる小部分においても、単子としての統一性と作用力を備えた有機体に満ちている。単子は外部と交渉するための「窓」をもたない。したがって、相互に作用しあうことがなく、その一

切の変化はまったく自発的、独立的に自己のうちから生じ、現在は過去の跡を宿し、未来の兆しをはらんでいる。また各単子は、いわば「生ける鏡」として、それぞれの視点から宇宙全体を表現あるいは表出している。そしてそれらの間には、あたかも関数におけるように、常に正確な一致対応の関係が存在する。これは神によって立てられた予定調和にほかならない。……人間は特に理性的精神として自己を意識することができ、永遠的真理の認識と道徳的性質とを備えている。単子同士の間に存する予定調和の関係は、精神と物体ないし身体との間にも、また道徳的世界と自然的世界との間にも見いだされる。かくて宇宙全体が無限の多様性と汎通的な調和秩序によって支配されているのである。この世界は、最高の智慧と善意と権力を備えた神によって、可能的世界のうちで最も完全なものとして作られ（最善観）、一切の事象には必ずそれの十分な理由が存するのである（理由律）[98]。

　ライプニッツ自身が以下のように的確な表現でその単子論を要約している——「同じ町も様々な違った側面から眺めると、まったく違ったものに見え、多数の様相の中でまるで様々なものであるかのように見える。単一な実体が無数に多くあるがために、この町はまるでその数だけの宇宙であるかのようにみえるのだが、実はそれは、それぞれの単子の特別な視点に応じて現れている単一の宇宙の諸相（「眺望」）にしかすぎない」[99]。

　エリオットはライプニッツの思想がブラッドリーの『現象と実在』と次の点で似ているとする。1. 単子は互いに完全に孤立していること、2. 認識についての懐疑性、時間、空間並びに関係についての相対説、そしてある種の主知主義、3. 単子の不滅性、4. 表現に関する学説の類似点、などである」("Leibniz' Monads and Bradley's Finite Centres," *KE* 198)。

　エリオットは、多元論から始まり、自我（ego）こそが実体とする("The Development of Leibniz' Monadism," *KE* 182)ライプニッツの誤りは「視点」と自己とを同一視していることであるとする。

　ライプニッツの言明に異議を唱えることは、われわれの考える「有限の

心の中心」に照らすとより一層理解しやすくなる。ライプニッツは、明らかに視点、感じられている個体、あるいは自己とを同一視するという誤りを犯しているのである。また、ライプニッツにとっては、内的世界の光景が究極的なものだった。だが、「単子には窓がない」という主張は、決して彼を独我論に巻き込まむものではない。なぜなら、これは、ブラッドリー氏が、他の有限の心の中心についてのわれわれの認識は、われわれ自身の世界の内部にある身体的な現象を通じてしか得られないということと同じものを意味している（あるいはそう意味しているとみてよいだろう）からである。出来事が私の世界の内部で起こっているというときは、私に起こっているのである。しかし、その私というのは、この出来事から離れれば私ではなくなる。この出来事は、私の個性がその出来事によって色づけられているのと同じように、ことの初めから私の個性によって色づけられているのである。……私の経験を私の状態として、つまり、他のいかなるものとしてでなく、認識するということが可能であるとしなければ、決して独我論の基礎にはならないのである。私の認識しているものは実在の局面（つまり対象としての認識）の私の状態で、これは観念的な局面（意味としての認識）よりも先行していると思われる。それゆえ、「単子には窓がある」という言明は、ただある人の世界の客観性は観念的であるということ、並びに、実在は経験であるということのみを意味しているだけなのである。（"Solipsism," *KE* 146–7）

　エリオットは「窓のない」個々の単子を統合して、「不必要な」予定調和に頼るライプニッツをブラッドリー（こちらは「絶対者」を持ち出すという誤りを犯しているとする）と比較して批判している。

　　単子は必ずしも完全に他と別なものではないということ、および、主観的な自己は対象としての自己と連続しているということを認めさえすれば、ライプニッツの予定調和説は、不必要なものである。単子は、ライプニッツにとっては身体の組織が実在的であるのと同じ在り方で実在的な何かであったと私は信じる。つまり、ライプニッツは、単子を身体と

の類推で想像し、現象的な精神と同一視したのである。ところがブラッドリーは、有限の心の中心(あるいは私のいう視点)を精神と同一視することはしない。われわれは、有限の心の中心を一時的に精神世界の単一体と考える時があるかもしれないが、この単一体は正確に限定され得るものではないのである。というのは、われわれは1つの視点から他の視点へと移ることによって変化するからである。あるいは、前にも示唆したように、同時に、1つ以上の視点を占めることによって変化するからである。……つまり、われわれは、自己を超越することによって変化するのである。視点(あるいは有限の心の中心)は、そのものの対象として一つの整合した世界を持っている。だからこそ、有限の心の中心は自己充足的ではないのである。なぜなら、精神生活というものは、1つの整合した世界を静観するのではなく(程度の差はあれ)齟齬し、矛盾する世界を1つに統一し、できることなら2つ、あるいはそれ以上の不調和な視点が、どうしてか分からないがともかく、それらを包含し、また、それらを変質せしめるより高次の視点に移ろうとする痛々しく苦しい業にあるのだから。 ("Solipsism," *KE* 147–8)

　エリオットによると自己とは「直接経験に基づきながらも、それ自らが直接経験を超越している構成体」(*KE* 149, cf. *AR* 465) である。そして自己は、自己以外の構成要素と関係を持つことができる1つの構成要素として構成されたものであるという意味のもので、すなわち、自己は実践的であるだけではなく、理論的でもある。この客観化され、関係づけられている自己というのは、主観の自己、つまり、認識されているものの中での「要素ではない自己と連続しており、また、それとの連続が感じられているといったものである」(*KE* 155)。

　またエリオットが述べているように——「経験は、確かに、他のいかなるものよりも実在的ではあるが、いかなる経験もその経験の外側にある何か実在的なものを志向するということが必要なのである」(*KE* 21)。すなわち、独我論から解放されるのには、外からの救い、新しい眼の出現が必須なのである。なぜなら、「もし独我論の学説を展開しようとするのであれば、私自

身や私の状態は、直接与えられており、他人の自己は推定されているものであるということを示さなければならないことになるであろうが、与えられているのは、私自身の自己ではなく、私の世界である、というただこの理由のために、この問題は無意味になる」（*KE* 150）からである。

エリオットはすでに実在を信じること——外界の世界は、さまざまな視点に現れるさまざまな表象を取捨選択し、それらを結合することによって構成されるものであるということ、また、実在をつくるその選択は、結局のところその実在を信じるということによって（'by the belief in reality'）のみ可能になるということ（*KE* 142）——による独我的世界からの解放という回答を持っているのである。しかし、実際にはエリオットは自我の中に埋没し、なかなか外へと踏み出せない。アメリカに根ずくピューリタンたちのように、自らを吟味し、分裂した自意識を検証し続けることが習性となっていた。

実に分裂した自意識が、『荒地』全編を覆っている。「死者の埋葬」ではヒアシンス、タロットカード、埋められた死体など、ウェストンの図式によって説明できるが、それらは再生に結びつくものではなく、むしろ地獄、恐怖や不能や罪意識と結びついている。「チェス遊び」でも示されるのは、虚無、凌辱、ヒステリー、不貞、そして狂気と自殺の暗示で終わっている。「火の説教」の世界も恐るべき風景、凌辱、欲望のみのセックス、そしてまたもや「無」である。「水死」にも復活の暗示はなく、「雷の言葉」にも救いの暗示はあるものの、主人公は「蓋なしの眼」に表される罪意識で圧倒される独我論の世界に留まり、直接経験への憧憬を抱きつつも、イールドロップとアプルプレックス同様、現実は臆病な自尊心を託って身動きできない。実在と自己を弁証法的に統一するブラッドリーの理想に入っていくためにはどうしてもそれを阻む罪意識の問題を解消せねばならないのである。

第 III 章

『うつろなる人々』と、『聖灰水曜日』
新たな視点としての薔薇の出現

薔薇の予兆──『うつろなる人々』

　『荒地』出版後エリオットは銀行勤務と編集長の任務、さらにはヴィヴィアンとの生活で疲労困憊していた。劇の執筆なども試みたがなかなか成功にはいたらなかった。エリオットは、もっと簡潔で『荒地』の様式からまったく離れた詩を書きたいと願っていた。そしてこの時期に、繰り返し表現を用い韻律も簡素化した数編の短詩を纏めたのが『うつろなる人々』である。『うつろなる人々』は 3 回断片的に発表されているが、現在のような形で発表されたのは『詩集・1909–1925 年』（*Poems 1909–1925*, 1925）が最初である。

　『荒地』において先鋭さを極め、「蓋なし」となった眼は『うつろなる人々』において失明状態に陥る。タイトルの実例は『ジューリアス・シーザー』（*Julius Caesar*）第 5 幕第 2 場にあるが、エリオットのコメントからモリス（William Morris, 1834–96）の『うつろな国』（*The Hollow Land*, 1856）とキプリング（Rudyard Kipling, 1865–1936）の『悩める人々』（*The Broken Men*, 1902）を組み合わせたものとされている。[1]一見理解しやすく思えるが、「死の夢の王国」（'death's dream kingdom,' ll. 21, 30）や「死の薄明の王国」（'death's twilight kingdom,' ll. 38, 65）の意味するところは何かなど解釈はそう容易ではない。ハーバート・リードは「信仰的心境変化の転機となる 1925 年に書かれた『うつろなる人々』は、告白

の観点からエリオットの詩の中で最も重要なものであり、小作品を除いてこれが最後の純粋な詩といえる」[2]と述べている。

　2つのエピグラフが掲げられている。1つは「クルツ――は死んだよ。」（*Mistah Kurz—he dead.*）――これはコンラッドの『闇の奥』の後半で土着民がクルツの死を告げる言葉である。ほかの1つは詩の直前に掲げられた――「このガイ爺（1605年の火薬陰謀事件の首謀者ガイ・フォークスのこと）に一ペニーを」という子供たちが祭りにガイの藁人形を担いで金銭を求める折のセリフである。[3]詩は5部より構成される。

I.

　第1部ではまさにうつろな主人公たちの自己認識が語られる。

> We are the hollow men
> We are the stuffed men
> Leaning together
> Headpiece filled with straw. Alas!
> Our dried voices, when
> We whisper together
> Are quiet and meaningless
> As wind in dry grass
> Or rats' feet over broken glass
> In our dry cellar
>
> Shape without form, shade without colour,
> Paralysed force, gesture without motion;　（ll. 1–18, *CPP* 83）

> われわれはうつろなる人間
> われわれは剥製の人間
> すりよって

第Ⅲ章　『うつろなる人々』と、『聖灰水曜日』　129

藁屑の詰まった頭を
すりよせる　ああ！
われらの乾涸びた声は
囁き合うが
音を立てず意味なく
枯草の中の風
乾涸びた貯蔵庫に
壊れたガラス破片を渡るネズミの足音

形態のない形　色のない陰
麻痺した力　動きのない身振り

　われわれはただうつろで無意味な存在であると独白する。そして「直視して、かなたの死の王国に渡りし人」に、ただうつろなる人間として記憶するよう願う。

Ⅱ.

　彼らは現世でのあの「凝視する眼」、「究極の出会い」を避けたいと願う。

Eyes I dare not meet in dreams
In death's dream kingdom
These do not appear:
There, the eyes are
Sunlight on a broken column 　（ll. 19–24, *CPP* 83）

死の夢の王国にあって
夢にその凝視を恐れる眼
この眼、現れず
そこにおいてはその眼は

砕けた円柱にさす陽の光

24行目の 'there' について尋ねられた折、エリオットは——— in'death's dream kingdom' 'eyes are sunlight on a broken column' ———と答えた。[4] この「死の夢の王国」の状況は「ダニエル書」2章44節———この王たちの時代に、天の神は一つの国を興されます。この国は永遠に滅びることなく、その主権は他の民に渡ることなく、すべての国を打ち滅ぼし、永遠に続きます———と対比をなしている。

Not that final meeting
In the twilight kingdom　　(ll. 37–8, *CPP* 84)

この薄明の王国にて
あの究極の出会いを私は願わない

　主人公はまだ備えができていない。彼らにとって現世は「死の夢の王国」(l. 30) であり、「薄明の王国」(l. 38) である。そこでは眼はまったく機能していない。『神曲』『地獄篇』第3歌で描かれているアケロンテ川岸にある辺獄 (リンボー) である。
　クレイグ・レイン (Craig Raine, 1944–) は以下のように説明する。

　『うつろなる人々』はダンテのリンボー、「死の夢の王国」「薄明の王国」に設定されている。一人称で語られているが、その人たちの地上での人生は空虚であって、思慮分別によって死にさらされている———死後の人生は地獄に落ちるのでもなく、救いにも至っていない。それは死後の生ではなく、人間との接触の危険から卑劣にも長く撤退している状態である。[5]

　いわば彼らは天国と地獄の両方から拒絶されている人々である。

Ⅲ.

　第3部ではサボテンの国にいると語り手は認識する。そこは偶像崇拝がなされているのか諸々の石像がある。そして偶像に祈る彼らの心が「うちふるえる」とある。何らかの内なる動きが始まった暗示がみられる。

> In death's other kingdom
> Waking alone
> At the hour when we are
> Trembling with tenderness
> Lips that would kiss
> Form prayers to broken stone.　　(ll. 46–51, *CPP* 84)

> かなたにある死の王国にて
> 一人目覚めて
> か弱さのきわみ
> われらの心うちふるえる時
> 接吻しようとする唇は
> 砕けた石への祈りとなる。

　「死の夢の王国」「薄明の王国」がリンボーの世界であるとすれば、「かなたの死の国」（'death's other kingdom,' l. 46）は『天国篇』への手がかりとみることができる。

Ⅳ.

　うつろなる人々にはあの眼は、ここにはない。しかし絶望の極みに新しい眼の出現の可能性が示唆される。さらに着目すべきはこの新しい視点が薔薇のイメージで登場すると述べられていることである。

The eyes are not here

There are no eyes here

In this valley of dying stars

In this hollow valley

This broken jaw of our lost kingdoms

In this last of meeting places

We grope together

And avoid speech

Gathered on this beach of the tumid river

Sightless, unless

The eyes reappear

As the perpetual star

Multifoliate rose

Of death's twilight kingdom

The hope only

Of empty men.　（ll. 52–67, *CPP* 84–5）

あの眼ここになし

ここに眼はない

消えゆく星ぼしのこの谷間の中に

うつろなこの谷間の中に

王国の砕けたこの入口

この最後の出会いの場において

われわれは手探りしあい

語らうことを避け

膨れ上がるこの岸辺に群がり集う

盲目である、あの眼が
再び現れないのなら、
死の薄明の王国
無窮の星
天国の薔薇
これのみが
むなしき人々の望み

　たとえば『薔薇物語』（*Roman de la Rose*, 1695–1703）のように、中世の身分
の高い既婚婦人に対する「宮廷風恋愛」は、薔薇を主要なシンボルとすること
が多いが、『天国篇』の最後の数章では、光り輝く 1 つの大きな薔薇が描かれ
る。その薔薇は、どの花弁も、贖われた者たちの霊に満たされ、その霊へ、
天使たちが蜜蜂の大群のように降下し、平和と燃える愛とを与えるのであ
る。まさにこの多弁の「天国の薔薇」は、神の恩寵（grace）の象徴とみること
ができる。

In form, then, of a white rose displayed itself
　　to me that sacred soldiery which in his blood
　　Christ made his spouse;
but the other, which as it flieth seeth and doth
　　sing his glory who enamoureth it, and the
　　excellence which hath made it what it is,
like to a swarm of bees which doth one while
　　plunge into the flowers and another while wend
　　back to where its toil is turned to sweetness,
ever descended into the great flower adorned
　　with so many leave, and reascended thence
　　to where its love doth ever make sojourn.
They had their faces all of living flame, and
　　wings of gold, and the rest so white that never

snow reacheth such limit.

When they descended into the flower, from rank to

rank they proffered of the peace and of the ardour

which they acquired as they fanned their sides,

nor did the interposing of so great a flying multi-

tude, betwixt the flower and that which was

above, impede the vision nor the splendor;

for the divine light so penetrateth through the

universe, in measure of its worthiness, that

naught hath power to oppose it.　(*Paradiso* XXXI. 1–24)[6]

こうしてキリストがその血の贖いをもって
　　配偶者とされたあの聖軍が
　　純白の薔薇の形となって私に現れた。
他の一軍はそれを夢中にさせる者の
　　栄光と彼らをこのように卓越した者とする
　　善を飛びつつ眺め、かつうたいながら、
蜂の一群がある時には花の中に
　　もぐりこみ、ある時にはその苦労の
　　味の生ずるところへ戻るように、
いとも多くの花弁で飾られていた
　　大きな花の中に下っていき、そこから、
　　ふたたびその愛の常に止まるところへ昇っていった。
彼らの顔はみな生きている焔、
　　黄金の翼はえ、そしてそのほかはどんな
　　雪も及ばないくらい純白だった。
彼らが座から座へと花の中を下る時、
　　神の側をはばたいて飛びながら得た
　　平和と慈愛とを他の者へも与えた。
また上にいます方と花の間に飛びかう

大きな群れは眺める目や光の輝きを
妨げることはかつてなかった。
それは神の光が全宇宙を
彼らの功徳に従って貫いていたから、
何物もその妨げとなり得なかったからだ。

　エリオットは 'single rose' より短長のシラブルからなる 'multifoliate rose' の方が語の響きから好都合であったと記しており、The Temple Classics の『天国篇』第31歌の序 'The redeemed are seen, rank above rank, as the petals of the divine rose' を紹介している。[7]

V.

　驚くべきことに『うつろなる人々』の4部において、神の恩寵を現す薔薇の出現が暗示されているのであるが、5部では自己への執着のためなのか、「観念」と「実在」（ll. 72–3）との間に必ず影が落ちるという。ちなみにエリオットはブラッドリーの『現象と実在』XVI 章 'We must take our stand on the distinction between idea and reality' (AR 187) とその前のパラグラフ全体（'error' に関して述べている）の余白に印をつけている。[8]「影」こそエリオットが対峙すべき「罪」の問題にかかわる概念であり、ブラッドリー哲学の 'error' に当たる——「それ（'error'）は実在に居場所がない。にもかかわらず存在するのである」(AR 186)。
　影が落ちて、心揺さぶられた経験も不徹底で最後まで主人公たちは「めそめそと」何の決断にも至れないのである。

Between the idea
And the reality
Between the motion
And the act
Falls the Shadow

136

For Thine is the Kingdom

Between the conception
And the creation
Between the emotion
And the response
Falls the Shadow

Life is very long

Between the desire
And the spasm
Between the potency
And the existence
Between the essence
And the descent
Falls the Shadow

For Thine is the Kingdom

For Thine is
Life is
For Thine is the

This is the way the world ends
This is the way the world ends
This is the way the world ends
Not with a bang but a whimper.   (ll. 72–97, *CPP* 85–6)

観念と
実在の間に
動因と

行為との間に
影が落ちる

　　　　　　「御国は主のものなれば」

着想と
創造との間に
情緒と
反応との間に
影が落ちる

　　　　　　「人生はとても長い」

欲望と
痙攣との間に
潜勢と
実存との間に
本質と
伝承との間に
影が落ちる

　　　　　　「御国は主のものなれば」

それ主のものは
いのちは
それ主のものはその

「このようにこの世は終わる
このようにこの世は終わる
このようにこの世は終わる
バーンとではなく、めそめそと。」

観念に留まっていたのでは彼らは身動きができない。詩はそこで終わって

いる。しかしエリオットにとって是非ともこの観念を生きたもの、受肉した
ものとしなければならなかった。

ブラッドリーからアンドリューズへ

　翻って以下の文章が示すように、絶対者がどこまでも「私の」内なる精神の
世界に留まっているのがブラッドリー哲学である。

> 　そして第1に、私の体験が全世界というわけではないが、その全世界は
> 私の体験の中に現れ、そこに存在する限り、「私の」精神の状態であると
> いえるのである。真に絶対的なもの、すなわち、神自身もまた、「私の」
> 精神の状態であるということは、ともすると忘れ去られてしまう真理の
> 1つであるが、この問題については後に触れることにする。そして独我
> 論が意図せずして証言している第2の真理がある。それは、現実と接触
> する私の方法が、限られた口径（'aperture'）を通して行われるものだとい
> う点である。なぜなら私は、感じ取った具体的な「これ」を通して以外、
> それと直接に接触できないからであり、われわれの直接的な相互交換と
> 交流とは、1つの口径を通して行われるからである。それを越えるすべ
> てのものは、より実在性が薄いというのではないが、われわれがこの唯
> 一の焦点に強烈なまでに感じる、共通の本質を延長したものである。そ
> れゆえ結局は宇宙を知るために、われわれは、われわれ自身の個人的な
> 体験と感覚に頼らざるを得ないのである。
>
> 　しかしこれら2つの真理に加えて、さらにもう1つ注目に値する真理
> がある。私の自己は、確かに絶対者ではない。だが自己なしには、絶対
> 者も絶対者ではあり得ないであろう。どこにおいても、私の個人的感情
> から、全面的に抽出することはできない。これらのうちの最も卑小なも
> のからすら離れては、宇宙にあるほかのどのようなものも、それが今あ
> るものであるとは言い得ないのである。　（*AR* 260）

第Ⅲ章　『うつろなる人々』と、『聖灰水曜日』　139

　ブラッドリーによると、人間の行動の中に、何らかの客観的「意味」を発見するのは不可能であり、真実は相対的である。この相対主義のわなから抜け出す唯一の方法は体系と秩序の概念であり、一貫性への透徹した追求にある。「実在は一つ」であり、1つの継ぎ目もなく密着した「非関係的」全体である。その言葉のダイナミックさにエリオットは魅力を感じたのだろうと思われるが、エリオットの手紙にあるように大いなる懐疑は残る。

　　結局最後相対主義は、厳密に訳すと他のシステムの解消法ではない、相
　　対的絶対というものが考えられるかもしれない。それは人が絶対者、実
　　在あるいは価値と呼びたければ成る全体である。しかし私には存在しな
　　い。しかしながらブラッドリー氏に存在しないとはいうことはできな
　　い。ブラッドリー氏は私の考えの中に絶対者が含まれているというかも
　　しれない——それでは誰が審判者なのだろうか？[9]

　ブラッドリーの中には心理学的視点と形而上学的視点とが混在していると批判し、真理はわれわれの有限の精神から独立したものであるとエリオットは述べる。

　　ブラッドリー氏の立場は、認識はそれが志向する実在であるとする考え
　　方と、認識を精神内部の出来事であるとする考え方とが並行して存在し
　　ている（cf. *CE* II 368）。ブラッドリーは述べる——「観念や判断はある時
　　間に起こるのではない、そしてこの意味では、観念や判断は出来事には
　　成り得ない、というのは明らかに事実に反することであると思われる」
　　（*CE* II 369）。「観念あるいは判断は……確かに心的な出来事である。……
　　真理は、ある人の精神の中で起こっているのでなければ、したがって時
　　間の中で現象している出来事でなければ、到底真理ではない」（*CE* II
　　370）。ここには、心理学的視点と形而学的視点とが混ざり合っているよ
　　うに私には思える。形而上学的な見地から見れば、右[上記]の言明は正
　　しい。しかし心理学的な見地からすれば明らかに誤りであると思える。
　　真理としての真理は、当然、その真理に関する知覚の内部で経験されて

いるものとして、その精神からは独立して現象していなければならない。……真理自体は有限の精神からは完全に独立しているものである。有限の精神を構成しているのは有限の真理であると言ってよいだろう。したがって、真理を出来事とする限り、その真理は真理でもなければ判断でもない。真理を出来事として意識している限り、その真理はわれわれが意識している「真理」と必ずしも同じ意味のものではない。したがって、認識にあっては、認識の出来事は意識に入り込む何かではない。(*KE* 77–8)

　また「われわれは、結局、実在（'the real'）のものと非実在（'the unreal'）のものとの関係を正確に記述したり、説明したりすることは絶対にできないという結論に達する」(*KE* 138) とエリオットは述べる。なぜなら、われわれは、実在を本質において認識するのではなく、実在的なものとの関係において認識するのである。

　実在の世界は、内的なものでも、外的なものでもない。それは意識の中に現れているのではなく、また特殊な一群の存在物の意識内部に現われているものでもない。そうした意識に対して現前しているものでもない。現前しているものとしては、意識の内部でも、それに対してでもなく、ただあるのである。……認識は、すでにみたように、経験の拡大する過程の一部にしかすぎない。どの時点で実際の認識を持っているのかは決して正確には決定できない。経験においては、常にある限られた意味で「外的」な実在の世界がある。なぜなら、われわれが価値ありとする存在はいかなるものであれ、そこには常に注意の向けられる実在の対象があるからである。そして対象がある限り、対象は直接認識されているが、経験されてはいない。なぜなら、対象が対象であるためには、常に抽象された特質以上のものであることを意味しており、直接認識されるということは、直接経験され得ないことである。しかし対象としての対象は、自律的ではあり得ない。その客観性は対象の外部性にしかすぎず、実在するいかなるものも単に外的ではあり得ず、それは、自らに

「対して」という属性を有していなければならないからである。だが対象
として意味することは、対象以上のもの、「究極的に」実在的な何かであ
ることを意味しようとしている。こうして一切の対象は、自らを遙かに
越えて究極的な実在へとわれわれを導く。これがわれわれの形而上学の
正当性を成り立たせているものなのである。（*KE* 139–40）

このようなエリオットの考えに対して、これまでのことから決定的ともい
えることは、ブラッドリーが絶対者において関係を否定したことである。以
下の言明にあるように、われわれが言葉で定義できる神は現象であって、絶
対性の全容ではないとブラッドリーは考えていた。

宗教は当然のことながら人間と神の関係を含んでいる。さて関係は（こ
れまで検証してきたように）常に自己矛盾をはらんでいる。有限であ
り、それぞれが独立している 2 項を含んでいる。他方関係は結びついて
いる両者が全体に関係づけられていなければ意味をなさない。そしてこ
の矛盾を解決することは関係性の視点をまったく超えている。この一般
的結論は宗教の範疇において立証されるのである。（*AR* 445）

神は［人間同様］また有限のもので、人間の上に人間とかけ離れて立ち、
神の意志と知性とのすべての関係から独立しているものである。それゆ
え神は思考し、感じる存在としてとらえるならば人と交わらない性格を
有する。しかし神を特徴づけている関係から離れると、神は一貫しない
無であり、他者との関係で関係づけると神は取り乱した有限性である。
それゆえ神は外的関係を超えている。神は意志し、御自身を知り、御自
身の実在と自意識を人間と協調するものとして見いだされる。宗教は、
それゆえ、人間と神の統一の過程にあり、それぞれが他方と不可分の要
素である。（*AR* 445）

こう言うことができるだろう。神は御自身を超越しようとする存在であ
る。神は必然的に絶対者にならざるを得ず、それは宗教がいうところの

神ではない。神は人であろうとなかろうと、一方で有限な存在で、人間にとっての目標である。他方宗教的意識が目指す達成はこれら2者の合一である。……もしあなたが絶対者と神を同一視するなら、それは宗教の神ではない。もし二分すると、神は全体の中の有限な要素となってしまう。それゆえに絶対者には達せず、神は目標を達成できず、宗教とともに失われてしまう。……宗教において神は自己を意識する、しかしそのような自意識は最も不十分である。なぜならもし神と人の外的な関係が全く吸収されたら、主観と客観の分離はそのようなものとして関係とともに消滅する。　(*AR* 446-8)

つまるところ、ライプニッツ同様ブラッドリーにとって、絶対者ですら、すべては観念にすぎないとエリオットは断定する。

　ブラッドリーの宇宙は、ライプニッツの多元論が究極的には信念に基づくものであるように、有限の心の中心の中でのみ現実的となるものであり、1つの信念の行為によってのみ同一化されるものである。この宇宙は、調べてみると、個々の孤立した有限の心の経験が統合されたものである。単子同様こうした有限の心の経験は、1つとなることを目標としているのである。それぞれの心の経験が展開して完成に至り、内部に潜在している十全な実在性に至ると、それは全宇宙と同じと言ってよいものだろう。しかしそうなる過程で、それぞれの経験は、それぞれが現実的に達成すべきそのわずかな実在性にとって必須の、今、ここ、という現実性を失うことになるであろう。「絶対者」は、ただ思考の仮想的な要求のみに応じ、また感情の仮想的な要求のみを満足させるのである。有限の心の中心を一貫性のあるものにする何かがあると見せかけてみても、それは、最後には、単にそうしたものがそうなると想定しているだけにしかすぎないということが分かる。だがしかし、この想定は、われわれが、今、ここで、この想定は真実であると思っている限りにおいては真実なのである。

　ライプニッツ同様、ブラッドリーにとっても、世界はまさに存在す

る、と主張すること、つまり、何かの対象がまるで鏡に写るかのように見出せるということは難しいことであった。この2人にとって世界は、観念による構成体なのである。

("Leibniz' Monads and Bradley's Finite Centres," *KE* 202–3)

　実際ブラッドリーは自分自身の存在の事実そのものについても疑義を挟む。自分自身の存在の事実を「ある意味で、全く疑う余地がない」ものと認めながらも、「そのことに関してどんな意味で、そしてどんな特質でとなると、われわれすべては絶望的な不安、全くの混乱に陥ってしまう」（*AR* 279）と述べている。

　ブラッドリーは『現象と実在』の序文でイギリス哲学に最も必要とされているのは「第1原理についての懐疑的研究」であると述べ、その懐疑的精神を「ただ単にある主義、あるいはいくつかの主義を疑ったり、それらに疑惑を抱いたりすることではなく、すべての偏見に気づき、疑おうとする1つの企て」（*AR* xii）であると定義している。エリオットの懐疑的精神を満足させるものともいえるが、ブラッドリーによれば、この懐疑的精神は主観・客観の二元論、いうなれば「われ見る」といったデカルト的視点から生み出されたもので「このような前提からはまったくの懐疑的精神への道しか残されていない」[10]と言う。ブラッドリーのような懐疑主義者からはただ相対的な真実しか得られない[11]。[12]

　ブラッドリーは10代のころ読んだカントの『純粋理性批判』に影響され、道徳的善はそれ自体で目的であるとして「良き自己」を磨く道徳的義務を最優先させている（*ES* 142–59 "DUTY FOR DUTY'S SAKE" など参照）。「善とは個人による自己の完成である」（'Goodness is the realization by an individual of his own perfection,' *AR* 414）と述べるように、ブラットリーにとって善とは自己実現であり、それは功利主義の心理的独我主義と一線を画すものだった。しかしながら、「道徳は終焉がない、それゆえ、自己矛盾である」（*ES* 313）とも述べている。なぜならブラッドリーによると、「生き方というのは始まりも終わりも感情に依存するもので、知的に表現することはできない」（*ETR* 235）からである。

エリオットは、カルヴァン派の影響を受けたユニテリアン派の強い影響からブラッドリーの道徳感には強く共感するものがあったに違いない。しかし「（対象の）同一性は認識されているというよりはむしろ、生活されているのである」（'the identity is rather lived out than known,' *KE* 132）と述べるように、エリオットは生きた経験を求めた。それに向かうには直接経験から自らを疎外する内的問題を解決する必要があった。そのため究極的な真理（*KE* 143）を志向した。しかしブラッドリーの宗教は道徳のはるか延長線上にあって、神も絶対の現象の1つに過ぎず（'God is but an aspect, and that must mean but an appearance, of the Absolute,' *AR* 448）エリオットにとっては観念でしかなかった。こうしてエリオットはブラッドリーに全面的な答えを見いだすことはできず、『F. H. ブラッドリーの哲学における認識と経験』の最後で実践を強調し、真摯に絶対者に向かわざるを得ないことを認識する。

　　ある形而学体系は、それが実践的な見地から真理であるのか、誤謬であるのかわれわれが考えることなしに、受け入れられ得るし、また拒絶され得る。要点は、実践的確認の世界は、明確な境界をもたないことであり、哲学の使命はその境界を開いたものにしておくことである。……そしてこのような実践の強調――認識の相対性と手段としての有用性の強調――は、われわれを絶対者に向かわしめる。（*KE* 168–9）

　そもそもエリオットの絶対者の到来に対する求めは初めからあった。[13] 1910年（エリオット22歳）『ハーヴァード・アドヴォケイト』に出版されたが、1967年『若き日の詩』まで詩集に収められることはなかった「憂鬱」（"Spleen"）の中に、その希求はすでにみられる。

Spleen

　Sunday: this satisfied procession

　Of definite Sunday faces;

　Bonnets, silk hats, and conscious graces

第Ⅲ章 『うつろなる人々』と、『聖灰水曜日』 145

In repetition that displaces

Your mental self-possession

By this unwarranted digression.

Evening, lights, and tea!

Children and cats in the alley;

Dejection unable to rally

Against this dull conspiracy.

And Life, a little bald and gray,

Languid, fastidious, and bland,

Waits, hat and gloves in hand,

Punctilious of tie and suit

（Somewhat impatient of delay）

　　On the doorstep of the Absolute.　　（*CPP* 603）

憂鬱

日曜日、この満足げな行進

明確な日曜の顔たち

ボンネット、シルクハット、そして意識的なたしなみ

あとからあとからと続き

君はこの保証のきかない脱線によって

心の落ち着きを失う。

夕方、明かり、そしてお茶！

小道に子供たちと猫

この曖昧な陰謀に対して

回復の見込みのない落胆

そして人生、少し味気なく灰色
　　物憂く、気難しく、そしてどっちつかず
　　帽子と手袋を手に待機している、
　　几帳面にネクタイとスーツで
　　（遅れ気味に幾分いらいらして）
　　　絶対者が戸口に到来するのを

　ただしこの詩においても『うつろなる人々』で表されているように、エリオットにおいては絶対者との結びつきについての懐疑、否定、そしてこれらの中間の精神状態としての「冷たくも熱くもない」（黙 3:15）なまぬるい状態が問題とされている。
　究極の出会いを恐れる様子は『浄罪篇』第30歌のダンテと結びつく。不徹底な罪意識のまま浄罪山に近づくダンテに対してベアトリーチェは勧告する——「よく見なさい。私はまさにベアトリーチェです。／なぜ御身はこの山へ近づかれたのです、／ここが幸福の人の来るところだと知らないのですか」（*Purgatorio* XXX. 73–5）と。ベアトリーチェはダンテが浄罪山へ近寄れないと考えたのではなく、自らの罪を意識するよう反省を促したのである。そこで「私［ダンテ］は眼を澄んだ泉へと落としたが、そこに姿が／映っているのを見て、異常な恥ずかしさが／額を重くしたので、眼を草へと移した」（*Purgatorio* XXX. 76–8）。なぜかくもダンテを責めるのかとの問いに対して、ベアトリーチェは神の峻厳なおきてを述べる。

　　私が肉から霊に引き上げられ、美も／徳も私に加わったのに、／彼［ダンテ］はかえって私を愛せず、また私を喜ばなかった。／そしていかなる約束も果たすことのない／空しい幸福の像を追い求めながら、／真実でない道に向かったのである。／私はまた頼んで黙示を得て、夢幻の中で／それによって彼を呼び戻そうとしたが功をなさなかった。／彼がまったく無関心であったからだ。／そこまで低く堕ちたからには、／あの滅亡の人々を彼に見せること以外に救済の方法は尽きてしまった。／そこで私は死者の門［地獄の門］を訪ね、彼をここまで案内してきたものに

第Ⅲ章　『うつろなる人々』と、『聖灰水曜日』　147

向かって、／泣きながら私の切なる願いを述べた。／もし涙をそそぐ痛
悔の負債を償わないものがレーテ川（Lethe）を渡り、／またはその水を味
わうことができるなら／神の尊い規律は破れてしまうだろう。

(*Purgatorio* XXX. 127–45)

　そこでダンテは神の峻厳なおきてに従い『浄罪篇』第31歌で痛悔と告白を
し、レーテ川に浸される。するとふたたび侍女に取り囲まれたベアトリー
チェが出現する。侍女たちは述べる。「ベアトリーチェ、向けたまえ、汝に
忠実な者へ。／……聖なる眼を向け給え、／彼は汝を見るために歩みを重ね
たのだ。／恩寵によって私たちを恵み、汝の秘めた第二の美を／彼が認め
ることができるように／彼のために顔から覆いを除き給え」(*Purgatorio*
XXXI. 133–8) と続く。
　ダンテの『神曲』は人間に対する神の裁きと恩寵のアレゴリーであるが、人
が罪を保持し神に背く限り恩寵は裁きをもたらし、人は過去の幻想のもとに
裁かれる。しかし自らの罪を直視し事実として過去を受けとめる時、過去を
して過去の意味を変容せしめる出来事が恩寵によりもたらされる。
　ついに『浄罪篇』第33歌でダンテは［善行を思い出させる力ある川として
浄罪界ではレーテ、天国界ではエウノエと呼ばれている］エウノエ川
（Eunoë）で浄められ、天堂界に登るにふさわしくなったと読者に伝える。そ
してさまざまな祝福の光景の後、薔薇の出現を見るにいたる『天国篇』へと進
んでいく。

　読者よ、もしもっと余白があって／記すことができたならば、私は飲
めども／飽かざるこの水の甘さを歌っただろう。／第二の歌［『浄罪
篇』］のためにあてていた紙は、もはや、／みなここに尽きたため、技法
の制約に／ひきとめられて私は先に進むことができない。／さて、あ
のいとも聖なる波から戻ると、／私はまるで若葉が萌え出でて新しく／
なった若木のようにすべてが改まり、／身を浄めまたもろもろの星へ昇
るにふさわしくなった。　(*Purgatorio* XXXIII. 136–45)

148

　まさに罪を直視して、ダンテがベアトリーチェに眼を向けたように、エリオットは、宙に浮いたような中途半端な状況から抜け出るために、絶対者についての考えを、ブラッドリー以外のところへ求めなければならなかった。

　それは17世紀のアングリカニズムの神学者、特にランスロット・アンドリューズであった。前述したように、ブラッドリーの絶対者はどこまでも観念に留まり、現実に生きるエリオットを包み込むものではなかった。観念から実在へと移行させてくれる手助けをしてくれたのがアンドリューズであった。

　ランスロット・アンドリューズは、ケンブリッジ大学で学んだ後、そこでしばらく教鞭をとった。彼は国教会の神学を確立したといわれるフッカー（Richard Hooker, 1554–1600）やハーバート（George Herbert, 1593–1633）らと親交を結ぶ勤勉な学者肌の人物で、15の言語をマスターしたといわれる。祝日に定期的に宮廷で行った説教は後に収録され1631年に『96の説教』(*Ninety-Six Sermons by the right honourable and reverend father in God, Lancelot Andrewes, sometime Lord Bishop of Winchester published by His Majesty's special command*)として世に出て、アングリカンの代表的説教と目された。中心テーマは、三位一体の第二位格たる子（神の言葉）が、ナザレのイエスという歴史的人間性を取ったという受肉の教義であった。神学的には特にサクラメントに関してカトリック的神学を主張し、キリストの真の現存を強調した。[14]アンドリューズの神学はキリスト中心主義（Christcentrism）、すなわちキリストから始まり、キリストに終わる。[15]

　実はエリオットはアングロ・カトリックに入信する7年も前の1920年にイギリス17世紀の神学者に関心を持ち、イエス・キリストを暗示する「言葉の内なる御言葉」('The word within a word, 1. 18,' *CPP* 37) などの表現を「ゲロンチョン」("Gerontion," 1920) にも取り入れている。[16]

　アンドリューズの優れた点をエリオットは次のように説明する。「フッカーとアンドリューズの功績は、イギリス国教会を、これまでよりもなお、知的に同意する価値あるものにしたことである」("Lancelot Andrewes," 1926, *SE* 343) と述べ、ヘンリー8世とエドワード6世の説教師ヒュー・ラディマー（Hugh Latimer, c.1487–1555）とアンドリューズを比較して、ラディマーが単

にプロテスタント的であるのに対して、アンドリューズの声は、「眼に見える形をとった教会を背後に控えている人の声であり、古い権威と新しい教養を持って語る人の声だった」（*SE* 344）とする。

さらに「アンドリューズはある言葉を取り上げ、その言葉から世界を絞り出す。その言葉を絞りに絞って，ついにはその言葉が持っているとは想像もしなかったような意味の果汁を、すべて出し尽くす」（*SE* 347–8）とエリオットは述べ、アンドリューズの本質に迫るテーマを導き出す。

アンドリューズの原典解釈から、ほとんど無作為に1節をとりだしてみよう。「今日ダビデの町で、あなたがたのために救い主がお生まれになった。この方こそ主メシアである」（ルカ 2:11）……

それは誰なのか。この御子について3つのことが述べられている。1. 彼は「救い主」である。2.「キリスト」である。3.「主なるキリスト」である。この3つの称号が見事な順序をもって次々に、整然と暗示されてゆく。その1つといえども失うことはできない。すべてが必要なのだ。この世のわれわれの手順では偉大なものから始めるが、神の国ではまず良いものから始める。

ではまず「救い主」に関して。それは彼の名イエスであり、*Soter* である。そしてその御名のうちに恵みが、*Salus*「救いを与える力、すなわち救済」がある。その名については、偉大なる雄弁家［Cicero］自らがこう言っている。*Soter, hoc quantum est? Ita magnum est ut latino uno verbo exprimi non possit.*「救い主というこの名はあまりにも偉大で、いかなる一語をもってもその力を表すことはできない。」

しかしわれわれが考えるべきことは、いかにそれが偉大であるかより、その中にはどんな喜びがあるかだ。それがわれわれの語るべきことだ。それについては、人が何と言おうとも、この世に、「救われた」人の喜悦にまさる「喜び」はない。道を失い、今や滅びようとしている者にとって、救ってくれる方があると聞くことほど大いなる「喜び」はなく、嬉しい知らせはない。病に今や死なんとするとき、再び癒してくれる人

がある、法の裁きに死なんとするとき、赦免状を持って救ってくれる人がある。敵の手にかからんとするとき、助けに駆け付け救い出してくれる人がある。こういう者たちの誰にでも話してあげなさい。「救い主」が来るとだけ言ってあげなさい。その者の生涯でこれほど良い知らせはないのだから。救い主という名のうちには「喜び」がある。そしてまさにこれと同じく、この点においても御子は「救い主」なのです。*Potest hoc facere, sed hoc non est opus Ejus.*「これを彼はなしえるが、しかしこれは彼の仕事ではない」。さらにこれ以上のものがある。より大いなる「救済」がある。御子はそのために来たのだ。われわれはこういうことを必要としないかもしれない。今病気というわけではないし、法を恐れることもなく、敵の刀にさらされているわけでもない。それに、もしそういうことになっても、何かほかに助かる道がないとも思わない。しかし御子が来て行われる「救い」は、われわれすべてに必要なのである。そしてこれについては、御子のほかに誰もわれわれを助けることはできない。それゆえにわれわれすべてに、この「救い主」の「降誕」を喜ぶ理由がある。

(*"Sermon 5 Of the Nativitie: Christmas 1610,"* qtd. in *SE* 348–9) [17]

このように受肉がアンドリューズの本質的な教義であるとエリオットは述べる。

アンドリューズ主教は、今暗示したように、その説教において、教理の本質と思われるものの解明に集中しようとした。彼は自ら、予定説の問題には 16 年間 1 度も言及しなかったと述べている。清教徒は、大陸の信者仲間に従って、この問題を非常に重要なものとみなしていたのだが、アンドリューズにとっては神の受肉が本質的な教義であり、私たちは 1 つの理念が［アンドリューズの『キリスト降誕についての 17 の説教』(*Seventeen Sermons on the Nativity*) に見るように］17 通りに発展してゆくのを比較できるのである。（*SE* 347）

まさにイエスが完全なる神であり、完全なる人間であり、永遠性と時間性

の特質を有するとする受肉の教義こそ、ブラッドリーとアンドリューズを分かつものであった。ブラッドリーは、「『神の人性』を主張する多くの人々は知的に不誠実である」（*AR* 472）とし、「神の人性を不可欠なこととして宗教に持ち込むことは、宗教を破壊することで、直ちにノーという。私にとってそのような宣言は偽りであるのみならず馬鹿げている」（*ETR* 449–50）と受肉の教義を受け入れていない。

　これには一説には父親の影響があるといわれる。ブラッドリーの父チャールズ・ブラッドリー（Charles Bradley, 1789–1871）は、クラパム派（Clapham Sect）という1790–1830年頃に起こった社会運動と、結婚などにより相互の愛のつながりを説く福音派の牧師で、自身2人の妻との間に22人の子供をもうけた。[18] しかしながらブラッドリーの著作からは父親に対する個人的な反感というより、むしろ当時勢力を得ていた、バウアー（Ferdinand Christian Baur, 1792–1860）らの歴史的コンテキストが欠如した自由主義神学が、彼を福音的キリスト教から遠ざけた理由として推察される。[19]

　ブラッドリーの関心は終始自己にあり、繰り返しになるが信仰はどこまでも内的な観念に留まっている。「信仰を持つということは私の真の自己を宗教的対象の中に認識することであり、自分自身を裁きと意志の両面においてそうすることであり、自己を真に実在であるものとすることによって対象と反する自己を否定することである。一言で言えば心（'heart'）である。観念的なもののみが実在で、観念的なもののみを実現し、理論的に実際的に観念が真の自己であるとの主張を信じることである」（*ES* 328）とブラッドリーは述べる。

　エリオットはブラッドリーに感じられたこの行き詰まりをアンドリューズを通して知った受肉の概念によって克服したのである。受肉の概念は、開かれた他者に向かう関心、かかわりを意味するものである。歴史的・時間的存在としての人間と連帯化する救主は、歴史的・時間的存在と成るのである。［キリストは、神の身分でありながら、神と等しい者であることに固守しようとは思わず、かえって自分を無にして、僕の身分になり、人間と同じ者になられました。人間の姿で現れ、へりくだって、死に至るまで、それの十字架の死に至るまで従順でした（フィリ2:6–7）］。エリオットが必要とし、その全身を委ねた神はヘーゲル主義に影響されたブラッドリーの理念化された絶対者で

はなく「限りなく優しく、／限りなく苦しむ」('The notion of some infinitely gentle / Infinitely suffering thing,' "Preludes," *CPP* 23) 受肉のキリストであった。

　受肉がエリオットの究極的関心事となったことはエリオットのパスカル論を読むまでもなく了解できる事柄である。

> キリスト教の思想家——すなわち、対社会的な護教家という意味ではなく、むしろ、信仰に達するまでの連続過程を自分自身に説明すべく意識的、良心的に努力している人——そういう思想家は、拒否と排除によって思索を進めていく。彼は世界がかくかくのものであることを知るが、世界のそういう性格が非宗教的な理論では説明できないことに気づく。そうして、さまざまな宗教のうちでキリスト教、カトリックのキリスト教が、この世界——特に内面の精神世界——を最も満足のいく仕方で説明していることに気づく。このようにして彼は、ニューマン（John Henry Newman, 1801–90) のいわゆる「強力で一致した」('powerful and concurrent') いくつかの理由によって、いやおうなしに神はキリストにおいて顕現しているのだという受肉の教義に自らを委ねるようになる。
>
> ("The 'Pensées' of Pascal," 1931, *SE* 408)

　さらにエリオットは「キリスト教の啓示こそ、唯一の啓示であり、キリストの啓示の全容は受肉の本質的事実に存在する。受肉との関係においてキリスト者のすべての啓示が理解される。それを受け入れるか否かの境界は人間としての最も深い境界であると私は受けとめる」[20]と述べる。

　そして実際エリオットはこの受肉の教義に身を委ね、1927 年 6 月 29 日ヘレフォード州（Herefordshire) のフィンストック教会（Finstock Church) で洗礼を受ける。ヴィヴィアンは同席しなかった。[筆者は 2016 年 8 月 1 日に当教会を訪問。教会内の金のプレートに 'Thomas Stearns Eliot / Poet・Playwright・Critic / was baptised / in this church / 29 June 1927' とある。][21] これより以前にハーバート・リードは、エリオット夫妻のチェスター・テラス（Chester Terrace) の家に宿泊した折にエリオットが早朝聖餐式（communion service) にそっと出かけるのを人知れず目撃している。[22]

第Ⅲ章 『うつろなる人々』と、『聖灰水曜日』 153

　司式は最近オックスフォードのウスター・カレッジ付きの牧師に任ぜられた
ばかりの W・F・ステッド師であった。彼はワシントンに生まれ、ヴァージニア
大学を卒業後、ワシントン出身の女性と結婚し、アメリカ領事としてロンド
ンに赴任するが、ほどなく自らの天職が文学や宗教にあると悟り、領事職か
ら退き、イギリス国教会で叙階を受ける。エリオットとはロンドンのパウンド
の家で会ったこともあった。ステッドは散文も韻文も執筆し、その宗教的
思索『カルメル山の影』（*The Shadow of Mt. Carmel*）はエリオットに感銘を与え
た。エリオットはステッドを霊的指導者とし、彼の影響で、17 世紀国教会の
神学者の著作を読むようになっていた。現在はイェール大学バイネッケ稀覯
図書・原稿図書館（Beinecke Rare Book and Manuscript Library at Yale University）
に収められているが、ステッドに宛てた手紙において、エリオットは回心の
こと、最初の告解、また貞潔を守ることなどについて真摯に語っている。た
とえば 1928 年 3 月 15 日エリオットはステッドに「最初に告解を行ったときに
は、非常に広く、深い川を渡ったように感じた。それ以上進めるかどうかは
分からなかったが、引き返すことはできないこと、そして告解はそれ自体降
伏と進歩を人にもたらすものであることを深く悟った」[23]と述べている。後年エ
リオットはケンブリッジのモードリン・カレッジ（Magdalene College）での説教
において、「罪の懺悔と謙遜はクリスチャンの生活の基礎である」[24]と改めて述
懐している。
　エリオットは受洗の数週間前、ジュネーブのサナトリウムで休養していた
アングリカンのダンテ研究家ロバート・センコートと知り合いになってい
る。またセンコートを通じて当時イギリス国教会の信徒指導者で、ローマ・
カトリック一致運動の中心人物ハリファックス子爵（Second Viscount Halifax;
Charles Lindley Wood, 1839–1934）という知己を得た。センコートによると、

　　彼［エリオット］はハリファックス卿に連れられて毎日ヒックルトン教会
　　（Hickleton Church）に通い……そこで二人は、ローマ・カトリックのミサ
　　との違いが専門家にしか分からないほど、カトリック的色彩の濃い形式
　　に則った礼拝をした。その教会の建物はといえば、まさにカトリック的
　　雰囲気で、光、灯火、絵画、聖人や聖母の像、香のかおりで満ちていた。[25]

エリオットの2人の名親はクイーンズ・カレッジ（Queen's College）の神学者で不可知論者への伝道に熱心なB. H. ストリーター（B. H. Streeter, 1874–1937）とステッドの知人であるウスター・カレッジの歴史学者ヴァア・サマーセット（Vere Somerset, 1898–1965）であった。

洗礼後直ちにエリオットとステッドは車でオックスフォードの町へ行き、そこの主教が彼自身の礼拝堂でエリオットのために信徒按手礼を行った。洗礼に際してエリオットはこう問われた――「汝、悪魔とその諸々の業、この世のむなしき栄耀と栄華、あらゆる貪欲と肉欲とを断ち、汝がこれらを追い求め、あるいはこれらに誘われることなきよう、これらすべてを捨てるや。」そしてエリオットは「それらすべてを捨てます」と答えたのであった。その後エリオットは教会へは熱心に通った。説教は嫌っていたが、少なくとも週に1度は早朝ミサに出席した。[26]イギリス国教会の慣習はエリオットの心を引き付けた。そこは「祈りが心からなるものであった場所」（"Little Gidding," l. 46, *CPP* 192）であった。

イギリス国教会、アングリカン・チャーチの信条は正式には「39箇条」（Thirty-nine Articles）であって、本質においてはアウグスブルク信仰告白の思想を再現したものであるが、カルヴァン主義的要素が幾分加味されている。その内容は教義的には宗教改革の思想の線に沿ったものであるが、職制とサクラメントとに対する考え方においてはカトリック的な色彩で彩られているために、祈祷書そのものの中においてカトリックとプロテスタントの両要素が包蔵されているといえる。エリザベス1世の治下において初めて、はっきりと「中道」を行く教会としての在り方が示され、その後、イギリス国教会神学がヴィア・メディア（via media）と称せられた。[27]

アングロ・カトリックとは1838年以来用いられている名称で、イギリス国教会内のカトリック的傾向を回復しようという立場である。19世紀初頭に教会観が希薄となり、教会が軽視される傾向に対して教会の歴史的権威を重んじた（詩人でもある）J. キーブル（John Keble, 1792–1866）、イギリス国教会の司祭からカトリックに改宗し、枢機卿にまでなったJ. H. ニューマン、ヘブル語の教師E. B. ピュージー（Edward Bouverie Pusey, 1800–82）らによって起きた復古運動であるオックスフォード運動（Oxford Movement, 1833–）に

第Ⅲ章 『うつろなる人々』と、『聖灰水曜日』 155

よってイギリス国教会はカトリック的伝統に則っていることが確認された。プロテスタント福音派的傾向の強いローチャーチに対して、ハイチャーチ（高教会）の神学的立場がアングロ・カトリシズム（Anglo-Catholicism）と称せられる。[28]

　アングロ・カトリシズムの中での本格的な方向転換は『世の光』（*Lux Mundi*, 1889）の出版によって始まった。「公同の信仰を現代の知的・道徳的諸問題と正しい関係に導く」ことを趣旨としたこの論文集はアングロ・カトリシズム運動において批判的な方法を受け入れる端緒となった。積極的な意味において、この論文集はアングロ・カトリシズム内部において「受肉」の重要性の強調を確固たるものとする働きをした。続く 50 年間（1889–1939）アングロ・カトリシズムは「受肉の宗教」であると結論できる。受肉はアングリカニズムの社会倫理性の神学的基盤としての役割を果たすことになり、この世における教会の社会的、政治的かかわりを正当なものとし、物質界の秩序について新たな関心を育てるようになる。[29]

　アングロ・カトリシズムが最も勢力を広げ、影響力を持ったのは 1920 年代であり、ちょうどエリオットもその波の中に入ったのである。そのころには、教会の有力指導者多数の賛同を得て、ロンドンをはじめ、各地で熱狂的なアングロ・カトリック・コングレスを開催することができた。その神学的傾向は、エリオットが加わって起草され、カンタベリー大主教に提出された『カトリック性』（*Catholicity: A Study in the Conflict of Christian Tradition in the West*, 1947）に反映されている。[30]

　エリオットをアングリカンに導いたハリファックス卿は、「カトリック信者が信じなければならないものをすべて信じていたのみならず、ローマから離れているイギリス国教会をその離反から救い、カトリック的統一へ導くよう働きかけなければならないと確信していた」[31]。ハリファックス卿は毎日黙想のために、ローマ・カトリックの司祭のリチャード・シャロナー（Richard Challoner, 1691–1781）の祈祷書を使うほどローマ・カトリックとの違いを意識していなかった。センコートが、ニューマンを中心とするオックスフォード運動の影響を受けながら、次第に地方的形態のアングリカニズムから正統的なカトリシズムに近づきつつあるイギリス国教会の実態を紹介している。

当時のイギリス国教会の立場とはどんなものだったのだろうか。ハリファックス卿は教会の大部分のメンバーが彼の見解に賛成すると本当に思っていたのだろうか。彼と同じような見解を持たない者は真のイギリス国教会に忠実ではないと彼は考えた。彼の存命中イギリス国教会は秘跡に重点を置くオックスフォード運動によって完全に変化した。[32]

　そしてカトリックのミサの中心であるパンと葡萄酒による聖体拝領（ユーカリスト）もカトリック的になってきたと伝えている。

ハリファックス卿が生まれた時代には、まだ聖体拝領は1年に4回しか行われないのがイギリス国教会の習慣であった。オックスフォードのセント・メアリー・カレッジ（St. Mary's College）の教会区司祭（Vicar）としてのニューマンに、最も満足を与えたのは、毎週ユーカリストを行ってよいという制度であった。だが1927年にトムがヒックルトンの教会に来たときには、その村の教区チャペルでも、ヒックルトン・ホールの私的なチャペルでも、毎日ユーカリストが行われるようになっていた。[33]

　このようにエリオットがハリファックス卿に紹介されたヒックルトン教会の礼拝が教義においても雰囲気においても、［ただ国家との関係という政治面のみで違っていたが］、ほぼローマ・カトリックと等しかったことがうかがえる。エリオットはロンドンをパリより愛し、イギリスに留まることを選んだので、［またローマ・カトリック教会に今ほど許容性がなかったため］、イギリス国教会に定着したのだと解釈できる。正式に改宗する前から、すでにエリオットはイギリス国教会の定期的な訓練を受けて早朝礼拝に出席しており、ランスロット・アンドリューズに関する論文の中で、「イギリス・カトリック教会」の長所を述べている。[34]
　エリオットの友人も次第にアングリカンの指導者、聖職者が増えていったが、これまでの文学仲間や知識人の間にはエリオットに対する失望感が広がり、エリオットは孤立感を覚えざるを得なかった。自らの改宗を翌年世間に公表した時、『荒地』の詩人として、時代の先駆けを担う存在と見ていた人々

第Ⅲ章　『うつろなる人々』と、『聖灰水曜日』　157

は「エリオット氏は何を信じているのだろう」と問うた。それに対してエリオットは率直に応えている。

　　私はニューイングランドのユニテリアンとして育てられました。何年もの間、これといった信仰を持たずに、あるいは全く持っていませんでした。1927 年に洗礼と堅信を受け、イギリス国教会に迎えられました。そしてこの教会内の、ハリファックス卿とイングリッシュ・チャーチ・ユニオンに代表されるカトリック運動と呼ばれるものにかかわってきました。したがって私は、使徒信条と聖母マリアと諸聖人に対する祈願、告解の秘儀などを信じております。[35]

　使徒信条とは、中世以降広くキリスト教諸教会にて用いられた基本信条中最初に置かれる信仰告白文。その成立過程は不詳であるが、2 世紀後半にローマで用いられた洗礼告白文（ローマ信条）に基づくものである。

　　わたしは、天地の造り主、全能の父である神を信じます。また、その独り子、私たちの主イエス・キリストを信じます。主は聖霊によって宿り、乙女マリアから生まれ、ポンテオ・ピラトのもとで苦しみを受け、十字架につけられ、死んで葬られ、よみに降り、三日目に死人のうちからよみがえり、天に昇られました。そして全能の父である神の右に座しておられます。そこから主は生きている人と死んだ人とを審くために来られます。また、聖霊を信じます。聖なる公会、聖徒の交わり、罪の赦し、体のよみがえり、永遠の命を信じます。アーメン。[36]

　要約するとキリストが時間の中に受肉された神であり、人間存在の究極的贖い主であるという宣言である。天地万物の造り主なる神が聖霊によって乙女に宿り、誘惑を受ける生身の人間であるにもかかわらずその生涯は罪を知らず、神の国を説き、不当な裁判の結果、弟子にも裏切られ、苦悶の中、十字架で血を流し、それでもなお、嘲る人々への赦しを神に乞い、死して復活したというイエス・キリスト、その方を救い主として受け入れ、罪の赦しを

信じることは、哲学の域を超えた、キルケゴールのいうところ「信仰の飛躍」としか言いようがない。エリオットの言葉を使えば「信仰の行為」（'act of faith,' *KE* 160, 163）である。

なお告解の秘跡とはカトリック用語で、七秘跡の1つ。悔悛の秘跡とも呼ばれた受洗の後罪を犯し、これを悔い改めて神の赦しを願う信徒が神と司祭の前で、その罪を告白し、司祭の務めを通して贖罪が与えられる秘跡である。[37]

エリオットの改宗は突然のことでも驚くべきことでも実はまったくなかったのである。彼は、20年来精神的荒地をさまよい、家族のユニテリアニズム、影響を受けたインド哲学などからは離れ、ダンテなどによりアングロ・カトリックに引き付けられ、「ランベス会議の感想」（"Thoughts After Lambeth," 1931）で「イギリスの教会」ではなく、「イギリス・カトリック教会」（*SE* 381）として正当性を宣言しているアングロ・カトリック教徒へといわば成るべくしてなったのである。

しかし神から授けられた救いの喜びに受動的にひたってばかりいることができたわけではない。エリオットは1928年4月にステッドに宛てた手紙の中で、以下のように述べて信仰の訓練の必要なことを訴えている。

> 現状において祈りと定期的な礼拝のみによって「私の霊性を保つ」ことでは私の成長は期待できない。……あなたと会ってお話がしたい。……私にはアンダーヒル神父（Father Underhill）が述べているような、最も厳格なローマ・カトリック的な訓練が必要だと感じている。償い（'compensation'）の問題だ。どんなに禁欲的で、激しくても私には必要なのです。[38]

1932年にエリオットはハーヴァード大学からの招請を受けて1年間母国で過ごし、以後二度とヴィヴィアンの元に帰ることはなかったが、それまでに執筆、出版、雑誌編集を続けながらヴィヴィアンと住み、彼女の世話をしている。彼はまた、アンダーヒル神父から霊的指導を受け続け、しばしばノッティンガム・ニューアーク（Nottingham Newark）の近くにあった神学校に滞在し、静養していた。外交官ハロルド・ニコルソン（Harold Nicolson, 1886–1968）

がこの時期のエリオットに会い、礼儀正しく、立派な人間で、偉大な詩人に違いないが、顔色が黄色で、ふさぎこんでいて、「僧侶的弁護士」のように見え、気難しそうで、禁欲的に思え、心理的圧迫があるに違いないという印象を残している。[39]

　エリオットの信仰は日常生活の中で意志の力による節制や努力によって、少しでも神に近づこうというものであった。ポール・エルマー・モアに「それがなければ空虚で不快に思えた人間の実存を受け入れることができるようになった」[40]と明らかにしているが、たとえその信仰は不安定で不確かなものでしかなくても、神を信ずることはエリオットにとって最後の拠り所であった。センコートは以下のように記している。

　　エリオットは神秘を認めたが、神秘体験を認めることではなかった。事実、彼は晩年自らが神秘主義者のカテゴリーに入れられるのを嫌った。彼は、私の心をあんなに奪い去った十字架の聖ヨハネ（Saint John of the Cross, 1542–91）の神学を理解できず、またかの「至福の忘却」（'oblivion blest'）のうちに彼の全存在を静めることもできなかった。キリストの肉と血としてパンと葡萄酒に与る聖体拝領は時には確かに神秘体験に近いものを彼に感じさせたが、……彼の精神生活はどちらかといえば、複雑極まりない人生を、秘跡を信じることによって力と慰めを得ながら歩むという、いわば苦悩と緊張の理念に集中したものであった。[41]

　改宗によるエリオットの変化は詩作にも反映されている。エリオットの自己放棄と静観への心境の軌跡を端的に表しているのが、改宗のわずか2カ月後に発表された「東方の博士たちの旅」（"Journey of the Magi," 1927）である。

　　　Journey of the Magi

　　　'A cold coming we had of it,
　　Just the worst time of the year
　　For a journey, and such a long journey:

The ways deep and the weather sharp,
The very dead of winter.'
And the camels galled, sore-footed, refractory,
Lying down in the melting snow.
There were times we regretted
The summer palaces on slopes, the terraces,
And the silken girls bringing sherbet.
Then the camel men cursing and grumbling
And running away, and wanting their liquor and women,
And the night-fires going out, and the lack of shelters,
And the cities hostile and the towns unfriendly
And the villages dirty and charging high prices:
A hard time we had of it.
At the end we preferred to travel all night,
Sleeping in snatches,
With the voices singing in our ears, saying
That this was all folly.

 . . . .

 All this was a long time ago, I remember,
And I would do it again, but set down
This set down
This: were we led all that way for
Birth or Death? There was a Birth, certainly,
We had evidence and no doubt. I had seen birth and death,
But had thought they were different; this Birth was
Hard and bitter agony for us, like Death, our death.
We returned to our places, these Kingdoms,
But no longer at ease here, in the old dispensation,
With an alien people clutching their gods.

I should be glad of another death.　（ll. 1–20, 32–43, *CPP* 103–4）

「何とここまで来るのにずいぶん寒い目にあった、
まさに旅をするには、最悪の時に、
長い旅をしたものだ。
道は雪深く、天候は身を刺す、
冬の最中に。」
それで駱駝は皮をすりむき、足を痛め、かたくなに動かず、
溶ける雪に、ねそべってしまう。
われわれは時折、想いだしていた。
山腹に立っている夏の別荘や、そこのテラスで
絹で身を包んだ少女たちがシャーベットを持ち運んでくることなどを。
駱駝使いの連中は、悪態をついて、不平たらたら、
酒と女を求めて逃げ出してしまう。
夜は、たき火が消え、宿るところもない。
都会は敵意をあらわし、町はよそよそしく
村はどこも、薄汚く、高額な値をふきかける。
ひどい目にあったものだ。
しまいに夜通し旅をすることにした、
うつらうつら居眠りをしていたが
いつも、これは全く馬鹿げているという声が
耳の中で聞こえたものだ。
　　　……

　覚えている、これはみんな昔のことだ、
そして私は、もう一度やってみたいと思う。
だが次のことを書きとめてもらいたいのだ、次のことを、
われわれが、遙かに目指して行ったものは、「誕生」であったか、
それとも「死」であったか。
　確かに、一つの「誕生」であったことは、われわれは、

その証拠を得、疑いもしなかった。私は、それまで「誕生」と「死」をみ
　　ていたが、
「誕生」と「死」は違うものと思っていた。ところが、その時、私の眼で
　　みたイエスの「誕生」は、
彼の磔の死や、われわれの死のように、激しい苦痛を、われわれに与え
　　たのだ。
われわれは、それぞれ生国に戻って来た、このような王国に、
だが、もはや、昔そのままの律法のもとで
異教の神々にしがみついている異邦人と共に安逸に暮らすことはできない。
私は、何とか、もう一度死にたいと思っている。

本箇所はアンドリューズの以下の説教を基にしたものであった。

彼ら［東方の博士たち］が「来訪」した点に関して考察する。第1に、彼
らがやって来た場所からの「距離」は、「牧者たち」（野を越えて、「ベト
レヘム」へはわずかの距離しかない）のように容易ではなかった。何百マ
イルを馬に乗って旅し、幾日もかかる旅だった。第2に、彼らがやって
来た「道のり」を考える。それが「心地よく」、簡単で「容易な」もので
あったかどうか。なぜなら、もしそうであったなら、それはそれでいい
ことである。1.（実際は）楽しいことなど何もなかった。なぜなら、彼ら
の旅は「荒れ野」を通過することであったから。全行程は広漠として、荒
涼たるものだった。2. 容易な旅ではなかった。なぜなら2つのアラビア
の地方（特にベトラエア）の岩と絶壁を通る旅であったからだ。3. もし安
全であれば、しかし安全などではなく、きわめて危険であった。「盗賊」
と人殺しの国「ケダル族の黒いテント」［「ケダルの天幕」雅 1:5］の真ん
中を横断するものであったから。当時も今に至るまで悪名高い盗賊の山
を通ることであり、軍隊や護送がなければ通り抜けられない。4. 最後
に、彼らがやって来た「時期」、1年の中の季節を考察する。

(*"Sermon15 Of the Nativitie: 1622"*) [42]

第Ⅲ章 『うつろなる人々』と、『聖灰水曜日』 163

　この後をエリオットが強調して引用する──「夏の移動とは違います。1年
のこの季節に、旅をするには、特に長旅には最も辛い時期に、彼らは寒さに
おののきながら出かけたのです。道は深く、大気は鋭く、日は短く、太陽は
遠い、*in solstition brumali*『冬の真最中』だったのです」。（*"Sermon15 Of the
Nativitie: 1622," qtd. in SE* 350）

　さらにアンドリューズの説教に耳を傾けてみると「あの方の誕生を確信し」
大急ぎでやってきた博士たちの様子が力強く述べられる。

　　博士たちは「疲れて」、「厄介で」、「面倒で」、「危険で」、「時期が悪い」な
　　ど、すべての困難に打ち勝った。これらすべての条件にもかかわらず彼
　　らはやって来た。それも楽しげに、しかもそのスピードから察して、明
　　らかに急いでやって来た。彼らにとってそれはただ単に *Vidmus, Venimus*
　　ということだった。彼らは「見た」、そして「来た」。見るが早いか、彼ら
　　はすぐに出発した。つまり、あの星が初めて現れた時（昨夜も多分現れ
　　たであろうように）、彼らには分かったのである。これは預言者「バラー
　　ムの星」（'*Balaam's starre*'）であると。それが彼らを引き寄せ、彼らはす
　　ぐに準備を整え、この日の朝、旅を始めた。印を見て、彼らはあの方の
　　誕生を確信し、それが何か偉大な出来事であることを信じあの方の「誕
　　生」を確信し、それが何か偉大な出来事であることを信じ、できる限り
　　の早さでそこへ辿り着いて「あの方を拝むために」、ありとあらゆる苦労
　　を重ねて、大急ぎでやって来た。今日この「日」、あの方の誕生の「日」
　　に「あの方を礼拝するために」、すみやかに、真っ先にそこへ辿り着けな
　　いことほど彼らにとって悲しいことはなかったからである。

　　　　　　　　　　　　　　　　　（*"Sermon15 Of the Nativitie: 1622"*）[43]

　アンドリューズの説教においては困難の中にもかかわらず、博士たちに何
か掻き立てられるような躍動が感じられるが、エリオットの詩においては、
それがない。むしろキリストの誕生が、自然界の死と結びつく真冬であるこ
とが強調されている。すなわち、キリストの誕生の中に生と死が1つになっ

ており、博士たちはこの誕生においてすでに死を見ている。それが博士たち
をして「私はできれば、もう一度死にたいと思っている」と言わせるのであ
る。[44]この死は、「罪に死に義に生きる」（ロマ 6:11）とのバプテスマの儀式と
意味合いが似通っている。

　エリオットの 3 博士は、数々の大きな障害を乗り越え、大急ぎで来訪する
が、彼らの旅は満足感を得てはいても喜びに満ちているものではない。彼ら
は旅の遅延を嘆いているばかりではない。自らの死を受け止めつつも、払わ
れた代償の大きさに心が重苦しく、不安を覚えざるを得ないのである。

　しかし次第に、エリオットの詩の声にさらなる変化がみられる。「東方の
博士たちの旅」と同じ『妖精詩集』（*Ariel Poems*）の「マリーナ」（"Marina,"
1930）には、古い生活をあきらめて信仰へと向かう新たな決意が読み取れる。

> This form, this face, this life
> Living to live in a world of time beyond me; let me
> Resign my life for this life, my speech for that unspoken,
> The awakened, lips parted, the hope, the new ships.　（*CPP* 110）

> 私を超えた時の世界に生きるこの姿、この顔、この命
> この命のために私の命をあきらめよう、あの語られないもの、
> 悟ったもの、開いた唇、希望、新しい船のために、
> 私の言葉をあきらめよう。

薔薇の出現──『聖灰水曜日』（*Ash-Wednesday*）

　『うつろなる人々』において盲目となった眼が、『妖精詩集』を経て、1930
年『聖灰水曜日』（*Ash-Wednesday*）においてついに薔薇となって新しく出現す
るのである。

　『聖灰水曜日』は 6 部よりなり、第 1 部は 1928 年、第 2 部は 1927 年、第 3

第Ⅲ章　『うつろなる人々』と、『聖灰水曜日』　165

部は 1929 年に出版された（なお第 1 部の自筆原稿と 1–5 部のタイプ原稿はケンブリッジ大学キングス・カレッジのエリオット・コレクションに保管されている）。6 部が纏まって出版されたのは 1930 年で、初版本はヴィヴィアンに献上されている。ちなみに『聖灰水曜日』出版の前年 1929 年にはエリオットの母シャーロットが亡くなっている。

　聖灰水曜日とは四旬節の第 1 日にあたり、この日には食を絶ち、罪を悔い改め祈る。そして神の愛と憐みに心を向け、その愛に立ち戻るのである。この詩の構造は、こうして罪から翻って、神に戻る悔悛のテーマが、典礼の祈りのように繰り返しによって語られる。

I.

第 1 部初めでは老いた鷲としての主人公の自己認識が語られる。

　　Because I do not hope to turn again
　　Because I do not hope
　　Because I do not hope to turn
　　Desiring this man's gift and that man's scope
　　I no longer strive to strive towards such things
　　（Why should the agèd eagle stretch its wings?）
　　Why should I mourn
　　The vanished power of the usual reign?　　(ll. 1–8, *CPP* 89)

　　私はふたたび、ふりかえることを望まないので
　　私は望まないので
　　私はふりかえることを望まないので
　　この人の才や、あの人の能力をうらやんで
　　そのようなものを、もはや争って手に入れようとはしない
　　（どうして年老いた鷲が翼をはる必要があるだろうか）
　　どうして、世の影響力が消え失せたことを

嘆く必要があるだろうか。

　老齢で「この翼はもはや天かける翼でなく」（'Because these wings are no longer wings to fly,' l. 34, *CPP* 90）とある。さらに歌い出しがイタリア詩人ギード・カヴァルカンティ（Guido Cavalcanti, 1250~1259–1300）の作品の引用であることから彼は追放の身であるらしいと察することができる。

　時は過ぎてゆくものであり、場所も変貌する（'Because I know ... only for one place,' ll. 16–9, *CPP* 89）。すなわち、個々の事象は固有のものである。これはブラッドリーの認識論に基づいている——「個々人の魂に存在として認識される全世界は特有でその魂に固有のものである」（'... regarded as an existence which appears in a soul, the whole world for each is peculiar and private to that soul,' *AR* 306）。

　カヴァルカンティの帰る場所は、祖国トスカナの恋人のもとであったが、この詩の主人公が振り返ることを望まないのは、現世であり、望むのは第3連にある「聖女」の仲介によって、神の御許に帰ることである。自ら「あまりに多くを論じ、／あまりに多く説いてきた」（'too much discuss / Too much explain,' ll. 28–9, *CPP* 89）ことを悔い、今は余計なことを考えずただ待つすべを教えていただきたいと祈るのである。

　驚くべき変化は『うつろなる人々』では祈れなかった主人公が祈っていることであり、仲介者に「われら罪びとのため、……祈りたまえ」（'Pray for us sinners,' l. 40, *CPP* 90）と祈願していることである。アンドリューズが「ヨエル書」2章12, 13節——主は言われる「今こそ、心からわたしに立ち帰れ／断食し、泣き悲しんで。／衣を裂くのではなく／お前たちの心を裂け。」あなたたちの神、主に立ち帰れ——を基に説教しているように、悔い改めとは内省に留まらず神に向かう働きかけである。

　　悔い改めとは「原理に帰ること」（*redere ad principia*）以外の何ものでもない。それは一種の円環運動である。われわれが罪を犯すことによって背いてしまった神に帰ることである。このような円環運動について、多くを語っている。この円環運動は……2つの「立ち帰り」（同じ言葉を2

度)使っているおり、それは2つの異なった運動である。第1に、「全身全霊」をもって行わなければならない。2回目の翻りは砕かれ、打ちひしがれた心を持ってなされなければならない。したがって、これら2つの運動は、同一の運動とはなり得ないのである。第1に立ち帰るというのは、その行為によってわれわれが神を目指し、われわれの心を挙げて神へと帰っていくと決意することである。そして、再度翻るというのは、それによってわれわれは、かつて神に背いていたわれわれの罪を後にし、振り返って見ることであり、罪を顧みてわれわれの胸は張り裂けるのである。[45]

　実人生においてエリオットが直面せざるを得なかったのは、あまりに深い自らの罪意識から浄化の火を前にしての逡巡である。仕事に忙殺されヴィヴィヴァンを顧みなかった罪意識をミドルトン・マリーに次のように赤裸々に告白している。

　　過去10年間、徐々にしかし着実に、私は自らを「機械」にしてきた。意図的に——耐えるために、感じなくするために——「しかしこのことがVを殺してしまった」。[46]

　　……春は恐怖だ——説明できない恐れだ。そして私は「彼女を」殺してしまった。この最も鋭敏な「罪意識」は立ち竦ませ、やる気をそがせる。[47]

II.

　第2部では、まず悔い改めへの契機も神主導の恩寵によってもたらされなければ、人間には成すすべがないことが語られる。

Lady, three white leopards sat under a juniper-tree
In the cool of the day, having fed to satiety

On my legs my heart my liver and that which had been contained

In the hollow round of my skull. And God said

Shall these bones live? shall these

Bones live? And that which had been contained

In the bones (which were already dry) said chirping:

Because of the goodness of this Lady

And because of her loveliness, and because

She honours the Virgin in meditation,

We shine with brightness. And I who am here dissembled

Proffer my deeds to oblivion, and my love

To the posterity of the desert and the fruit of the gourd.

It is this which recovers

My guts the strings of my eyes and the indigestible portions

Which the leopards reject. The Lady is withdrawn

In a white gown, to contemplation, in a white gown.

Let the whiteness of bones atone to forgetfulness.　(ll.1–59, *CPP* 91)

聖女よ、三匹の白い豹が、私の足、私の心臓、私の肝臓

そして私の丸く空ろな頭蓋骨の中にあったものまで

貪り食いあさって、えにしだの木蔭の

日の涼しいところに座っている。神が言われた

これらの骨は生きるだろうか。これらの骨は

生きるだろうか。すると、この骨の中にあったものが、

(骨はすでに乾いていたが) 甲高い声で鳴いた——

この聖女の徳のゆえに

この聖女のうるわしさのゆえに、そしてそのお方が、

思いにしずむあの聖母を崇めておられるがゆえに

われわれは光かがやく。そして姿をかえたこの私は

私の行いを忘却に委ね、私の愛を

荒野の世継ぎや瓢の実に委ねる。

第Ⅲ章　『うつろなる人々』と、『聖灰水曜日』　169

　こうして、豹たちが吐き出した私のはらわた、
　私の眼の筋や、不消化な部分が生気をとりもどす。
　聖女は白い衣をまとい、瞑想のため
　白い衣をまとい、引き退いた。さて
　骨の白さをもって贖い忘却にいたらしめたまえ。

　「聖女」とは人間を救いへと霊的に導くベアトリーチェのような女性を念頭
に置いた呼びかけであるが、『神曲』のほかの女性たちとの区別も明確でな
く、聖母マリアのこととも読み取れる。象徴として意図的に曖昧性をもたせ
ているように思われる。エリオット自身「ダンテは地上楽園でマティルダと
いう女に会ったが、これが誰であるかは、ダンテの作品を最初に読むときは
まだ問題にしなくていい」（*SE* 261）と述べている。実際この段階で登場する
女性を明確に特定することは困難である。また「三匹の白い豹」（'three white
leopards,' l. 1）に関しても（エレ 5:6 との関連を思わせるが）、エリオットの言
葉（*SE* 242）から特に意味を限定する必要はないと思われる。ただし精悍な豹
が白という形容詞をもって表されると何か神秘的な響きを伴う。「えにしだ」
（'juniper-tree,' l. 1）はスギ科に属し学名 'Juniperus'（「若さを生ずる」）で、ヨー
ロッパでは魔除けの信仰などと結びついている。[48]旧約聖書「列王記」上 19 章
にあるアハブ王に追われ、弱音を吐き、「えにしだの木の下で横になって
眠ってしまった」預言者エリアに、神が御使いを送り、「起きて食べよ」（王
上 19:5）と枕元に焼いたパン菓子と水の入った瓶を与え、恵みを注がれたと
いう記事を思い起こさせる。
　さて 3 匹の豹がこの木の下に座り、主人公の肉を飽食して満足感に目を細
めているというのであるが、すでに復活を暗示しているのは明らかである。
'in the cool of the day'（l. 2）は「創世記」3 章 8 節より、罪を犯したアダムとエ
バが神の御顔を避ける時である。このように楽園追放を暗示して魂の帰るべ
き場所を示唆している。「これらの骨は生きるだろうか」（'Shall these bones
live?' l. 5, *CPP* 91）は、救いはまったく神の恩寵であることを示す「エゼキエ
ル書」37 章 3 節からの引用。

主の手がわたしの上に臨んだ。わたしは主の霊によって連れ出され、ある谷の真ん中に降ろされた。そこは骨でいっぱいであった。主はわたしに、その周囲を行き巡らせた。見ると、谷の上には非常に多くの骨があり、また見ると、それらは甚だしく枯れていた。そのとき、主はわたしに言われた。「人の子よ、これらの骨は生き返ることができるか。」わたしは答えた。「主なる神よ、あなたのみがご存じです。」そこで、主はわたしに言われた。「これらの骨に向かって預言し、彼らに言いなさい。枯れた骨よ、主の言葉を聞け。これらの骨に向かって、主なる神はこう言われる。見よ、わたしはお前たちの中に霊を吹き込む。すると、お前たちは生き返る。わたしは、お前たちの上に筋をおき、肉を付け、皮膚で覆い、霊を吹き込む。すると、お前たちは生き返る。そして、お前たちはわたしが主であることを知るようになる。」（エゼ　37:1–6）

　エリオットはこの箇所を『荒地』でも複数回用いている（*The Waste Land* ll. 185–6, 193–5, 390）が、『荒地』では実現不可能な状態として暗示するに留まっていた。また 'gourd' (l. 13) は「ヨナ書」に出てくる「とうごま」でここでは救いを求めて神の憐みを求める人々を指している。

　主人公は「女性」の白い輝きを受けて、骨である自らもまた白く輝いている。この白さに免じて過去の行為が忘却されることを祈っている。エリオットにおいては『荒地』の「忘れっぽい雪」（'forgetful snow,' l. 6)、「水死」（"Death by Water"）など「白」や「白骨」と「忘却」がしばしば結びつく。

　そしてついに薔薇が出現する。

　　Lady of silences
　　Calm and distressed
　　Torn and most whole
　　Rose of memory
　　Rose of forgetfulness
　　Exhausted and life-giving
　　Worried reposeful

第Ⅲ章　『うつろなる人々』と、『聖灰水曜日』　171

The single Rose
Is now the Garden
Where all loves end
Terminate torment
Of love unsatisfied
The greater torment
Of love satisfied
End of the endless
Journey to no end
Conclusion of all that
Is inconclusible　（ll. 66–83, *CPP* 91–2）

沈黙の聖女は
穏やかにして心憂い
引き裂かれてなお無欠
追憶の薔薇
忘却の薔薇
力尽きて、命を与え
悩みながら心穏やか
ただ一本の薔薇が
今では園となり
そこに、すべての愛が終わり
満たされない愛の
苦しみが終わり
満たされた愛の
より大いなる苦悩が終わり
終わりなきものへの
はてしない旅の終わり
終局のない
あらゆるものの終局

実人生においてこの時期エリオットはヴィヴィアンをサナトリウムに預け、事実上の別居生活に踏み切っていた。夫婦は1926年3月に転居しチェスター・テラス57に移った。ヴィヴィアンは家事もできず助けが必要であった。エリオットはレナード・ウルフに何度もヴィヴィアンのことで相談している。[49]春と夏の間中彼女はヨーロッパのいくつかのサナトリウムを転々としており、エリオットが一緒の時も単独の時もあった。実際の別れは1932年になるのだが、エリオットの思いの中にはすでに別れは現実であった。[50]またヴィヴィアンも自らの病で夫を振り回している自分の立場を痛感し、深い孤独を味わっていた。[51]ヴィヴィアンの描く物語の語り手たちも孤独であった。[52]

「追憶の薔薇／忘却の薔薇」となった聖女をパウンドはサナトリウムで白いガウンを羽織っているヴィヴィアンと結びつけた。[53]身を割くような苦しみの中、エリオットはヴィヴィアンを追憶の薔薇・忘却の薔薇として自らの贖罪の印とする、それ以外に道はなかったのだと解釈できる。この詩の初版の献辞には「私の妻へ」とある。そして詩の底流には告白にも似た、浄罪界の如き暗き夜の中での浄化という観念が脈々として流れている。

第Ⅰ章で述べたエリオットのとらえる自己の概念からいうと、世界の実在は、自己の志向によって作られると理解するエリオットは、「自己は観念的な構成体('ideal construction')で、大いに実践のために構成されたものである」と考えると同時に、客体としての自己認識をも表明している――「……自己は、時間と空間の中での構成体である。自己は他の対象に混じる1つの対象であって、共通の世界がなければ存在し得ないものである」("Leibniz' Monads and Bradley's Finite Centres," *KE* 204)。しかし現実にはエリオットは観念（ideal すなわち unreal）的構成体にとどまっていた。

プルーフロックを著した時期にも絶対者の視線によって「観念的な構成体」が real にされる必要があること、それが神の関与を受け入れる信仰の世界であるということをエリオットも理解はしていたはずである。「観念の外在性はその内在性に含まれていると言われることを私は知っている。しかしながら、この含蓄は、これら双方の視点を内包する1つの視点から見たときにのみ存在するといえるのである」（*KE* 37）と述べている。しかし実際にはエリオットは自我の殻にしがみついて、神の関与を受け入れることはなかった。ブラッドリーの過ち

第Ⅲ章 『うつろなる人々』と、『聖灰水曜日』 173

に矛先を向けているが、それは自らの問題でもあったのだ。

　エリオットは詩人の独我的世界と、それを越える高度な実在の間でもがいていた。今や確かなのは独我的な「有限の心の中心」の殻を破る自己の必然性である。それは前述した「マリーナ」以外にも「シメオンの歌」（"A Song of Simeon," 1928）、「アニームラ」（"Animula,"1929）にも表れている。

　『聖灰水曜日』の第2部で、主人公は、「マリーナ」や「アニームラ」や「シメオンの歌」で述べられているように、死して生きる道、すなわち過去の幻想の中で観念的な構成体であり続けることを放棄し、神の恩寵を受け入れ、影のように付きまとっていた過剰な自意識すなわち罪意識を過去のこととする、いわゆる悔い改めをなしたとみることができる。その結果神の恩寵を表す薔薇は、「追憶の薔薇 ／ 忘却の薔薇」（'Rose of memory / Rose of forgetfulness,' ll. 69–70）として開花するのである。

Ⅲ.

　第3部においては、静かに純化されていく心の様子が一段一段上りつめていく階段のメタファーで描かれる。

　階段の比喩とは、16世紀の十字架の聖ヨハネの『魂の暗き夜』（*Dark Night of the Soul*）の10段階に言及したもの、[54]さらに「創世記」28章のヤコブの階段の説など想起されるが、ここでは三段という数からも『浄罪篇』第9歌（痛恨を怠った諸侯が住んでいるという浄罪界前域にて）に拠り、ダンテらが岸壁の3つの段を昇り、浄罪界の門をくぐる顛末から理解する。

　地獄を抜けたウェルギリウスとダンテは海岸に出た。そこは7層の浄罪山が聳えていた。2人はまず浄罪界前域で、怠惰な魂が座っているのを見た。第1と第2の高台を越え、悔恨を怠った諸侯の魂に会った。すると燃える剣を持った天使が降り、3つの段が眼の前にあった。第一の段は、心を映す「とても清くなめらかな大理石」でできている。第二の段は心の暗い影を表すように「暗紫色よりも色が濃くて ／ 縦にも横にもひびが入っている」。第三の段は燃える心で悔恨し、神の御心に沿う苦闘のように「まるで血管から血が ／ ほとばしっているみたいに赤い ／ 炎のような斑岩であった」。これら

3つの段は、それぞれ、心の悔恨、罪の告白、行いの贖いの象徴である。[55]

　3つの段を過ぎると、天使が「鍵をはずしてくれるように、謙遜に頼むのだ」と言った。そして天使はダンテの胸を3度打ち、罪（peccati）の頭文字Pを7つの額に記し、黄金と銀の鍵で、浄罪山の入口の扉を開けてくれた。ダンテは浄罪山を登るごとに浄められ、額のPが1つずつ消えていく。

　一方エリオットの詩の主人公は次のように進んでいく。

At the first turning of the second stair

I turned and saw below

The same shape twisted on the banister

Under the vapour in the fetid air

Struggling with the devil of the stairs who wears

The deceitul face of hope and of despair.

At the second turning of the second stair

I left them twisting, turning below;

There were no more faces and the stair was dark,

Damp, jaggèd, like an old man's mouth drivelling, beyond repair,

Or the toothed gullet of an agèd shark.

At the first turning of the third stair

Was a slotted window bellied like the fig's fruit

And beyond the hawthorn blossom and a pasture scene

The broadbacked figure drest in blue and green

Enchanted the maytime with an antique flute.

Blown hair is sweet, brown hair over the mouth blown,

Lilac and brown hair;

Distraction, music of the flute, stops and steps of the mind over the

　　　third stair,

Fading, fading; strength beyond hope and despair

第Ⅲ章　『うつろなる人々』と、『聖灰水曜日』　175

Climbing the third stair.　（ll. 96–116, *CPP* 93）

第一の階段の最初の曲がり角で
私は振り返って下を見た
靄の下の腐った空気のなかで
あの同じ姿が手すりにからみついて
希望と絶望の偽りの顔をした
階段の悪魔と格闘していた。

第二の階段の第二の曲がり角で
からみあっている二人を置き去りにして、振り向いて下を見た
もう顔は見えず、階段は暗く
涎をたらす老人の口のように、じめじめし、ぎざぎざして、手のほどこ
　　しようがない
あるいは老いた鮫が歯をむいた食道のようだ。

第三の階段の最初のまがりかどには、
無花果の実のように膨れて溝のある窓があり、
山査子の花や牧場の景色のかなたに
青と緑の着物を着た、肩幅の広い人物が
古代の横笛で五月の季節を魅了させていた。
風になびく髪の毛は麗しく、口の上でなびく栗色の髪、
ライラックと栗色の髪。
慰め、笛の調べ、第三の階段の上を歩む心はとまる、
消えてゆく、消えてゆく、希望と絶望をこえた力が
第三の階段をのぼってゆく。

　踊り場は通常は 'landing' であるが、ここでは 'turning' である。主人公は今
や、第一の階段（誠実）を過ぎ、「高みを目指して」第二の階段（悔恨）を昇
る。第１部では 'Because I do not hope to turn again' と世俗を振り返ることを断

念しているが、ここでは痛悔のために過去の自らを振り返るところから出発する。下を見るとかつての自分が「人をあざむく希望と絶望の顔をした階段の悪魔」と争っている。第二の階段の第2の曲がり角では、老いたサメが歯をむいた頤のようである絶望的な光景を目にするが、第三の階段では展望が開ける。

無花果のような窓から5月の牧場で青と白の服を着た頑丈な後姿が見える。しかし心は思わず立ち止まる。主人公はまだ主を迎えるにふさわしくないと逡巡する。

> Lord, I am not worthy
> Lord, I am not worthy
> but speak the word only.　　(ll. 117–9, *CPP* 93)

> 主よ、私はとるに足りないものです
> 主よ、私はとるに足りないものです
> しかしお言葉をください。

これはカトリックの聖体拝領の前の祈りから採ったものであるが、'And my soul shall be healed' が続く。原典は「マタイによる福音書」8章8節の百人隊長の言葉——「主よ、わたしはあなたを屋根の下にお迎えできるような者ではありません。ただ、一言おっしゃってください。そうすれば、わたしの僕はいやされます」——である。ここで主人公が自らの魂の歩みを振り返って、恩恵に対する感謝に溢れ、祈りを唱えるに至ったことから、自己でいっぱいになっていた思いがダンテのように、神への思いに切り替えられていく様子がうかがわれる。

IV.

第4部では恩寵による贖罪の可能性が語られる。

第Ⅲ章　『うつろなる人々』と、『聖灰水曜日』　177

Who walked between the violet and the violet

Who walked between

The various ranks of varied green

Going in white and blue, in Mary's colour,

Talking of trivial things

In ignorance and in knowledge of eternal dolour

Who moved among the others as they walked,

Who then made strong the fountains and made fresh the

springs　（ll. 120–7, *CPP* 94）

すみれとすみれの間を歩んだ人

さまざまな緑のさまざまな

色合いの間を

白と青、マリア色の着物をきて歩んだ人

永遠の悲しみを知らないで、また知りながら

さり気ないことを話しながら、

ほかの人たちが歩くときに、その間を歩んだ人、

そして、源泉を強くし、泉を新しくした人

これは一体誰を指すのだろうか。『浄罪篇』第 28 歌を連想させる。

a lady solitary, who went along singing, and

culling flower after flower, wherewith all

her path was painted.　（*Purgatorio* XXVIII. 40–2）

ただ一人の淑女が現れたが、

彼女は歌をうたいながら、彼女の行く道を

ことごとく彩っていた花を次々に摘んでいた。

ここではエリオットが 'flower' ではなく 'violet' としたところに意味があ

る。すみれ色は悔悛を表す色である。贖いとなったヴィヴィアンを指すので
あろうか。

　次行の白、緑、紫は十字架の聖ヨハネによるとそれぞれ信仰・希望・慈愛を
表す。[56]特に緑は『浄罪篇』第8歌28–30行にあるように天使がまとっている色
である。[57]青は慈愛を象徴する。「マリア色の」（'in Mary's colour,' l. 4）とある
ので、この女性はマリア自身ではないことが暗示される。「永遠の苦悩を知
り、また同時に、知らずに」（'In ignorance ... dolour,' l. 6）、すがすがしく歩む
人である。

　続けて贖罪の希望が語られる。「悲しみ」（'dolour'）は「痛みを伴う深い悲
しみ」の意で痛みと結びつき、「永遠の」（'eternal'）という形容詞が付いてい
ることから、アダム以来人類が背負っている原罪の苦しみと解釈できる。浄
罪界の導き手であるこの女性は、かつて人生においてこの苦しみを知ってい
た。IIの「穏やかに悲しみ ／ 引き裂かれて完全無欠」（'Calm and distress / Torn
and most whole,' l. 67, *CPP* 91）に相通ずる。「泉」'fountains' も 'springs'（l. 8）
も生命の木、ロゴスと関連する。

　そして恩寵を表す導き手の手助けによって、罪が贖われ、自己綜合におけ
る分裂関係は癒され、分裂していた自己が統合され、リアルな存在となって
外界との調和ある折衝を持つ可能性が語られる。

> White light folded, sheathed about her, folded.
>
> The new years walk, restoring
>
> Through a bright cloud of tears, the years, restoring
>
> With a new verse the ancient rhyme. Redeem
>
> The time. Redeem
>
> The unread vision in the higher dream
>
> White jewelled unicorns draw by the gilded hearse.　　(ll. 134–40, *CPP* 94)

> 白い光が、襞をなし、鞘のように彼女をつつみ、とりまく。
>
> 新しい歳月が歩み、かがやく涙の雲を通して
>
> 歳月を甦らせ、新しい詩句で

古い調べを甦らせる。 時を

贖え。はるかに高い夢の中の

読み解かれない幻を、

宝石で飾られたユニコーンが鍍金したひつぎを曳くとき。

'Redeem / The time' (l. 18)「贖う」とはあるものを代償として買い戻すことを意味する。キリストの贖罪の死を代価として買い取られ救われた者は、信仰により（すでに清算されている過去を思い）神より受ける新たな生を神の栄光のために生きるべきことをいう。

最後の行——「宝石で飾られたユニコーン（一獣角）がめっきしたひつぎを曳くとき」は、レーテの岸部の神秘的な行列を描く『浄罪篇』第29歌、「これら四匹の生物の間を二つの車輪のある ／ 一台の凱旋の山車が占めていたが、一頭のグリフォーネが頸でそれを曳いていた」(*Purgatorio* XXIX. 106–8)を想起させる。グリフォーネ（空想的動物で、頭および翼は鷲、その他の部分は獅子でキリストの象徴[58]）に曳かれて凱旋する二輪戦車は教会を示し、総じて死が変容したことを表していると読み取れる。

すなわち、ここにおいて、エリオットがブラッドリー哲学の中にみた直接経験への参与者としての自己を回復する予言が示されているとみることができる。悔恨でかすんでいた眼が、今や輝いている前途を目撃するのである。

V.

第5部には『天国篇』第3歌85行「神のご意志 (*la sua voluntade*) は私たちの平和」の *la sua voluntade* というタイトルが付いていた。[59]前半は最高法院からさらにゴルゴダでイエスを取り巻き騒ぎ立てる群衆と聞かれない言葉の対比が読み取れる。そしてアンドリューズの説教から「沈黙の言葉」「聞かれることなく失われた言葉」としてイエス・キリストが語られる。

If the lost word is lost, if the spent word is spent

If the unheard, unspoken

Word is unspoken, unheard;

Still is the unspoken word, the Word unheard,

The Word without a word, the Word within

The world and for the world;

And the light shone in the darkness and

Against the Word the unstilled world still whirled

About the centre of the silent Word.

O my people, what have I done unto thee.

Where shall the word be found, where will the word

Resound? Not here, there is not enough silence

Not on the sea or on the islands, not

On the mainland, in the desert or the rain land,

For those who walk in darkness

Both in the day time and in the night time

The right time and the right place are not here

No place of grace for those who avoid the face

No time to rejoice for those who walk among noise and deny the voice

(ll. 149–67, *CPP* 96)

失った言葉が失われ、使い尽くした言葉が使い尽くされ
聞かれない、語られない言葉が
語られず、聞かれなくても、
まだ、語られない言葉があり、聞かれない「御言葉」、
言葉のない「御言葉」、この世のための「御言葉」がある。
そして光は闇に輝いたが、
御言葉に逆らって、静かでないこの世は逆巻いていた。あいかわらず
静かな「御言葉」を廻って。

おお、私の民よ、あなたに私は何をしたというのだろう。

どこでその言葉を見つければよいのか、どこでその言葉は
轟くのか？ ここではない、ここには十分な静けさがない
海の上でも、島の上でもなく
本土でも、砂漠でも、雨の降る地でもない、
昼も夜も
暗闇を歩く人々にとって、
ふさわしい時も、ふさわしい場所もここにはない
御姿を避ける人々にとって、ここは恩寵の場ではない
喧噪の中を歩み、御言葉を拒む人々にとって、喜びの時でもない

　エリオットはアンドリューズの神の言葉の受肉に関する逆説の表現として
以下のものを挙げている。「言葉の中の言葉、言葉を一言も発することがで
きずにいる（言葉）」（'The word within a word, unable to speak a word,' *SE* 349）
である。

　　さらに付け加えよう。どのような肉体であったのか。幼児の肉である。
　　Verbum infans 幼子の御言葉とは何ということか。御言葉でありながら言
　　葉を一言も語り得ないとは？ それはまた何と悪質な一致だろう。この
　　ことを御子は示された。いかにして生まれ、いかにかしずかれたのか。
　　堂々たる宮殿で、象牙の揺り籠の中、高貴を示す衣を着せられてか。
　　否、宮殿の代わりに馬小屋で、揺り籠の代わりに飼い葉桶で、美しい衣
　　装の代わりに貧しい襤褸切れに包まれてである。

　　　　（"*Sermon 12 Of the Nativitie; Christmas 1618*," qtd. in *SE* 350）[60]

　その「言葉」なるキリストが再び不従順な「わが民」に「ミカ書」6章3節の
問い――わが民よ。わたしはお前に何をしたというのか――を投げかける。

　　O my people, what have I done unto thee.

Will the veiled sister between the slender

Yew trees pray for those who offend her

And are terrified and cannot surrender

And affirm before the world and deny between the rocks

In the last desert between the last blue rocks

The desert in the garden the garden in the desert

Of drouth, spitting from the mouth the withered apple-seed.

O my people.　(ll. 176–84, *CPP* 96–7)

おお、私の民よ、あなたに私は何をしたというのだろう。

ヴェールをつけた修道女は、細い櫟の木の間で、

祈るだろうか、自分に逆らい、

恐れおののいて、従うことができず、

人前では誓いを立てて、岩の間では拒む人々のために、

口から乾涸びたリンゴの種を吐きながら

最後の荒れ野の、最後の青い岩の間、

園の中の荒れ野、乾いた荒れ野の園で拒む人々のために祈るだろうか。

おお、私の民よ。

VI.

第6部は本詩の悔い改めの祈りというテーマの総括である。

Although I do not hope to turn again

Although I do not hope

Although I do not hope to turn

. . . .

This is the time of tension between dying and birth

The place of solitude where three dreams cross

Between blue rocks

But when the voices shaken from the yew-tree drift away

Let the other yew be shaken and reply.

Blessèd sister, holy mother, spirit of the fountain, spirit of the garden,

Suffer us not to mock ourselves with falsehood

Teach us to care and not to care

Teach us to sit still

Even among these rocks,

Our peace in His will

And even among these rocks

Sister, mother

And spirit of the river, spirit of the sea,

Suffer me not to be separated

And let my cry come unto Thee.　　(ll. 204–19, *CPP* 98–9)

私はふたたび、振り返ることを望まないが

私は望まないが

私は振り返ることを望まないが

　　……

これは死と生の間の緊張のひととき

三つの夢が、青い岩の間をゆきかう

隔絶の場である

しかし、櫟の木から振り落とされた声が漂い流れる時

ほかの櫟を揺り動かして、答えを求めよう。

祝福された修道女、清らかな母、泉の精、園の精よ、

われらが偽りで自らを欺くのを許したもうな

気遣って、しかも思いわずらわないすべを教えたまえ、

これらの岩の間にあって、しかも

静かに座るすべを教えたまえ、

主の御心の中にわれらの平和を

これらの岩の間にあっても

修道女よ、母よ

川の精よ、海の精よ、

私を手放したもうな

わが叫びを主のもとへ届かせたまえ。

　第1部では主人公の年老いた「鷲」の自己棄却について歌われていたが、それにもかかわらずさまざまな誘惑に心が揺れる「誕生と死の間」（'between birth and dying,' l.190, *CPP* 98）の不安が語られる。'Teach us to sit still' は「詩編」46編1–2節――「神はわたしたちの避けどころ、わたしたちの砦。……わたしたちは決して恐れない」を思い起させる。誘惑すらも神の御手にあることを覚えるとき、再び初めの振り返らないという決意が語られ、展望の開けた広い窓から信仰の希望の光が差し込む。そして、「失われたライラックと失われた海の声に ／ 失われた心は高ぶり喜び」（'And lost heart stiffens and rejoices / In the lost lilac and the lost sea voices,' ll. 195–6, *CPP* 98）、盲目の眼も耳も機能し始める。そして主のもとへと存在をかけた祈りをもって終わる。

　この詩の語り手は、時間を放棄し、自己の死を受け入れ、神のご意志の中に平和をみる過程に身を委ねた。悔悛により懐疑や感傷を克服して、静けさの中でキリストの受肉を思い巡らす姿勢を表している。

　エリオットにとってヴィヴィアンとの別離に伴う身を裂くような呵責と苦しみから抜け出ることは容易ではなかった。受肉の教義に身を委ねる以外に道はなかったのである。1932年10月半ば、ヴィヴィアンと彼女の弟のモーリスは、アメリカへ出発するエリオットを見送るために、サウサンプトン

第Ⅲ章　『うつろなる人々』と、『聖灰水曜日』　185

（Southampton）まで行った。その直前エリオット夫妻はロドメル（Rodmell）の
ウルフ夫妻を訪ねている。ヴァージニア・ウルフを挟んでエリオットと白い
帽子を目深に被ったヴィヴィアンの写真が残っている。アンソニア号が桟橋
を離れ、互いに別れの手を振っている時、ヴィヴィアンはこれが決定的な別
離となるとは思いもよらなかったことだろう。1933 年 6 月 24 日、エリオッ
トはタスカニア号でボストンからグリーノック（Greenock）に帰ってきた。し
かしそこから家には戻らず、そのままサレー（Surrey）にある（同僚であり友
人である）フランク・モーリー（Frank Morley, 1899–1980）[61]の農園に行ってそこ
に滞在した。エリオットの弁護士たちはすでに別居証書を作り上げ、自らの
行動を説明する——あるいは、説明しようと努める——エリオットの手紙と
ともに、その書類をヴィヴィアンのもとに送り届けていた。ヴィヴィアン側
の親族ですらもこの決定を非難するものはいなかった。[62]

　エリオットはモーリー宅に数カ月滞在した後、ロンドンに行き、グレン
ヴィル・プレイス（Grenville Place）にあるエリック・チータム（Father Eric
Cheetham）神父の司祭館に下宿した。チータム神父は、グロスター・ロード
（Gloucester Road）にあるセント・スティーヴン教会の牧師（the vicar of St.
Stephen's）であった、この教会がこの時からエリオットの教会となり、それ
は彼の死まで続くことになる。［筆者は 2016 年 8 月にこの教会を訪れた。ロ
ンドンの地下鉄グロスター・ロードから 3 分ほどのところにある。エリオッ
トが礼拝時に座っていたという場所を教えられた。教会堂のまわりの壁には
ヴィア・ドロローサ（Via Dolorosa ——キリストの十字架から昇天にいたるま
での苦難の道）の絵が張り巡らされており、祭壇近くにエリオットとヴァレ
リー夫妻の写真が飾られている。］

　エリオットは「彼［チータム神父］は牧師としての責務を認識し、困窮する
人々を、通常の牧師職の限界を超えて援助していた」とチータム神父を高く
評価する一方、その人間としての愛らしさも感じており、彼との交わりを感
謝していた。チータム神父の人柄もあり、また West End というファッショ
ナブルな地であったことも魅力であったかもしれないが、結局エリオットは
7 年間牧師館に滞在した。グレンヴィル・プレイスに始まり、エンペラーズ
ゲート（Emperor's Gate）、そして戦争となり、エリオットは田舎の友人宅

に、チータム神父はアルバート・ホール（Albert Hall）の地下に身を寄せた。戦争に阻まれなければエリオットの牧師館暮らしはさらに続いたと思われる。[63] エリオットの信仰の一面を伝える事柄である。

　センコートが伝えるところによると、チータム神父の保護のもとにセント・スティーヴン教会の礼拝は可能な限り「高教会的」であり、エリオットの好みと一致していた様子だった。事実、1934 年にエリオットはこの教会の教区委員［教会区を代表して主祭を助け、会堂の維持や会計事務などを預かる教会員、各教区に 2 名いた］となり、チータム神父の在職中から 1959 年 4 月までその地位に留まった。ある友人が述べているところによれば、「教会ではエリオットはいかにも実務家らしく見えたし、仕事の面では彼はいかにも聖職者らしく見えた」。[64] エリオットはまたケティッシュ・タウン（Kentish Town）のセント・シモンズ教会（St. Simon's Church）の修養会に定期的に出かけて、ベーコン神父（Father Bacon）とヒリヤー神父（Father Hillier）とから霊的助言を受けた。[65] そこでは彼はこの 2 人の聖職者と自らの霊的生活の成長を論じ、告解をし、罪の許しを受けている。

　晩年の友人ジョセフ・シアリ（Joseph Chiari）は、エリオットは「悔恨と過去の重さに苦悩していた」と述べている。[66] リスナーにエリオットが記しているように、17 世紀の神学者ジェレミー・テイラー（Jeremy Taylor, 1613–67）の『神聖なる生活の規則と行使』（*The Rule and Exercises of Holy Living,* 1650）と『神聖なる死の規則と行使』（*The Rule and Exercises of Holy Dying,* 1651）に則って、神の御心を学びそれに従う訓練がエリオットの生活であった。[67] なぜならエリオットの言葉にあるように、「たとえほんのわずかでも、宗教的意識を持っている人なら、自らの信仰心と自らの行為との著しい乖離に、時折ひどく悩まされるに違いない」（*NT* 31）、だから「われわれが、宗教的生活の完全な深化に必要な心の統合の質について熟考する時、絶望の淵に沈まないためには、神の恩寵の可能性や神聖の模範を心にとめておかなければならないのである」（*NT* 32）。

　エリオットは自らが神学に無知であるとの思いから、受洗から 7 年後にも、「私はもっと広範囲な深い神学の知識が必要であることを痛感している」[68] と述べている。エリオットにとって「すべてのキリスト者の徳は完全なキリ

スト教の信仰がなくては成立せず」、実行は信仰の具体化であった。解決の
道は視点の転換によって、十字架をも忍ばれた受肉の神を見る生活にあっ
た。神を見るという生活、それはキルケゴールの信仰の概念、自己を神の前
に透明に位置づけ、祈りと悔い改めという絶対者に向かう日々の信仰の業に
専心することであった。

第 **IV** 章

『四つの四重奏』とブラッドリー哲学
火の苦しみと恩寵の薔薇

　『うつろなる人々』で眼はまったく機能を失い、『聖灰水曜日』では眼が「追憶の薔薇 ／ 忘却の薔薇」として示された。最後の詩『四つの四重奏』で果たして自己綜合における分裂関係は解決に至ったのか、ブラッドリー流にいえばどのようにして独我的な「有限の心の中心」が殻を破ったのかを検証したい。

　『四つの四重奏』の成立にはエリオットがクラーク講演のため 1926 年ケンブリッジ大学を訪れた際、選ばれた 6 人の 1 人として朝食を共にして以来、30 年以上にわたる友情が交わされたジョン・ヘイワード（John Hayward, 1905–65）の協力があったことも明記しなければならない。1944 年版の『四つの四重奏』の冒頭には——「これらの詩の制作中にジョン・ヘイワード氏より寄せられた一般的批評ならびに具体的示唆に対し、同氏に特に感謝の意を表す」——との献辞が掲げられている。

　『四つの四重奏』はまさにエリオットの詩作の集大成であり、エリオット自身が最良の詩と見なしていた。[1]あえて主題を付けるとすれば「受肉した永遠のロゴスとのかかわりにおける自己受容」といえるだろう。「四」は、空気、地、水、火の四元素に代表される全体性を暗示する。

　これまでエリオットの詩の内容について心を注ぐあまり、詩の韻律に関しては触れる機会が少なかったが、音楽と詩との関係について 1942 年グラスゴー大学（Glasgow University）での講演でエリオットは以下のように述べている。

詩人は音楽の研究から学ぶところが多いのだろうと私は考えます。音楽についてどの程度技術的な知識が必要かは分かりません。私自身その技術的知識を持ち合わせていないのですから。しかし詩人に最も関連のある音楽の特性は、リズムの感覚と構成の感覚であると信じています。詩人があまりに音楽に倣いすぎると、作り物になってしまうという結果になりますが、私は1篇の詩、あるいは詩の1節が、言葉による表現に達する前に、まずある特定のリズムとして実現し、このリズムから思想やイメージが生まれてくることもあり得ると考えます。これは私だけに限られた経験ではないと思います。反復するテーマを利用することは、音楽と同様詩にとっても自然なことです。詩が1つの主題を異なった楽器群によって展開するというような真似もできれば、1篇の詩の中に、シンフォニーやカルテットなどの楽章に匹敵するような推移を設けることも、また素材を対位法的に配置することも可能なわけです。1篇の詩が芽ぐむのはオペラ・ハウスの中というよりは、コンサート・ルームにおいてなのです。　("The Music of Poetry," *OPP* 38)

　さて『四つの四重奏』は、各5部のソナタ形式よりなり、第1部「序奏」は導入部、第2部「提示部」は、第1部の展開を受けて抒情詩風メヌエット、その後にはさらに思索を発展させる瞑想的な節が続き、第3部「展開部」では、旅や巡礼の暗喩を通して主題を例示し、第4部「再現部」では宗教的短詩が歌われ、第5部「結尾部」は詩的な部分と口語的な部分を織り交ぜながら全体を纏め冒頭の主題に戻るという構成である。
　エリオットは『荒地』などとは異なり『四つの四重奏』に関しては多くを語っている。その理由として次の2点を挙げている。

　後発の『四つの四重奏』は『荒地』や『聖灰水曜日』などより、ずっと理解しやすい。時に私は主観的に書くことに難しさを覚えますが、この詩はより単純に書こうとしていると思います。他の要素として『四つの四重奏』がただ経験と成熟について述べているからです。……『四つの四重奏』を書くに当たっては『荒地』の形式では書こうとしても書けなくなっ

第Ⅳ章 『四つの四重奏』とブラッドリー哲学　191

　ていました。『荒地』においては、書いていることを自らが理解している
　かすら問題としていませんでした。[2]

　実際『荒地』よりはるかに引用、外国語が少なく、読みやすくはある。さて
問題はカルテットで表されたその思想である。
　標語としてヘラクレイトス（Heraclitus of Ephesus, c. 535–c. 475 BC）の2つ
の言葉がギリシャ語で載せられている。ヘラクレイトスは万物が流転してい
ると考えた。世界の本性であるアルケー（根源原理）は、火また変化にあると
説いた。つまり火は変化して水、水は土に、土から水に、そして火に戻るそ
の働き方は抗争であるが、全体としては調和統一をなしている。これを理法
とも神とも呼んだ（断片 67a）。かくて個々の現象は「反対の流れ」が交錯し合
流し均衡したところに成立する（断片 8, 10）。絶えず流動する世界を根幹で
繋ぐのがロゴスとされた。ロゴスはここでは、世界を構成する言葉、論理と
して把握される。常人は、全体的なロゴスの立場に立てないとする。[3]ヘラク
レイトスにとっては、知恵は一であり、一切を通じて導く見識を認識するこ
とであった。このロゴス観はキリスト教に大きな影響を与えた。

　　ロゴスは万人共通のものであるのに、人間はたいてい自分だけの料簡を
　　持っているような生き方をしている。（断片 2）

　　上への道も下への道も同じ一つのものだ。（断片 60）

　『荒地』のティレシアスという超自意識から、『四つの四重奏』ではキリスト
意識に詩の様相が移っている。前述したように4つの詩の中心的テーマは受
肉であり、それぞれの観点からみた実在としての自己が語られる。改めてそ
れぞれの四重奏に耳を傾けてみよう。

「バーント・ノートン」 "Burnt Norton"

　本詩は 1935 年の作品。翌年に *Collected Poems 1909–1935* に発表される。

　バーント・ノートンはイングランド南西部グロスタシャー（Gloucestershire）にあるイーヴシャム渓谷（Vale of Evesham）を見下ろす小高い丘陵の上にある荘園の名前である。建物は 1620 年のものであるが、3 人目の所有者キート（Sir William Keyt, 1688–1741）が酒乱で散財し、一時は屋敷が抵当に取られる。キートは 1710 年にアン・トレイシー（Anne Tracy）と結婚するが、メイドのモーリー（Molly）と情を交わし、妻アンが家を出る。モーリーのために贅をきわめた豪邸を屋敷に隣接して建てるが、1741 年モーリーが屋敷を出るやキートは再び酒乱が高じ、新設した屋敷に火を放ち自らも焼死する。もとの屋敷の側面も焼け焦げたためその名が付いた。[4]［筆者は 2012 年、人里離れ羊が戯れる小道を抜けて、コッツウォルズ（Cotswolds）丘陵地帯を見下ろす当地を訪れ、（現在はどのような条件かは分からないが）出版物に写真を掲載しないことを条件に「バーント・ノートン」に表されている 'rose garden,' 'the pool,' 'the alley,' 'the arbour,' 'the draughty church,' などに足を踏み入れ 1 時間余り滞在した。］

　エリオットはこの荘園近くのチッピング・カムデン（Chipping Campden）に数回滞在しているが、バーント・ノートンを訪れたのは 1934 年の 7 月であった。グロスタシャーにある叔母のパーキンズ夫妻の家に滞在していたエミリー・ヘイル［彼女は 1936 年を除いて 1934 年から 1938 年まで毎年イギリスへやって来ていた］と出かけている。

　そこが特に印象的な場所であったわけではなく、むしろ訪問者には失望を与えるとエリオットは述べる。[5] 1935 年にもエリオットはこうしたグロスタシャーへの訪問をし、9 月 28 日付でパーキンズ夫人に、2 年にわたる夏の歓待に感謝し、「過去 21 年間誰かといてくつろいだことはありませんでしたが、カムデンでは家庭にいるようでした」[6]と記している。

　「バーント・ノートン」は、『大聖堂の殺人』（1935）がことのほか成功した

ので、エリオットに新たな種類の作品を手掛ける意欲が生まれ、その際、戯曲から削除された箇所をもとに単独の詩として意図されたものである。哲学的で謎めいている。アメリカ帰国直後エリオットが身を寄せたフランク・モーリーに、何年後かに「人間にはまるで自分という機械がばらばらになってしまったような感じがして、自分のいる道の上で部品全部を調べてみるのだが、それをまた組立てることができるとしても、それがどのような機械になるのか分からないでいるという時期があるものだ」[7]とエリオットが述べたとあるが、バーント・ノートンにてエリオットは人生の過去の章を顧み、事実としてあったこと、あったかもしれない事柄を思い、不確かな未来へと思いを馳せた。

　まずは時間の中にある時間のない時間が述べられる。冒頭の 14 行は、『大聖堂の殺人』から削除された部分をもとにしている。第 2 の誘惑者を退けたベケット（Thomas Becket, 1118–70）のセリフに続く第 2 の司祭のセリフとして準備されたものだった。[8]

I.

Time present and time past

Are both perhaps present in time future

And time future contained in time past.

If all time is eternally present

All time is unredeemable.　（ll. 1–5, *CPP* 171）

現在の時も過去の時も

たぶんともに未来の時の中に現存し

また未来の時も、過去の時の中に存在する。

もしすべての時が、永遠に存在するのなら

すべての時は贖うことができない。

　詩の音楽性に気を配りながら、時の神秘に目を向けさせ、思い出の薔薇園

へと読者を誘う。エミリーとの関係に思いを馳せていたのだろうか。しかし、未来は 'What might have been' ではなく、'What has been' の上にしか築き上げることはできない。したがってバーント・ノートンにおいて、われわれを誘った同じ鳥によってわれわれは薔薇園から追い立てられてしまう。「人間はあまりに深い現実には耐えられないもの」('human kind / Cannot bear very much reality,' ll. 42–3) だからである。この同じ言葉をベケットは彼の殉教を予期し怯えているカンタベリーの女たちに語りかけている (II. *CPP* 271)。時の贖いはこの詩の主要なテーマの 1 つであるが、時は現在においてしか贖い得ないのである。

Time past and time future
What might have been and what has been
Point to one end, which is always present.　(ll. 44–6, *CPP* 172)

過去の時と未来の時と
かくもあったかもしれないと、かくあったとの
指し示すところはただ一つ、それがいつも現存するのだ。

　ブラッドリーの考えるようにわれわれの経験世界は、絶対に含まれている数限りない可能性の 1 つの表れである現象にしかすぎない。しかしこの現象の中に常に実在が現れているというのである。

II.

　第 2 部の初めに登場する「車軸」('axle-tree') と 54 行目の「樹」('tree') について、ケナーは天に枝をはり、根は大地から地獄にまで届くというドイツ民間信仰にいう宇宙の大樹であるとする。[9][筆者が『ウィリアム・フォークナーのキリスト像』で取り上げたユダヤ神秘主義「生命の樹」と通ずるものであろうと思われる。]
　64 行目からは「時の静止点」について語られる。この「時の静止点」はエリ

第Ⅳ章 『四つの四重奏』とブラッドリー哲学 195

オットにとって最も大切な概念である「首尾一貫性」、また「知恵」に通ずる
ものである。

At the still point of the turning world, neither flesh nor fleshless;

Neither from nor towards; at the still point, there the dance is,

But neither arrest nor movement. And do not call it fixity,

Where past and future are gathered. Neither movement frim nor towards,

Neither accent nor decline. Except for the point the still point,

There would be no dance, and there is only the dance.

I can only say, *there* we have been: but I cannot say where.

And I cannot say, how long, for that is to place it in time.

The inner freedom from the practical desire,

The release from action and suffering, release from the inner

And the outer compulsion, yet surrounded

By a grace of sense, a white light still and moving,

Erhebung without motion, concentration

Without elimination, both a new world

And the old made explicit, understood

In the completion of its partial ecstasy,

The resolution of its partial horror.

Yet the enchainment of past and future

Woven in the weakness of the changing body,

Protects mankind from heaven and damnation

Which flesh cannot endure. （ll. 62–82, *CPP* 173）

廻る世界の静止点。肉でもなく肉をもたなくもない
そこからでも、そこへでもない、静止の一点、そこに舞踏がある。
停止でも運動でもない。不動と呼んではいけない、
過去と未来の集結する場所だ。そこから、またそこへの運動でもなく、
上昇でも下降でもない。この一点、静止の一点を除けば

舞踏はなく、しかし舞踏しかない。
僕の言えることは、そこにわれわれがいたということ。どことは言えない。
どのくらい、とも言えない。時間の中にそれを置くことになるから。
実際の欲望からの内心の解放
行動と苦悩からの、内面と外面
の強制からの解脱、だが
感覚の恩寵により、静にして動なる白光に包まれている。
動作を伴わない高揚、排除を伴わない
集中、新たな新世界と
旧世界とが明らかにされ、理解されるのは
この世の部分的歓喜がここに成就せられ
またその部分的恐怖がここに解消されるからだ。
それにしても過去と未来との束縛は
移り行く身の弱さに織り込まれ
人間を天国からまた地獄から
肉の耐え得ぬところから守る。

　ネオプラトニズム的表現を借りて時の循環が語られている。常に動いて変化する現象界にあって、時間を越えて不変である点、「静止点」('still point')は「バーント・ノートン」には計 4 回記されている。それはヘラクレイトスのロゴスであり、「昨日も今日も、また永遠に変わることのない方」であるキリスト（ヘブ 13:8）である。この詩的心象はすでに『聖灰水曜日』（V. ll. 155–57, *CPP* 96）に出現している。

　また「コリオラン」（"Coriolan"）の「凱旋行進」（I. "Triumphal March," 1931）にも、「廻る世界の静止点」が言及されている。

　　　O hidden under the dove's wing, hidden in the turtle's breast,

　　　Under the palmtree at noon, under the running water

　　　At the still point of the turning world. O hidden.　　（*CPP* 127–8）

おお、鳩の羽交の下に隠れて、山鳩の胸に隠れて、

　　真昼の棕櫚木の下で、流れる水の下で

　　廻る世界の静止点で。おお、隠れて。

　『荒地』の「雷の言葉」でも触れた「コリオラン」はベートーヴェンの演奏用
序曲として有名であるが、エリオットは 1931 年と 32 年に「凱旋行進」と「政
治家の困難」(II. "Difficulties of a Statesman," 1932) と題して発表した。紀元前
5 世紀のローマ将軍コリオレイナスをシリル (Cyril) という少年と対比しつつ
描いたものである。
　「凱旋行進」は、ヴェスタの寺院での戦勝を祝して供養の儀式のために行進
してくるコリオレイナスの凱旋風景を描いたもので、見物の 1 人が語り手で
ある。上空に鶯が舞い、ラッパの音が高らかに鳴り、多くの人々、そして軍
備——ライフル銃とカービン銃 5800.000、機関銃 102.000、迫撃砲 28.000、野
砲と重砲 53.000、夥しい数の砲弾や地雷や信管、飛行機 13.000、そのエンジ
ン 24.000、軍用車 50.000、特車 55.000、野戦調理場 11.000、野戦パン焼き車
1150 等——が、長時間かけて歩道の上を通る。見物人は眼の前の光景をただ
「知覚」するのみである。遂に将軍が現れたが「素知らぬ顔」である。群衆に
は鳩の翼の下に、棕櫚の木の下に、流れる水の下に隠れている。廻る世界の
静止点であるキリストにも見える。だが寺院から出てきた処女たちが見つけ
たのは瓶の中に入っている塵だけだった。夥しい鶯と喇叭の音がむなしく響
く。
　見物人は復活祭に田舎には行かなかったので息子のシリルを教会に連れて
行った。教会の鐘が鳴ったら、シリルは抜け目なく「クランペット（ホット
ケーキ）」('crumpets,' CPP 128) と言った。人々は光を求めるがキリストは現
れない。
　「政治家の困難」では語り手はコリオレイナス自身になる。「イザヤ書」40
章 6 節——呼びかけよ、と声は言う。わたしは言う、何と呼びかけたらよい
のか、と。肉なる者は皆、草に等しい。永らえても、すべては野の花のよう
なもの——と同様に、「叫べ」という神の声がする。しかし何を叫んでも無意
味だ。人々は勲章とか委員会設置にしか興味がない。シリルも安月給の電話

交換手となっている。繁栄するローマは一見安泰にもみえる。しかし辺境の衛兵たちは賭け事に明け暮れている。疲労困憊したコリオレイナスは、多くの武人を生んだ家系の軋轢から逃れて、鳩の胸に隠された静寂の地で、死んだ母のもとで憩いたいと願う。しかし現世は依然として騒がしく人々は彼の辞任を求めて叫んでいる。

「時の静止点」とは、「コリオラン」に描かれるこのような、ただ喧噪としか写らない現象の中で無意味な時間に意味を与える永遠と時間の交差点である。

この時間の交差点こそ受肉の時として「『岩』のコーラス」（"Choruses from 'The Rock,'" 1934）に明記される。

> Then came, at a predetermined moment, a moment in time and of time,
> A moment not out of time, but in time, in what we call history:
>> transecting, bisecting the world of time, a moment in time but not like a
>> moment of time,
> A moment in time but time was made through that moment: for without
>> the meaning there is not time, and that moment of time gave the meaning.
>
> （VII. ll. 15–22, *CPP* 160）

　やがて、定められた瞬間に、時間の中の、時間のある瞬間がきたのだ、時間の外ではなくて、歴史と呼ばれる、時間の中にある瞬間。
　　時間の世界を横断し二分しながら、時間の中にあって、時間のある瞬間とは似ても似つかないある瞬間、
　時間の中のある瞬間でありながら、しかもその瞬間によって時間がつくられたのだ。意味がなくては時間はなく、しかも時間のその瞬間が意味を与えたのだ。

受肉は肉体と精神、運動と静止、過去と未来などの対立概念を綜合するものとして、動いていて、しかも動かざる舞踏のたとえで説明されるが、受肉とはそれによって時間が意味を持つ点であり、そこに結びつけば人は救済され実体となる。そこにおいて過去、未来の時の束縛下にありながら、人は新

たな視点を得て新しい存在とされる。ブラッドリー流にいえば、意識することは時間の中にあって時を超越することである。その中にあってこそ「薔薇園の片時」は「過去と未来とから不可分に」思い出されるのであり、時は時によってのみ贖われるのである。「バーント・ノートン」の最後の1行は次のように結ばれている。

Only through time time is conquered.　（l. 89, *CPP* 173）

時はただ時によってのみ克服される。

「バーント・ノートン」でエリオットが描く循環と静止点の図式は、まさにパウンドの渦巻き派の図式である。パウンドにおいては行動するイデアとしての輝く世界の運動を、エリオットは長らく不毛な繰り返しと感じていた。循環の中心にある愛がエリオットにおいては罪意識に阻まれて働いてこなかった。『荒地』の人物は皆無意味にぐるぐる回るのみで決して救いに達していない。「『岩』のコーラス」でエリオットにおいても贖罪の恵みが時間の循環の中に割って入ることによって、循環そのものが贖われるのである。

Ⅲ.

　第3部は、どの「四重奏」でも中核を成すが、第1, 2部で扱った主題がさらに深まっていく。前半ではロンドンを舞台にブラッドリーの現象としての世界の現代人の不毛さを扱い、時の本質に無関心な人間の精神状態が、リンボー的な場所にいる状態として、描き出されている。時の中におかれた人間は、暗きに徹することによって光を求めるしかない。十字架の聖ヨハネの『魂の暗き夜』を引用し、救いのためにはまず徹底的に下降すべき逆説が語られる。

Descent lower, descend only
Into the world of perpetual solitude,

World not world, but that which is not world,

Internal darkness, deprivation

And destitution of all property,

Desiccation of the world of sense,

Evacuation of the world of fancy,

Inoperancy of the world of spirit;　　(ll. 114–21, *CPP* 174)

　　下へと降りて行け、ひたすら降りて

　永遠の孤独の世界に入れ、

　世界であって世界でない、この世ならざる世界、

　内なる闇、窮乏

　すべての所有が欠乏している、

　感覚の世界は乾き切り、

　夢想の世界には住むものなく、

　精神の世界は機能停止状態。

　「窮乏 ／ すべての所有が欠乏している状態」（ll. 117–8）[10]は、神の恵みが効力を発揮することに繋がり、また「精神の世界の機能停止状態」（l. 121）、とは、救いがもたらされるためには、魂さえ働かない状態に陥ることが必要であることを暗示する。[11]

　「イースト・コウカー」においてさらに徹底して死して生きる道が語られる。

Ⅳ.

　グロヴァー・スミスによると、それぞれの第４部はキリスト教的要素の要約があるというが、10行の短いこの連にはアリストテレスの「不動の動者」（unmoved mover）としての父なる神が描かれている。[12]最初の「時」（'time'）と最終行の「廻る世界の静止点」（'At the still point of the turning world'）が対照的に提示されているのが印象的である。

第Ⅳ章 『四つの四重奏』とブラッドリー哲学 201

Time and the bell have buried the day,

   ....

. . . After the kingfisher's wing

Has answered light to light, and is silent, the light is still

At the still point of the turning world.　(ll. 127–36, *CPP* 174–5)

時と鐘が一日を葬った、

　　……

……カワセミの翼が

光で光に応えてから、静かになった今、光はなおも

廻る世界の静止点を離れずにいる。

　本箇所はブラッドリーの「時」に関する言及──「時間は実在ではなく、超時間の形容詞となる矛盾する試みによって非実在であることを主張する」('Time is not real as such, and it proclaims its unreality by its inconsistent attempt to be an adjective of the timeless,' *AR* 172) を想起させる。

V.

　第5部前半は言葉の永遠性について語られ、156行目の「荒れ野の言葉」'The Word in the desert' は神の言葉であるキリストの荒れ野の誘惑の連想につながる。ここでわれわれは第3部の冒頭の「これは不満の地」'Here is a place of disaffection' の光景へと再び、押し戻される。

　The Word in the desert

Is most attacked by voices of temptation,

The crying shadow in the funeral dance,

The loud lament of the disconsolate chimera.　(ll. 155–8, *CPP* 175)

　荒地の言は

数々の誘惑の声に最も襲われる、
葬いの舞踏の泣く影に
絶望的な怪獣キメラの大きな悲嘆の声。

そして後半に移る。

　　The detail of the pattern is movement
　As in the figure of the ten stairs.
　Desire itself is movement
　Not in itself desirable;　（ll. 159–62, *CPP* 175）

　　図式の細部が動きであることは、
　十段の階段のたとえの通りである。
　欲望そのものは動きで
　それ自身は望ましいものではない。

　ここではブラッドリー風に時の中にあって時を超える愛の永遠性について思弁がなされる。「10 の階段の比喩」（'the figure of the ten stairs,' l. 160）とは、十字架の聖ヨハネの『魂の暗き夜』において神の愛が人間を救う過程を以下の10 段階に分けて説いている箇所に言及したもの[13]──第 1 段階　魂が苦悩する、第 2 段階　絶えず神を求める、第 3 段階　熱意を込めて労苦する、第 4 段階　最も愛する方のために倦むことなく苦しむ、第 5 段階　切望して神を慕い求める、第 6 段階　神のもとへ馳せ参じ、神に何度も触れ、希望のゆえに気落ちすることなく走る、第 7 段階　魂が大胆になる、第 8 段階　神が去ってしまわれないように神をとらえ、しがみつこうとする、第 9 段階　甘美さを持って魂は燃える、第 10 段階　この状態では魂はすでに肉体から離れて、明らかな神の顕現に同化される。

　神の愛は今であり永遠である時との交差点である「一条の光」の中に見いだされると詩人は歌う。

Love is itself unmoving,

Only the cause and end of movement,

Timeless, and undesiring

Except in the aspect of time

Caught in the form of limitation

Between un-being and being.　(ll. 163–8, *CPP* 175)

愛そのものは動かない

動きの起点であり終点であり

時を超え、欲望を知らず

ただ時の相の下でだけ

非存在と存在との間の

有限の形でとらえられる。

　「非存在」と「存在」との間の現象の世界に生きる人間は時を超えた「愛」を有限の「形」によってしかとらえることはできない。

　そして最後に 1 部の主題が繰り返され、「一条の光」の中に直接経験との接点を知らせる鳥の声が再び子供たちの笑い声とともにこだまする。

Sudden in a shaft of sunlight

Even while the dust moves

There rises the hidden laughter

Of children in the foliage

Quick now, here, now, always—

Ridiculous the waste sad time

Stretching before and after.　(ll. 169–75, *CPP* 176)

にわかにさす一条の光の中に

ほこりが動く間にも

葉陰に子供らの

忍び笑いが起こってくる
早く、さあ、ここよ、今よ、いつでも―
むなしく過ごした悲しい時間が
前と後にひろがる愚かしさ。

「イースト・コウカー」 "East Coker"

　本詩は 1940 年、*The New English Weekly* の 3 月 21 日号に発表された。6 月
には同社からパンフレットの形で、9 月にはフェイバー社から単行本として
出版されている。
　イースト・コウカーとはエリオット Elyot（Eliot の古い綴り）家が 17 世紀中
頃まで住んでいたサマセット（Sommerset）州、ヨーヴィル（Yeovil）近くの村
落の名である。
　エリオット家の記録となると（17 世紀の半ばまで 'l' と 't' が 2 つで表記さ
れていたが、't' が 1 つとなり、そして時代が経て 't' も 'l' も 1 つとなった）
1563 年 7 月の 'Elliott, Katherine daughter of Stephen bapised' にさかのぼる。そ
のころイースト・コウカーには 4 人の Elliott が住んでいた。William と Stephen
は村に葬られているが、あとの 2 人、Jehrome と Henry の行方は知れない。
次のエリオット家の記録となると、さらにそれから 100 年後になる。3 カ月
の間に 70 人が亡くなった 1645 年の疫病を生き延び、William の息子の John
Elliott がその年の 6 月 20 日に亡くなっている。疫病の犠牲者ではないらし
い。次なる記録は 1664 年 2 月 1 日に Mary Eliot が William Lastie と結婚した
というものであった。イースト・コウカーでのエリオット家の記録が消える
とともにアメリカでの家系図が――イースト・コウカーでよく知られていた
Grace Woodier と結婚した Andrew Eliot から始まる。彼は 1660 年頃にイース
ト・コウカーを発って渡米したのだが、それがどのような動機によるもの
か、冒険心からでたものか、政治的あるいは宗教的理由によるものなのかは
分からない。[14]

エリオットは 1937 年 8 月（当時 48 歳）とその前年にイースト・コウカー村を訪れている［なお筆者はそれから 66 年後の 2003 年 2 月末と 79 年後 2016 年 8 月にこの地を訪れた］。家々は石造りで、わらぶき屋根。時間が停止したかのような落ち着いた佇まいをなす古めかしいセント・ミカエル教会（St. Michael Church）の前庭には、鬱蒼たる銀杏の木が枝を垂れ、また風化して文字の読めない墓石が傾いている。歴史の重みを感じざるを得ない。

教会は 11 世紀くらいから存在し、デヴォンの伯爵であるコートニー家（Courtenay family, Earls of Devon）が、マナー・ハウスとともに荘園を保持する少し前の 1276 年に記録が見られる。ベアトリス・ハックウェル（Beatrice Hackwelle）の「われわれの村」（"The Story of our Village"）によると、村人たちはもっと低地（現在のイースト・コウカーホールのあるあたり）に教会を建設したいと願っていたが、建設が始まると不思議なことになぜか毎夜、資材がマナー・ハウスの近くに運ばれていた。村人は恐れをなして、上手の丘中腹のマナー・ハウスの傍に教会を建設したということである。教会は十字架の形をしており、右手には 13 世紀の初期英国のアーチ道と柱が成す南のアーケード(拱廊)があり、南の通路をメインの部分と分けている。柱とアーチと対照的に左手には 15 世紀の直立した北拱廊がある。[15]教会の後部の一隅に楕円形のプレートが壁に塗り込められ、そこにエリオットの遺灰が収められている。

I.

第 1 部において「コヘレトの言葉」3 章に則って時の循環が語られる。

> In my beginning is my end. In succession
> House rise and fall, crumble, are extended,
> Are removed, destroyed, restored, or in their place
> Is an open field, or a factory, or a by-pass.
> Old stone to new building, old timber to new fires,
> Old fires to ashes, and ashes to the earth

Which is already flesh, fur and faeces,

Bone of man and beast, cornstalk and leaf.

Houses live and die: there is a time for building

And a time for living and for generation

And a time for the wind to break the loosened pane

And to shake the wainscot where the field-mouse trots

And to shake the tattered arras woven with a silent motto.

(ll. 1–13, CPP 177)

　　わが初めにわが終わりあり、つぎつぎに
　家が建ち、倒れ、崩れ、増築され、
　取り払われ、壊され、修復される。またはその跡に
　広場や工場や、バイパスができる。
　古い石は新しい建物に、古い木材は新しい火に、
　古い火は灰に、灰は土になる。
　そして土はすでに肉体や毛皮や肥し、
　人や獣の骨、麦の茎や葉になっている。
　家は生き、死ぬ。建てるに時があり、
　生きるに時があり、子を産むに時があり、
　また風が、がたつく窓を破り、
　また野鼠が走る羽目板を震わせ、もの言わぬ標語を
　織り込んだボロボロの壁掛けを揺さぶるにも時がある。

　最初の行「わが初めにわが終わりあり」（'In my beginning is my end,' l. 1, *CPP* 177)、は王位継承問題の渦中の人となり、エリザベス女王に処刑されたスコットランドのメアリー・スチュアート（Mary Stuart, 1542–87）がその玉座に刺繍していた座右の銘（En ma fin est mon commencement＝In my end is my beginning)をもじったとされている。[16]「わが終わりにこそわが初めあり」（「死」は再生の初めの意）の裏返しであり、5部の最後の行「わが終わりにはわが初めあり」（'In my end is my beginning,' l. 209, *CPP* 183)と相対している。旧約聖

書「コヘレトの言葉」3章1節「何事にも時があり天の下の出来事にはすべて定められた時がある」のリズムに乗って、まるでイースト・コウカーへの道のりを辿り始めるかのように穏やかな調子で語られる。

こうして語り手は、木々で覆われる暗い小道を抜けて、村落に入っていくのである。

> ... the deep lane
> Shuttered with branches, dark in the afternoon,
> Where you lean against a bank while a van passes,
> And the deep lane insists on the direction
> Into the village, in the electric heat
> Hypnotised.　(ll. 15–20, *CPP* 177)

> ……深い小道は
> 木々の枝に覆われて、昼なお暗い。
> 土手にもたれて、運搬車を一台やり過ごす。
> 行く手は、暗い小道がどこまでも延びて
> その村に通じている。電撃的な暑さの中を
> 睡魔に襲われて。

やがて夜になると「バーント・ノートン」一部後半のように、現在の時を離れ、ケンブリッジ行政区代表を務めた16世紀のサー・トマス・エリオット (Thomas Elyot, c. 1490–1546) の『為政者の書』(*The Boke Named the Governour*, 1531) に記されている村落の踊りのにぎわいの中に戯れることになる。[17] このリズムは農作物の収穫、男女の獣の和合のリズム、四季や星座の運行のリズムにも呼応する。

> 　　　　　　　　　　　　　　　In that open field
> If you do not come too close, if you do not come too close,
> On a summer midnight, you can hear the music

Of the weak pipe and the little drum
And see them dancing around the bonfire
The association of man and woman
In daunsinge, signifying matrimonie —
A dignified and commodious sacrament.
Two and two, necessarye coniunction,
Holding eche other by the hand or the arm
Whiche betokeneth concorde. Round and round the fire
Leaping through the flames, or joined in circles,
Rustically solemn or in rustic laughter
Lifting heavy feet in clumsy shoes,
Earth feet, loam feet, lifted in country mirth
Mirth of those long since under earth
Nourishing the corn. Keeping time,
Keeping the rhythm in their dancing
As in their living in the living seasons
The time of the seasons and the constellations
The time of milking and the time of harvest
The time of the coupling of man and woman
And that of beasts. Feet rising and falling.
Eating and drinking. Dung and death.　　(ll. 24–46, *CPP* 177–8)

　　　　　　　　　　　　この広野で
近づきすぎなければ、近づきすぎさえしなければ
夏の真夜中、笛や太鼓の
音楽がかすかに聞こえ
かがり火の周りに踊る人々が見える
男女が睦みあい
舞い交わす姿は、
おごそかにしてめでたい婚礼のしるし。

必ず二人ずつ組みになり、
互いに手を、腕を組む
これはまさに和合の姿。かがり火の周りをまわり
焔をまたぎ、輪をつくり、
田舎者らしく厳粛に、田舎者らしく笑い興じ、
どた靴の重い足を揚げる。
土の足を、泥の足を、粗野な浮かれ騒ぎに揚げている
はるか昔に地の下で麦の肥やしになっている者たちの
これは浮かれ姿。拍子をとり、
リズムに乗って踊る様は
息づく季節を生きてきたときの姿のよう。
それは四季と星座の時のリズム。
乳搾りと刈入れの時のリズム、
男女のそして獣たちの交合の
「時」のリズム。足が挙がり、足が落ちる。
食する、飲む。糞と死と。

　はるか昔の現実に思いを馳せ、そして今いるこの場所が、「はじめ」としてどこでも「ここ」になり得る自らの根源の地であると語り手は実感するのである。

> 　　Dawn points, and another day
> Prepares for heat and silence. Out at sea the dawn wind
> Wrinkles and slides. I am here
> Or there, or elsewhere. In my beginning.　　(ll. 47–50, *CPP* 178)

> 　　東雲がわずかに明け、別の一日が
> 熱気と静寂を準備する。沖には東雲の風が
> ひだを刻んで滑っていく。僕はここにいる。
> あそこにいる、またよそにいる。わが初めの中に。

II.

　第2部は、第Ⅰ部の静けさとは対照的に、季節や星座の循環の不気味とも思える混乱が語られる。そこでは轟巡る星から生まれた雷鳴が勝利の戦車を模し、「蠍座」が太陽と相打つうちに、日も落ち月も落ち、惑星は涙し、「獅子座」の流星は狩りに行き、やがて世界を燃やす破滅の火に誘う。「時」の循環の外に出ることの危険を提示しているのであろうか。

> What is the late November doing
> With the disturbance of the spring
> And creatures of the summer heat,
> And snowdrops writhing under feet
> And hollyhocks that aim too high
> Red into grey and tumble down
> Late roses filled with early snow?
> Thunder rolled by the rolling stars
> Simulates triumphal cars
> Deployed in constellated wars
> Scorpion fights against the Sun
> Until the Sun and Moon go down
> Comets weep and Leonids fly
> Hunt the heavens and the plains
> Whirled in a vortex that shall bring
> The world to that destructive fire
> Which burns before the ice-cap reigns.　　(ll. 51–67, *CPP* 178–9)

十一月の末だというのにどうしたことか。
春の騒動を伴い
また夏の盛りの生き物たち、

踏まれて身悶えする春告草、
無理して背伸びをしようとして
紅から灰色となり倒れる立葵、
初雪にまみれた遅咲きの薔薇の花などを？
轟く星々から生まれた雷鳴は
星座の戦いに展開した
勝利の戦車のさまを装い
蠍座が太陽に闘いを挑むうちに
やがて日も落ち月も落ち
惑星は涙し、獅子座の流星は飛び
天と平野に獲物をあさる。
渦巻きを描き、
世界を氷原の支配の前に
燃える破滅の火に誘う。

　今や第2次世界大戦が勃発し、第III章で垣間見た恩寵の「薔薇」は11月の嵐にさらされている。そのような中われらの最善の知恵である謙遜が語られる。

In the middle, not only in the middle of the way

But all the way, in a dark wood, in a bramble,

On the edge of a grimpen, where is no secure foothold,

And menaced by monsters, fancy lights,

Risking enchantment. Do not let me hear

Of the wisdom of old men, but rather of their folly,

Their fear of fear and frenzy, their fear of possession,

Of belonging to another, or to others, or to God.

The only wisdom we can hope to acquire

Is the wisdom of humility: humility is endless.　(ll. 89–98, *CPP* 179)

道半ばで、いや半ばどころか

　　いつのおりにも、暗き森に、茨の中に、

　　常に足場のふたしかなグリンペン沼の縁に居て

　　妖怪や、まどわしの灯や危険な

　　妖術に脅かされて。老人の知恵など

　　聞かせないでほしい。聞きたいのはむしろその愚行、

　　その恐怖を恐怖する様子、狂気を、所有を恐怖し、

　　所属を——他の者への、人々への、神への所属を恐れるさまを。

　　われらが望みえる唯一の知恵は

　　ただ謙遜の知恵だけだ。謙遜には終わりがない。

冒頭はダンテの『地獄篇』冒頭からの言及。この時ダンテ 35 歳である。

In the middle of the journey of our life,

　　I found myself in a dark wood,

　　Having lost the straight path. 　(*Inferno* I. 1–3)

　　私たちの人生行路の半ばごろ

　　　　正しい道を踏み外した私は

　　　　一つの暗闇の森の中にいた。

「謙遜には終わりがない」（'humility is endless,' l. 99）とあるが、魂の闇を知らず、人に教える老人たちの知恵は「死んだ秘密の数々」（'the knowledge of dead secrets,' l. 79）でしかないが、神の御前に身を低くして「暗闇の森」すなわち魂の暗夜を甘受するなら、やがて闇は光に転じ、祝福に浴することとなる。このことは第 3 部 112–28 行でも述べられる。

Ⅲ.

　第 3 部は 'O dark dark dark. They all go into the dark' と、突然ミルトンの『サ

ムソン・アゴニスティーズ』を思わせる絶叫で始まり、第2部で説かれた「暗闇の森」と対応する。「バーント・ノートン」の魂の暗夜の「積極の道」とは逆の「消極の道」が、劇場の暗転、地下鉄の駅間で立ち往生する列車内の客、エーテルをかけられた「意識はあっても意識するものは何もない」人の意識などの比喩で語られる。答えはただ「待つことの中にある」とされる。「そうすれば、闇は光に、静止は舞踏に」転ずることとなる。そして後半は聖ヨハネの言葉そのままの言葉が綴られ、存在、所有、知恵に達する道が非存在、非所有、不知の道だと説かれる。

> You say I am repeating
> Something I have said before. I shall say it again.
> Shall I say it again? In order to arrive there,
> To arrive where you are, to get from where you are not,
>> You must go by a way wherein there is no ecstasy.
> In order to arrive at what you do not know
>> You must go by a way which is the way of ignorance.
> In order to possess what you do not possess
>> You must go by the way of dispossession.
> In order to arrive at what you are not
>> You must go through the way in which you are not.
> And what you do not know is the only thing you know
> And what you own is what you do not own
> And where you are is where you are not.　　(ll. 133–46, *CPP* 181)

> 　　　　君は言う、同じことを
> 繰り返しているだけだと。何度でも僕は言う。
> 何度でも言ってあげようか。そこに到ろうとするためには、
> 君の今居るところに行きつくには、今居ない所から離れるには
> 　　恍惚などない道によらねばならない。
> 君の知らぬものに至るためには

無知という道によらなければならない。
君に無いものを所有するためには
　所有をやめるという道によらなければならない。
君が君でないものに至るためには
　君が君でない道を行かねばならない。
そして君の知らないものが君の知る唯一のもので
君の所有しているものは君が所有していないもの。
君の居る所に実は君は居ない。

なお十字架の聖ヨハネのものは、以下のようである。

　　In order to arrive at having pleasure in everything,
Desire to have pleasure in nothing.
　　In order to arrive at possessing everything,
Desire to possess nothing
　　In order to arrive at being everything,
Desire to be nothing.
　　In order to arrive at knowing everything,
Desire to know nothing.
　　In order to arrive at that wherein thou hast no pleasure,
Thou must go by a way wherein thou hast no pleasure.
　　In order to arrive at that which thou knowest not,
Thou must go by a way that thou knowest not.
　　In order to arrive at that which thou possesses not,
Thou must go by a way that thou possesset not.
　　In order to arrive at that which thou are not,
Thou must go through that which thou art not. (Saint John of the Cross, "Doctor of the Church.")[18]

すべてを楽しむためには、／楽しみを捨てよ。

すべてを所有するためには、／無一文になれ。

すべてに達するためには、／無になれ。

智に至るには、／無知に徹せよ。

楽しみのないところに至るには、／楽しみを捨てよ。

無知に至るには、／無知に徹せよ。

無一物になるためには、／物を所有しない道に徹せよ。

自分でないものになるのは、／自分でない道による。

IV.

　第4部ではキリストの十字架の贖いが直接的に語られる。人が罪を犯した場合どのようにすれば罪の赦しを得ることができるのだろうか。もはや時間を逆戻しにして、決定的な事実である出来事を帳消しにすることは人にはできない。ただ神の赦しを乞うほかはない。旧約時代には、神の備えた道として、羊やヤギの血を捧げることによって人は罪が赦された。新約時代となり、罪なき神の子キリストが十字架上で血を流すことによって贖罪の業がなされた。それゆえ、その日をキリストの苦難にもかかわらず 'Good Friday' と呼ぶ。ただし救われるためには徹底して重症になる必要がある。すなわち、浄化の火に身を委ねなければならない。

The wounded surgeon plies the steel.

That questions the distempered part;

Beneath the bleeding hands we feel

That sharp compassion of the healer's art

Resolving the enigma of the fever chart.

Our only health is the disease

If we obey the dying nurse

Whose constant care is not to please

But to remind of our, and Adam's curse,
And that, to be restored, our sickness must grow worse.

The whole earth is our hospital
Endowed by the ruined millionaire,
Wherein, if we do well, we shall
Die of the absolute paternal care
That will not leave us, but prevents us everywhere.

The chill ascends from feet to knees,
The fever sings in mental wires.
If to be warmed, then I must freeze
And quake in frigid purgatorial fires
Of which the flame is roses, and the smoke is briars.

The dripping blood our only drink,
The bloody flesh our only food:
In spite of which we like to think
That we are sound, substantial flesh and blood—
Again, in spite of that, we call this Friday good.　　(ll. 147–71, *CPP* 181–2)

傷ついた外科医がメスをふるって
患部を探究する
血を流すその手の下にわれわれは
体温表の謎を解く癒す者の業の
鋭い憐憫の情が感じられる。

われわれの健康そのものが病である
瀕死の看護婦に従うなら
あのいつもの看護は、喜ばせることではなく

第Ⅳ章　『四つの四重奏』とブラッドリー哲学　217

われわれの、そしてアダムの呪いのことや、
回復には病状悪化が必要なことを思い起こさせる。

地球全体が病院だ。
破産した百万長者の寄贈による。
この病院で、経過が良ければ、われわれは死ぬ。
あくまでも見放さず、いずこにあっても保護する、
絶対的な父親の看病によって。

悪寒が足から膝に昇り
熱が脳髄の鉄線で歌う。
温まりたければ、凍え
震えて氷のような浄罪の火に焼かれねばならない
その焔は薔薇で煙が棘だ。

したたる血潮のみが飲み物
血まみれの肉のみが食べ物。
それにもかかわらず、われわれはとかく
われらが健全で、丈夫な血肉だと思いたがる―
それにもかかわらず、また、われわれはこの受苦の金曜を、良き日と呼ぶ。

　ついでながらアンドリューズの 1604 年の聖金曜日の説教では、神による
愛の逆説が説かれている。

　　この至上の愛によって生じる、あなたがたのための計り知れない利益を
　考えてみなさい。……キリストが受けた鞭打ちの傷でわれわれは癒さ
　れ、キリストのしたたる汗によってわれわれの渇きは潤され、キリスト
　が見捨てられたことによって、われわれは神の恵みのうちに迎えられ
　た。この日は、キリストにとっては神の激しい怒りの日であるが、われ
　われにとっては神の恵みの満ちた日、（使途パウロが述べているように）

救いの日なのである。(*"Sermon 2 Of the Passion: Good-Friday 1604"*)[19]

V.

　第5部の冒頭で詩人は2大大戦を生きた自らの半生を試行錯誤の連続で
あったと述懐する。

So here I am, in the middle way, having had twenty years—
Twenty years largely wasted, the years of *l'entre deux guerres*—
Trying to use words, and every attempt
Is a wholly new start, and a different kind of failure　(ll. 172–4, *CPP* 182)

　　こうして僕は、この中道に居て、二十年を経た——
　　大方無駄にすごした二十年、二大大戦間の歳月——
　　言葉の用い方を知ることに努めたが、一つ一つの試みが
　　まったく新たなスタートの繰り返し、しかも違った失敗の連続だ

「この中道にいて」(in the middle way) は l. 89 でも用いたダンテからの句。
「2大大戦間の歳月」(*l'entre deux guerres*=the period between two wars) にエリ
オットは 1926 年まで 20 年間銀行勤めをし、そしてフェイバー社へと移り、
大学で講義し、*The Waste Land* (1922), *Ash-Wednesday* (1930) をはじめ約 30 篇
の詩と約 50 篇の評論を執筆している。しかもその結婚生活は波乱続きで、
心身共にすり減らしながらの日々であった。人生には「張り詰めたひと時」と
いうものもあるが、その生活が複雑さを増すにつれて、やがて一瞬一瞬が一
生に組み込まれ、さらには死者たちの生涯もこれに含まれていることに気が
付くようになる。「そこ」とか「いま」とかに留まることなく、終生の探求者
になるならば、どの時もどの場所も今ということになると述懐する。
　そして最後はやがて自分が眠るべきこの地にあって、新たな出発を心に期
しての思いが語られる。

第Ⅳ章 『四つの四重奏』とブラッドリー哲学 219

Love is most nearly itself

When here and now cease to matter

Old men ought to be explorers

Here and there does not matter

We must be still and still moving

Into another intensity

For a further union, a deeper communion

Through the dark cold and the empty desolation,

The wave cry, the wind cry, the vast waters

Of the petrel and the porpoise. In my end is my beginning.

(ll. 200–9, *CPP* 182–3)

　　愛が最もその本質に近くなるのは
　　今、ここが問題でなくなるときだ。
　　老人は探求者でなければならぬ。
　　ここ、そこは問題ではない。
　　われらは静止しつつ絶えず動き、
　　次の深みに移らねばならない
　　さらに先の統一のため、さらに深い交わりのために
　　暗く冷たいところ、むなしい荒廃を通って、
　　波の叫び、風の叫び、海燕とイルカの
　　果てなき海を経て。わが終わりこそわが初め。

　寂寞とした海の風景が描かれているが、「イースト・コウカー」の最後にこのような海を描いたのは先祖アンドリュー・エリオットのことを思い浮かべてのことだろう。生の大きなテーマを観念で終わらせず、自らの生涯をかけての実践とする詩人の切なる思いが伝わってくる。個人の歴史としての人間の歴史は、その国の、さらに世界の歴史の中に位置づけられ抱合されているというブラッドリー的観念が根底にある。

「ドライ・サルヴェイジェズ」 "The Dry Salvages"

本詩は 1941 年 *The New English Weekly* 2 月 27 日号に発表され、9 月にフェイバー社から単行本として出版された。ドライ・サルヴェイジェズとは作者自注にあるようにマサチューセッツ州ボストン北東約 40 マイルのところにある風光明媚な半島アン岬の東北部の沖合にある岩礁群。エリオット家の先祖の 1 人アンドリュー・エリオットが移住した場所。前述したように、その後エリオット家は聖職者で哲学者であったウィリアム・グリーンリーフ・エリオットの代に、ミシシッピー川に臨むミズーリ州セントルイスに移る。その息子でエリオットの父であるヘンリー・ウェア・エリオットは毎年夏に避暑をかねて子供たちをニューイングランドに連れて行った。エリオットの詩によく描かれる花崗岩に波の砕ける海岸風景、磯の香、潮騒などは、こうした夏の生活でエリオットが体験したものである。不安定な戦時にあって、将来が不明確な時期に、エリオットは子供時代に戻り、時の輪そのものからの解放の必要について熟慮する。

「ドライ・サルヴェイジェズ」は、海と航海のイメージで満ちているが、歴史がダイナミックに前進するものとして語られる。岩は、キリスト（I コリ 10:4）であり、教会（マタ 16:18）、すなわち人間の拠り所となるものを象徴している。

I.

第 1 部ではミシシッピー川が自然の力を象徴する「褐色の神」として、また歴史の推移を表すものとして提示される。

> I do not know much about gods; but I think that the river
> Is a strong brown god—sullen, untamed and intractable,
> Patient to some degree, at first recognized as a frontier;　(ll. 1–3, *CPP*184)

神々のことはあまり知らない——がしかし川の神はきっと

たくましい褐色の神だろう、気難しく、人になじまず、扱いにくく、
いくらかは少し辛抱強くあって、初めのころは国境と目されていた、

　後半は海の描写となるが、「われわれを取り巻いている」（'the sea is all about us,' l.15）海はあらゆるものを呑み込む深淵であり、われわれの時もそこに流れ込む悠久の時を象徴する。
　「ドライ・サルヴェイジェズ」に描かれる薔薇はアン岬の岩場に置かれる塩が覆う茨である。

> The salt is on the briar rose,
> The fog is in the fir trees　（ll. 26–7, *CPP* 184–5）

> 塩は茨の上にあり、
> 霧はもみの林を覆う

　戦時の最中にあって、浄めの塩を抱く茨は人間の罪を浄めるキリストの象徴と読み取れる。
　最後は航海者である夫を「案じ気遣う女たち」の数える時と、「底波」の鳴らす「われらの時ならぬ時」が対比され、「今あり、また初めからあった底波が」鳴らす鐘は2部のガブリエル（Gabriel）が聖母マリア（Mary）にキリストの受胎を告げた「受胎告知」となっていく。

> And under the oppression of the silent fog
> The toiling bell
> Measures time not our time, rung by the unhurried
> Ground swell, a time
> Older than the time of chronometers, older
> Than time counted by anxious worried women　（ll. 34–9, *CPP* 185）

> そして静かな霧の抑圧のもとで

つき鳴らす鐘の
計るのはわれらの時ならぬ時、急がず行く
底波の打ち鳴らす、時は
時計の時よりも古く、心配し気遣う女たちの
数える時より古い――

II.

　第 2 部の最初の 6 連はセスティーナ（sestina）と呼ばれる 6 行 6 連詩（6 行
6 連の後の 3 行の追連はここではない）が続き、また、弱勢の音節で終わらせ
て、永遠の海の中に出ていく人間の終わりなき不安の旅が描き出されている。

　　Where is there an end of it, the soundless wailing,
　　That silent withering of autumn flowers
　　Dropping their petals and remaining motionless;
　　Where is there an end to the drifting wreckage,
　　The prayer of the bone on the beach, the unprayable
　　Prayer at the calamitous annunciation?　　(ll. 49–54, *CPP* 185)

　　終わりはどこにあるのだろう、声なき嘆きの、
　　花びらを落としつつ、身動きをなくす
　　秋の花々のもの言わぬ凋落の終わりは。
　　終わりはどこにあるのだろう、漂う難破物の、
　　災厄の告知を受けて果たせなかった祈りを
　　浜辺で祈る骨の祈りの終わる時は？

答えが返される。

　　There is no end of it, the voiceless wailing,

第Ⅳ章 『四つの四重奏』とブラッドリー哲学 223

No end to the withering of withered flowers,

To the movement of pain that is painless and motionless,

To the drift of the sea and the drifting wreckage,

The bone's prayer to Death its God. Only the hardly, barely prayable

Prayer of the one Annunciation.　（ll. 79–84, *CPP* 186）

　終わりはない。声なき嘆きの、

枯れた花の凋落に終わりはなく

痛みなく、動きなき苦痛の動きに、

海の漂いに、漂う難破物に終わりはない

骨がその神、「死」に祈る祈りに終わりはない。ただわずかに辛うじて

祈りうるのは、あの「告知の祈り」。

再び過去への考察がなされる。

… I have said before

That the past experience revived in the meaning

Is not the experience of one life only

But of many generations—not forgetting

Something that is probably quite ineffable:

The backward look behind the assurance

Of recorded history, the backward half-look

Over the shoulder, towards the primitive terror.　（ll. 96–103, *CPP* 186–7）

……前にも言ったが、

過去の経験が意義の中に復活すると

それは一人の生涯の経験だけではなく

幾世代にわたる経験となる——恐らく

まったく言い表せないことまでも含んでいるだろう。

記録になった歴史の確証の

背後を振り返り、肩ごしにそっと、
原始の恐怖を半ば顧みる眼など。

そして苦しみの永続性が語られる。

Now, we come to discover that the moments of agony
（Whether, or not, due to misunderstanding,
Having hopes for the wrong things or dreaded the wrong things,
Is not in question）are likewise permanent
With such permanence as time has.　（ll. 104–8, *CPP* 187）

さて今、僕らは苦悩の時もまた
（それが誤解に基づくもの、
誤ったものへの期待、誤ったものへの恐れから生じたものでも
問題ではない）やはり同様に、時に認め得る限りの永続性を持って
永続であることが分かるようになった。

　破壊者である時は同時に「死んだ黒人、牛、鶏籠などを運ぶ川のように」
（'Like the river with its cargo of dead negroes, cows and chicken coops,' l. 106, *CPP*
187）保存者でもあると確認される。最後は「時」の表象であるドライ・サル
ヴェイジェズがいかなる天候においても悠然と存在する様子が語られる。

Ⅲ.

　第3部ではクリシュナ（Krishna）の言葉の真意に思いを馳せる。クリシュ
ナとはヒンドゥー教の主神ヴィシュヌ（Vishnu）の第8番目の化身。「黒い神」
の意でヒンドゥー教の諸神中で最も民衆に親しまれている神格である。[20]エリ
オットが「私の知っている限りでは、ダンテに次ぐ哲学的な詩の傑作である」
（*SE* 258）と述べているヒンドゥー教の聖典の1つ『バガヴァット・ギーター』
によると、クリシュナは王子の1人アルジュナ（Arjuna）の馬車の御者とな

る。クリシュナは、兄弟親族と戦うことを嘆き、武器を捨てて戦いを放棄しようとしたアルジュナを励まし、「あなたが行うこと、食べるもの、供えるもの、与えるもの、苦行すること、それを私への捧げものとせよ。アルジュナ」（『バガヴァッド・ギーター』第9章27）と命じ、さらに「（私に）専心すれば、あなたはまさに私に至るであろう。」（9章34）と述べる。10章でクリシュナは最高神としての姿を現し、最終章の18章にはアルジュナは「迷いはなくなった。不滅の方よ。あなたの恩寵により、私は自分を取り戻した。疑惑は去り、私は立ち上がった。あなたの言う通りにしよう」（18章73）と述べる。語り手サンジャ（Sanjaya）はこの「クリシュナとアルジェナとの、稀有で聖なる対話」をクル（Kuru）族の盲目の王ドリタラーシュトラ（Dhritarashtra）に喜びを持って伝える（18章76）。

　まず過去はすでに存在しないから治癒者足り得ないことが語られる。

> I sometimes wonder if that is what Krishna meant——
> Among other things—or one way of putting the same thing:
> That the future is a faded song, . . .
> 　　　　. . . .
> And the way up is the way down, the way forward is the way back.
> You cannot face it steadily, but this thing is sure,
> That time is no healer: the patient is no longer here.　（ll. 124–31, *CPP* 187）

> 僕は時々考える、クリシュナの言葉の真意も
> （ほかの事柄も相俟って）——やはり同じことの別の言い方なのではないかと——
> 未来は消えた夢だと、……
> 　　　　……
> そして上る道は下る道、往く道は帰る道だ。
> 直視しづらいことだが、これだけは確かなこと
> 時は人を癒してはくれないこと——ここに患者はもう居ないのだから。

さらに『バガヴァット・ギーター』の口調を模して、人間は刻々変わるものであるので、過去にも未来にもいない。今いる一瞬一瞬を真剣に生きるべきことをが語られる。

'Fare forward, you who think that you are voyaging;
You are not those who saw the harbour
Receding, or those who will disembark.
Here between the hither and the farther shore
While time is withdrawn, consider the future
And the past with an equal mind.
At the moment which is not of action or inaction
You can receive this: "on whatever sphere of being
The mind of a man may be intent
At the time of death" ——that is the one action
(And the time of death is every moment)
Which shall fructify in the lives of others:
And do not think of the fruit of action.
Fare forward.
                    O voyagers, O seamen,
You who came to port, and you whose bodies
Will suffer the trial and judgement of the sea,
Or whatever event, this is your real destination.'   (ll. 149–65, *CPP* 188)

「いざ行け、君たち船旅の途上にあると思う人たちよ。
君たちは先に去りゆく港を眺めた人たちでなく、
またこの先上陸する人たちでもない。
これまでと、これからの岸部との間のここに居て
時の潮が引いている今のうちに、思え、未来と
そして過去とを、一つのひとしい気持ちを持って。
行為でも無為でもないこの時にあたって

君たちにも分かるだろう——『どのような存在状況にあろうとも
その死の時にこそ人の心は集中する』ということが。——これこそは
　唯一の行為
（しかも死の時とは一刻一刻のことだ）
ほかの人の生涯に実を結ぶ行為だ——
しかし行為の結果を思ってはならぬ。
いざ行け。
　　　　　　　航海者よ、船乗りたちよ、
港に着く君たち、また身体を
海の審判にゆだねる君たち
何が起ころうと、ここが君たちのまことの行先だ。」

　上記の箇所は『バガヴァッド・ギーター』4章に表れる以下のクリシュナが
アルジェナを励ました言葉に言及したものである。

「信頼を抱き、それに専念し、感官を制御する者は知識を得る。知識を得
て、速やかに最高の寂静に達する（4章39）。（行為の）ヨーガにより行為を放
擲し、知識により疑惑を断ち切り、自己に制御した人を、諸行為は、束縛し
ない（4章41）。それゆえ、知識の剣により、無知から生じた、自己の心にあ
る疑惑を断ち、（行為の）ヨーガに依拠せよ。立ち上がれ、アルジュナ（4章
42）。

IV.

　第4部は生者死者を問わず海の旅をする者のための聖母への祈りとなって
いる。グロヴァー・スミスはエリオットがマサチューセッツ州グロスターの
ポルトガル教会「救いの聖母教会」（Portuguese Church of Our Lady of Good
Salvation）を念頭に置いていると指摘している。[21] 一家は夏をここで過ごすの
が恒例であったからこの像もエリオットにとってなじみ深いものであったと
思われるが、エリオットによると実際に念頭にあったのは、マルセイユの

ノートルダムドラガルド（Notre Dame de la Garde）であった。[22]

> Lady, whose shrine stands on the promontory,
> Pray for all those who are in ships ...
>   . . . .
> Also pray for those who were in ships, and
> Ended their voyage on the sand, in the sea's lips
> Or in the dark throat which will not reject them
> Or wherever cannot reach them the sound of the sea bell's
> Perpetual angelus.　（ll. 169–70; 179–83, *CPP* 189）

> 御母よ、その御堂の岬に建つ、御母よ
> 祈りたまえ、船に乗るすべての者のため……
>   ……
> そして祈りたまえ、船に乗った者たちの
> 座礁して船旅を終え、海の口唇に入り、あるいは
> 暗い喉に入ってまた吐き出されず、あるいは
> 途切れることのない海の鐘の音の届かない所で
> 航海を終えた人々のために。

V.

　第5部では「時なき時」と時との交点である受肉にこそ解決があることが確認される。しかしそれはわれわれの目標であり、生涯を無私の愛に生き通した時に初めて「授けられる」ものとされる。

> The hint half guessed, the gift half understood, is Incarnation.
> Here the impossible union
> Of spheres of existence is actual,

第Ⅳ章　『四つの四重奏』とブラッドリー哲学　229

Here the past and future

Are conquered, and reconciled,

　　　. . . .　（ll. 215–9, *CPP* 190）

半ば推測される手がかり、半ば了解される賜物、それが受肉なのだ。
ここにいたって生き方というもの
不可能な合一は、現実となり、
ここに過去とそして未来は
征服され、和解させられる，
　　　……

　過去からも未来からも解放される正しい行為ということはこの世において
は達成できないが、試み続けるその歩みが意義深いのだと締めくくる。

… And right action is freedom

From past and future also.

For most of us, this is the aim

Never here to be realised;

Who are only undefeated

Because we have gone on trying;

We, content at the last

If our temporal reversion nourish

（Not too far from the yew-tree）

The life of significant soil.　（ll. 224–33, *CPP* 190）

……まさに正しい行為とは
過去からのそして同時に未来からの解放なのだ。
われわれ普通の者たちには、これは目標で
この世では実現できないものだ。
われわれが敗れずに済むというのも、ただ

試み続けたからだ。

われらは、最終的には良しとするのだ

たとえわずかの復帰でも

（櫟の木からほど遠くなく）

意義ある土の養いとなるならば。

　櫟の木は「死」とともに「長寿」の象徴である。ここでは墓地に多くの櫟の木が見られるから櫟の木に言及したとエリオットは述べている。[23]"East Coker" が主に土を中心に語っているのに対して、"The Dry Salvages" は水を舞台としている。しかし最終的には「意義深い土の養い」となることを歌い "Little Gidding" へと繋いでいる。

「リトル・ギディング」 "Little Gidding"

　本詩は 1942 年 10 月 15 日 *The New English Weekly* に発表され、同年 12 月フェイバー社から単行本として出版された。

　リトル・ギディングは、ケンブリッジ州（Cambridgeshire、かつては Huntingdonshire）の小村落名。1936 年エリオットがここを訪れたのは決して気まぐれなどではなかった。この場所は世の華々しい栄華を捨てたニコラス・フェラー（Nicholas Ferrar, 1592–1637）が創始したアングリカンの共同体があった地である。ジョージ・ハーバートやリチャード・クラショー（Richard Crashaw, c.1613–49）も訪れた。[24] 1626 年ニコラスがウェストミンスター寺院（Westminster Abbey）の助祭（Deacon）に任命されて去った後も、残りの者たちは祈りの生活に徹し、彼らの理想郷は 1646 年議会軍によって取り壊されるまでに同志が 40 名ほどに増えた。国王チャールズ 1 世（Charles I, 1600–49）も 3 度（1633, 1642, 1646）、特に最後は投降する途上で立ち寄った。エリオットの想像力をかきたてるには十分の地であった。

　1931 年から戦争が始まるまでエリオットはケルハム（Kelham）の「聖なる使命の会」（Society of the Sacred Mission）と交流があった。聖人としてではな

く瞑想の訓練を受けるためであった。そこで歴史家で詩人でもあった修道士ジョージ・エヴィ（Brother George Every, 1909–2003）と親しくなり、1646 年国王がリトル・ギディングを訪れ、ネイズビーの戦い（Battle of Naseby）の夜に保護を求めたこと——それはエリオットの詩では 'king at nightfall' （l. 175, *CPP* 195）と表現されている——をもとにする、エヴィのチャールズ 1 世に纏わる詩劇『手詰まり——リトル・ギディングにおける王』（*Stalemate—The King at Little Gidding*）の草稿を読んでエリオットは刺激を受けたとのことである。3 月 13 日エリオットはその詩劇の良い点、改めるべき点を書いてエヴィに送り、屈せずやり通すようにと励ましたという。[25] ヘレン・ガードナーによるとエヴィの劇が火とリトル・ギディングをエリオットの心の中で結びつけた。原稿中フェラーはクラショーに問いかけている——「君は戦火を逃れて立ち去るつもりか……苦しみの中にこそ神意が潜んでいる。なぜなら神は敗北の中に意義を置かれるからである」[26] と。

　［今も人里離れ羊などが群がる静かなたたずまいの中にリトル・ギディング教会がある。筆者は 2003 年、2014 年、2016 年に、その絵に描いたような広大な風景の中に身を置き、特に 2016 年 7 月 31 日の第 5 聖日には聖日礼拝で聖餐式にも与った。俗世間から隔絶された深い祈りの跡が偲ばれる場所である。本表紙の写真はその折撮ったもの。教会内には 'You are not here to verify, / Instruct yourself, or inform curiosity / Or carry report. You are here to kneel / Where prayer has been valid.' （ll. 43–6）, 'And what the dead had no speech for, when living, / They can tell you, being dead: the communication / Of the dead is tongued with fire beyond the language of the living' （ll. 49–51）などの詩句が刺繡されて掲げられている。］

I.

　時は冬の最中であるが、春の光景が心に蘇ってくる。また 6 月のペンテコステ（聖霊降臨）の火のイメージが現れる。しかし永遠の夏、本格的な時の静止点はどこにあるのか。リトル・ギディング教会にたたずんで、詩人は熱烈な祈りを体感し、死者との語らいを感じ、時の静止点を確信する。そこでは

観念を捨ててひざまずくしかない。

> If you came this way,
> Taking any route, starting from anywhere,
> At any time or at any season,
> It would always be the same: you would have to put off
> Sense and notion. You are not here to verify,
> Instruct yourself, or inform curiosity
> Or carry report. You are here to kneel
> Where prayer has been valid. And prayer is more
> Than an order of words, the conscious occupation
> Of the praying mind, or the sound of the voice praying.
> And what the dead had no speech for, when living,
> They can tell you, being dead: the communication
> Of the dead is tongued with fire beyond the language of the living.
> Here, the intersection of the timeless moment
> Is England and nowhere. Never and always.　(ll. 39–53, *CPP* 192)

> 君がこの辺に来れば、
> どの道を通ろうと、どこから来てもよい、
> どんな時にでもどんな季節にでもよい、
> やはりいつでも同じこと——感覚と観念とは
> 捨ててかからなければならない。ここにいるのは実証のためでも
> 自らを制すためでも、好奇心を満たすためでも
> 報告のためでもない。ひざまずくために君はいるのだ、
> 今も祈りの有効な所に。なお祈りとは
> 一定の語順とか、祈る者の意識的な行いとか、
> 祈りの声に留まらないものだ。
> そして死者は、生きている間は、口にしなかったそのことを
> 死んだ今君に語る。死者の語る

その舌は火で、生者の言葉を超えたものだ。
ここにあって、時なきひと時の交点は
イングランドでありほかにない。絶えて、またいつも。

II.

弱強5歩格（iambic pentameter）の8行連（octava stanza）の変形が3連続く
第2部は大きく2つの部分に分かれる。前半はヘラクレートスの万物流転
説、特に四元素の変化と循環の思想に基づいて、人間および人間を取り巻く
ものすべて――「空気の死」「土の死」「水と火の死」――が描かれている。後
半は聖霊と空爆を絡めてドイツ空軍のロンドン爆撃の跡を舞台に、『地獄篇』
および『浄罪篇』が語られる。

78行目から詩形とともに一転して語る口調が変わっている。エリオット
の言葉にあるように、詩形上、ダンテが『神曲』で用いた、テルツァ・リーマ
（Terza rima）――三行一連で、aba, bcb, cdd と押韻する詩形――を真似たもの
であるが、その目的は文体においても内容においても、『地獄篇』や『浄罪篇』
に近づけるためである。

　　『荒地』を書いて20年経ち、私は「リトル・ギディング」の中に、その文
　　体においても内容においても、できる限り、『地獄篇』ないしは『浄罪篇』
　　の1篇に最も近いものを意図した1節を書いた。その目的は、もちろん
　　『荒地』でダンテを引いた場合と同じようにすることによって、読者の心
　　に1つの類似を伝えることです。しかし方法は違っています。今度の場
　　合は長い引用や、応用をすることを避けた（借用したり、応用したりし
　　たのはわずか数句の自由訳です）――それは私が模倣をしようとしたか
　　らです。（"What Dante Means to Me," *CC,* 129）

しかし同時に英語でそれを行うのは相当の苦労を要したことをエリオット
は告白している。

ダンテを英語で模してみようとして私が知った興味あることの1つは、それがきわめて困難であるということです。この1節（長さは『神曲』の1歌にも及びませんが）に私が払った苦心と困難はこれまで書いた同様の長さのどの1節にもまさるものでした。……主な理由は、その全く簡素で厳正な詩形においては、悉く言葉が有効であって、ほんのわずかな曖昧さも不正確さも直ちにめだってしまうからです。言語はきわめて直截でなければならず、1行1句がみな全体の目的のために完全に規正されていなければなりません。単純な語や句を用いる場合にも、きわめてありきたりの語句、また最も頻繁に入用な語などを少しでも重ねて用いれば、それが甚だしい汚点となってしまうのです。

("What Dante Means to Me," *CC,* 128)

　場面はロンドンのケンジントン（Kensington）区のある通り。時は夜明け前の空襲後。エリオットは当時対空監視員（air-raid warden）であった。

In the uncertain hour before the morning
　　Near the ending of interminable night
　　At the recurrent end of the unending
After the dark dove with the flickering tongue
　　Had passed below the horizon of his homing
　　While the dead leaves still rattled on like tin
Over the asphalt where no other sound was
　　Between three districts whence the smoke arose
　　I met one walking, loitering and hurried
As if blown towards me like the metal leaves
　　Before the urban dawn wind unresisting.
　　And as I fixed upon the down-turned face
That pointed scrutiny with which we challenge
　　The first-met stranger in the waning dusk
　　I caught the sudden look of some dead master

Whom I had known, forgotten, half recalled
　　Both one and many; in the brown baked features
The eyes of a familiar compound ghost
　　Both intimate and unidentifiable.　　(ll.78–96, *CPP* 193)

夜明け前の不確かな時刻
　　果てしない夜も終わりに近づくころ
　　終わりなきものの周期の終わりに
震える舌を出す黒鳩も
　　家路へと地平のかなたに消えた今
　　枯葉がなおもかさかさと空き缶のような響きを立て
煙のみ立ちほかに何の音もない
　　三地区のアスファルトの上に
　　僕はぶらぶらと急ぎ足に歩く人に出会った
まるで、この都会の明け方の風に身を任せ
　　金属の木の葉が一枚吹き飛ばされてきたかのよう。
　　その俯いた顔に
あの明けていく薄闇のころに初めて出会う未知の人に
　　僕の挑むような詮索の鋭い眼を、じっと
　　注ぐとふと僕は、今は亡き師の面影を見た。
知っていて、忘れ、半ば思い出し、
　　一つであり多くである顔を。その褐色に焼けた顔立ちの中に、
見覚えのある寄り集まりの亡霊の
　　親しいのに誰か判別できない者の眼を見た。

　出会ったこの亡師は、「知っていて、忘れ、半ば思い出し、一つであり多くである顔」だと言う。これはこの詩形をあやかったダンテでもあり、「褐色の焼けた顔立ち」から『地獄篇』第15歌でダンテが巡り合ったダンテの郷土の先輩政治家ブルーネット・ラティーニ（Brunetto Latini, 1210–94、1260年以後、同党の領袖とともにフィレンテェを追放され、1266年のベネヴェント

の戦いの後、フィレンツェに戻った）への暗喩ともとれ、また「浄めの火」からアルノー・ダニエルであるかもしれない。ガードナーはケンブリッジのモードリン・カレッジに保管されているエリオットの草稿類の中にこの詩の母体となった散文のアウトラインがあり、この師をイェイツとした証拠があるという。[27] 当のエリオット自身はヘイワードに「どうして皆一人の人と特定したがるのか」と訝っている。[28]

<blockquote>

So I assumed a double part, and cried

And heard another's voice cry: "What! are *you* here?"

Although we were not. I was still the same,

Knowing myself yet being someone other—

And he a face still forming; yet the words sufficed

To compel the recognition they preceded.

And so, compliant to the common wind,

Too strange to each other for misunderstanding,

In concord at this intersection time

Of meeting nowhere, no before and after,

We trod the pavement in a dead patrol.

I said: 'The wonder that I feel is easy,

Yet ease is cause of wonder. Therefore speak:

I may not comprehend, may not remember.'　　(ll. 97–110, *CPP* 193–4)

</blockquote>

そこで僕は二役を引き受け、呼べば

聞こえる相手の声は、「おや！こんなところにあなたが？」と。

どちらも本当に居たわけではないが。僕はずっとそんなふうで、

自分だと分かっていても、誰か別人になっていた—

相手はまだ顔になり切らないまま。しかし今のひとことで

相手を見極めなければならなくなった。

そこでわれわれは同じ風に身を任せ、

知らぬ者同士だから誤解もせず、

どこにもない場所で出会った、前後のない
　非時間との交差時に、ともどもに
　舗道の上に死の巡回を歩んだのだ。
僕は言った、「私の感じている驚きは自然なものです
　しかしその自然さが驚きのもとなのですから、話してください。
　僕には何も分からず、思い出せないかもしれませんが。」

　師は振り返ることを良しとしない。なぜなら「亡霊の言葉」は過去において
目的を果たしたのだから、と述べる。さらに自らの関心が絶えず言葉にあっ
たため、いつも心を配り続ける必要があったと述べた後、「老年のための賜
物」に言及する。それらは―― 1. 恍惚も知らず消えゆく感覚の冷たい軋轢
('the cold friction of expiring sense / Without enchantment,' ll. 131–2)、2. 人間の
愚行に対する激怒の意識的な無気力 ('the conscious impotence of rage / At
human folly,' ll.136–7)、3. そして最後はこれまでの行為の恥ずべき動機と結
果としての苦痛 ('the rending pain of re-enactment / Of all that you have done,' ll.
138–9) である。つまるところ過去を贖い、未来へ望みを託すには浄化の火
('the fire which refines them,' *Purgatorio* XXVI. 148) を待つしかないと述べるの
である。

　　From wrong to wrong the exasperated spirit
　　　Proceeds, unless restored by that refining fire
　　　Where you must move in measure, like a dancer.'　　(ll. 144–6, *CPP* 195)

　　過ちから過ちへと憤怒の魂は
　　　進むばかり、回復はあの浄めの火を待つほかにない
　　　その中では基準に従って動くしかない、舞踏者のように。」

Ⅲ.

　第3部の場所はリトル・ギディング教会である。これまで一貫して述べて
きた、熱くもなく冷たくもない状態——「わたしはあなたの行いを知ってい
る。あなたは、冷たくもなく熱くもない。むしろ、冷たいか熱いか、どちら
かであってほしい」（黙 3:15）——すなわち、人間の神に対する曖昧な態度が
批判される。

> There are three conditions which often look alike
>
> Yet differ completely, flourish in the same hedgerow;
>
> Attachment to self and to things and to persons, detachment
>
> From self and from things and from persons; and, growing between
>
> 　　them, indifference
>
> Which resembles the others as death resembles life,　(ll. 150–5, *CPP* 195)

> 似通って見えながら全く異なった
>
> 三つの有様が、同じ生垣を飾る
>
> 自己と物と人への愛着、自己から
>
> 物から人からの分離、そしてその中間に育つ無関心
>
> ほかの二つとは死が生に似ているように似ている

　このような「冷たくも熱くもない」状態の中、『荒地』では求めて得られな
かった憐み深い声を聞く。

> Sin is Behovely, but
>
> All shall be well, and
>
> All manner of thing shall be well.　(ll. 166–8, *CPP* 195)

> 罪は不可避である。だが

第Ⅳ章 『四つの四重奏』とブラッドリー哲学　239

　　すべてはやがてよし

　　あらゆるものはすべてよし。

　これは中世の最大の神秘家といわれるノリッチのジュリアン（Julian of
Norwich, c.1343–c.1443）の言葉である。ジュリアンの生涯の詳細は分からな
いが、1373 年、36 歳の折、彼女はキリストの受難をはじめ、信仰上の疑問に
対する 16 の真理の啓示を受けた。彼女はそれを 15 年後に『神の愛の十六の啓
示』（*XVI Revelations of Divine Love*）に表した。写本では 'Synne is behovabil, but
al shal be wel, & al shal be wel, and al manner of thyng shal be wele' とあり、*OED*
によると 'behovely' は of use, useful, profitable; needful, necessary の意味であ
る。エリオットは、14 世紀にはこの語は inevitable, unescapable の意味であっ
たと解釈している。[29]すなわちキリストの十字架の贖罪のゆえに、すべてのも
の、罪でさえも恩寵の前提として必要な要素として導きのもとにおかれる神
の愛について語る。神の愛の奥義を語るきわめて前向きなジュリアンのこの
言葉は本楽章の終わりと、「リトル・ギディング」の末尾に再び引用されてお
り、全体の思想を理解する鍵となっている。

　エリオットもジュリアンと同様に、今この啓示を受け、自らの苦悩も万物
とともに贖われ、神の御心のうちに位置づけられる時が来ることを思い、あ
れほど自らを悩ませた罪もまた神の業の完成のために不可欠なもののように
思われるのであった。

　なおガードナーによると、ジョン・ヘイワードが引用 3 行すべてを大文字
で表すよう主張したのに対して、エリオットが妥協した結果、現行のように
なったという。[30]

Ⅳ.

　第 4 部は次のように始まる。

　　The dove descending breaks the air

　　With flame of incandescent terror

Of which the tongue declare

The one discharge from sin and error.

The only hope, or else despair

 Lies in the choice of pyre or pyre—

 To be redeemed from fire by fire.　（ll. 200–6, *CPP* 196）

鳩は舞い降りつつ

白熱の恐怖の焔で大気を裂く。

その焔の舌は、罪と過ちからの

ただ一つの放免を宣する。

唯一の希望、もしくは絶望は

　　この薪かあの薪かの選択にかかる──

　　火によって火から贖われんがため。

　人間の苦しみが、神の愛の現れとする愛の逆説が、爆撃機とペンテコステの火（聖霊）のイメージと重ねて語られる。そのような中、人間は浄化の火か、地獄の火かの選択が迫られる。エリオット自身がダンテ論の中で説明しているとおりである。

　　『地獄篇』に出てくる挿話と比較できるものの最後は、ダンテの先輩であるギド・ギニチェリとアルノー・ダニエルに出会う話である（26章）。この章では、生きている間に肉欲に縛られていたものが火で浄められているが、それと同時に、地獄の火と浄罪界の火の違いがはっきり示されている。地獄では、そこにいるものの苦しみは各々の性格そのものから生じているので、彼らはその絶え間ない性格の歪みのために苦しんでいるのにほかならない。ただし浄罪界では、そこで過去の償いをしているものが自分から進んで火の苦しみにあっているのである。ダンテがウェルギリウスとともに近づいていくと、多数のものが彼に近寄ってくる。
　　　……
　　「そしてそのうちの幾人かは私の方に来たが、あまり近寄って火から離

れないように」気を付けていた。［*Purgatorio* XXVI. 4–5］
「浄罪界にいるものは、浄められるために、苦しむことを望んでいるから」苦しむのである。そして彼らは至福の状態に置かれる準備にそうしているのであるから、それだけ積極的に、切実に苦しんでいるということにも留意すべきである。ウェルギウスは天国でも、地獄でもないところで永遠に苦しまなければならない。彼らの苦しみには希望があり、ウェルギウスの無感覚には絶望しかない、それが違いなのである。

("Dante," *SE* 255–6)

　エリオットはウェルギウスを「古代ローマ最大の哲学者」("Virgil and the Christian World," *OPP* 130)、「生まれながらにしてキリスト教的な心（*anima natur aliter Christiana*）を持ち」(*OPP* 130)、「古典的古代の作家の中で、その人にとって世界が意味を持ち、秩序と威厳を持ち、またヘブライの預言者を除いて、ほかに類がないことであるが、その人にとって歴史が意味を持ったのはウェルギウスただひとりであった」(*OPP* 131)と非常に高い評価をしているが、致命的なことに「彼には次のように言うことのできた人の直観を持つことは許されていなかったのである――その深淵の中に私は見た。全宇宙の吹き散らされたこの葉が集められ、愛によって一つの塊に結ばれているのを」('Legato con amor in un volume,' *Paradiso* XXX. 86, qtd. in *OPP* 131)。すなわち、ウェルギウスの世界では愛は決して、「人間の魂と社会と宇宙における秩序の原理としての意味を与えられてはいない[31]」のである。つまりウェルギウスは哲学の限界を示し、そこから先の世界への道案内は不可能である。そこは理性では説明がつかない信仰の世界である。
　次の連で愛の本質が明かされる。

　　Who then devised the torment? Love.
　　Love is the unfamiliar Name
　　Behind the hands that wove
　　The intolerable shirt of flame
　　Which human power cannot remove.

We only live, only suspire

Consumed by either fire or fire.　(ll. 207–13, *CPP* 196)

　　では苦しみを考案したのは誰だ。「愛」だ。
　　「愛」とはなじみ薄い「名」、
　　人の力で取り除くことはかなわぬ
　　耐えがたい焔の下衣を
　　織る手の陰に潜むもの。
　　　この火かあの火かに焼き尽くされて
　　　ただわれわれは生き、ただ息吹する。

　「耐えがたい焔の下衣」（'The intolerable shirt of flame,' l. 209）はギリシャ神話「ネッススの下着」（Shirt of Nessus）に言及するもの。ギリシャ神話に登場する半神半獣の種族であるケンタウロスの 1 人ネッスス（Nessus）がヘラクレスの妻のデイアネイラ（Dejanira）を誘拐しようとしたので、ヘラクレスはこれを毒矢で射る。ネッススは復讐としてデイアネイラに毒を仕込ませた下着を与え、「これを夫に着せると夫の愛を繋ぎとめる力がある」と欺く。果たしてデイアネイラがこれをヘラクレスに着せると、彼は毒に冒され、死の苦しみに襲われる。デイアネイラは悔恨のあまり首を吊り、ヘラクレスは燃え盛る火葬用の薪に身を投げる（焔の衣が今度は彼を包むにいたるが、雷鳴の中に雲が舞い降り、彼はオリンポスに選ばれて不朽の命を得るのである）[32]。なお本詩においては燃える下着のイメージと、空襲で燃えるロンドンの街を併置して、人間の罪がもたらした悲劇的な光景を描き出しているが、同時にこの苦悩の背後にも人知では測りがたい神の愛が働いていることをも示唆していると読み取ることができる。

V.

　第 5 部は「リトル・ギディング」のみならず、『四つの四重奏』全体の纏めをなしている。

What we call the beginning is often the end

And to make an end is to make a beginning. (ll. 213–4, *CPP* 197)

われわれが初めと呼ぶものはしばしば終わりで

終わるということは始めるということだ。

　長い巡礼の旅であったが、終わりはまたそこから始める所となるのである。語句や文は皆終わりであり、始まりである。詩はみな墓碑銘、またどんな行為も断頭台への一歩、火へ、海の喉へ、また文字のかすれた石へ近づく一歩、そしてそこがまた出発点である。なお『現象と実在』の中に次のような文がある。'truth-seeking scepticism pushes questions to the end, and knows that the end lies hid in that which is assumed at the beginning' (*AR* 428–49,「真理を探究する懐疑主義は最後まで問い続け、終極が始めと見なされるところに隠されていることを知る」)。[33]

We die with the dying:

See, they depart, and we go with them.

We are born with the dead:

See, they return, and bring us with them.

The moment of the rose and the moment of the yew-tree

Are of equal duration. A people without history

Is not redeemed from time, for history is a pattern

Of timeless moments. So, while the light fails

On a winter's afternoon, in a secluded chapel

History is now and England.

With the drawing of this Love and the voice of this Calling

We shall not cease from exploration

And the end of all our exploring

Will be to arrive where we started

And know the place for the first time.　　(ll. 228–42, *CPP* 197)

われわれは、死に行く者と共に死ぬ。

見よ、彼らは去り、われわれも共に行く。

われわれは死者と共に生まれてくる。

見よ、彼らは帰ってくる、われわれを連れてくる。

薔薇の瞬間も櫟の瞬間も

同じ長さ。歴史のない国民は

時から贖われることはない。なぜなら歴史は非時間の瞬間、瞬間が

織りなす図式だから。こうして、冬の午後

光がかすんでいくこのひと時、ひっそりとしたチャペルにいる

歴史は今でありイギリスである。

この愛に引かれ、この召命の声を聞き

われわれは探求を止めない

そしてすべての探求が終わった時

もとの出発点に到着し

初めてその場所を知る。

　「この愛に引かれ、この召命の声を聞き」（'With the drawing of the Love and the voice of this Calling,' l. 238）は、14 世紀姓名不詳の神秘家の観想の書『不可知の雲』（*The Cloud of Unknowing*）第 2 章から引用した言葉である。

Look up now, weak wretch, and see what thou art. What art thou, and what hast thou merited, thus to be called of Our Lord? What wary wretched heart, and sleeping in sloth is that, the which is not wakened with the draught of this love and *the voice of this calling*?[34]

弱く惨めな者よ、今や目を上げ、自分がいかなる者かを省みなさい。このようにわれらの主に召し出されるとは、あなたは何者であり、どのような価値があるのでしょうか。この愛の誘いと「召命の声」で眼覚めない心があるとすれば、それは何と倦怠に満ちた惨めな心であり、何と惰眠をむさぼる心なのでしょう。

　ガードナーはエリオットの描く超時間的な霊的体験（'moment in the rose-garden,''the bell heard beneath the waves,''the communication of the dead,' etc.）は愛である神の呼びかけと導きにほかならないことを示していると解説する。[35]振り返って「バーント・ノートン」に現れる記憶の薔薇園、「イースト・コウカー」に現れる遅咲きの薔薇、「ドライ・サルヴェジイズ」に現れる海辺の茨、これら戦時に現実に現れた薔薇は、罪の世に人の形を取って現れた恩寵すなわち受肉のキリストを表すと考えられる。薔薇がキリストを表すことは『天国篇』第23歌より「その中で神の言葉肉となったあの薔薇があるのに」（'There is the Rose wherein the Word Divine Made itself flesh,' *Paradiso* XXIII. 73）の連想からも合意できる。第3の眼として神の関与を受け入れる悔い改めにより観念的構成体（ideal construction）としての自己の死を受け取り、'what might have been' の呪われた過去から解放され、Burnt Norton, East Coker, The Dry Salvages, Little Gidding と具体的な地で 'what has been' のうえに現在が築かれ、時、空間、恩寵のもとにある実在的構成体としての自己の必要十分条件に直接経験が構築されるのである。

　　A condition of complete simplicity

　　（Costing not less than everything）

　　And all shall be well and

　　All manner of thing shall be well

　　When the tongues of flame are in-folded

　　Into the crowned knot of fire

　　And the fire and the rose are one.　　（ll. 253–9, *CPP* 198）

簡素の極まった有様

　　　（しかもすべてをかけて至るほかないところ）

　　　かくしてすべてのものはよし

　　　あらゆるものはすべてよし

　　　この時に焔の舌はことごとく集められ

　　　火の冠となり

　　　火と薔薇は一つになるのだ。

　かくして浄化の火と恩寵を表す薔薇が1つとされる。『天国篇』第30歌以下に見られる神の栄光の輪の中に並ぶ聖者たちの巨大な薔薇にも似た円座が連想される。無数の焔が結ばれて作る王冠の図と、栄光に輝いて並ぶ薔薇の図とが、まさに重なっているのである。

　すなわち、第九天は、神と天使が住んでいたが、神ははるか上方に輝く1点となって現れ、その周囲にはまるで燃える輪のように天使の聖歌隊が廻っていた。上方に輝く川のようなものが白薔薇のように輝いていた。[36]ついにダンテはエンピレオと呼ばれる第十天、至高天に辿り着いたのである。

　天国界の純白の白薔薇には、聖母マリア、キリスト、洗礼者ヨハネもそれぞれ自分の席についていた。ダンテは神の御顔を拝したのみならず、三位一体の奥義やキリストの受肉の神秘を知ることができ、筆舌に尽くしがたい光栄に浴し、この世を動かしているのは、神の愛であることを知るのである。

　ダンテは統合された実在の世界を見て詠嘆する──「おお、私の見る力が尽きるまで ／ 永遠の光の中に目を注がせた ／ 恩寵はなんと満ち満ちていることか。／ 私は宇宙全体に紙片のように ／ 散っていたものが、その光の奥の愛の力で ／ 一巻の巻物に纏められているのを見た。／ 実体と偶有（'accident'）[37]とそれらの相関物とは、いわば ／ たがいにしっくりと結びあっていたので、上述のものはまるで単一の光のごとくに見えた」（*Paradiso* XXXIII. 82–90）と。

　それは究極の愛の図である。これについてガードナーはノリッチのジュリアンの書の結びの数行を引用している。

第Ⅳ章　『四つの四重奏』とブラッドリー哲学　　247

われわれを創造する前から神はわれわれを愛され、その愛は衰えたこと
はなく、決して緩まない、そのことを確信する。そしてこの愛の内に神
はすべての業を遂行され、この愛にあってすべてのものをわれわれの益
と成し、この愛にあってわれわれの命を永遠とされた。創造にあってわ
れわれは生まれた、しかし神の中ではわれわれを創造された愛には始ま
りはない。われわれはその愛から生まれた。そしてこれらすべてを神の
中に、終わりなくわれわれは見るのである。[38]

　折しも第 2 次世界大戦最中、軍機の燃える中、火は聖霊（Holy Ghost）を表
す焔の舌、神の愛を表す火の冠、受肉を表す静止点となり、エリオットの希
薄な自己意識（hallucinated self）、すなわち自意識の過剰のもとでの苦悩は、
恩寵のなせる業であったことが明白となる。火の苦しみと恩寵の薔薇とは 1
つであると宣言しているのである。この恩寵の薔薇を、すべてをかけて受容
した結果、新たな自意識のもと自己を具体化する（objectify）ことができるの
である。
　「いかなる経験も『その』経験の外側にある何か実在的なものを志向すると
いうことが必要なのである」（*KE* 21）とエリオットは述べたが、すべての苦
しみは、自らを越えた恩寵のもとでの客体（object）としての自己を受容する
ための巡礼の旅であったと理解される。換言すれば絶対的視点を受け入れて
火で焼かれ、自らを白日のもとにさらすことによって関係概念を超えて実在
の中に位置づけられる real な存在となれたのである。
　かくして眼から薔薇へのイメージの変遷を辿ることによって、エリオット
の自意識の変容、すなわち自意識の過剰からエリオットが「永遠にして必然
的な真理についての認識―ヌース」（*KE* 193）と呼んだ真の自意識への変容を
見たのである。
　スペンダーが述べるように、改宗する以前にエリオットは、詩の中で『地獄
篇』と『浄罪篇』の一部を、現代世界における人間を表す隠喩としては用いた
が、『天国篇』を使うことができなかった。さまざまな段階の地獄と浄罪界を
現代において想像することは可能であったが、至福の状態については想像不
能であった。エリオットの詩に至福の観念が現れたのはやっと『聖灰水曜日』

になってからである。プルーフロックが人魚たちの歌いかけるのを聞く可能性をあきらめるように、幻想を捨てる事により、時の外にある至福を想像することが可能だと思い、『四つの四重奏』でこれを行った。それは彼の人生の首尾一貫した目的と言い得るものであった。[39]

またエリオットは自らの詩（*Ash-Wednesday*）は大雑把にいうと『新生』（*Vita Nuova*）を現代生活に当てはめる試みであると述べているが、[40]ダンテは、『新生』の最後を——「そうした後で恩寵の主である者の聖旨によって私の魂は去って、かの淑女の栄光を見に行くことになるであろう。すなわち『代々にいたるまで限りなく祝せられる』者の御顔を、栄光のうちに眺めているかの恩寵にみちたベアトリーチェを」と結ぶ。このように、『新生』を「窓辺の貴婦人」で終わらせないで、亡くなって天国にいるベアトリーチェへの愛の勝利で終わるように改めている。[41]

ダンテによると、人間は善なるものと最善なるものを追い求めるが、その場合、善なるものとは哲学で、最善なるものとは神学である。天国に至ると、導き手はベアトリーチェとなる。彼女は天上の愛の象徴的形姿である。[42]

ブラッドリー哲学の帰着

『新生』が示すようにエリオットは哲学から進み、神学の中に答えを得たのであるが、疑問は残る。あれほど若い時に固執したブラッドリー哲学はここにおいて完全にエリオットから撤退したのだろうか。否これまで見てきたように、その影響は途絶えることなく、むしろエリオットは『四つの四重奏』においてブラッドリー哲学を止揚する形でブラッドリー哲学を全うしたといえるのではないだろうか。ここでエリオットにおけるブラッドリーの影響を総括してみたい。

ブラッドリーによる意識と実在との関係の分析、これが詩人としてエリオットにとって、終始根本的な関心事であった。ブラッドリーの影響を受けてエリオットは「与えられた現象がどの程度の実在性を持っているかを計るその時の唯一の判断基準は、首尾一貫性（'consistency'）と包括性（'inclusiveness'）

である」（*KE* 47）と述べる。そして真理の中に関連づけられている（'reference to truth,' *KE* 47）ということがエリオットにとって実在の要件である。ブラッドリーにおいて知覚はただ個人の無時間的「有限の心の中心」によってなされる。しかし意識する魂自身に統一がないため、それは現象にすぎないとする。まさに『荒地』の 'Unreal City' はブラッドリーの「現象」を呼び起こすものであり、『うつろなる人々』の 'the Shadow' や 'Between the idea / And the reality'、そして、『四つの四重奏』、そして『大聖堂の殺人』で繰り返される 'human kind cannot bear very much reality' にブラッドリーに影響されたエリオットの思考が反映されている。[43]

リチャード・ヴォルハイム（Richard Wollheim, 1923–2003）は以下のようにエリオットにおけるブラッドリー哲学を纏めている。

> ブラッドリーは超理性的もしくは超感覚的実在という観念をまったく受け入れなかった。だが――私たち人間がそう思わざるを得ないように――この実在が分割され切りわけられて、個々の精神になると思うことは誤りである。このような思考が反映するものは「現象」であり、「実在」ではないのだ。「実在」においては、こうした分割は、他のあらゆる分割と同様に存在しない。あるのはただ１つの継ぎ目のない「絶対」だけである。さらに興味深いことにブラッドリーは、彼の哲学の全体的に懐疑的な調子と一致して、神秘的な洞察力や信仰によるのではなく、個々の精神や個人的な意識という観念の吟味や分析により、この立場に到達したのである。[44]

ブラッドリーは超理性的もしくは超感覚的実在という観念を受け入れず、その究極の根源を「われわれの直接的、かつ個人的な体験」（*AR* 27）におき、われわれの体験を強調する。しかし、エリオットは「私の経験というもの自体が大いに観念的で」（*KE* 21）あるとし、すでに「批評家の仕事」においてミドルトン・マリー氏の言葉を引用して「人間というのは自分の外部にある何者かに忠実でなければやっていけないのだ」（"The Function of Criticism," 1923, *SE* 26）と断定している。

エリオットにはあれほどリアルである罪の概念はブラッドリーには「間違い」（'error'）でしかない。ブラッドリーにとっては「悪」（'evil'）も「醜」（'ugliness'）も彼の絶対者の構成要素である。[45] エリオットの求めたものはブラッドリーの繋ぎ目のない絶対というより、時間の中に受肉し、人間の罪のために十字架の死による贖いを達成された限りなく優しく、限りなく苦しむキリストであった。

　そもそもブラッドリーのいう、内部、外部の区別は視点の相違にほかならない。

　　私の考えではブラッドリーにとっては、対象は、いくつかの精神が共通
　　に志向しているもので(ある意味では、精神自体もそうなのであるが)直
　　接経験からは切り離されたものである。共通の世界の起源については、
　　一般に是認されている虚構によってのみ記述され得るものとなる。なぜ
　　ならつまるところその起源を時間の中に求める余地はなく、一方ではわ
　　れわれの経験は同一の対象についてのものであるのだから、似たり寄っ
　　たりである。しかし、他面では、その対象は、様々な、そして全く独立
　　した心の経験からの「知的構成体」（'intellectual constructions'）にしかす
　　ぎないものなのである。それゆえ、一面からすれば、私の経験は、原則
　　的にみれば、本質的に公的である。私の抱いている情緒は私自身よりも
　　ほかの人によっての方がよりよく理解されるかもしれない。それはちょ
　　うど私の眼のことを、私よりも私の眼科医の方がよりよく知っていると
　　いうのとまったく同じである。ところが他面からすると、一切のもの、
　　すなわち全世界は、私にとっては私的なものなのである。したがって、
　　内部とか外部とかいうのは、同一の世界の中にある違った内容に対して
　　適用される形容詞ではなく、それらは違った視点のことなのである。

　　　　　　　　　　("Leibniz' Monads and Bradley's Finite Centres," *KE* 204)

　すなわちエリオットは実在的なものへ、視点の転換によって飛躍する必要を覚えるようになっていった。『一元論者』（*The Monist*, 1916）の中にエリオットの次のような文章がある。

第Ⅳ章　『四つの四重奏』とブラッドリー哲学　251

私の眼のことは眼鏡屋の方がよく分かるのと同じで、私の感情も私自身
以外の人の方がうまく理解できそうだ。しかも、私がブラッドリーを読
んで知ったところでは、世界全体が自分自身だけに関わっている。私は
すべてを見るのに、あなたがたにはお話しすることができない。私がど
う感じなければならないのか、私に説明していただきたい。[46]

　結局ブラッドリー哲学は益がないことをエリオットはここにおいては自覚
しなければならなかった。

ブラッドリーはまったく、専ら哲学者である。……哲学は取るに足ら
ず、益がないと彼は言っているようだ。しかし哲学を追い求めると、文
学でも科学でもないあれこれのデータを追求することになる。われわれ
のできることはこれらのデータを受け止め最後までそれを追求すべきで
ある。もし、それが仮にゼロで終わるなら……問いかけた問いは答えら
れない、あるいは意味のないものであるというところで満足しなければ
ならない。[47]

　その懐疑的姿勢でエリオットをとらえたブラッドリーが答えられない、あ
るいは無意味であるとした絶対の実体をエリオットは何としても探求した
かった。『現象と実在』を読んで逆にその思いに駆り立てられた。いくらあが
いても自己の視点は自己にくぎ付けされている。有限の心の中心と言おうが
自己はどこまでいっても相対でしかなく、絶対者に結び付けられなければ不
安定な自己綜合における分裂関係に陥らざるを得ない。エリオットは、みず
からの限界を認め、自意識（Self-conscious）から受肉の教義に身を委ね、自己
と共に現実の全容を受けとめる視点、すなわちキリストへの意識（Christ-
conscious）へと転換した。それはアンドリューズの姿勢と一致した。ここに
おいてエリオットは浄化の火で自己に死に、新たな視点に身を委ねる、キル
ケゴールのいう信仰への飛躍に辿りついたのである。
　エリオットはかつて「詩人の仕事の究極的な目的、究極的な価値は、宗教
的である」[48]述べ、その文学的表現において、通常の意識を越えることを語る

にはしっかりした神学的裏付けがなければならないと断言し（*UPUC* 150）、これまで見てきたように、ダンテを「人間の状況や知覚を越えた」という意味の '*transmanar*'（*CC* 134）という言葉で表すことができる宗教的な詩人の理想としていた（*SE* 267–68, 288）。必ずしもダンテの信仰とエリオットの信仰を同じものとする必要はない（*SE* 258）がダンテはエリオットの文学概念の指導をしたのみならず、改宗に至ったガイド役でもあった。[49] そして「ダンテは自らの背後に聖トマス・アクィナス（Thomas Aquinas, 1224–74）の体系を持っていた。彼の詩はその体系に次々に対応していた」（*SE* 135）とエリオットが述べているように、ダンテの『神曲』はトマス・アクィナスの『神学大全』（*Summa Theologica*）に多くを負っている。

アリストテレス的論理によって論証的に組織したスコラ哲学の王トマス・アクィナスの神学的立場は、「恩恵は自然を破壊せず、かえってこれを完成する（Gratia non tollit naturam, sed perficit）」という彼自身の言葉によって最もよく表現されている。すなわち、人間の生まれながらの意志は、いわば「徳への傾向」においてその力が「罪により削られている（diminuitur per peccatum）」のである。それゆえ原罪によって失われた「神の像(かたち)」に代わって、洗礼の秘跡を通して人間の魂の内に恩恵が注入され、人間の病める意志は内からの恩恵の注入により完成（Perficio）され高揚されるというのが、恩恵と自由意志についての彼の根本主張である。そして人間にとっての究極目的への到達、すなわち至福は神の本質を直視することであり、神の本質を見ることが被造知性にできるのは、根源的には恩恵によることであると述べる。[50]

エリオットとアクィナスとの関係を考えるうえで 1928 年に再版した『聖なる森』の序文に目を向けたい。そこでエリオットは過去 8 年間の評論歴を振り返っている。エリオットはフランス象徴主義レミ・ド・グールモンから影響を受け、詩を考察するときには詩はそれ自身の生命があること、それ自身のモラルや宗教性を有することを述べた（*SW* ix–x）。そしてこのころから次第に詩とその時代の精神ならびに社会生活との関係を考察するようになった。1911 年から 12 年にかけてエリオットはアリストテレスの『政治学』（*Politics*）をバビットから紹介されており、[51] 博士論文を書き上げている時、ジョアキムのもとでアリストテレスを学んだ。1923 年「『クライテリオン』の立場は明白

にアリストテレス派であり、いわば正統派である」[52]と述べている。そして1926 年フランスで静養中にエリオットはプロテスタントからの改宗者ジャック・マリタン（Jacques Maritain, 1882–1973）の新トマス主義の著作を読んだ。こうしてアクション・フランセーズから新トマス主義へと、エリオットはキリスト教社会の具現化に向かっていったといえる。

　新トマス主義（新スコラ主義、ネオトミズム）は近代の合理主義哲学がゆき詰まって唯物論や破壊的な非合理主義が現れる状況の中で、アリストテレス的な一者の存在により、超越的な絶対者を中心とする有神論的世界観を採るトマス哲学の根本思想に立ち返り、哲学を神学の下に置き、現代の各領域における重要な諸問題を解決しょうとする。エリオットはそれに興味を持った。[53]『タイムズ文芸付録』の 1928 年 11 月のマリタンの『三人の改革者』（*Three Reformers,* 1950）の書評として、「昨今のフランス・ネオトミズムは厳密に神学的に重要であり、ベルグソンらの哲学や、文学のロマン主義や政治の民主主義と対峙している」[54]とエリオットは述べている。エリオットは確かにアクィナスについて書かれた書物とともに 9 巻の『神学大全』に目を通していた。[55]そして 1936 年頃までには『クライテリオン』でしばしば「ファッショナブルなフランス新トマス主義者ジャック・マリタン」（'the fashionable French neo-Thomism of Jacques Maritain'）[56]が言及されていた。

　高柳氏は「『クライテリオン』誌の編集を通してヨーロッパの感覚は具体化され、ヨーロッパの理念は現代文学や評論を通してよりも、むしろ神学的なものによって媒介されるという意識にエリオットは傾いていった」[57]と述べ、さらに「エリオットは国教会へ改宗しながらも、政治的・社会的考え方では、当時のカトリック思想を代表した新スコラ主義の発想法をほとんどそのまま踏襲していたと言っていい」[58]とエリオットの宗教的傾向を説明している。

　まさにシュミットが確認しているようにプロテスタントではなくカトリック寄りのエリオットは贖罪の教義よりむしろ受肉の教義を、信仰より意志と宗教的練達を、また審判より悔い改めと告白による浄化を、個人的より共同の礼拝を強調する傾向にある。[59]新トマス主義は、伝統の中にある不変の原理に対して、自我を抑え、意志の力によって自らを浄化して近づくのだとする『異神を追いて――近代異端入門の書』（*After Strange Gods—A Primer of Modern*

Heresy, 1934)、および「伝統と個人の才能」などにみられるエリオットの没個性主義的傾向と合致する。

　そもそもエリオットは意志を「矛盾対立の場でのみ起こる」半対象（half-objects）であるとする。

　　対象と自己との間には常に感じられている連続があると私は信じる。唯一間違った考え方は、このところの共通性を主観そのもの、および対象そのものの双方に属し、しかも、それぞれに対しては、独立して属しているとする１つの特性があって、それをこの両者が共有しているためにこうしたことが起こる、とする点にあると思う。そうだとすると、この特性は事物として取り扱われることになる。だが、意志は、純粋にみて意識の持つ１つの特性ではない。それはまた、事物自体の特性でもない。意志は矛盾対立の場でのみ起こるものである……。（*KE* 81）

　そして人間には理性の光が与えられており、それによって自由意志を行使することが可能であることを『浄罪篇』第 16 歌でマルコ・ロムバルド（Marco Lombardo）が説いている。

　　天はあなた方の世界の運動に初動を与えますが、／すべての運動に関与はしないのです。関与したとしても／あなた方には善悪判断の光が与えられています。／また「自由意志」は天の影響との戦いのため／初めは苦闘するかもしれないが、育てられれば／やがてすべての障害に勝つはずです。／あなた方はもっと大きな力ともっと大きな性に属し、／それら力や性はあなた方の中に天の左右しえない／「心」（'mind'）を創りだすのです。それゆえ／もし今日世界が道をあやまるなら、その原因は／あなた方にあり、あなた方の中に探すべきです。／そして私はそのことの正しい偵察者になります。（*Purgatorio* XVI. 73–81）

　マルコ・ロムバルドの言葉の続きをエリオットは原文で引用し、愛による意志の行使には統制が必要なことを伝えている。

第Ⅳ章　『四つの四重奏』とブラッドリー哲学　255

無垢清純な小さな魂は存在する前から ／ これを愛し給うた創造主の手
を離れ、泣いたかと ／ 思えば、もう笑って戯れる女児のように、／ 彼
女を可愛がってくれる者のところへ ／ 帰ること以外何も知らないので
す。／ それはまず小さな喜びを味わい、それに ／ 夢中になると、指導
もしくは拘束により ／ その愛の方向を変えない限り、その後を追い続
けるのです。／ そこで抑制としての法律を定め、少なくとも ／ 真実の
都市の塔 [正義のこと] を見分けることができる ／ 統治者をつくる必要
があったのです。　(*Purgatorio* XVI. 85–96, qtd.in *SE* 259–60)

　その後（第17歌）で、今度はウェルギリウス自身がダンテに愛というもの
の性質を説明する箇所を同じくエリオットは原文で引用し、意志の方向性
(Directio voluntatis)[60]について語っている。

彼は言った。「創造者にも、被造物にも、／ 愛に欠けたことはなかった
し、自然の愛、および理性的な愛が常にあって、／ このことはあなたも
知っている。／ そして自然の愛は決して過つことがないが、理性的な愛
の方は ／ その対象を間違えたり、力が強過ぎたり、／ 足りなかったり
して迷わされることがある。もし ／ この理性的な愛が第一義的善に向
けられていて、第二義的善に対しては加減 ／ されているならば、罪を
犯すことを喜ぶ原因にはならない。ただしそれが ／ 悪の方向に行った
り、善を望むことが不十分だったりするとき、／ 被造物は創造者に反逆
することになる。／ それゆえ愛は人々にとって、すべての徳の ／ 原因
にもなるし、罰に価するすべての行為の ／ 原因にもなり得ることがあ
なたにも解ったことと思う。」　(*Purgatorio* XVII. 91–106, qtd. in *SE* 260)

　ただし『浄罪篇』においてはあくまで信仰の問題はベアトリーチェ、すなわ
ち恩寵を待つべきとウェルギリウスはダンテに説く。

「理性の知る所ならば、／ 私は君に説明することができる。理性の限界
を超えた ／ 宗教的啓示の領域については、ベアトリーチェを待ちなさ

い。／信仰にかかわることですから。／物質と異なり、これに結合した／すべての精神的本体は、その中に特別の／力を備えているが、その働きによって初めて／悟られ、結果によって初めて明らかに／なるのです。葉の緑なくしては／植物の生命がはっきりとは分からないのと同じである。／それゆえ蜜をつくる蜜蜂の本能のように、／あなた方の中にある最初の知識や、／最初に欲望を覚えた物への愛着などが、／どこから来たものか、人は知らないし、／この最初の意志は称賛にも非難にも値しないものである。／さてそこに他の願望が皆統一されるために、／見分けたり、承認の敷居を守ったりする／生来の徳が備わっているのである。／この識別の能力こそ、善い愛と悪い愛を、認めたり、排除したりすることによって／人々に功罪を与える原則である。この問題を理論的に徹底して追求した人は、／この生まれつきの自由を探り当て、それゆえ世界に倫理的教義を残した。／そういうことだから、あなた方の中に燃えるすべての愛は必然的に燃えるのであっても、／またそれを抑える力もあなた方にあるわけである。／この貴い力を、ベアトリーチェは自由の意志と／考えています。ベアトリーチェがこのことに／ついて話す時に備えて、覚えておきなさい。」

(*Purgatorio* XVIII. 46–73)

　そしてダンテは、『天国篇』ではウェルギリウスに代わって、ベアトリーチェに案内され、各々の階梯でさまざまな聖人に巡り合い、試問を受ける。そして恩寵に基づく正しい意志を行使して神を見ることによって、高きよりさらに高きへと進んでいくのである。

And thou shouldst know that all have their delight
　　in measure as their sight sinketh deep
　　into the truth wherein every intellect is stilled.
Hence may be seen how the being blessed is
　　Founded on the act that seeth, not that which
　　Loveth, which after followeth;

and the measure of sight is the merit which

    Grace begetteth and the righteous will; and

    Thus from rank to rank the progress goeth. 　（*Paradiso* XXVIII. 106–15）

そして、是非とも知っておくべきは、すべての知力が

    そこに安らぎを見出すかの真理へ、彼らの視力の透入

    する度合いに応じ、彼らの喜びも深まるということ。

これによって明らかになろう。至福の状況は、

    愛する行為ではなく、見る行為に基づくことが。

    見ずして愛は生まれず。

また見る行為は

    恩寵と自らの良き意志から生まれる功力である。

    このように彼らは、高きよりさらに高きへと進んでゆく。

　このような世界観を受け、エリオットは自由意志と恩寵が協力して救済が可能となること、またすべてを動かしている神の恩寵を軽視したことがペラギウス主義の誤りだと指摘する。

　キリスト教の神学において認められていることだが──これはまた、もっと低次の次元においても、日常生活の場ですべての人が認めていることだが──人間の魂の救済のためには、個人の自然な努力と能力という自由意志と共に、超自然的な「恩寵」という、どのようにして与えられるのかは分からない贈り物があって、その両者が協力することが必要とされている。多くの神学者がこの問題で知恵をしぼったけれども、結局それは神秘だということで論が尽きてしまう──知覚することはできても最終的に解き明かすことはできない神秘。少なくとも確かなことは、この教理もまた教理として例に洩れず、どちらかの方向へわずかでも余分の重みがかかると、たちまち異端説になってしまうということである。聖アウグスティヌスによって論駁されたペラギウス派は、救済における人間の努力の有効性を強調して超自然の恩寵の重要性を軽視したの

である。（"The 'Pensées' of Pascal," *SE* 413）

　これはまさしくトマス・アクィナスの思想である。正義であり、忍耐の神は、人間が「自由意志」によって「贖いのわざ」を受け入れ、罪を克服し、「天国」、すなわち永遠に神とともにある状態に入ることを望んでおられる。しかし「自由意志の濫用」によって人間自らが、恩寵に背き神から離れた状態に陥ってしまうのである。そのことはダンテが「瞑想的な悩める魂の独白である」[61]『神曲』で著したとおりである。

　アクロイドは実に巧みに『四つの四重奏』を「意志の力に基づいた秩序」であると纏め、ブラッドリーの観念論と結びつけている。

　　この詩の雄弁な率直さと、その雄弁の表面下に隠されているエリオットの個人の回想の存在が重層的にこの詩に力を与えている。この連詩のテーマを解明しようとする試みは、……様々な試みがなされてきてはいるものの、いずれも特有の難題にぶつかった。エリオットが1度説明したところによれば、1篇の詩が様々な読者に様々なことを意味するとしても、その詩の「絶対的な」意味を主張することは依然として必要である。[62]この逆説はブラッドリー流の観念論を強く思い起こさせるものであり、『四つの四重奏』の本質を理解するためには、学生時代のエリオットがブラッドリーの思想の中心的原理の1つだと考えていた事柄を思い出してみるとよい。すなわち、ただ相対的な真実しか得られないという可能性に直面する懐疑論者にとっては、首尾一貫性と包括性とがそれら自体として重要なことなのである。この詩の中で、エリオットは自分自身の詩的展開の首尾一貫した説明を行うと同時に、ヨーロッパの伝統の極致を提示している。[63]

　すなわち『四つの四重奏』は、トマス神学に裏打ちされたダンテ的世界観を希求したエリオットが『地獄篇』を経て、アンドリューズを通して確信した受肉の概念に導かれ、罪を贖うべく『浄罪篇』で浄化の火で焼かれ、恩寵に圧倒された愛に方向づけられた意志によって視点を転換することにより『天国篇』

ともいえるブラッドリーの絶対的観念論のヴィジョンを全うしたことを物語っている。すなわち、「実在は1つ」であると「首尾一貫性と包括性」（*KE* 47）を求めたブラッドリーの哲学は、絶対的な実在を得て、抹殺されることなく、「矛盾が充満している1つの実在の世界」（'a real world ...which is full of contradictions,' *KE* 90）にもかかわらず、「有機的に纏まった1つの世界を信じさせる」（'the belief in a completely organized world,' *KE* 90）、新たな次元へと超越されたといえるのである。

　『四つの四重奏』の完成形をもって、この後詩は書かれなくなる。それはヴィヴィアンの死を境にしてであったともいえる。

　1947年1月22日に、ヴィヴィアン・エリオットがノーサンバランド・ハウス（Northumberland House）で急逝した。58歳であった。死亡証明書には「卒倒」（syncope）および「心臓血管変質」（cardio-vascular）と書かれている。あまりに突然のことだった。モーリス・ヘイ＝ウッドがカーライル・マンションズに電話をかけたのは、早朝だったようだ。ジョン・ヘイワードがその電話を受けて、エリオットに伝えたが、エリオットは「両手で顔を覆って『おお神様、おお神様』と声を上げて泣いていた」[64]。エリオットが教会の友人メアリー・トレヴェリアン（Mary Trevelyan, 1897–1983）に打ち明けたところによるとエリオットはヴィヴィアンの健康状態は良いと思っていたようであった[65]。エリオットとモーリスが葬儀に向かう道中には雪が降っていた。ヴィヴィアンはミドルセックスのピナーにある共同墓地（Pinner Cemetery）の母の隣に埋葬された（彼女は生前イーストボーンの父親の墓地に埋葬されたいと願っていた）。墓標には 'In Loving Memory of Vivien Eliot, Died 29th January, 1947' と記されていた[66]。

　ヴィヴィアンは夫エリオットの正体が正確に理解できないままに世を去った。1933年11月エリオットは彼女に手紙を書き、ヴィヴィアンも彼は戻ってこないと分かっていたと思われるが、1934年にはタイムズ（9月17日版）に――1932年9月17日出て行ったクレランス・ゲート・ガーデンズ68の家に帰ってきてほしい――と広告を載せ、フェイバー社に足しげく通っている。1935年11月18日、ドーランド・ホール（Dorland Hall）でのサンデー・タイムズの書展（*Sunday Times* Book Exhibition）でじかに戻ってほしいと詰め寄

り、そして「今は話せない」（"I cannot talk to you now"）と、拒否されたのがエリオットとの最後の交流であった。[67]

　ヴィヴィアンに対する世間の評はあまりに辛辣である。その最たるものがヴァージニア・ウルフであっただろう。「ああ、ヴィヴィアン、かつてこれほどの苦痛があっただろうか。――噛みつき、体をくねらせ、不健康で、化粧をし、異常だが彼の手紙が読めるくらいは正常で、われわれに身を乗り出し、震えながらやって来る、そんな彼女を肩に担ぐ……トムはそんなフェレットを首にまつわらせているのだ」[68]と日記に記している。

　しかしセイモアー・ジョーンズ（Carole Seymour-Jones, 1943–2015）はその著『描かれた影』（*Painted Shadow: The Life of Vivienne Eliot, First Wife of T. S. Eliot*, 2001）において、ヴィヴィアンがこれまで抱かれている像とは違い、いかに精力的で才能豊かな女性であったか、ヴィヴィアンのトムへの切ない愛、捨てられた苦悩をその日記から克明に読み取っている。[69]

　モーリスは、最後にヴィヴィアンの施設を訪れた時、とんでもないことをしてしまったと気が付いた。「彼女は私と同じくらい正常であった。トムと私のしたことは間違いであった」[70]とヴィヴィアンの死の直後告白している。パットモアもヴィヴィアンに同情的な記述をしている。「ヴィヴィアンは痩せて小柄、髪は薄い茶色で輝くグレーの瞳をしていた。顎のところが丸くとがり、小さなキスをしたくなるような愛らしい口をしていた。加えて神経質な人がするように震えてはおらず、知性で光っていた。ただエリオット夫妻は深い単純さ（simplicities）に欠けており、もし彼女に豊かで深い無邪気さがあれば力と確信を与えることができ、タナグラ人形のような小さなその姿の美しさを過去から引き出したことだろうに」と述べ、さらにエリオット夫婦がダンスを楽しみ、仲睦まじく見えた様子も伝えている。[71]

　またヴィヴィアンは『クライテリオン』のために非常に多くの時間を割いており、エリオットはヴィヴィアンの才能を評価し、彼女が社交的になれない理由も理解していた。

　　……彼女はとことん健康を害しています。何か月間か『クライテリオン』のために多くの仕事をし、自身の執筆をこなしてきました。彼女は自信

がなく、精神的に訓練を受けていないと思っており、それゆえに幾つかの偽名で書いていますが、独創性があり、まったく女性的ではないと思っています。私の判断では彼女の書いているものの大半は『クライテリオン』の基準にかなっています。彼女はこれらすべてをこなして、さらに人と交わる元気はなく、ほとんど世間から消えてしまっています。彼女が教育と系統立った訓練を受けることができるよう配慮したいと思っています、なぜなら女性的でない精神をもった女性はほとんどおらず、それは有効に用いるべきです。[72]

　実際ヴィヴィアンは1924年2月（*The Criterion* II: VI）にF. M. として執筆したのを皮切りに、時にフェイロン・モリス（Feiron Morris）として、時にファニー・マーロー（Fanny Marlow）として1925年7月（*The Criterion* III: XII）まで執筆している。この時期ヴィヴィアンはある意味エリオットと共に苦闘した戦士であったともいえる。
　またエリオットに与えた精神的苦しみも、見方を変えればそれを経なければ得られない至福へとエリオットを導いたといえるかもしれない。1936年『聖灰水曜日』にあったヴィヴィアンへの献辞は取り去られ、ヴィヴィアンは認定されて施設に入ることになったが、彼女は生涯エリオットを愛し、過度ともいえる信頼を寄せていたことは事実である。エリオットの義姉（長男Henry Ware Eliot Jr. の妻）、テレサ・ガレット・エリオット（Theresa Ann Garrett Eliot, 1884–1981）が書いているとおりである――「ヴィヴィアンは男としては彼［エリオット］を破滅させたが、彼を詩人に仕立てた」[73]。『荒地』第2部にヴィヴィアンによる修正やコメントが残されている（*WF* 15）ことなどからも、背景となった精神的生活状況も含め、ヴィヴィアンがいなければ決して『荒地』は生まれなかっただろう。
　エリオットはもしジョン・ヘイワードの助力と激励とがなかったならば、まったく隠遁してしまうことになっただろうと思われるほど「悲嘆に打ちひしがれ、ほとんど絶望といった状態」にあったが、[74]同時にまた助かったという気持ちもあり、それがさらに彼を惨めにもした。また別のある友人たちに「毎日襲う罪悪感、恐怖感」のことや、惨憺たる孤独状況を述べている。[75]

しかし体調を悪くしつつもエリオットはイギリスとアメリカを行き来した。エリオットがノーベル賞を受賞したという知らせを受けたのは、1948年11月、プリンストン滞在中のことだった。ヴィヴィアンの死後は、これまで本書においてその何作か言及してきたが、詩劇が引き続き書かれた。テーマは贖罪に関するものであり、自己受容のために新たな視点を「認識されているというよりはむしろ、生活されている」('the identity is rather lived out than known,' *KE* 132) ものとするための魂の巡礼を扱ったものといえる。次章ではエリオットの詩劇の変遷を追いつつエリオットの人生の最終幕を見届けたい。

第 **V** 章

苦しみの意味

実在を求めて

　なぜエリオットは詩劇に向かったのであろうか。「すべての詩は劇を目指し、すべての劇は詩を目指す」（"A Dialogue on Dramatic Poetry," 1928, *SE* 52）と述べているエリオットにとって急に関心が変わったというわけではない。1910 年代の終わりごろからエリザベス朝の演劇に対する評論を数多く出版しているように、その関心は青年期より変わらなかった。また 1951 年のハーヴァード大学での講演で、「自らの過去 30 年あまりの評論の成果を振り返ってみると、絶えず演劇に立ち戻っていたことを発見し、自分でも驚いている」（"Poetry and Drama," *OPP* 72）とも述べている。これらのことからエリオットの詩劇はいわばエリオットの詩と評論を結ぶものであるといってもいいかもしれない。

　「永続的なもの、普遍的なものに達したい場合、われわれは韻文で語りたがる」（*SE* 47）とエリオットは述べており、「詩劇においては、散文はきわめて控えめに使用し、言わなければならないことはすべて言い得る韻文の形式を目指すべき」（"Poetry and Drama," *OPP* 74）とするエリオットの詩劇の創作法は、構成上ギリシャ劇をモデルとして、題材を現代に当てはめている。ギリシャ劇は古代宗教に通じ、「いけにえ」を捧げて豊作神を祭る儀式から発達している。ギリシャ劇に関心を持ったのは『文学における象徴主義運動』のシモンズの影響によるところが大きく、エリオットは象徴性を尊重し、リズムを重んじた。ただ『一族再会』ではギリシャ劇に近づきすぎたため、キリスト前とキリスト後の罪と罪意識に関してあいまいになったという反省のもと、

後の劇ではギリシャ劇をただ状況設定のために踏み台としたとエリオットは述べている。[1]

『岩』 *The Rock*

　通常エリオットの詩劇という場合、未完の断片として発表されている『闘士スウィーニー』と『岩』（*The Rock*, 1934）を除いて、『大聖堂の殺人』から『老政治家』までの5作品を指すが、エリオットが最初に詩劇に向かった直接の契機は『岩』であった。執筆されるに至った経緯は、エリオットの詩劇すべてを演出したマーティン・ブラウン（Elliott Martin Browne, 1900–80）の『T. S. エリオットの詩劇の制作』（*The Making of T. S. Eliot's Plays*, 1969）に詳しく述べられている。エリオットは常に新たなことを模索し、問題を解消し、目的に適った詩形を創造したと、約25年間の共同作業を振り返りブラウンは述べている。[2]

　1930年には『聖灰水曜日』の評判がキリスト教徒でない人々にまでおよび、エリオットはハリファックス卿のような高名な信徒とも知り合いとなった。1929年には週末をチチェスター主教ジョージ・ベル（George Bell, 1883–1958）の公邸で過ごすなどしていた。ブラウンともベル主教のところで会っていた。ブラウンはベルからチチェスター大聖堂の宗教劇の演出を依頼されていて「新ロンドン」地区にある45の教会への募金のために野外劇の脚本を手掛けることになっていた。そこでエリオットにその戯曲のための対話形式でのコーラスによる詩の執筆依頼をしたのである。[3] 折しもほんの数カ月前エリオットはハーヴァードで詩人が社会の役に立つには演劇の仕事に携わることだと述べていた（*UPUC* 153）。さらに詩の喜びを多くの人々に伝えるには劇場が最もふさわしい場だともエリオットは考えていた（*UPUC* 154）。

　「『岩』のコーラス」はヴィヴィアンと別居した1933年暮れ頃から、1940年にかけて、チータム神父の申し出により牧師館の一部屋を借りてのいわば下宿生活の中で書かれた。

　『岩』には聖書の物語などを題材にする野外劇ページェント（A Pageant Play）

と但し書きが添えられている。エリオットが創作したのは、野外劇のセリフとコーラスであった。[4]紀元前 10 世紀のソロモンから現代に至るまでの教会建設の模様が 2 部構成でさまざまな人物を通して描かれている。その中で岩の多い丘が中心にある広場で 7 人の男性と 10 人の女性よりなるコーラスが I-X（1 部で 6 回、2 部で 4 回）場面を繋ぐ役割をし、「岩」が主要なメッセージを伝える。

　第 1 部はコーラスから始まる。コーラス I が教会が世俗的になり、弱体化し、メッセージは顧みられない現状を嘆く。コーラスのリーダーが証人である「岩」（'The Rock. The Watcher. The Stranger,' 8, *CPP* 148）を示し、「岩」が少年に導かれ登場する。歴史は常に「善と悪の永遠の争い」（'The perpetual struggle of Good and Evil,' 9, *CPP* 148）の中にあり、この時代の過ちは善をないがしろにしていること、それゆえ、「みなさんの意志を完全にしなさい」（'*Make perfect your will,*' 9, *CPP* 148）と述べる。それに対して不況で誰も雇ってくれない労働者の苦境を訴える喘ぎの歌声が薄明りの中に聞こえる。しかし最後には「みんなのための教会と ／ ひとりびとりのやる仕事 ／ めいめいには自分のつとめ」（'A Church for all / And a job for each / Each man to his work,' ll, *CPP* 150）との言葉が弱弱しく響いてコーラスは閉じられる。

　そこへ光が投じられ、失業者の嘆きの声を背景に教会を建設する労働者たちの話が挟まれる。労働者たちは主に 3 人、「銀行員であろうと国教会のためであろうとお金を稼ぐ手段であることに変わりない」とするアルフレッド（Alfred）とエドウィン（Edwin）。それに対してエセルバート（Ethelbert）が「銀行は温かみのない仕事（'dry work'）でしかないが、教会に行くと歓迎される」（12）、「教会を建てるということは金銭的利益以上のものが期待されている」（13）と話す。エドウィンが興味を持ってくる。エセルバートは「常に教会を建てている人がいて、それは神の家、人々の家、そしてわれわれの家である」（13）、「神を信じる必要はないが建設は信じるべきだ。建て続けられてついに神の教会となる」（14）と述べる。アルフレッドが「昔は科学も、教育もなく人々は単純だったので、宗教が役立った。また劇場も音楽もなかったので讃美歌を歌うことや読むものもなく、神父などのほかは助けてくれるところがなかったので教会建設は大変意義があったが、それは昔の事」（14）と反論

する。さらに「宗教は飲酒のようなもので時代遅れと言ってやめさせようと
してもやめられない。ロシアなどは宗教なしでもやっている」(14–5) と述べ
ると、エセルバートは「もし通常のように宗教を採用しないなら政治など別
のものがそれに取って代わり混乱する」(15) と述べる。エドウィンが、エセ
ルバートの知識に感心する。エセルバートは「人々は昔も今も変わらず、過
去に起こったことは未来にも起こる」(15–6) と主導権を持って話を進める。

　音楽と光が変化する中に労働者たちは退き、サクソン人たちが現れ、改宗
活動を行う際に「神が味方かを考えるより先にあなた方が神の味方かどうか顧
みなさい」(18) と説くカンタベリー大司教メリタス (Mellitus 在位 619–24) の
説教が語られる。続いてコーラス II が現代人が「親石」('the chief cornerstone')
であるイエス・キリストをないがしろにしていることへの警告を語り、教会を
堕落させたわれわれの悪を償う必要があり、社会の唯一の望みはキリストの
からだである教会再建にかかっていると主張する(19–22, CPP 151–3)。そして
教会建築に携わる労働者たちの話が挿入され、基礎が堅固でない土地に教会
建設をする困難が示唆される。するとヘンリー 1 世 (Henry I, 在位 1100–35) の
世、瀕死の状態から復帰し、神への約束を果たすべく、沼地に聖バーソロ
ミュー修道院と聖バーソロミュー病院を設立したラヒア（英語読み、ラーヘ
レ、Rahere, d. 1144）が（苦業の中どうすればいいのか問う労働者に対して）信
仰を持つように勧める様子が語られる (24–8)。

　コーラス III は神の言葉を忘れた人間の労働に意味はなく、死において人
間は神を避けることはできない、「見知らぬ人」('the Stranger') を拒むことは
できないと告げる (29–31, CPP 154–6)。扇動者が建設を阻止しようとする
が、怯むことのないエセルバートの様子が描かれ、コーラス IV が続く。そ
して紀元前 5 世紀、アルタシャスタ王の治世 20 年 (445 BC) に荒廃の中に
あって、神の意志を遂行するために、故国エルサレムに帰還し、妨害を排除
して城壁の修復を 52 日で完成させたネヘミヤ (Nehemiah) の話が語られる
(36–8, CPP 157)。

　続いてコーラス V が、異教徒の中にあって神の都市に住むために絶えず目
覚めている必要があると語る (38, CPP 158)。それに対して建設を断念させ
ようと現れる扇動者が、「キリスト教は麻薬であり、教会を博物館やダン

ス、映画、水泳、入浴、喫煙、コンサート、レストランなど人々の役立つ娯楽施設に変えよう、自由になって行動しよう」(40) と扇動し、喝采を浴びる。デーン人の侵入の歴史が語られ、コーラス VI で人間の不従順の様子が語られる。そして「人の子がはりつけになったのは、一度だけではありません」('the Son of Man was not crucified once for all,' 42, *CPP* 159) とキリストの贖いと聖堂建設の必要性がさらに促される (41–2)。しかし赤シャツ党員は 1 つになって闘いのポーズで、神はわれわれを欺いており、労働こそが何百万人の労働者に安らぎと保証を与えてくれると煽り立てる(43)。ファシストの黒シャツ党員は「われわれは独自の神の法を持ち、預言者を持っているので、ユダヤ人たちと交渉するなどきっぱりと拒否する」(44) と述べる。一方金権政治家は、教会が貧民を圧迫していると批判し、民衆から声援を受ける。人々は地位と権力という古い布、あるいは大量生産という新しい布に包まれてしまっていて、「場違いな野心を捨てて、個人として神に語りかけよ」(46) とのコーラスの声も聞こえない。「出エジプト記」32 章を彷彿とさせる場面だが、ここにはモーセは登場しない。

　この第 1 部最終場面のシーンは、エリオット自身が考案した箇所である。金権政治家と対峙するものとして、大声を上げて人々の心をとらえようとしていた共産主義とファシズムが新しい神として金の子牛を狡猾に差し出していると皮肉っているのである。[5] ちなみにエリオットは『クライテリオン』で、ファシズムと共産主義に議論の場を提供している。エリオット自身は「ファシズムと共産主義の両方の中に私が見出すのは、理論と吟味の対象にされていない（経済学と言葉だけに酔う）熱狂主義である」[6] と述べるが、エリオットの全体主義への関心は強かった。第 1 部の終わりには、光が消え、「すべてが教会建設を阻んでいます。主よ助けてください」とのエセルバートの祈りがなされる。すると突然「私は 2 つの世界を知っている、死の 2 つの世界を」(47) と述べる「岩」が現れ、暗闇に変わって光の出現が告げられる。

　第 2 部はコーラス VII から始まり、天地創造の後、光を知った人々が「高い宗教」('Higher Religions') を生み出したが、いつも闇に囲まれた。やがて、「時間の外ではなく、時間の中にある瞬間、／いわゆる歴史の中のある瞬間、時間の世界を横断し二分しながら、時間の中にあって、時間のある瞬間

とは似ても似つかないある瞬間、／時間の中のある瞬間でありながら、しか
もその瞬間によって時間が作られたのです。意味がなくては時間はなく、し
かも時間のその瞬間が意味を与えたのです」(50, *CPP* 160) と「バーント・ノー
トン」と呼応するイエス・キリストの受肉が語られるが、「神々を敬うなどと
いうことは、前にあったためしがない、しかもまず理性を信じ、／それから
金や、権力や、いわゆる人生や、人種や、弁証法を信じながら」(51, *CPP*
161)、「教会は否定され、塔は倒され、鐘はひっくり返され、／空の手のひ
らを上に向けて立っているよりほかにすることはない／ますます後ろ向き
に進んでいるこの時代に？」(51, *CPP* 161) と続く。職のない労働者たちの嘆
く声がして、「教会はもはや敬われず、逆らわれることさえなく、／人々は
高利貸や、欲望や権力を除いてあらゆる神々を忘れてしまった」(51, *CPP*
161) とのコーラスの声がこだまする。

　「岩」が登場し、「時間の中に生きているということは、同時に永遠の中に
生きていることであることを覚えよ」(52) と告げる。続いて「岩」と入れ替
わり主教ブロムフィールド (Blomfield, 1786–1857) が、「教会が劇場のように
扱われる」荒廃したロンドンにあって教会や学校を建て、神無き人々を教化
した様子が語られ (53–5)、続いてコーラス VIII が「おお、父なる神よ」との
呼びかけから始まる。隠者ペトロ (Peter) のように本物の信仰を持った者に
不可能はない。「だからわれわれの意志を完全なものにしよう」('Let us
therefore make perfect our will,' 48) と語り、神に助けを求めて終わる (46–9,
CPP 163)。

　続いて戦争に明け暮れたリチャード 1 世 (Richard I, 在位 1189–99) の世に
あって、恋人、あるいは年老いた両親、家族を残して十字軍に加わる若者の
葛藤 (57–61)、十字架を担う者へのラテン語の祝福の儀式 (61–4)、宗教改
革、ヘンリー 8 世の唯一生き残った息子エドワード 6 世 (Edward VI, 在位
1547–53) の世に、説教者に促され偶像を排除する群衆 (73–4) の模様が語ら
れ、コーラス IX が「眼に見えるものと、見えないもの、二つの世界が人間の
中で出会う。／眼に見えるものと、見えないものは、主の聖堂の中で出会わ
なければならない」('And therefore must serve as spirit and body. / Visible and
invisible, two worlds meet is Man; / Visible and invisible must meet in His Temple,'

76, *CPP* 165）と述べ、人間の肉体が聖堂と等しいことが宣言される（74–6）。

　カーテンがあき、労働者が巧みな教会建設の様子を見守る。夜の間に来て祈りをささげたエドワード懺悔王（Edward the Confessor, 1004–66）への言及がなされ、ペトロとなった「岩」が現れる。そしておののく漁師に聖堂に捧げものをするようほかの漁師に告げよと命じる（79–80）。光が一層強くなり、大主教、ウェストミンスター寺院の修道院長、女王とそのお付きの者たちがエドワード懺悔王のウェストミンスターの大聖堂に向かって行進してくる（80）。漁師が修道院長に鮭を献じる。そしてコーラスの誘導によって、猫のおかげでネズミの害に苦慮していた王宮に貢献し、ロンドン市長を務めることになったというディック・ウィッティントン（Dick Whittington, d. 1423）の伝説（81）が語られ、さらにクリストファー・レン（Christopher Wren, 1632–1723）とジョン・イーヴリン（John Evelyn, 1620–1706）を通してペスト流行、ロンドン大火、セントポール大聖堂再建の経緯等が語られる（82–3）。

　建設を阻止する困難な状況の中にあっても教会建設の業はコーラスの声とともに途絶えることなく、光を求めて引き継がれていく。最終のコーラス X では「眼に見えない光のために祭壇をつくりあげた時、その上に、ささやかな光を掲げることができる」、「暗闇が私たちに光を思いださせてくれるのはあなたのおかげ」（85, *CPP* 167）と述べ、「偉大な光」（‘Greater Light,’ 84, *CPP* 166）、「目に見えない光」（‘Light Invisible,’ 84, *CPP* 166）を讃える。「岩」が主教を示し、主教が祝祷を捧げて幕が閉じられる。

　「岩」はタイトルになっているにもかかわらず登場時間は短い。コーラス I の終わりに「意志を完全にせよ ／ 謙虚な者の労働をあなたたちに見せよう」（‘Make perfect your will / Let me show you the work of the humble,’ 9, *CPP* 149）と教会建設を促す箇所（8–9）とコーラス VI と VII の間である第 1 部の終幕、生と死の二つの世界を体験したものとして、「教会と世俗 ／ 人の心は常にある ／ 地獄の門と天国の門の間で揺れている。／ ……今は闇でも、やがて光が満ちる」（‘Valiant, ignoble, dark and full of light / Swinging between Hell Gate and Heaven Gate / … Darkness now, then / Light,’ 47–8）と述べる箇所、コーラス VII の後ブロムフィールドが登場する場面（51–3）、そしてペトロとして現れるコーラス IX と X の間の終結部（79）、と最後に主教を示す場面（86）、と

合計5場面である。

　岩＝教会＝ペトロという図式は「マタイによる福音書」16章3節にある「あなたはペトロ。わたしはこの岩の上にわたしの教会を建てる」とのイエスの言葉に基づく。実はエリオットには岩をできるだけ抽象的な存在とする意図があった。対話形式のコーラスからはエリオットが『クライテリオン』の「論壇」（"Commentary"）で発していたキリスト教社会に繋がる主張を、たとえば――共同の生命を持たないとすれば、ほかにどんな生命があるのでしょうか？／共同体の中に存在しない生命はありません、／そして神を讃えないで生きていける共同体もありません（21, *CPP* 152）――などに明確に読み取ることができる。この共同体意識はエリオットがチータム神父の牧師館に住み、教会の教区委員をして信徒たちと関わりを持つようになったことと無縁ではないと思われる。

　講演は連日盛況で、募金集めとしての本詩劇の目的は達成されたといえる。続く『大聖堂の殺人』は、『岩』の上演を見てエリオットの力量に確信を得たベルの依頼により執筆された。

『大聖堂の殺人』　*Murder in the Cathedral*

　初演は1935年6月カンタベリー・フェスティヴァル（Canterbury Festival）においてである。カンタベリーの大司教トマス・ベケットがヘンリー2世（Henry II, 在位 1154–72）との対立によって殉教をとげた事件をもとに、人間の意志と信仰の問題を扱った詩劇であり、エリオットは弱強格の使い過ぎを避け、頭韻、脚韻を使うなど、中世劇『エヴリマン』（*Everyman*）の詩形を採用した（"Poetry and Drama," *OPP* 80）。

　ベケットは1154年カンタベリーのアーチディーコン（Archdeacon of Canterbury）に任命され、翌年、1155年にイングランド王ヘンリー2世の顧問となり、国王の片腕として仕える。そして1162年にカンタベリー大司教に選ばれ、王との衝突が避けられないと知りつつも王の勧めによりこれに就任する。以後教会の権威を守るために厳格な態度で王に臨み、税制について、

また罪を犯した聖職者に対する裁判に関して、王と対立する。王は聖職者の裁判を教会の手から国に移すことを定めたクラレンドン法（The Constitutions of Clarendon）を施行し、ローマ教皇に訴えることへの禁止を断行して教会権を圧迫した。ベケットはこれに反対し、教皇アレクサンデル3世（Pope Alexander III, 在位1159–81）に訴えようとしてローマに行き、イギリス国教会から破門され、1164年国外追放となった。その間修道院を移り歩き、1170年に王との和解が成立したものの、ベケットは彼に反対した司教たちがローマ教皇への服従を誓わなければ、彼らを許さないと主張したため、王の怒りを買い、王の遣わした4人の騎士により1170年12月29日カンタベリー大聖堂で処刑された。この殺人は全ヨーロッパを憤怒させ、教皇は彼を聖人の列に加え、またヘンリーは彼の墓前で公に罪を悔いて、教皇に服従することを誓った。この事件により、王はまったく教皇に服従し、教皇権はイギリスでなお至上であることが再確認された。[9]なお本詩劇の当初のタイトルは『前途の不安』（*Fear In the Way*）であった。

　まずは女たちのコーラスで観客を不安に満ちたその世界に一挙に引きずり込んでいく。

　　　　Here let us stand, close by the cathedral. Here let us wait.
　　　　　　. . . .
　　　　The New Year waits, destiny waits for the coming　（I. *CPP* 239）

　　　　ここがいい、この寺院の間近で。ここで待つことにしよう。
　　　　　　……
　　　　新しい年が、運命が、いつか形を成すのを待っている

　大司教がいなくなってただ待つだけの7年が過ぎ、ベケットが帰還する。しかし国王との間に完全な和解があるわけではなく、前途は定かではない。これから起ころうとすることへの不安を3人の司祭が述べる。第1の司祭（FIRST PRIEST）はあまりに誇り高いベケットに不安を覚え、第2の司祭（SECOND PRIEST）はこれから起きることが平和か争いかとおののき、第3

の司祭（THIRD PRIEST）は運命の車輪が廻るのを待つ覚悟を述べる。そして
再びコーラスがトマスの登場に伴う変化を予期して不安を述べる。

> We have all had our private terrors,
>
> Our particular shadows, our secret fears.
>
> But now a great fear is upon us, a fear not of one but of many,
>
> A fear like birth and death,
>
> 　　. . . .
>
> O Thomas, Archbishop, leave us, leave us ...　　（I. *CPP* 244）

　私たちそれぞれに私的な恐れを持ち、
　個々特有の影を、秘密の恐怖を心の隅に抱き続けてきました。
　しかし、今、大きな恐怖が私たちの上にのしかかっている、
　一人の恐怖ではなくみんなの恐怖が、
　生と死のような恐怖が、
　　　……
　ああ、大司教トマス様、私たちをこのまま、このままに……

　第2の司祭がそれをいさめ、喜んでベケットを迎えるよう諭し、続いてト
マスが登場する。

> Peace. And let them be, in their exaltation.
>
> They speak better than they know, and beyond your understanding.
>
> They know and do not know, what it is to act or suffer.
>
> They know and do not know, that action is suffering
>
> And suffering is action. Neither does the agent suffer
>
> Nor the patient act. But both are fixed
>
> In an eternal action, and eternal patience
>
> To which all must consent that it may be willed
>
> And which all must suffer that they may will it,

第Ⅴ章　苦しみの意味　273

That the pattern may subsist, for the pattern is the action
And the suffering, that the wheel may turn and still
Be forever still.　（I. *CPP* 245)

　静かに。彼らをそっとしておくがいい、みんな気が高ぶっているのだ。／
彼らは自分たちの知っていること以上のことをしゃべっている、そしてお
前たちの知り得ぬことを。／彼らは知っており、しかも知らないのだ。行
動とは何か、あるいは苦しみとは何かを。／彼らは知っていて知らないの
だ、行動とは苦しむことであり、／苦しみとは行動にほかならぬことを。
なるほど、行為者に悩みはない、／悩む者は行動しない。が、永遠の行
為、永遠の苦しみにあっては、／両者が互いに結びつくのだ、そこでは、
誰もかれも進んでその行為を肯定せねばならず、／またその苦しみを喜ん
でわが身に引き受けなければならない、／そうすることによって型は時代
から時代へと受け継がれていくだろう、型とは行動であり、／苦しむこと
なのだから、そうして初めて、生の車輪は転回しながら、同時に静止し得
るのだ、／永遠に静止し得るのだ。

　そこに 3 人の誘惑者が登場し、ベケットがそれぞれに対峙する。第 1 の誘
惑者（FIRST TEMPTER）は、かつて王とともに味わったこの世の栄華を再び
味わってはどうかと勧め、第 2 の誘惑者（SECOND TEMPTER）は、再び大法
官になって心ゆくまで地上の福祉に専念してはどうかと勧め、第 3 の誘惑者
（THIRD TEMPTER）は自分たち貴族と組んで、フランス出身の王を倒し、教
会の勢力を広めよと勧めるものであった。トマスはこれらの誘惑を即座に退
ける。すると予期していなかった第 4 の誘惑者（FOURTH TEMPTER）が現
れ、前述のベケット演説とまったく同じ言葉をもって、ひたすら殉教の道を
歩めと勧める。トマスは教会を護ろうとしながら、「永遠に神の御前に仕え
る聖徒の栄光」（*CPP* 255）を勝ち取ろうという自我の欲望が心中に潜んでい
たことに気づき苦悶する。しかし、「間違った動機に基づく正しい行為ほど
恐ろしいものはない」（*CPP* 258）、また「より大いなる大義に仕える者は、正
しくふるまいながら、その大義を逆に自分に仕えさせてしまいかねない」

（*CPP* 258）と悟り、神の意志に身を任せる思いに至る。

　続けてカンタベリー大聖堂を舞台に幕間劇が展開される。時は 1170 年の
クリスマスの朝、トマスが登場し、「ルカによる福音書」2 章 14 節——「いと
高きところには栄光、神にあれ、地には平和、御心に適う人にあれ」——に
基づいて説教を始める。キリストの誕生の喜びにはその死が裏打ちされてお
り、殉教者の場合もそれに似て、喜んで成す行為ではなく、神の意志に自分
の意志を合わせることによって生まれるのである、「彼［真の殉教者］は神の
意志の内におのれの意志を埋め去り、もはやおのれのために何物も望まな
い、殉教の栄光さえ望みはしない」（'for the true martyr is …, who has lost his
will in the will of God, and who no longer desires anything for himself, not even the
glory of being a martyr,' I. *CPP* 261）と説教する。

　第 2 部。時は 1170 年 12 月 29 日、コーラスが、不安な思いを語り、神の平
和を保たなければこの世の平和は不安定だと歌う。そこへ 3 人の司祭がそれ
ぞれ聖者の旗を掲げ、祈祷文を朗唱しながら登場。ついで 4 人の騎士とトマ
スが登場する。騎士たちは人払いをしたうえで、トマスが卑しい生まれにも
かかわらず大司教に抜擢された。その恩を無にし、王に背き、王子に戴冠し
た司教たちを免職にし、国王の尊厳を傷つけた傲慢で野心家であると責め立
て、トマスに襲い掛かろうとするが、戻って来た司祭たちに制される。トマ
スは王子の戴冠に関する措置は、自分に責任はなく、ローマ法王によるもの
だと論駁するが、騎士たちはますます激怒し退場する。トマスも退場し、
コーラスが「薔薇の中に、立葵の中に、スウィートピーの中に、ヒアシンス
の中に／桜草、クリンザクラの中に死の臭いがする」（'Death in the rose,
death in the hollyhock, sweet pea, hyacinth, / primrose and cowslip,' II. *CPP* 270）と
歌う。

　トマスが再び登場し、危険を警告する司祭たちをよそに「死は、私にそれ
だけの値打ちがなければやってきはしない。／私としてはただ自分の意志を
全うするだけのこと」（'Death will come only when I am worthy, / And if I am
worthy, there is no danger. I have therefore only to make perfect my will,' II. *CPP*
271）と述べ、さらには「すべては／喜びに満ちた完成へと向かって動いてい
る」（'all things / Proceed to a joyful consummation,' II. *CPP* 272）と予言めいた

ことを言う。

　騎士たちから守るために司教たちは、トマスを寺院の中に連れて行き戸を閉めるが、トマスは述べる――「私の決意、そう呼べるなら、／私の全存在が躊躇うことなく定め取ったこの決意、／それは時間の外でなのだ。／私は、わが身を委ねる。／人間の法則の上にある神の法則に」（'It is not in time that my death shall be known; / It is out of time that my decision is taken / If you call that decision / To which my whole being gives entire consent. / I give my life / To the Law of God above the Law of Man,' II. *CPP* 274）と。

　そして戸を開けさせる。騎士たちが乱入し、ベケットは下がるが、「私はここにいる。／裏切り者ではない。一介の司祭に過ぎない。／キリストの血によって救われたキリスト教徒だ、／喜んで血をもって苦しみに身を委ねる。／これこそ、常に教会の証、／血の証にほかならない。血には血を。／主の血はわが命を贖うために流された。／そして私の血は主の死に報いるために流される、キリストの死にわが死を」（'I am here. / No traitor to the King. I am a priest, / A Christian, saved by the blood of Christ. / Ready to suffer with my blood. / This is the sign of the Church always. / The sign of blood. Blood for blood. / His blood given to buy my life, / My blood given to pay for His death, My death for His death,' II. *CPP* 274–5）と身の証を立て、恐れることなく殉教を運命と受け入れる。

　酔った騎士たちがなだれ込み、破門した司祭を許せとか、王に帰順しろと怒鳴りつつ、ついにベケットを刺し殺す。コーラスが「全世界のどこもかしこも病んでいる」（'the world that is wholly foul,' II. *CPP* 276）と嘆く。

　最終部では約850年前の出来事を現在の問題として提示させるために散文が用いられる。4人の騎士がそれぞれに自らの行為の弁明をする。第1の騎士（FIRST KNIGHT）は当事者双方の言い分を聞いてから判断するのがイギリスの伝統慣行であると訴え、第3の騎士（THIRD KNIGHT）は、義務感から事を行ったと釈明し、第2の騎士（SECOND KNIGHT）はベケットが王の意に反して教会を国家より高い地位に置いたために暴力に訴えざるを得なかったと述べた。第4の騎士（FOURTH KNIGHT）は、ベケットが望みさえすれば死を免れることができたのに、いたずらにわれわれを刺激して自ら死を選ん

だと訴え、観客に「異常なる心理状態における自殺」（'Suicide while of Unsound Mind,' *CPP* 279）という評決を下すよう求める。

騎士たちが去り、司教が今後の不安を述べ、ベケットに祈りを乞う。そしてコーラスが、「世界の罪がわたくしたちの頭上に、殉教者の血、聖徒の苦悶が ／ わたくしたちの頭上を覆っている」（'That the sin of the world is upon our heads; that the blood of the martyrs and the agony of the saints / Is upon our heads,' II. *CPP* 282）と罪の認識を示し、赦しを求めるところで劇は終わる。

信仰が衰退しているような現状が浮き彫りになる点においては『岩』のテーマと共通する。ただしエリオットは決して価値観の押し付けを計ってはいない。エリオットは詩人が詩を書く場合には「自分自身の言葉」を考慮すればいいのに対して、「詩劇を書く詩人は、自分自身の声のためではなく、他の声のためにであり、それが誰の声だか分からないのである」（"Poetry and Drama," *OPP* 79）と観客とのコミュニケーションの問題を提起している。

ベケットの中にある「殉教への野心」に付け入ろうとする誘惑者、それに抗しながら苦悶するベケット、殉教を否定し「異常な心理状態における自殺」と断定しようとする騎士たち、信仰なき世界の到来を嘆く司教、教会の勝利を語る司教、ベケットの殉教を受け止め信仰と祈りを表す女たちを並列して描いており、判断はあくまで観客に委ねられている。

本詩劇の主題は「ある人物が故郷に戻って、自分が殺されるであろうと予知し、そして殺される。……その死と殉教にすべてを集中したかった」（"Poetry and Drama," *OPP* 80–81）とエリオットが述べているとおりであるが、終幕において4人の騎士がベケットの殉教を否定する。実にその場面に対する観客の反応こそ実はエリオットが知りたかったことであった（"Poetry and Drama," *OPP* 81–82）。

自らの説教で「真の殉教者」とは「神の意志のうちにおのれの意志を埋め去り、もはやおのれのために何も望まない、殉教の栄光さえ望みはしない」（*CPP* 261）と自己放棄を断言したベケットは、実際の殉教の場において、「自らの徳を唯一の頼りとしてきた」（*CPP* 242）ベケットらしく「私はただ自らの意志を全うしさえすればよい」（'I have therefore only to make perfect my will,' *CPP* 271）と強烈な自意識を鮮明にする。一見自己矛盾をきたしている

かのようである。しかし「自らの意志を全うする」との命題はすでに「『岩』の
コーラス」で説かれていることである。「神に従う」という「自らの意志を全
うする」信仰により、たとえ内実は本人すら不確かで、究極的な勝利とはい
かないまでも、ベケットは自己放棄を成し遂げていると理解できる。

　宗教劇は19世紀末から自然主義的リアリズム演劇の反動として再び脚光
を浴び1930年代頃まで続き、エリオットはキリスト教的文化を再興すると
いうテーマにそった実験的な劇を志向した。しかし熱心に宗教劇の重要性を
説いていたにもかかわらず、エリオットは『大聖堂の殺人』を最後に宗教劇
を書こうとはしなくなり、変わって『一族再会』以降、宗教的テーマを内包す
る、精神的変容を語る客間劇に向かった。しかしながらエリオットの生涯の
テーマ——自己綜合における分裂関係からの解放——は依然としてその後の
エリオット作品にも引き継がれている。

『一族再会』　*The Family Reunion*

　本詩劇は1939年3月出版。商業劇場のために書いた最初の作品であり、現
代生活を舞台とした最初の戯曲である。エリオット自身の言葉によると、こ
の作品は「現代生活をテーマにとり、われわれ自身の世界に生きている同時
代の人物を登用させ」（"Poetry and Drama," *OPP* 82）、最も力を注いだのは、
いかにして日常のリズムを戯曲の詩形に取り入れるかということであった。
エリオットは1行の長さや音節の数は自由で、ただ各行に1回の休止を置
き、その前後に1から2、合計3つの強勢を置くという、この戯曲に端を発
した詩形を最後の戯曲にいたるまで踏襲している（"Poetry and Drama," *OPP*
81-2）。詩劇全体がアイスキュロス（Aischylos, 525-456 BC）の『オレスティ
ア』（*Oresteia*）3部作の『エウメニデス』（*Eumenides* 慈しみの女神たち）を借
りている。『オレスティア』では主人公オレステス（Orestes）に取りついてい
た復讐の女神たちエリニュエス（Erinys）が裁きを経、知恵・芸術を司る女神
アテーナー（Athena）の説得によって変容する。[10]
　第1部、第1場（本劇ではフランス風に 'scene' という語をエリオットは用

いている）では春の到来が遅い 3 月、北イングランドの田舎町ウィッシュ
ウッド（Wishwood）にある貴族モンチェンシー（Monchensey）家の応接間を舞
台として、当家の未亡人エイミー（Amy, Dowager Lady Monchensey, 65–70 歳）[11]
の誕生日の夕暮れ近く、エイミーの妹のアイヴィー（Ivy, 62 歳）、ヴァイオ
レット（Violet, 58 歳）、アガサ（Agatha, 50–56 歳）、そして、亡夫の兄弟の
ジェラルド（Gerald Piper）とチャールズ（Charles Piper）、そして親戚の娘でこ
の家に引き取られているメアリー（Mary, 29 歳）が集まり、エイミーの 3 人の
息子たち、ハリー（Harry, Lord Monchensey, 32–5 歳）、ジョン（John）、アー
サー（Arthur）の到着を待っている。特に 8 年ぶりに帰宅するハリーは、エイ
ミーが自らの誕生日を機に 35 年間保った当主としての役割を譲るべく呼び
寄せたのだ。アガサだけがハリーにとって今回の帰郷が苦しいものになるだ
ろうとの予感を抱く。なぜなら、「すべての経験は取り消すことのできない
ものであり、／ 過去は贖えず、／ 未来は真の過去の上にのみ築くことが可能
で あ る か ら」（"... because everything is irrevocable, / Because the past is
irremediable, / Because the future can only be built / Upon the real past," I. i. *CPP*
288）とアガサは述べる。ハリーは過去の「亡霊」（'spectres,' *CPP* 289）に悩ま
され、過去と未来を結びつける現在が欠けているのだとアガサは認識する。

　親の許さぬ結婚をしたハリーは、エイミーに言わせれば、「家族の一員に
なりたくなく、／ ただハリーを縛り付けたかった」（I. i. *CPP* 289–9）自我の強
い妻に引きずられてヨーロッパと世界の半分を遊び回っていったが、1 年前
のある夜、妻が忽然と「嵐の中にデッキからさらわれて、死体さえも見つか
らず」（I. i. *CPP* 289）地中海航路の船上から姿を消すのである。エイミーに
とっては邪魔者が消えたことでむしろ喜ばしく思うが、ともかくこの話は持
ち出さないことにしようということになる。しかしアイヴィー、ヴァイオ
レット、ジェラルド、チャールズの 4 人はコーラスとなって、不安を訴える。

　ハリーは帰宅すると皆の歓迎の言葉をよそに、いきなり窓の外を伺って、
まるでプルーフロックのようにずっと「眼がじっと僕を見据えていた」（I. i.
CPP 292）と言い、これまでもずっと自分を監視する眼を感じてきたが、故
郷に帰ってきた今、初めて彼らが姿を現したと述べる。まさに『エウメニデ
ス』と同じくアイスキュロスのオレスティア 3 部作『コエポロイ』（*Choephoroi*

供養する女たち）からの引用による『闘士スウィーニー』のエピグラフが表す状況と同じである。

> オレステス「おまえには、あいつらが見えない、見えていないのだ——しかし、私には見える。亡霊どもが私を追い詰めようとしている、私はじっとしてはおれないのだ。」（*CPP* 115）

エイミーらは気を紛らそうとするが、ハリーは、「眼を見開いているようになれば、／人生は実に耐えがたいものとなる」（'I tell you, life would be unendurable / If you were wide awake,' I. i. *CPP* 293–4）と述べ、いわば自分は古い家で、その中にすべての過去が生き続けているようなもの、とベルグソン的時間観を述べ、妻を甲板から突き落として暴力でその苦しみから逃れようとしたのも、つかの間の休息を得ようとしたに過ぎなかったと言う。チャールズがハリーを慰めるように、そんな妄想を抱いて良心を苦しめてはいけないと諭す。しかしハリーは、問題の核心は「いわゆる良心なんていうものよりも、／もっと深いところにある。いわばがんみたいなものだ。／そいつは僕たちの自己を片端から食いあらしてしまう」（'It goes a good deal deeper / Than what people call their conscience; it is just the cancer / That eats away the self,' I. i. *CPP* 295）と述懐する。そして妻から逃れようとした行為の結果、彼女はかえって身近な存在になり、汚染は髄に達し、そしてエウメニデスの影を感じると訴える。アガサは、その状況から眼を離さずにいれば、自由に至る道はそこから開けると再び予言めいた言葉を発する。

　ハリーが休息に行き、エイミーとアガサが出て行ったあとで、残った4名はハリーの従僕ダウニング（Downing）を呼んで、問題の真相究明をすることになる。だが結果はハリーが妻を突き落としたかのかどうか分からずじまいであった。コーラスが現実と非現実の区別がつかない現状を嘆く。そしてアガサを残して全員退場する。

　第2場ではメアリーがアガサに、これまで「ハリーのためにと、ただそれだけを考えた」（I. ii. *CPP* 304）エイミーの専制的意志に7年間も従ってきたが、ハリーが帰宅した今こそ、家を出るという行為をする力が湧いてきたと

告げる。しかしアガサは今はその時ではなく、「私たちを超えたお力に委ねるのがよい」（'The decision will be made by power beyond us,' I. ii. *CPP* 305）と説いて、メアリーを失望させる。アガサと入れ違いにハリーが入ってきて、まるですべてが押し付けられたようで、幸福ではなかった過去をしばしメアリーと共有する。そしてハリーは希望のない今の生活を嘆く。それに対して「あなたが変えなければならないものは、本当はあなたの内部にある」（'What you need to alter is something inside you,' I. ii. *CPP* 308）と述べ、メアリーはハリーが憎しみにこだわりすぎていることを指摘する。その言葉からハリーは「追い込まれた廊下の突きあたりに戸口があり、／ そこから日光が洩れ、歌声がきこえてくる」（'a door that opens at the end of a corridor, / Sunlight and singing,' I. ii. *CPP* 310）という「バーント・ノートン」を思わせる啓示を受けるが、光の予感にひと時心躍るハリーを警告するかのように、エウメニデスが現れる。誰もいないと宥めようとするメアリーに「やつらは確かにいた」（I. ii. *CPP* 312）とハリーは苛立ちを示す。

　第 3 場ではコーラスが取り返しのつかぬ時間の非逆性に対する不安を述べる。最後にアガサ 1 人が残り、この家にかかった呪詛が解かれるよう祈って終わる。しかし「どんな感覚よりも深いところに巣くうあの不安」（'That apprehension deeper than all sense,' I. ii. *CPP* 311）も、ちょうど「うつろなる人々」が失明して初めて、新しい眼の兆しを得たように、「がんとなって現実的なもの」（'But cancer, now, / That is something real,' I. iii. *CPP* 315）となることによって、希望の兆しが見え始めている。

　第 2 部、第 1 場では、食後、顧問医のウォーバートン（Dr. Warburton）がハリーを連れ出し、エイミーがハリーを頼っていることを確認させようとするが、ハリーは子供のころ常に母親の配慮によって逆に罪の意識を植え付けられたことを回想し、未来はすでに過去に決定されていたとして、ウォーバートンに父の事を尋ねる。ウォーバートンはハリーの両親は別居こそしていたが、特にスキャンダルがあったわけではない、という程度のことしか語らず、話題をエイミーの健康状態に戻す。一方弟のジョンが事故を起こし、脳震盪で動けず、末弟アーサーも事故を起こしていて、終列車に乗り遅れた。通常時間に正確だとされていた弟たちが遅れ、3 兄弟のうち「いつだって一

番遅れる」（I. i. *CPP* 288）ハリーだけが到着しているという皮肉な事態である。ハリーは「あなたがたが常道だ、正常だというものは、／単に非実在的なもの、取るに足らぬものに過ぎない」（'That you call normal. What you call the normal / Is merely the unreal and the unimportant,' II. i. *CPP* 326）と述べ、「恐怖とは、一人だけでいることではない。／恐怖とだけ顔を突き合わせていることだ。／問題はこの汚れだ。自分の皮膚をきれいに拭くことはできる、／生活を清めることはできる。心を空しくすることはできる。／それでもこの汚れがいつも付きまとう、より深いところに……」（'It's not being alone / That is the horror—to be alone with the horror. / What matters is the filthiness. I can clean my skin, / Purify my life, void my mind, / But always the filthiness, that lies a little deeper ... ,' II. i. *CPP* 327）と苦悩を述懐する。

第2場では前場から続けてハリーとアガサだけが残る。ハリーは過去8年間が、永遠に続く孤立感から、麻痺状態に陥り、自己と絶縁したような状況であったと総括する――

At the beginning, eight years ago,

I felt, at first, that sense of separation,

Of isolation unredeemable, irrevocable—

It's eternal, or gives a knowledge of eternity,

Because it feels eternal while it lasts. That is one hell.

Then the numbness came to cover it—that is another—

That was the second hell of not being there,

The degradation of being parted from my self,

From the self which persisted only as an eye, seeing.

All this last year, I could not fit myself together:

When I was inside the old dream, I felt all the same emotion

Or lack of emotion, as before: the same loathing

Diffused, I not a person, in a world not of persons

But only of contaminating presences.　（II. ii. *CPP* 330–1）

始まりは8年前になります。／最初は孤立しているという遊離感を味わった。／回復できないどうしようもない孤立感です――／それは永遠に続くのです。いや、それによって僕は永遠ということを知った。／それが続く限り永遠という感じを抱かせるのです。まるで地獄にいるようなのです、／それから麻痺状態がやってきた――これがまた別の――つまり、第2の地獄というもので、／心ここにあらず、いわば自己と絶縁した一種の堕落なのです。／自己というやつは、最後には、ものを見る眼としてでも、生き抜こうとするものなのですからね。／このところまる1年間、僕は自己の統一ということができなかった。／古い夢の中に生きているあいだは、いつも昔と同じ感情に浸っていた、／いやむしろ感情のない状態で、外の世界に対する嫌悪感で満たされ、／1人の人間ではなくなって、人間の世界ではなく、／何かばい菌で汚染する亡霊の世界にでも住んでいるような気分でいたのです。

　そしてアガサに、父のことを話してほしいと頼む。それを話すことは、女子大の校長のアガサにとっても苦痛であったが、同時にまた彼女自身に救いをもたらすことでもあった。彼女はハリーの父が「人並み以上のりっぱな教養を持った地方の名家の出身で……／とても弱そうでいて、その底には強靭な力を隠し」（II. ii. *CPP* 331–2）、アガサと愛し合うようになってからは、「どうしたらあなたの母様の手から逃げ出せるか、そのことばかり考えるようになってしまい」（II. ii. *CPP* 332）、そしてハリーを妊娠中の妻を殺そうとすらしたが、その時アガサがその子に対する連帯意識のために、その計画をやめさせたと語る。

　ハリーは「多分、僕の一生は他人の心が僕を通してみた夢にすぎないのだ。／妻を突き落としたというのも、多分夢でしかないのでしょう」（'Perhaps my life has only been a dread / Dreamt through me by the minds of others. Perhaps / I only dreamt I pushed her,' II. ii. *CPP* 333）と言う。アガサは、それに対して彼らが身をもって書いてきたのは「罪と罰の探偵物語」（'a story of detection, / Of crime and punishment'）ではなく、本質は「罪と贖い」（'of sin and expiation'）のもので、罪が贖われるためには、まず罪意識を鮮明にしなけれ

ばならない。ハリーの役割は罪意識を顕在化する意識であり、この不幸な家族のために浄化の火をくぐるべき選ばれた存在であると告げる。

What we have written is not a story of detection,
Of crime and punishment, but of sin and expiation.
It is possible that you have not known what sin
You shall expiate, or whose, or why. It is certain
That the knowledge of it must precede the expiation.
It is possible that sin may strain and struggle
In its dark instinctive birth, to come to consciousness
And so find expurgation. It is possible
You are the consciousness of your unhappy family,
Its bird sent flying through the purgatorial flame.
Indeed it is possible. You may learn hereafter,
Moving alone through flames of ice, chosen
To resolve the enchantment under which we suffer.　（II. ii. *CPP* 333）

私たちが身をもって書いてきた物語は、／犯罪や刑罰の探偵小説ではなく、罪と贖いの物語だったのです。／あなたはきっと自分が贖う罪が何なのか、／誰の罪なのか、なぜそれを贖わなければならないのか、それが分からなかったのでしょう。／もちろん、罪の贖いの前には、罪の意識がなければならない。／暗鬱な本能的な緊張と闘争の中で罪が生まれ、顕在化し、／浄化への道を見出すのです。／きっとあなたはこの不幸な家族にとって意識の役割をしていて、／浄化の火をくぐるように送られてきた鳥なのでしょう。／きっとそうなのでしょう。やがて分かる時がくるのでしょう。／それまでは、あなたは私たちのかかっている呪縛を解くために選ばれた者として、／唯一人氷の焔の中をさまよい続けるでしょう。

　こうしていわば罪意識の根源を知ったハリーは、自らが一家の罪を贖うべ

く選ばれた人間であることを悟り、自由のために苦痛を進んで引き受ける決意をする。ここで注目すべきはハリーとアガサが薔薇園で会うイメージが描かれていることである。ハリーの父と「過去も未来もなく ／ ただ鋭い光を放つ現在しかないと思えるような時」（II. *CPP* 332）を過ごし、満たされぬ愛にハリーを「自分のもの」（'…that should be *mine*,' II. *CPP* 333）と心に誓ってハリーの命を救い、「孤独の 30 年間」（'thirty years of solitude,' III. *CPP* 340）メンターのような役割でハリーを見守り続けたアガサは、実際に「罪と贖いの物語」に関与したがゆえに、「薔薇園」における究極的な孤独の体験をハリーと共有するのである。第 1 場にもあった救済に通ずる愛の比喩である。

HARRY.   The things I thought were real are shadows, and the real

Are what I thought were private shadows. O that awful privacy

Of the insane mind! Now I can live in public.

Liberty is a different kind of pain from prison.

AGATHA.   I only looked through he little door

Where the sun was shining on the rose-garden:

And heard in the distance tiny voices

And then a black raven flew over.

And then I was only my own feet walking

Away, down a concrete corridor

In a dead air. Only feet walking

And sharp heels scraping. Over and under

Echo and noise of feet.

I was only the feet, and the eye

Seeing the feet: the unwinking eye

Fixing the movement. Over and under.

HARRY.   In and out, in an endless drift

Of shrieking forms in a circular desert

Weaving with contagion of putrescent embraces

On dissolving bone. In and out, the movement

第Ⅴ章　苦しみの意味　285

Until the chain broke, and I was left

Under the single eye above the desert.

AGATHA. Up and down, through the stone passages

Of an immense and empty hospital

Pervaded by a smell of disinfectant,

Looking straight ahead, passing barred windows.

Up and down. Until the chain breaks.

HARRY. To and fro, dragging my feet

Among inner shadows in the smoky wilderness,

Trying to avoid the clasping branches

And the giant lizard. To and fro.

Until the chain breaks.

The chain breaks,

The wheel stops, and the noise of machinery,

And the desert is cleared, under the judicial sun

Of the final eye, and the awful evacuation

Cleanses.

I was not there, you were not there, only our phantasms

And what did not happen is as true as what did happen

O my dear, and you walked through the little door

And I ran to meet you in the rose-garden. （Ⅱ. ii. *CPP* 334–5）

ハリー： 本当だと思っていたものは影で、実在していると思っていたものは
私的な影だった。ああ、あの病んだ心が生んだ恐ろしい秘密！
今こそ、僕は公然と生きることができる。
自由とは牢獄とは違う別の苦しみなのだ。

アガサ： 私は、太陽が薔薇園の上に光り輝いているとき、
狭い戸口からそっと隙見をしたにすぎない、
そして遠くで小さなささやき声を聞いただけ
その時、一羽の黒烏が飛んできた。

　　　　　　そして、私は歩き続ける足になってしまった。

　　　　　　コンクリートの廊下を

　　　　　　私は死んだ空気の中で。私はただ足になっていた、

　　　　　　鋭いヒールが擦る音が上にも下にも

　　　　　　響き渡る廊下を ／ そして眼は ／ 足を見ていた、瞬きもせず ／ 足
　　　　　　の動きに釘付けだった。上も下も。

ハリー：　　内も外も、終わりなく漂流し、／ 巡回する砂漠の中を悲鳴を上げな
　　　　　　がら、行き交う果てしない人の群れ、その中を縫って、／ 腐敗した
　　　　　　抱擁の接触感染が溶け去る骨を汚すのだ。／ 内も外も、鎖が切れる
　　　　　　まで続けられるこのうごめき、そしてこの砂漠の上に見守るひとつ
　　　　　　の眼、僕はそれにさらされてきたのだ。

アガサ：　　上ったり下りたり、／ 人気のない大きな病院の石の廊下を、／ 消毒
　　　　　　剤のにおいに浸されて、／ まっすぐ前を見つめたまま、閉ざされた窓
　　　　　　のそばをいくつも通り過ぎ、／ 上ったり下りたり、鎖の切れるまで。

ハリー：　　行ったり来たり、内なる影の中、／ くすぶる廃墟の暗がりの中を、
　　　　　　足をひきずり、／ からみつく枝や大蜥蜴を避け、行ったり来たり、
　　　　　　鎖の切れるまで。／

　　　　　　　　　　　ああ、ついに鎖は切れ、車の廻転は止まり、機
　　　　　　械の音も静まり、／ いまや、砂漠は晴れ渡り、上には裁きの太陽
　　　　　　が、最後の眼が光り輝き、／ あの恐ろしい世界の浄化がはじまる。

　　　　　　　僕はもうそこにはいなかった、あなたもいなかった、ただ僕たち
　　　　　　の亡霊だけ、／ そして、起こらなかったことは、起こったことと同
　　　　　　じように真実なのです。／ ああ、そうです、そしてあなたは狭い戸
　　　　　　口から抜け出し、／ 僕は薔薇園の中であなたをつかまえる。

　こうしてハリーは自らを苛んでいた『荒地』の意味のないぐるぐる回りのよ
うな過去の幻想を振り払い、現実を生きる決心をする。そこにエウメニデス
が現れるが、その使命を知ったハリーはもはや恐れず、こちらからその後に
ついて行こうと決意を固める。

　「薔薇園」（'the rose garden'）はエリオットの詩・詩劇全体で計5回出現（一

方 'eye', 'eyes' は合計 108 回出現している）。内訳としては「バーント・ノート
ン」で 2 回（*CPP* 171, 173）、『一族再会』で 2 回（*CPP* 335, 335）そして "A
Dedication to my Wife"（*CPP* 206）に 'The roses in the rose-garden which is ours
and ours only' とある。これは最後の戯曲『長老政治家』の序に最初に表れ、少
し修正され *Complete Poems 1909–1962* の最後を飾る。デビッド・ワード
（David Ward）の『二つの世界の間の T. S. エリオット』（*T. S. Eliot between Two
Worlds*, 1973）によると薔薇園のイメージは、「それは白日のもとでまどろむ
ときに、ふとした、現実から遊離したまれな瞬間にだけ、われわれが実生活
において認める種類のパターンである」（"John Marston," 1934, *CPP* 232）とエ
リオットがエリザベス朝劇作家ジョン・マーストン（1576–1634）の作品の地
模様について言及しているものに相通じる。また、ダンテの『天国篇』をはじ
め、聖ヨハネの「魂とその配偶者」（"Songs between the Soul and the Spouse"）、
モハムド・シャビスタリ（Sa'd-uddin Mahmud Shabistari）の『神秘の薔薇園』
（*The Secret Rose Garden*, trans. Florence Lederer, London, 1920, 29）など、神との
一体性と神秘的体験の極致を表す。[12] それはまたブラッドリーの直接経験の世
界である。

　アガサの言葉に促されて自己の道を決心することによってハリーに薔薇園
の光景が示唆され、復讐の女神はハリーの意識の中で天使（'bright angels,' II.
ii. *CPP* 339）に変容する。いわば葛藤の中で分裂していた自己が、意志を
持って視点を転用することによって統一され、その行き着く場所として薔薇
園が提示されている。

　第 3 場、ここで初めてアガサとエイミーが対峙する。自己憐憫に終始するエ
イミーにはウィッシュウッドを出ていく決意をするハリーが最後まで理解でき
ず、「35 年前あなたは私から夫を奪った。／ 今度は私の息子を奪おうとしてい
る」（II. iii. *CPP* 341）とアガサをなじる。両者は折り合うところがない。メア
リーが入ってきて、アガサもエウメニデスを見たことを知り、自分も家を出る
という。悉く希望を消失したエイミーは衝撃のあまり死期を早めてしまう。

　「なぜ私は屋根のタイルの心配をし、果てしなく巡る日々の天候と闘い、／
風を防ぎ、増税に頭を悩まし、／ 不払いの家賃や小作に心を煩わせ、／ 投資
の利殖を考え夜も眠れず、／ 弁護士やブローカーや代理人と細かい計算に費

やさなければならなかったの？」(II. iii. *CPP* 343)、と煩悶するエイミー。こ
れらのことのみに心を注いできたエイミーは「暗闇の中で時間が止まってく
れなければいい」(I. i. *CPP* 287)とそのことばかり考えて生きてきた。思いど
おりに時間を支配できる日常に固執するその強い思いが最終的には「時間が
とまってしまった。暗闇の中に」(III. iii. *CPP* 347)の絶叫とともに崩壊する。
しかしアイヴィーは帰宅の列車のことを心配し、ヴァイオレットは遺言状を
気にして、ともに姉の死を悼んではいない。エイミーが夫の死に際しても、
ハリーの妻の死に際しても、自らがとってきた無関心な態度がそのまま彼女
に跳ね返ってきたかのように、エイミーはまさに愛のない暗闇に葬られた感
がある。観客の関心は、あらたな時へと踏み出すハリーに、そしてエイミー
の呪縛から逃れて再出発するメアリーに移っていく。

　アガサは薔薇園の体験を共有した後、「境界を越えてしまった」('Harry has
crossed the frontier,' III. *CPP* 342) ハリーにはもはや関与できない。(「『岩』の
コーラス」にあるように)、この世の時間の中にある身には最後まで葛藤があ
る。アガサは「ここを出て行けば、きっと苦痛が、あきらめが、ハリーを待
ち受けているでしょう。／ でも、そこには新しい生命の誕生があるのです」
('Here the danger, here the death, here, not elsewhere; / Elsewhere no doubt is
agony, renunciation, / But birth and life,' II. *CPP* 342) と述べ、過去を償い贖罪
の道を慎んで生きるべきことを伝えた。そして平安を求めるアガサの祈りで
幕が閉じられる。

> AGATHA.　This way the pilgrimage
> 　　　　　　Of expiation
> 　　　　　　Round and round the circle
> 　　　　　　Completing the charm
> 　　　　　　So the knot be unknotted
> 　　　　　　The crossed be uncrossed
> 　　　　　　The crooked be made straight
> 　　　　　　And the curse be ended
> 　　　　　　By intercession

第Ⅴ章　苦しみの意味　289

> By pilgrimage
>
> By those who depart
>
> In several directions
>
> For their own redemption
>
> And that of the departed—
>
> > May they rest in peace.　(*CPP* 350)

アガサ：　この贖いを求める巡礼の旅が、／呪文を成就する軌道を追って、／ぐるぐると経巡るにしたがい、／結び目は解きほぐれ、／交差したものは元どおりとなり、／曲りくねった道がまっすぐ通じ、／呪いはついに終わりを告げる。／自らの罪の償いと／縁者の罪の償いを求めて、／諸処に去って行った人たちの／執り成しの祈りと／巡礼に浄められて──／彼らのうえに平安を。

　さてエリオットは『一族再会』における自らの重大な欠点を指摘している。第1には「舞台力学上の根本的欠陥」ともいうべき時間配分の問題であり、さらに大きな問題として第2にあげるのは、ギリシャ神話と現代生活のあいだの調整に失敗し、エウメニデスの登場の仕方などその借り方が中途半端だったとエリオットは振り返っている。また復讐の女神たちの存在意義が曖昧となったことに加えて、この劇を母の悲劇とみるべきか、それとも息子の救済と考えるべきか、観客が心の分裂状態に立たされるという点をも指摘する（"Poetry and Drama," *OPP* 83–5）。

　続く『カクテル・パーティ』との間には第2次世界大戦をはさんで10年の隔たりがある。1938年にはヒットラーとチェンベレン間でミュンヘン会談が行われ、エリオットの危惧する文明崩壊の危機が加速度を増して迫ってきている感があり、エリオットは1939年1月にはすでに（最盛期でさえ800人の購読者であり、廃刊のころは200に減少していた）『クライテリオン』を廃刊とした。9月には第2次世界大戦が始まっており、10月に『キリスト教社会の理念』（*The Idea of a Christian Society*）を出版する。1943年エリオットは、ブラウンに「今はほとんどすべての時間を教会同盟（Church Union）の南イン

ド計画に割いており、3 週間ブリティッシュカウンシルの仕事に携わらなけ
ればならない状態で、あなたのために劇を書きたいが、いつと約束できな
い」[13]と述べているが、この 10 年の間に『四つの四重奏』を書き上げ、『文化の
定義のための覚書』(*Notes towards the Definition of Culture*, 1948) をも執筆して
いる。1947 年にヴィヴィアンが死去し、翌年にはノーベル文学賞およびそ
の他の賞を受けた。『カクテル・パーティ』に着手したのはその同じ年である。

　大きく変わったのは『一族再会』におけるエイミーに対するエリオットの評
価である。1938 年ブラウンに宛てた手紙ではエイミーのハリーに対する愛
情は本物に近いものであるが、彼女の最大の問題はプライドで、自分の意志
だけにしがみついている人間の悲劇であるとみている。[14]しかし「詩と劇」にお
いては、エイミーを「劇中で唯一最も完全な人物」とみて、逆にハリーを「我
慢ならない気取り屋」("Poetry and Drama," *OPP* 84) と評価する。10 年を経て
この差はどこから生じるのだろうか。それは、エイミーの魂の成長——自分
の思いどおりに時間を支配しようとしてきたこと、子供に過度の期待をした
ことを最終的には認めていること、夫を巡ってアガサとの確執を越えて最後
にはアガサに救いを求めたこと、そして彼女なりに罪を認め、罰を受けるこ
とを認めるに至ったからではないかと思われる。このことが次作『カクテル・
パーティ』に繋がっている。『カクテル・パーティ』においては宗教的世界と、
いわゆる世俗的日常世界とが同等に扱われている点が『一族再会』との特筆す
べき相違である。

『カクテル・パーティ』　*The Cocktail Party*

　本詩劇は 1949 年のエディンバラ・フェスティヴァルで初演され、翌年ロン
ドンとニューヨークで上演され、興業的に大成功を収めた。前作を踏まえ、
作詩形式と語法理解をより深めるために『カクテル・パーティ』においては
コーラスをやめ、幽霊も出さず、ギリシャ劇も（アテナイのアイスキュロス
とソポクレスと並ぶ古代ギリシャ悲劇の三大悲劇詩人のひとり）エウリピデ
ス (Eurīpidēs, c. 480–406 BC) の『アルケスティス』(Ἄλκηστις, *Alkēstis*) を出発

点として使うだけに留めようとしたと記されている（"Poetry and Drama," *OPP* 85）。

イオルコス王ペリアスの娘アルケスティス（Alcestis）は、フェライ王アドメトス（Admetus）の妻となったが、アドメトスは病気となって死にそうになる。それを知ったアポローンが運命の女神を説いて、もしだれか身代わりになる者があったらという条件で、アドメトスの命を助けてもらう約束をする。アドメトスが身代わりとなって死ぬ者を求めた。皆がしり込みをする中、アルケスティスは身を投げ出してその犠牲となった。しかし、その若さと美しさのゆえにヘラクレスが、アルケスティスを救い出し、夫のもとへと帰した。エリオットとしては死者の中から引きあげられたアルケスティスが、そのような断絶の後にどうなったのかを探りたい意図があった。[15]

第1幕第1場、弁護士エドワード・チェンバレン（Edward Chamberlayne）のロンドンのアパートでカクテル・パーティが開かれており、シーリア（Celia Coplestone）、ピーター（Peter Quilpe）とジュリア（Julia, Mrs. Shuttlethwaite）、アレックス（Alexander MacColgie Gibbs）と後にヘンリー・ハートコート・ライリー卿（Sir Henry Harcourt-Reilly）と判明する見知らぬ客（An unidentified Guest）（最初エリオットがブラウンに送った原稿では詩劇のタイトルが *One-Eyed Riley* となっていた）[16] の5人が集まっているが、1人の人物、すなわちエドワード夫人ラヴィニア（Lavinia Chamberlayne）が欠けている。実は彼女はその朝突然「別れる」との書置きを残して家出をしたのだが、急病の叔母の看護に出かけたということにして、エドワードはパーティを中止した。何人かは通知漏れでやって来ていたが、間もなく彼らも帰り、1人の見知らぬ人物だけが残る。

エドワードは見知らぬ人物に、他人の気安さで、妻に去られた割り切れない思いを打ち明ける。客は、この経験はエドワードにとって、主体的な人間であると同時に客体でもある（'one is an object / As well as a person,' I. i. *CPP* 362, cf. *KE* 204）「真の自分」を知る機会であるという。なぜなら彼がこれまでこうだと思い込んできた自分を見失ってしまったからだと説明し、さらにわれわれは時と共に変化する自分に気づかず、大まかな過去の記憶を現在の事実と思って生きていることを指摘する。

To finding out

What you really are. What you really feel.

What you really are among other people.

Most of the time we take ourselves for granted,

As we have to, and live on a little knowledge

About ourselves as we were.　（I. i. *CPP* 363）

　　真のあなた自身を発見することになるのです。

　本当にあなたが感じていることをね。

　他人に囲まれているあなたが何者であるかを発見するのです。

　たいていの場合、当然そうせざるを得ませんが、

　私たちは自分を当たり前のように受け取り、

　過去の自分に関するわずかな知識をもとに生活しているにすぎないのです。

　エドワードは一応納得するものの5年の結婚生活に何があったのか確かめ
たいと述べる。見知らぬ客は、ラヴィニアの行方を尋ねないことを条件に、
支援することを告げる。

　そこへ忘れ物を取りに帰ったジュリアがピーターと共に戻ってくる。ジュ
リアが去った後、残ったピーターはエドワードにシーリアを愛していること
を告げる。そして最近シーリアが彼に会いたがらなくなっていると相談を持
ちかける。それに対してただ待つように勧めるエドワードにピーターは次の
ように真相を確認すべき決意を述べる──「お互いに非現実的な2人の人間の
間に起こる／経験の現実性というのは、一体なんなのだろう。／もし思い出
だけでもしっかり掴んでいさえすれば、どんな未来が来ようともびくともし
ない。／しかし僕は、その思い出を持つために、過去の真相をはっきりさせ
なければならないんです」（‘I was saying, what is the reality / Of experience
between two unreal people? / If I can only hold to the memory / I can bear any
future. / But I must find out / The truth about the past, for the sake of the memory,’ I.
i. *CPP* 371）と。真相はエドワードとシーリアは愛し合っており、妻のラヴィ
ニアはピーターを愛していたのだった。

第Ⅴ章　苦しみの意味　293

　第2場。同じ部屋で15分後、シーリアが希望をいだいて入ってくるが、ラ
ヴィニアが帰ってくること、しかもエドワードがそれを望んでいるためであ
ることを知って驚き、屈辱を感じる。「要するに、問題はあなたがラヴィニ
アを求めているってことじゃないの」(I. ii. *CPP* 380)と詰め寄るが、エドワー
ドは妻を愛しているわけではない。自分でも分からないが、今朝初めて老い
を感じたと述べ、「老いを感じ始めるということがどんなものか、／ 君に理
解できるだろうか？」(I. ii. *CPP* 381)と投げかける。シーリアが「あなたを理
解したい」(I. ii. *CPP* 381)と告げると、エドワードは、自己の内部にいる後
見人的存在に屈しなければならない自己綜合における分裂関係の問題を吐露
する。

> The self that can say 'I want this—or want that'—
>
> The self that wills—he is a feeble creature;
>
> He has to come to terms in the end
>
> With the obstinate, the tougher self; who does not speak,
>
> Who never talks, who cannot argues;
>
> And who in some men may be the *guardian*—
>
> But in men like me, the dull, the implacable,
>
> The indomitable spirit of mediocrity.
>
> The willing self can contrive the disaster
>
> Of this unwilling partnership—but can only flourish
>
> In submission to the rule of the stronger partner.　(I. ii. *CPP* 381–2)

　「これがしたい——あれがしたい」と言える自己、

　意志する自己——そんなものは意気地のないやつで、

　やがて最後には、頑固な、もっと強情な自己の前に膝を屈めねばならな
　　くなる。こいつは口をきかない。

　おしゃべりをしない。議論ができない。

　ある種の人間にあっては、こいつは「後見人」の役割を演じている——

　だが僕のような男の場合は、それは退屈なもの、宥めにくいものであり、

凡庸な負けん気の強い精神を意味するのだ。
意志する自己は、この気の進まない提携の
　破綻を企てることもできるだろう
しかし結局は、この頑固な相手の法則に従わなければ、
意志する自己も決して栄えることはできないのだ。

　シーリアはエドワードの言葉がすべて分かったとは言えないが、自らが愛していたのは、実際の彼ではなく、望み憧れていたあるものの影にすぎなかったことを悟る。

　第3場。エドワードの決心を確かめに見知らぬ人がやって来る。エウリピデスでは妃のアルケスティスが実際に犠牲となって死ぬが、ヘラクレスに助けられ死の国から帰ってくる。しかしこの場面では専ら精神的な死として語られている。果たしてラヴィニアの心がエドワードのもとに戻って来るのかが観客の関心となる。

　見知らぬ人は、ラヴィニアの帰宅において「われわれはお互いに対して、毎日、死を経験しているんではありませんか。／ われわれが他人について何かを知っているとしても、／ それは彼らについて知っていた瞬間の記憶でしかないのです。……私たちはだれかに会う時、／ そのつど見知らぬ客に出会っているのだという自覚を持っていなくてはならぬのです」（'We die to each other daily. / What we know of other people / Is only our memory of the moments / During which we know them. / ... We must also remember / That at every meeting we are meeting a stranger,' I. iii. *CPP* 384–5）とブラッドリー的見解をエドワードに語り、退場する。代わってラヴィニアから電報をもらったとしてシーリア、続いてピーター、それぞれが、ジュリアとアレックス――この2人は、ライリーと協力して動いていることが明らかになるが――と共に登場する。ピーターはすでに、もといたハリウッドの映画会社に戻る決心をしている。そこへラヴィニアが帰ってくる。彼女は電報など打っていない。結局客は退散し、エドワードとラヴィニアが向き合うことになる。

　「ああ、エドワード、／ 要するにこういうことなの、きのう家を出てから初めて気がついたの、／ 私、今まであなたの事をあまりにも真面目に考えす

第Ⅴ章　苦しみの意味　295

ぎてきたと思うの。／そして、やっと今になって、あなたって人が、何と愚かな男だったということが分かったの」(I. iii. *CPP* 392–3) と突きつけるラヴィニアに対して、「君は女主人の役割を演じたかっただけで、／僕の生活をそのための手段にしようとした。なるほど、これまで僕はそれに付き合おうと努力してきた。だが、これからは、／はっきり言っておくが、僕は今までとは違ったやり方でやるつもりだ」(I. iii. *CPP* 394) とエドワードが応戦する。「あなたは、いつも自分の事ばかりに強い関心を持っているのね」(I. iii. *CPP* 395) とラヴィニア。それに対してエドワードは「常に他人の眼をとおして自己を見つめる所から生まれる／変化というものがある」('The change that comes / From seeing oneself through the eyes of other people,' I. iii. *CPP* 395) と視点の変化による変容の可能性を述べるが、ラヴィニアは取り合わない。「君は相変わらず僕のために1つの人物像をでっちあげ、／そのあげく、僕を僕自身から遠ざけようとしているだけじゃないか」(I. iii. *CPP* 396) とエドワードは述べ、「地獄とは何か？　地獄とは自己のことだ、／地獄とは独りぼっちのことだ、そこに他人は単なる影としか映ってこない。／何から逃げ出し、何に向かって逃げているというのか、／何もありはしない。初めから独りぼっちなのだから」('What is hell? / Hell is oneself, / Hell is alone, the other figures in it / Merely projections. / There is nothing to escape from / And nothing to escape to. One is always alone,' I. iii. *CPP* 397) と切実な窮状を吐露する。結局それぞれの殻の中にこもっていて共感にはいたらないが、少なくとも2人は現実と向き合う姿勢を取り始める。

　第2幕において、数日後、ロンドンの見知らぬ客（実は精神科医ライリー）の診察室で事が起こる。エドワードは医者がライリーと知って驚くが、「自分自身の一貫した人格を信じられなくなってしまった」('I have ceased to believe in my own personality,' II. *CPP* 402) と述べ、苦しみから逃れるためにサナトリウムに送ってほしいと告げる。ライリーはラヴィニアを呼び寄せ、「あなたがたのような患者は皆自己欺瞞の名人だ。／自ら永遠に苦しみ続け、精力を消耗しつくして、／その結果ときたら少しも改善しない。……しかし、一度私のような人間に身を委ねたからには、／あなたがたはもう逃れられない所に来ているのです」('My patients such as you are the self-deceivers /

Taking infinite pains, exhausting their energy, / Yet never quite successful. ... But when you put yourselves into hands like mine / You surrender a great deal more than you meant to,' II. *CPP* 407）と、2 人が隠していることを暴いていく。エドワードに対しては、実はシーリアを愛していなかった、これまで誰も本当には愛したことがなく、愛する能力もないという自己を発見したこと、これが彼の自信喪失の原因であると語り、ラヴィニアに対しては、ピーターから愛されていると思い込んでいたのが、実はそうではないことを知って、孤独感に取りつかれていたのだと診断する。「……あなたがたはめいめいご自分の荷物を背負わされたまま身動きが取れない状態に留まっている。／ それこそ、欲望を欲望する影、悪魔の餌食、／ 悪魔どもはあなた方をくわえ込んで、／ 己が力の絶頂に達するのです」（'For you would have been left with what you brought with you: / The shadow of desires of desires. A prey / To the devils who arrive at their plenitude of power / When they have you to themselves,' II. *CPP* 410）とライリーは述べる。結局 2 人は似た者同士であり、そこにこそ 2 人の絆があるとして、「誰も愛せない」「誰にも愛されない」ということを受け入れ、エドワードが述べるように、「悪事をできるだけ善用しなければならない」（'we must make the best of a bad job,' II. *CPP* 410）と悟る。

　2 人と入れ替わりに入ってきたシーリアは、「罪意識」（'a sense of sin'）に悩んでいる（II. *CPP* 414）とライリーに告げる。実にハリーが最終的に罪意識の根源を自らの関与しない外側の事情に求めたのに対して、シーリアの罪意識は、徹底的な謙虚さに基づいた内面の告白である。「本当に間違っているのは私だと『思いたい』のです―― ／ もしそうでなければ、世界が間違っていることになってしまう。／ その方がずっと恐ろしい！ ／ とても耐えられない。だから私は信じたい。／ 間違っているのは私で、正されるべきであると」（II. *CPP* 413）と述べる。ただその罪意識は不道徳という普通に考えられているものとは違い、「……どうしても逃げられないもの、／ ――自らの外の誰か、あるいは何か対する ／ 空虚感、挫折といったもの、そういったものを ／ 『贖う』必要があると感じるのです。……」（II. *CPP* 416）と吐露する。「現在だけに生き」（I. ii. *CPP* 379）時間を越えてエドワードと愛しあっていたと思っていたが、互いを利用していただけだったとの認識に至り、シーリアは癒されがた

第Ⅴ章 苦しみの意味 297

い孤独を感じているのである。

　それに対してライリーは2つの道を提示する。1つはエドワードとの愛に
よる一致の夢を忘れて現実を受け入れて生きる道であり、もう1つは信仰を
必要とする未知の道である。ここで指摘すべきことは「どちらかがよりいい
というようなものではないのです。／両方とも必要なのだ。したがってま
た、／そのどちらかを選ぶ必要があるのです」（'Neither way is better. / Both
ways are necessary. It is also necessary / To make a choice between them,' II. *CPP*
418）と述べるように、ライリーは決してどちらがよりいいとは述べていな
い。シーリアはもはや現在のような状態を続けることはできず、第2の罪の
贖いの道を選ぶ。その「第2の道にいたっては、知られてはいない、だからこ
そ信仰が必要なのだ──／絶望から生まれる信仰がね。／その目的地を説
明することはできないのです。／そこに到達するまでは、あなたはほとんど
何も知らないでしょう。／しかし、その道をいけば、所有できるのです。／
あなたが今日まで間違った場所に求めてきたものを」（'The second is unknown,
and so required faith— / The kind of faith that issues form despair. / The destination
cannot be described; / You will know very little until you get there; / You will
journey blind. But the way leads towards possession / Of what you have sought for
in the wrong place, 'II. *CPP* 418）とライリーは説明した。そしてシーリアはラ
イリーの紹介するサナトリウムに行くことになる。「心を尽くして救済の道
に勤しまれるがよい」とライリーはシーリアにアドバイスするが、本人も「何
を言っているのか分かっていない」（II. *CPP* 421）と内実を吐露する。「でも、
最後の決断をくだしたのは、自分自身なのです」（II. *CPP* 420）とのシーリア
の言葉が強く響く。

　第3幕では、2年後の7月の夕暮れ。場面は第1場と同じチェンバレン家の
カクテル・パーティである。エドワードとラヴィニアが話しているところへ、
ジュリアが東洋のキンカンジャ（Kinkanja）から帰国したアレックスと、そして
別に映画の仕事でニューヨークからイギリスに来たピーター、そしてライ
リーが入ってくる。アレックスがシーリアの話をする。彼女は彼と同じく、
キリスト教関係の救護団体の一員 V. A. D.（Voluntary Aid Detachments）として
キンカンジャでペストの現地人を看護していた時、異教徒の反乱が起き、逃

げずに踏みとどまったためとらえられ、蟻塚のそばで十字架にかけられて命を落としたと報告する。チャンベレン夫妻にこの報告は大きな衝撃を与える。いたたまれないエドワードは「シーリアが正しければ……／……誤っているのは『私だ』」('If this was right for Celia—… . / …I'm sure that *I* am,' III. *CPP* 438) と述懐する。それに対してラヴィニアはエドワードの持っていたシーリアのイメージは、彼が勝手に作り上げていたものであると説き、これからが彼の出発点だと慰め、エドワードもそれに納得する。この2年間シーリアを想い続けてきたピーターは、自分の損失がいかに大きいかを嘆く。しかしピーターも自分は結局自分自身に関心を持っていたに過ぎないと悟り始める。シーリアの悲惨な死に対してそれぞれの責任を感じて悩むエドワードとラヴィニアに向かい、ライリーが彼女の生涯は彼女にとって生きるに値する時を生きた「勝利の生涯」であったこと、そして、その勝利に自分たちが力を貸していないと同様、その死に対しても責任がないことを諭す。そして一同は夫婦を残して退散し、来客のベルが鳴ってパーティが開始されたところで幕が下りる。

　本詩劇では「私たちは何について話せばよいのでしょう」('What shall we talk about?') との問いが——1度目がエドワードによって (I. iii. *CPP* 386)、2度目がラヴィニアによって (I. iii. *CPP* 388)——語られているが、彼らが実際に話す時には、互いを誤解したり混同したりして一筋縄の解決とはならない。しかし、『一族再会』では観客が真相を知り得なかったハリーとその妻、エイミーとその夫との夫婦関係が、『カクテル・パーティ』においては、チャンベレン夫妻の関係は複雑ではあるが丁寧に描かれている。そして彼らの視点の転用によって関係が変化している。

　さらに指摘すべきは「興味深いのは、シーリアのことが話されている間、ほかの登場人物たちが示す態度の方である」[17]とエリオットが述べていることである。ハリーが「贖いの道」へと向かい、いわばエイミー、アガサ、そしてメアリーたちを暗闇の世界に置き去りにしたのに対して、ヴィヴィアンの死後2年後に書かれた『カクテル・パーティ』ではシーリアが旅立った後に残された者たちの生き方へ深い関心が寄せられている。すなわち、アルケスティスが黄泉の国から帰った後のアドメトスとの関係にエリオットの関心があっ

たと前述したが、夫がシーリアと恋愛関係にあり、さらに自ら恋愛関係にあると思っていたピーターが実はシーリアを愛しているという事実に茫然自失となり、しばらく身を隠していたラヴィニアと、ラヴィニアの失踪に動揺するエドワードはライリーの処方で互いにいかに相手を知らなかったのかを悟り、いわば再生するかのように互いに相手を受け入れなおすのである。

　ライリーの言葉——「過去を素直に受け入れることによってのみ、あなた方はその過去の意味を変え得る」('Only by acceptance / Of the past will you alter its meaning,' III. *CPP* 439）を夫婦は完全には会得してはいない。しかしエドワードは言う、「でもヘンリー卿が言われたことは、/ 要するに、あらゆる瞬間が新しい出発点だということだ。/ ジュリアは言う、人生は単に持ちこたえることと。/ とにかくこの 2 つの観念は期せずして一致するように思われる」('But Sir Henry has been saying, / I think, that every moment is a fresh beginning; / And Julia, that life is only keeping on; / And somehow, the two ideas seem to fit together,' III. *CPP* 440）。エドワードの言葉は「イースト・コウカー」の「すべての試みは / まったく新しいはじまり」('and every attempt / Is a wholly new start,' "East Coker" V 174–5, *CPP* 182）と結びつく。それはヴィヴィアンの死からくる耐えがたい罪意識から前に進むことに困難を覚えるエリオット自身に対する言葉であったのかもしれない。

『秘書』　*The Confidential Clerk*

　上記の『カクテル・パーティ』で描いた贖罪と自己のアイデンティティの問題をさらに展開していくのが 1953 年のエディンバラ・フェスティヴァルで初演された『秘書』である。本詩劇はエウリピデスが 414–412 BC に執筆したといわれる『イオン』(*Ion*)を下敷きとする。イオンはクレウーサ (Creusa) とアポローンとの子で、クレウーサはイオンを産んで、父の怒りを恐れてアクロポリス山上の洞穴にイオンを捨てた。ヘルメース (Hermes) が子供をデルポイ (Delphi) に運び、彼はその神殿の召使として育てられる。後クレウーサはクスートス (Xuthus) に嫁し、子がないので 2 人がデルポイの神託を伺いに

来る。神殿を立ち出でて、最初にあった人（すなわちイオン）をわが子にするとの神託により、クストースはイオンをわが子と思う。その一方クレウーサはイオンを夫の庶子であると思って、彼を毒殺せんとし、見破られて殺されかけ、神殿に遁れる。巫女が登場し、イオンにアテナイに行って母を探せと産着と籠を渡す。神殿から出てきたクレウーサが産着と籠を見てイオンを自分の子だと認知し、イオンは母とクストースとともにアテナイに帰り、イオニア人の祖となった。[18]

　『秘書』は以下のようなあらすじである。第1幕、ロンドンのクロード・マラマー卿（Sir Claude Mulhammer）は、「形だけが存在し、実在するものがその影でしかない世界を求め」（I. *CPP* 464）、「自分は誰をも理解できずにいることを忘れないことをルールとしている」（I. *CPP* 450）観念的世界に生きる人物である。しかし元秘書のエガスン（Eggerson）から言わせれば、「何も見逃さないが、気の小さな人ではない。気持ちの寛大な、どちらかといえば社会主義者」（I. *CPP* 456）である。そして、実態はルカスタ（Lucasta Angel）という私生児と暮らし、ほかにも外に1人子を成し、結婚前に産んだ子供を亡くなった夫に託した妻エリザベス（Lady Elizabeth Mulhammer）との間には子供はいない。

　舞台はそのクロード卿が、スイスの保養地から帰ってくる妻を空港まで迎えにやるために、わざわざ田舎からエガスンを呼び寄せ、その件に関して打ち合わせをするところからスタートする。

　エガスンは息子を戦争で失いその墓すら分からない状態であるが、クロード卿に信頼され、30年も秘書を務めた人物である。エリザベス不在中にそのエガスンに代わってコルビー（Colby Simpkins）という青年が雇われた。実は彼はクロード卿の隠し子であって、何とかエガスンに妻を誘導してもらい、ゆくゆくは2人の子にしたいというのが卿の意図である。コルビーはオルガニストになるつもりが、才能に見切りをつけて、実業界に足を踏み入れていたのである。

　そこへエリザベスが予想に反して汽車で帰宅する。早速目に留まったコルビーのことをクロード卿とエガスンが懸命に説明する。夫人はすぐに彼を気に入り、その後父と息子の長い対話が続く。エリザベスは教養があって育ち

はいいが、物忘れがひどく虚構の世界に生きる女で、クロード卿によると夫人の妄想を正しい方向に導いてやる必要があるというのだが、コルビーにはそれは虚偽のうえに人生を築くことになりはしないかと疑問である。実はコルビー自身自分に統一が得られていないのである。現在の秘書としての仕事に楽しみを感じてはいるが時として「失意のオルガニスト」に戻ってしまう。しかし陶工になりたかったが父親の意志でなれなかったというクロード卿に対して、父親としての実感はないものの、「仮面をかぶって生きなければならない」（'a kind of make-believe,' I. *CPP* 466）との思いにコルビーは親近感を抱くに至る。そして自らも「仮面をかぶった状態でいたくない」（'I don't want my position / To be, in any way, a make-believe,' I. *CPP* 467）との思いを吐露する。

　第2幕。場所はコルビーの部屋。クロード卿の親友の遺児として養われているルカスタとピアノに向かっているコルビーとの対話で始まる。気立てはいいが少々軽薄な、いわばこの屋敷の厄介者であるルカスタは、後ろ盾がなく、同じく安楽な暮らしと身分と地位を求めている手腕家のケイガン（B. Kaghan）と婚約しているのだが、コルビーにも心惹かれ始める。コルビーも初めはその傍若無人な態度に唖然としていたが、2人は次第に互いの心を開いていく。ルカスタは「物事の結果が分かるまでじっとしていることができない」（II. *CPP* 472）と評するコルビーに対して、「あなたには、まだ、もっとリアルな内面の世界がある。／ そこがわたしたちとは違う。／ あなたには、秘密の庭がある。その中へ退いて、／ 中から鍵をかけられる」（'You've still got your inner world—a world that's more real. / That's why you're different from the rest of us: / You have your secret garden; to which you can retire / And lock the gate behind you,' II. *CPP* 472-3）と言う。庭はキリスト教的には楽園との関連で、幸福、救済へと繋がる意味を持つ。それと同時にゲッセマネの園で表される復活の勝利へとつながる犠牲を象徴する。エリオットにおいては「ヒアシンスの園」の出来事から愛と挫折をも暗示する。

　しかしコルビーは「庭の中で独りぼっち」と吐露し、自らと対照する相手として、エガスンを持ち出す。「だって、あの人は、文字どおり自分の庭の中に入り込むでしょう。それにまた、僕の場合と同じ意味でも、庭の中に

入っていく。ところが、あの人は、庭にいても孤独だとは思わない。そして、庭から出てくるときには、カボチャや、ビートや豆を抱えて出てくる。奥さんを喜ばせようとして」（II. *CPP* 473）と、期せずして他人に対する配慮が自らとエガスンとの違いだと言及する。そしてコルビーはリアルでない自らの庭と現実との接点としてのエガスンの庭との違いから信仰の世界への渇望を述べるに至る。

Colby.   I'm being very serious.

    What I mean is, my garden's no less unreal to me

    Than the world outside it. If you have two lives

    Which have nothing whatever to do with each other—

    Well, they're both unreal. But for Eggerson

    His garden is a part of one single world.

Lucasta.   But what do you want?

Colby.   Not to be alone there.

    If I were religious, God would walk in my garden

    And that would make the world outside it real

    Acceptable, I think.   (II. *CPP* 473–4)

コルビー： いえ、僕はきわめて真面目です。／僕のいうのは、僕の庭がリアルでないのと同じくらい、／この現実の世界も僕にとってはリアルじゃない、ということなんです。一体どう繋げたらいいか分からないような２つの生活を送っているとすれば、／それは２つともリアルじゃない。しかし、エガスンの場合、／あの人の庭は１つの世界のうちの一部になっている。

ルカスタ： で、あなたは一体、何を望んでいるの？

コルビー： その庭の中で、孤独でありたくないのです。／もし僕に信仰があれば、神が僕の庭の中を歩かれるだろうし、／またそうなれば、庭の外側の世界もリアルなものになる。／受け入れることができるようになると僕はそう思うのです。

第Ⅴ章　苦しみの意味　303

　コルビーの求めているものはブラッドリーの「実在は1つ」という首尾一貫した世界である。コルビーは自らの思いに心を寄せるルカスタを受け入れるようになる。しかしルカスタがクロード卿の私生児であることを告げると、コルビーは狼狽する。ケイガンが現れ2人の求めているものがコルビーとは違うことが鮮明になる。コルビーはなお孤独から逃れられないのである。

　エリザベス夫人が登場し、ケイガンとルカスタが連れ立って出て行った後、コルビーに育ちの良い人と付き合うよう助言する。コルビーが壁にかけていた育ての親の伯母の写真に目を留める。質問するうちにエリザベスはコルビーを育てた人物が写真のガザード夫人（Mrs. Guzzard）だと知ると、彼女こそ自分の「行方不明になっている」子供を預かった人だと主張し、コルビーを自分の息子だと思い込んでしまう。クロード卿が来室し、エリザベスは夫に自分の見解を伝える。驚いたクロード卿は真相を伝えるが、エリザベスは信じようとしない。一方それを聞いているコルビーには一向に現実感がなく、今さら親はほしくないと言う。エリザベスが2人の子として受け入れる提案をするが、「作りごとに基づいて生きることはできる——でも、そういう作りごとと真実とが混合した状態を生きることはできません」（'One can live on a fiction—but not on a such a mixture / Of fiction and fact,' II. *CPP* 491）とコルビーは反感を示す。

　第3幕の初めで、クロード卿とエリザベスが、互いにいかに相手に対して無理解であったかを吐露し合う。クロード卿は妻が力のある夫を望んでいると思い、陶工になりたかった自分を隠そうとしていた。一方エリザベスは夫が望むのはホステスだと思い込み、芸術家を支援したいという思いを彼に伝えてはいなかった。そこへエガスンが呼ばれ、今回の件の事情を聴かされ、進行係を依頼される。

　ルカスタがコルビーを訪ねてきて、ケイガンと婚約したことを告げ、コルビーが婚約を祝福する。ルカスタは再会するときはそれぞれに変わっていることを展望する。

　ルカスタは退座し、ガザード夫人が入ってくる。そしてすべてが明るみに出される。エリザベスの子は若くして事故で亡くなったトニー（'Tony,' III. *CPP* 507）との間に生まれたケイガンであり、クロード卿の子は出産前に死

亡し、コルビーは失意の音楽家とガザード夫人の間に生まれた子であった。勘違いして喜ぶクロード卿の姿を見て、コルビーの将来も推し量り、心ならずも芝居を打っていたのである。真実を知らされたコルビーは、これまで皆に別人として仕立て上げられていたことを悟り、今こそオルガニストとして生きる決心をする。エガスンは自ら教区委員をし、時々は有志として聖歌隊や、キャロルに加わっている（I. *CPP*451）自らが所属する教会のオルガニストの職をコルビーに世話し、「あなたは聖職につきたいと思うようになりますよ。しかも自分の音楽を生かすのです。ヨシュア・パークこそあなたが［教会で聖歌隊や会衆の歌をリードする］先唱者、そして聖堂参事会員（'canonry'）になる絶好の場ですよ」（III. *CPP* 518）と励ます。

　クロード卿が唖然としている中に、ガザード夫人がコルビーに見送られ退場する。ケイガンが、「僕たちは皆コルビーに対して、別人になってほしいと要求をしていたのです。／エガスンだけは別ですが……」（III. *CPP* 519）と述べ、続けて「僕もルカスタも一生懸命尽くしたい」とクロード卿に告げる。紆余曲折は異なるがエガスンの助力で、登場人物たちは（クロード卿が信心深い者が持つという）「統一」（'unity,' I. *CPP* 466）ある世界へと導かれた。すなわち『イオン』の中のクストースの子供の取り違えを、コルビーをわが子と思うクロード卿とエリザベスに、クレウーサとイオンとの肉親の再会をエリザベスとケイガン、ガザード夫人とコルビーの中に見て、クロード卿とガザード夫人の妹との子、エリザベスとケイガン、ガザード夫人とコルビーと3組の親子、さらにクロード卿の私生児ルカスタを配置して、『イオン』同様、親子の和解の構図を成立させている。もちろん人間関係が構築されるためには、たとえばエリザベスとケイガンは「エリザベスおばさん」（'Aunt Elizabeth'）と 'B' として——「痛々しい工程」（'a painful process,' III. *CPP* 512）とガザード夫人が言うように——それなりの時間を要する。しかし少なくともコルビーは事実を知って、自由を得、クロード卿の引き留めにもかかわらず、「父の後を継ぐ」（III. *CPP* 516）道へと邁進する。

　本作品の中においては、内においても外においてもブラッドリーの「（首尾一貫した）1つの世界」（'one single world,' II. *CPP* 474）、つまり日常生活においても霊的生活を顕在化する成熟した和解の使者として、エガスンが描かれ

第Ⅴ章　苦しみの意味　305

ていることに注目すべきである。コルビーではない。なぜならルカスタがコ
ルビーに直接述べているように、コルビーは「私を必要としない。／ だれも
必要としない。たしかに魅力的ではある。／ でも頼りにはならない。自分だ
けの世界を持っていて、／ いつなん時その中へ姿を消してしまうかもしれな
い」('Colby doesn't need me, / He doesn't need anyone. He is fascinating, / But he's
undependable. He has his own world, / And he might vanish into it at any
moment—,' III. *CPP* 500)、また「自分を暖める心の焔はあるけど、／ それは
他人を暖める焔とは違うもの。自己中心主義者か ／ 私たちが判断できな
い ／ 別世界の人」('Or else you've some fire / To warm you, that isn't the same
kind of fire / That warms other people. You're either an egotist / Or something so
different from the rest of us / That we can't judge you,' III. *CPP* 502) なのである。

　エガスンの世界は開いており、息子を亡くしたという過去の不幸に対して
も固執せず、現在を生きている。彼は誰に対しても批判がましいことを口に
せず、コルビーのエガスンへの言葉を借りると、「優しい心を持って、／ い
つでも他人の一番いい面を見ようとしている」('That *you* have a kind heart. And
I'm convinced / That you always contrive to think the best of everyone,' I. *CPP*
457)。そして「時が奇跡を起こす」('Time works wonders,' I. *CPP* 455) と信じ
て、与えられる役割に徹し、善意で相手を包み込むように対応している。

　事実エガスンは「唯一の真のキリスト教徒」で「純粋で、飾り気がなく、傲
慢なところがまったくなく、自分の信念に対する思いはクロード卿より強
い」と設定されている。そしてエリオットが修正の覚書に「エガスンは、第2
幕を通して登場しなくても、絶えず言及されなければならない。観客に登場
人物の誰もがエガスンを頼っていることを意識させておくことが重要であ
る」と記しているように本詩劇の主人公は唯一血縁問題から無縁のところに
位置するエガスンである。実にそれを確証するのが詩劇の結末におけるク
ロード卿の最後のセリフ——「私を見捨てないでくれ、ルカスタ。／ エガス
ン、君はどう思う。ルカスタは、見捨てないな？」であり、エリオットが添
えたト書き［エガスン「頷く」］（[Eggerson *nods*], III *CPP* 519）である。

　まさにエガスンの在りようは『カクテル・パーティ』でジュリアが選ばな
かったライリーが示したもう一方の生き方である。

> They may remember
> The vision they have had, but they cease to regret it,
> Maintain themselves by the common routine,
> Learn to avoid excessive expectation,
> Become tolerant of themselves and others,
> Giving and taking, in the usual actions
> What there is to give and take. They do not repine; (II. *CPP* 417)

　自分がかつて抱いた未来図を忘れられないかもしれない。／しかし、もはやくよくよしたりはしない、／日常生活の軌道に乗って自己を維持し、過剰な期待をしりぞける習慣を身に着け、／自分にも他人にも寛容になるのです。／つまり、常識的な行動に即して、ある物だけを与え、ある物だけを取るというわけです。もちろん、愚痴をこぼすこともなく

　このエガスンの人物像と重なるのが『一族再会』に現れる運転手ダウニングである。ダウニングは日常を越えた世界を感知することができる人物であるが、言葉にはせず、10年間ハリーをじっと見守っていた。彼はハリーの妻がいなくなった船旅にも同伴していた。「私たちのほとんどは環境に応じて暮らしているようですが、／彼[ハリー様]のような方々は内に何かを秘めておられ／それが出来事の原因となることがあるものです」（III. *CPP* 346）と控えめにハリーの状況を洞察する。そして「ただどんな時も（車を）ちゃんとしておきたい」（I. i. *CPP* 301）と謙虚に自らの務めに徹している。
　このようにみていくとエリオットの価値観が宗教的な事柄から俗世間へと移行してくるようにも思われる。エリオットは神への信仰を忘れてしまったのか。決してそうではない。なぜなら——イエスは言われた。『心を尽くし、精神を尽くし、思いを尽くして、あなたの神である主を愛しなさい』。これが最も重要な第一の掟である。第二も、これと同じように重要である。『隣人を自分のように愛しなさい』（マタ 22:38-9）——とあるように、神を愛することと隣人を愛することとは重要さにおいて同格であるからだ。[21]
　さてエリオットの詩劇を霊的自伝として読むときに『岩』『大聖堂の殺人』

においては信仰が疎まれる自らを含めた現代社会への危惧、『一族再会』においては妻殺しの妄想に取りつかれるハリーに自己を投影し、『カクテル・パーティ』『秘書』においては自ら味わった結婚生活の意味を今再び問い直そうとしたものと思われる。『カクテル・パーティ』においては「誰も愛せない」(*CPP* 410) エドワードと「誰からも愛されない」(*CPP* 410) ラヴィニアが、また『秘書』においては「陶芸家になりたかった」(*CPP* 494) クロード卿と「芸術家を支援したかった」(*CPP* 495) エリザベスは互いに相手を補いあって家庭という「1つの世界」を築くことができることに気づくのである。

　そしてエガスン像にみるように、エリオットは家庭をベースに自らの務めを召命 (vocation) として受け取り、徹底して謙虚に生きる人物に理想像を得ているように思われる。そのことはいまだ発展途上であるが、庭の中で孤独ではないエガスンの生き方に触発されたコルビーにも受け継がれる。実の母ガザード夫人から実の父が音楽家であったことを示されて、「僕は父を追わなければならない」(III. *CPP* 516) と自らのオルガニストへの道を確証するのである。

　エリオットの最後の作品『長老政治家』に関しては後ほど取り扱うが、共通して贖いの道は告白により自分を開き新たな視点を得て自己受容することにあり、そのことが詩劇の主題として描かれており、エリオットのとらえる詩劇の目的に適っていた。そもそもエリオットの演劇は「劇中いかなる様式の言葉も、ことごとく全体に関係を持って」(*SE* 111) 寄与していることが要件であり、現実の中の秩序を主旨とするものである。

　　私には演劇が折り合わなければならない平凡な日常との接触を失うことなく、できるだけこの方向に突き進んでゆくことが、詩劇本来の目的のように思われる。なぜなら、平凡な現実にある説得力のある秩序をもたらし、現実の中にある秩序について、何らかの感覚を引き出すことによって、平静さ、静けさ、そして和解の状況にわれわれを導き、そしてウェルギリウスがダンテに対して行ったように、もはや道案内が不要になる領域にまでわれわれを進むようにすること、それこそが究極的に芸術の機能なのです。(*"Poetry and Drama," OPP* 87)

さて『秘書』が開演して数週後にエリオットは気管支炎で苦しみ始めた。医師からイギリスで冬を過ごすのをやめるように勧められ、南アフリカに再び出かけたが、帰国直後ともいえる 1954 年 3 月初めに、心拍休息の発作を起こし、ロンドン大学病院に入院する。生体検査の結果、原因は基本的に神経症的なもので、過労と心痛の結果であるらしかった。1955 年 1 月には心拍急速で具合が悪くなりロンドン大学病院に再入院する。しかし、5 月初めには延期になっていたハンザ同盟ゲーテ賞(Hanseatic Goethe Award)を受けるためハンブルク(Hamburg)に出かけている。その後 2 人の姉に会うため 2 カ月のアメリカ訪問に出かけ、ニューヨークで YMCA とヘブル協会で詩の朗読などを行った。そしていつものようにパウンドをワシントン D. C. のエリザベス病院(St. Elizabeth Hospital)に見舞っている。[22] 1954 年にエリオットのキリスト教信仰を「見下げ果てた」('lousy')と批評し、それに対してエリオットが辛辣な返事を書き、[23] 関係が悪化していたが、「昨年はかなりいらいらしていたが……おとぼけは今年の方がくつろいでいた」[24] と、パウンドはヘミングウェイに書き送っている。

1956 年 3 月 9 日エリオットは『チャーチ・タイムズ』(*Church Times*)に「(1934 年以来奉職していた)グロスター・ロードのチータム神父が退職した」との記事を発表する。チータム神父こそ「福音的カトリシズムの中心、真のカトリックであり真にアングリカンであった」[25] とエリオットは評す。その後 6 週間アメリカに滞在し、各地で講演をする。しかし、『一族再会』がフェニックス劇場で再演された 6 月、エリオットはアメリカからの帰路、心臓頻脈(tachycardia)に襲われる。UP (*United Press*) 社は「疲労困憊のエリオット病院に搬送される」との記事を掲載し、サウサンプトンに入港するや否や車いすで病院に直行した様子を伝えた。7 月にはほぼ全快し、いくつもの公私にわたる仕事を次々こなした。彼が、ボナミ・ドブリー (Bonamy Dobrée, 1891–1974) に語っているところでは、国際的事件(ソヴィエトのハンガリー侵入)に比べれば彼の個人的な煩いなどたいしたことではなかった。[26] しかし冬にはまた健康が悪化し、セント・スティーヴン教会には行けず、より近い[トマス・モアがかつて礼拝していた]チェルシー・オールド・チャーチ(Chelsea Old Church)で礼拝を守る。この直後さまざまな思い煩いから彼を

解放してくれる、ある素晴らしい出来事が起こるのである。

　1957 年 1 月 10 日、エリオット（68 歳）は 8 年間彼の秘書をしていたヴァレリー・フレッチャー（当時 30 歳）とケンジントンのアディソン・ロード（Addison Road）にあるセント・バーナバス教会（St. Barnabas's Church）で結婚式を挙げた。ヴァレリーは 14 歳の時、「東方の博士たちの旅」の朗読を聞き、何かに打たれたようにエリオットに引き付けられた。学校卒業後、図書館に勤め、小説家の秘書を経験し、満を持してエリオットの秘書となった。[27]まさに、エリオットにとっては天からの贈り物のような女性であった。

　結婚式の列席者はフレッチャーの両親のみで親しい友人にも知らせていなかった。この教会が選ばれたのは、たまたまそこの主教がエリオットの事務弁護士の友人だったからということであったが、式の前日に、青年期に決定的な影響を受けたジュール・ラフォルグもこのセント・バーナバス教会で結婚式を挙げたことを知った。また式の後に朝食に招かれて立ち寄った主教宅はかつてエズラ・パウンドが住んでいた家であった。[28]まさに過去が現在に構図を変えて彼を祝福しているようであった。

　しかし結婚によって破綻せざるをえない関係もあった。エミリー・ヘイルとの関係は第 II 章で述べたが、エリオットが 1915 年イギリスに帰国後、1921 年からエミリーはウィスコンシンのミルウォーキー・ダウナー・カレッジ（Milwaukee Downer College）の女子寮を運営し、「声と体の訓練」「劇的音読」「ステージ・テクニック」そして「文学解釈」などを担当した。1923 年にはロンドンで学び、その年の 9 月エリオットは 1920 年出版の *Ara Vos Prec* をエミリーに贈った。その後エミリーはスミス・カレッジで教鞭をとる傍ら 1930 年までに 5 回渡英し、1927 年には半年サバティカルを取り、ロンドンに滞在した。1932 年、エリオットはチャールズ・エリオット・ノートン記念講演（Charles Eliot Norton Lectures）のためハーヴァードに戻ったが、その際、エミリーと会ったにちがいない。マシューズによると、エミリーとの交わりは、エリオットの生活と仕事の不足を満たす補完物であった。『四つの四重奏』の第 1 部の舞台バーント・ノートンに誘ったのはエミリーである。またエリオットは「イースト・コウカー」の原稿を発表前に彼女に送付した。彼女は年齢を重ねてもあまり老け込まず、長くほっそりした容姿も晩年まで変わら

なかった。エリオットから手紙が来ると親しいだれかに知らせたが、エリオットの名は決して出さなかった。『一族再会』のアガサを彷彿させるようなエミリーの行動の基準は高く、それをもって自らや数少ない友人たちを律していた。ヴィヴィアンが亡くなった時、エミリーは 56 歳になっていた。[29]結婚のことは諦めていたのかもしれないが期待はしていた。「彼は私を愛している、そのことは疑う余地なく信じている、しかし明らかに、結婚に至るような一般の男性の愛とは違う[30]」と友人に書いている。

　エミリーとエリオットはヴィヴィアンの死後 8 年もプラトニックな関係は続いた。ところが彼女のもとに青天の霹靂のように、エリオット再婚の知らせが届いたのである。エミリーは職を辞し、ボストンで神経症の治療を受けたが、完全に回復することはなかったと思われる。エミリー同様ユニテリアンであったチッピング・カムデンの友人の 1 人は、「あんなに快活で教養のあった人が、すっかり変わってしまい、その姿を見るのもつらいほどでした[31]」と述べた。エリオットを信ずることによって養われ、支えられてきた生命であった。

　エミリーは伯母の遺産を受け、スカンジナヴィアや南アメリカを旅し、死の前年 77 歳の折に、『マイ・フェア・レイディ』（*My Fair Lady*）のヒギンズ夫人を好演した。[32]しかし、30 年間の秘められたエリオットとの関係をどう終えるべきなのか、彼女の中では模索は続いた。1963 年 9 月 12 日には、手紙の公表に関して直接エリオットに手紙で尋ねている。[33]しかしエリオットから返事はなかった。

　エミリーはエリオットの死から 5 年後、1969 年に亡くなった。エリオットが亡くなって間もなく、エリオット夫人はアンドヴァー（Andover）にエミリーを訪ね、2 人は最初で最後の出会いをしている。しかしエミリーに宛てたクリスマスの手紙は、「死亡。送り先へ回送」のスタンプが押されて戻ってきた。[34]報われない生涯のようにみえるが、エリオットにとってエミリーは詩のミューズであり続けたといえるのではないだろうか。プリンストン大学図書館にはその数 1000 通以上にも及ぶといわれるエリオットからエミリーに宛てた数多くの手紙が保管されている。エミリーの遺託の条件と、彼女とエリオットの最終的な約束により 2019 年 10 月 12 日までは、何人にも閲覧が許

第Ⅴ章　苦しみの意味　311

されないことになっている。[35]

　メアリー・トレヴェリアンは 1940 年代から 50 年代にかけてエリオットの世話をした、エリオットと同じセント・スティーヴン教会に通う 9 歳年下の女性である。エリオットにとって、後見人的存在でもあった。実はメアリーは高名な牧師フィリップ・トレヴェリアン（Rev. George Philip Trevelyan）の娘であった。バスコム（Boscombe）のグロヴァリー・カレッジ（Grovely College）卒業後、オックスフォードのセント・バーナバス教会においてオルガニスト、そして聖歌隊指導者を務め、公立学校の音楽教師もした。最初にエリオットと出会ったのは 1938 年、「学生運動館」（Student Movement House）の館長をしていた 40 歳の時であった。その後 1944 年から 1948 年までメアリーは海外赴任をした。特に 1947 年には北フランスやギリシャ、ビルマ（現ミャンマー）、マレイーシア、タイなど戦争で被害を受けた国々を歴訪していた。エリオットと最も関係性が強かったのはエリオットが『カクテル・パーティ』や『秘書』を書いている時だった。[36] 一緒にいるとエリオットはくつろいだ。お互い 1 人でいるよりは結婚した方がよいとの彼女の 2 度にわたる申し入れに、エリオットは「かつて愛した女性がいた」と断わりを入れている。[37] やがてすぐにメアリーはエリオットが愛した女性がエミリーだと分かる。ヴィヴィアンとの長引いた別れはエリオットにとって悪夢であり、エリオットとの結婚の望みがかなわないことを知ってもなお友情に確信を持っているエミリーには困惑していたエリオットは、メアリーに、男は呵責を感じさせられたくないのだと述べたという。[38]

　喧嘩をしつつも保ってきた仲であったが、トムの 2 度目の結婚を手紙で知らされ、トムがおかしくなったのかとメアリーは狼狽した。結婚前日エリオットは彼女にこれからも夫婦ともに親しくさせてほしいなどと手紙を出したが、もちろんメアリーとの関係は途絶えてしまった。[39]

　1940 年 10 月 11 日から 1957 年 1 月 9 日までエリオットは彼女に手紙を書いた。そのうちメアリーは 112 通を保管しており、エリオットの信仰生活を知る貴重な資料となっている（彼女の戦時におけるエリオットへの 17 の長い手紙は 1946 年エリオットの名を伏せて *I'll Walk Beside You:Letters from Belgium:September 1944-May 1945* として出版されている）。

ヴィヴィアンが亡くなった1947年以降エリオットを支えたもう1人の人物はジョン・ヘイワードであった。彼はキングス・カレッジ在学中からすでに筋ジストロフィーを患っていた。ケンブリッジ卒業後、職業的文人として身を立て、やがて『ブック・コレクター』（Book Collector）の編集長となった。社交的で、パーティや外食を好み、車いすで外出し、エリオットとは1946年からテムズ川を見下ろすカーライル・マンションの3階に同居すらしている。ヘイワードはエリオットにとってメアリーと同様後見人のようであり、40年代後半からは文学的なアドバイザーであり、またエリオットの古文書の独自の管理者であった。[40]

　ジョン・ヘイワードにおいても、エリオットの結婚は2人の間に亀裂を作った。クリストファー・サイクス（Christopher Sykes, 1907–86）は言う。「心理学的な意味で、ジョンは生涯でただ一度この時に限って、自分の悩みに打ち負かされたように思う」と。[41]

　ジョン・ヘイワードとの別れのエピソードに関してはエリオットの人格に関するさまざまな中傷を産み、それは長く尾を引いたが、ヘイワードはエリオットがこの世を去った直後、愛情をこめてエリオットを語っていた。作家であり編集者であるジャネット・アダム・スミス（Janet Adam Smith, 1905–99）が、エリオットがいなくなって悲しくはないかとヘイワードに尋ねた時、彼は「トムを幸福にすることが、どうして私を悲しませたりするだろうか」と[42]言った。彼らは完全に和解することはなかったが時折会うこともあった。ヘイワードはエリオットより6カ月遅れて、同じ年に世を去った。エリオットの未発表の原稿が The Papers of the Hayward Bequest of T. S. Eliot Material, HB,（covering dates 1860–1988; 7 boxes and 80 volumes; paper）としてキングス・カレッジに残されている。

　自分との折り合いがつきにくい人間は他人とうまく別れることは至難の業であり、人間関係の破綻による痛みには祈りと黙想による日々の悔い改めが唯一の道であったに違いない。なぜならそこは理想とはかけ離れた罪深い人間の深い罪意識にもかかわらず、キリストの十字架の死による贖いのゆえに神に受け入れられ、赦されるという驚くべき逆説が可能とされる場であるから。

第Ｖ章　苦しみの意味　313

　さて、新婚の 2 人の新居は、心地よく、エリオットはともかくも罪意識から解放されたかのように、きわめて幸せそうであった。「私は世界中で一番幸せな男だ」[43]と彼は編集者ロバート・ジルー (Robert Giroux, 1914–2008) に語っている。エリオット夫妻は離れることができず、パーティにおいても手を組みあったままだったといわれる。ヴァレリー・エリオットは秘書として彼の生活を支え、世間から守ってきていた。彼女こそエリオットが長年必要としていて得られなかった避難所であった。友人たちには彼がすっかり変わったように見えた。1958 年の誕生日には『長老政治家』のキャストたちに夕食をふるまい、エリオットには『T. S. エリオット――生誕 70 歳記念シンポジウム』(*T. S. Eliot: A Symposium for his Seventieth Birthday*) がプレゼントされた。[44]エリオットはその後 8 年間ヴァレリーとの生活を享受した。スペンダーは記している。「再婚し、晩年の 10 年くらい、輝く妻とともに幸せを得た。長年拒まれ、幼き日に垣間見たきりの幸せであった。」[45]

　エリオットは午前には自宅で執筆、午後が空いている日には妻とケンジントン・ガーデンズを散歩するのを好んだ。そして週 3 日間（火曜から木曜）はラッセル・スクウェアで過ごした。「表看板」の編集者として多忙であった。体の衰えもあり夫婦水入らずの生活を送っていたが、ハーバート・リード、ボナミ・ドブリーおよびフランク・モーリーの 4 人は 2 週間に 1 度の割合でそれぞれが自分のクラブにほかの 3 名を迎えるという形で定期的に会っていた。BBC に出かけたり、祈祷書用詩編改定委員会(Commission for the Revised Psalter) の委員も務めた。また名誉博士号を受けるために妻とローマにも行くなどの公的活動も行った。[46]

　帰国後『休息療法』(*The Rest Cure*) としていた最後の戯曲の題名を、それがすでに使われていることを知り、『長老政治家』に変更した。8 月 24 日にエリオット夫妻はエディンバラへ出かけ、『長老政治家』の上演第 1 夜に出席した。結婚後に執筆した第 3 幕がなかったなら、恐らくは人間関係の破綻の呵責から最も陰鬱な作品になっていたと思われる。

『長老政治家』　*The Elder Statesman*

　1958 年初演の本詩劇のテーマはこれまでの詩劇の延長線上にある愛による自己受容である。筋は大体ソフォクレス（Sophocles, 495?–406 BC）の『コロノスのオディプス王』（*Oedipus at Colonus*）に準拠している。オディプスは誤って父を殺し、母を妻にしていることを知り放浪する。劇は年老いた盲目のオディプスが娘アンティゴネー（Antigone）に手を引かれて登場するところからスタートする。オディプスは悔恨の思いを抱いてコロノスのエウメニデスの森に入っていき、アテナイの王テセウス（Thesus）に保護を求める。オディプスは死に場所をすでにコロノスと定めており、そこに埋葬されることにより、アテナイに繁栄がもたらされるというのだが、叔父クレオン（Creon）や長男ポリュネイケス（Polynices）がそれを阻もうとする。しかし、テセウスの見守る中、忠実な娘たちに別れを告げながら、オディプスは毅然と神々が招く死地へと赴く。

　オディプスとは異なり、クラヴァトン卿は「公的仮面」をつけた「うつろな人」にすぎず、仮面の下にはアイデンティティなどない。あえてその仮面を脱いでアイデンティティを見いだす過程が劇の内容であるとエリオットは述べている。[47] そして最期にはオディプスのように本心を取り戻し、自らの死を迎えるのである。

　本詩劇は、イギリスでのみ上演され、『カクテル・パーティ』ほどの成功は収めなかったが、詩における『四つの四重奏』のように詩劇を飾る最後の作品となった。

　戯曲に先立って「わが妻に」と題する詩が掲げられている。

TO MY WIFE

To whom I owe the leaping delight
That quickens my senses in our wakingtime

And the rhythm that governs the repose of our sleepingtime,
　　The breathing in unison

Of lovers ...
Who think the same thoughts without need of speech,
And babble the same speech without need of meaning:

To you I dedicate this book, to return as best I can
With words a little part of what you have given me.
The words mean what they say, but some have a further meaning
　　For you and me only.　（CPP 522）

　　　わが妻に

目覚めている時には、私の五感をとぎすます。
おまえがもたらす胸躍るこの喜び。
眠りの休息を治めるリズムは
同調の呼吸をもたらす。

愛する者たちは……
言葉の必要なく同じことを考え
何を意味する必要もない同じ話をしゃべっている

この本を、おまえに捧げる。
私のできる最善の言葉をつらねたこの本を捧げることにより
せめてもの恩返しがしたい。

ここに書かれているある言葉は、少なくともそのいくつかは
文字通りの意味のほかに、おまえと私だけのための
より深い意味を持っている。

詩として独立した "A Dedication to my Wife" は多少用語が異なるが同じ趣旨の詩である。ただそれには第3連があり、以下のように薔薇園が出現する。

No peevish winter wind shall chill
No sullen tropic sun shall wither
The roses in the rose-garden which is ours and ours only 　（*CPP* 206）

気難しい冬の風は冷たくなく
すねた熱帯性の太陽は衰えることなく
薔薇園の薔薇は、われわれのそしてわれわれだけのもの

　これまで著した詩劇においては召命の問題が大きく取り上げられたが、エリオットの詩劇の最後を飾る『長老政治家』においては愛が最大のテーマとなり、現象と実在の世界のただ中で、自意識の薔薇への変容が暗示されている。
　さて劇は以下のように展開する。クラヴァトン卿は、父の財産と母の家柄を背景に政界に進出し、大臣にまでなったが50歳で引退し、財界に入り、ここでも地位を得て活躍した。しかし60歳になった今、健康を損ね、冬まではもたないだろうと最愛の娘モニカ（Monica）は医者から聞かされている。人生最後の時に肩書きのない自己の存在の奇妙さを意識することを強いられるクラヴァトン卿である。「わしにはもう、過去の生活に対する執着など一切ない――／ ただ眼前にある空虚さが恐ろしいだけだ」と述懐する（I.*CPP* 530）。
　第1幕。ロンドンにあるクラヴァトン卿の家の応接間。まず娘モニカとその恋人チャールズ（Charles Hemington）が、少々の行き違い後に互いの愛を確認するところから始まる。
　その後初めて主人公クラヴァトン卿が登場し、不意の客と対峙することになる。客の名はゴメス（Gomez）であるが、『一族再会』のエウメニデスと同じく、登場人物というよりクラヴァトン卿の罪意識の具現化である。実名は学友のカルヴァウェル（Fred Culverwell）で、卿に「ディック」と呼びかけ、グラヴァトン卿と長く話し込む。実はゴメスは学生時代には品行方正の優等生

であったが、無軌道な不良学生であったディック・クラヴァトン卿と交わり、感化され、果ては退学を余儀なくさせられてしまったのである。ゴメスはクラヴァトン卿の父親の援助で何とか職を得るが、公金の使い込みから公文書偽造までして再び罪を犯し、監獄生活を送った後、中米サン・マルコで巨万の富を得て、35年ぶりに戻ってきてクラヴァトン卿の前に姿を現したのである。

　恐喝を懸念するクラヴァトン卿であったが、ゴメスは現在の自分と過去の自分を結ぶ唯一の存在であるクラヴァトン卿を頼ってやって来たというのである。ほどよく放蕩から手をひいたクラヴァトン卿はゴメスに言わせれば「用心深い悪魔」('prudent devil,' *CPP* 537)であるが、クラヴァトン卿はゴメスの所業は自業自得であるとして自らの罪とは認めていない。さらにゴメスは、老人を轢いてしまったと忠告したにもかかわらず、女子学生たちを同乗させていたことを知られるのを恐れたため、車を止めなかった若き日のクラヴァトン卿の卑怯な行為の証人でもあった。ただしその老人は轢かれる前に自然死を遂げていることが判明していた。クラヴァトン卿には道義的罪はあるもののそれは自己の内からというより、外から責め立てる声による不徹底な罪意識であった。娘の計らいで、使いのランバート(Lambert)が長距離電話が掛かると告げに入り、ゴメスは退去する。

　第2幕では日後、高級療養所バッジリー・コート(Badgley Court)のテラスで父娘が穏やかな日差しと暖かな陽気を満喫している。クラヴァトン卿は「心のずっと奥深いところにあった自己に対する不満に付きまとわれ」、これまでこのように「人生を楽しむということがなかったのかもしれない」(II. *CPP* 545)と述懐する。少々おせっかいな婦長のミセス・ピゴット(Mrs. Piggot)と会話を交わす。やがて年配の女性がやってきて彼に話しかける。そしてそれがオックスフォードを出て間もないころクラヴァトン卿が出会ったレヴュー・ガールの恋人メイジー・モントジョイ(Maisie Montjoy)だと気付くのである。彼は父親の反対にあうと大金を積んで婚約を破棄した。婚約不履行に持ち込まれそうになったが、結局示談で解決が図られた。その時の体験を歌った「愛してもらうのにまだ遅すぎはしない？」(*It's Not Too Late For You To Love Me?*)という歌がヒットし、彼女は人気を博したが、2度の結婚を

経て、今は裕福な商人の未亡人カーギル夫人（Mrs. John Carghill）となっている。クラヴァトン卿には過去のことであり、良心の呵責などないと自らに言い聞かせるが、カーギル夫人は痛烈に批判する——「あなたの良心は呵責を感じなかったのね／……多額の慰謝料を支払う、一切を秘密にするということで／あなたは混乱を免れた。だからあなたは良心の呵責を感じなかったというわけね。／結局今のあなたも昔と同じ愚かなリチャードのままなのだわ。／昔のあなたはいっぱしの男のふりをしたがった。／で、今やっているポーズは、引退した老政治家というところなのでしょう……」（'Your conscience was clear. / …You got out of a tangle for a large cash payment / And no publicity. So your conscience was clear. / At bottom, I believe you're still the same silly Richard / You always were. You wanted to pose / As a man of the world. And now you're posing / As what? I presume, as an elder statesman …' II. *CPP* 552）と。そして過去を開示する手紙の話をもちだす。クラヴァトン卿は動揺の色を隠せない。

　婦長が来て夫人を去らせ、モニカの弟マイケル（Michael Claverton-Ferry）が現れる。彼は若き日のクラヴァトン卿を偲ばせる不良青年である。借金を抱える中、失業し、外国へ行きたいという。クラヴァトン卿は「ただ現実逃避をするわけだ」（'only the desire to escape' II. *CPP* 561）と述べ、さらに「自分の過去から逃げる者は常に勝負に負けるのだ」（'Those who flee from their past will always lose the race,' II. *CPP* 561）と非難する。「イギリスを出て、自分の道を切り開きたい。ところがお父さんは僕を臆病者と決めつける」（'I want to leave England, and make my own career:/And Father simply calls me a coward,' II. *CPP* 561）と抗議するマイケルの言葉に、モニカは父子に向かって「たとえマイケルがどんな振る舞いをしたとしても、お父様／またお父様がマイケルに向かってどんなことを仰ったとしても、マイケル／2人は互いに愛し合わなければいけない」（II. *CPP* 562）と説く。それに対して、マイケルは「お父さんの方で愛を求めていたなら、僕だってお父さんを愛せたでしょう。／ところが、一度だってこの僕から愛情を求めてはくれなかった、……／こう見えても、本当はとてもあなたが好きなのです、僕は。／だけど……」（II. *CPP* 562）と父親の愛を渇望している様子を垣間見せる。

カーギル夫人が登場し、マイケルが昔の父親そっくりだと言っているところへ、ゴメスが登場し、カーギル夫人とともに昔のクラヴァトン卿の秘密を交換し合うことを約束する。モニカは見かねて皆に引き取ってもらい、ここから逃げ出そうと言うが、クラヴァトン卿は「わしが逃げ出したいのは自分自身からだ、つまり過去からなのだ」（'What I want to escape from / Is myself, is the past,' II. *CPP* 565）と言い、「何という偽善者だ！」（'And what a hypocrite!' II. *CPP* 565）と自らの本性を自白する。そしてこう問いかける──「つい今しがた、マイケルに向かってこのわしは、／自分の過去の失敗から逃げようとするなと言い聞かせていたのだ。／経験から学んだことだと言った。そもそもわしは理解しているのだろうか。／自分の説く教訓の意味を？　さあ、もう一度最初から学びなおさなくては。／マイケルと一緒に学校へ通うのだ。／並んで小さな机に腰かけ、／同じ屈辱を耐えるのだ。／同じ教員から。しかしそれだけの時間が残っているだろうか？／マイケルには時間がある。わしはもう遅すぎるだろうか。モニカ？」（'A few minutes ago I was pleading with Michael / Not to try to escape from his own past failures: / I said I knew form experience. Do I understand the meaning / Of the lesson I would teach? Come, I'll start to learn again. / Michael and I shall go to school together. / We'll sit side by side, at little desks / And suffer the same humiliations / At the hands of the same master. But have I still time? / There is time for Michael. Is it too late for me, Monica?' III. *CPP* 566）と。

　第3幕においては、初めはいやいやながら、自らの過去に直面することを余儀なくされていたクラヴァトン卿が、次第に自己正当化をやめ、真の自己を認識するに至る様子が描かれる。

> I've spent my life in trying to forget myself,
> In trying to identify myself with the part
> I had chosen to play. And the longer we pretend
> The harder it becomes to drop the pretence,
> Walk off the stage, change into our own clothes
> And speak as ourselves. So I'd become an idol

To Monica.

    . . . .

I've had your love under false pretences.

Now, I'm tired of keeping up those pretences,　（III. *CPP* 568–9）

わしはただ自分を忘れようとして生きてきたように思う。／ 自らが当てがった役を本当の自分だと思い込もうとしてあがいてきたのだ。／ そういう努力を続ければ続けるほど、／ その見せかけはますます剥がしにくいものとなる。舞台を降り、自分の服に着替え、／ 自分の言葉でしゃべるのが、いよいよ難しくなってゆくのだ。／ こうしてわしはモニカの偶像になってしまった。……仮面を被ってお前の愛を得たのだ。／ それが今、疲れてしまった、仮面を被り続けることに、

　クラヴァトン卿はこれまでいつも付きまとっていた亡霊の正体が「ただの悪意に満ちた、ちっぽけな現実の人間だということ」（III. *CPP* 569）を了解し、真実を直視することに意を決する。モニカも「お父様の亡霊をみんなで背負いましょう」（III. *CPP* 570）と現実の父親の孤独を理解する。チャールズもクラヴァトン卿の呪縛を解く手伝いをしようとしてゴメス、カーギル 2 人の側の落ち度と解釈する。それに対してウラヴァトンは最終決断ともいえる告白をする。

Your reasoning's sound enough. But it's irrelevant.

Each of them remembers an occasion

On which I ran away. Very well.

I shan't run away now—run away from *them*.

It is through this meeting that I shall at last escape them.

—I've made my confession to you, Monica:

That is the first step taken towards my freedom,　（III. *CPP* 572）

君の推論はもっともだ。しかし見当外れだよ。／ 彼らはどちらも、わし

が逃げた時のことを忘れずにいるのだ。よし、／今度こそ私は逃げない、「彼ら」から逃げはしないぞ。／彼らと接触していることによって、初めて彼らから逃げることができるのだ。……とうとうお前にうち明けてしまったな、モニカ。／これでわしは、自由への第一歩を踏み出したというわけだ

　父親コンプレックスに甘えていた息子マイケルは、父がかつて中米に厄介払いしたゴメスの正体を知ったうえで、彼の申し出を受け、中米に行く決意をし、独立を果たす。クラヴァトン卿はマイケルの決意を尊重せざるをえない。そしてこれまでの自己中心的な愛を懺悔し、懺悔の後の平安と幸福を見いだしながら散歩に出かける。

> This may surprise you: I feel at peace now.
> It is the peace that ensures upon contrition
> When contrition ensues upon knowledge of the truth.
> Why did I always want to dominate my children?
>   . . . .
> Why did I want to keep you to myself, Monica?
> Because I wanted you to give your life to adoring
> The man that I pretended to myself that I was,
> So that I could believe in my own pretences.
> I've only just now had the illumination
> Of knowing what love is. We all think we know,
> But how few of us do! And now I feel happy—
> In spite of everything, in defiance of reason,
> I have been brushed by the wing of happiness.
> And I am happy, Monica, that you found a man
> Whom you can love for the man he really is.　(*CPP* 581)

君たちは驚くかもしれないが、今わしは心の平和を味わっているの

だ。／真実を知って悔恨を味わい、その後に、この平和が訪れる。／なぜわしは子供たちを支配しようとしたのか。……自分に対してもこれが自分だと見せかけていた仮面を被った自分を、／おまえに崇拝してもらい、／そうすることによって仮面を被った自分が信じられるようになりたかったからだ。／たった今、愛とは何かということを悟ったよ。／われわれは皆、愛の正体を知っているつもりでいる。／が、本当に知っているのは、ごくわずかの人たちなのだ。今、わしは幸福だ——／ずいぶんいろいろなことがあったが、理屈は抜きにして、とにかく、幸福なのだ。／心の中を幸福の鳥が羽ばたいている。／それにモニカ、あるがままで愛することができる男性を、お前が見つけてくれたことを、うれしく思っているよ。

　クラヴァトン卿の上記の言葉から読み取れる幸福への道はどのようなものであろうか。まず真実に目を向けること、そして自己正当化をやめ、悔い改めること、他人を支配しないこと、仮面をはずし、自分を、他者を、そして現状をありのままに受け入れるということではないだろうか。それは取りも直さず、自己に固執し、自分を、そして他人を縛り付けていた独我の眼から離れ、自分を越えた視点から俯瞰する、そうした時に初めてもたらされる直接経験の世界である。

　ついにクラヴァトン卿はヌース——「永遠にして必然的な真理についての認識」（*KE* 193）へとたどり着いたのである。かつて『一族再会』のハリーは「家族の愛情なんて ／ 一種の形式的な義理のようなもので、疎かになった時にやっと気付く義務にすぎない」（II. ii. *CPP* 334）と述べているが、本詩劇はクラヴァトン卿に即していえば、死を前にした自己受容が家族への愛によって成功したとみることができる。ゴメスとカーギルがクラヴァトン卿の変容のきっかけを与えたといえるかもしれない。死を前にモニカにマイケルを委ね、「たとえ拒絶されてもマイケルを愛している」（III. *CPP* 582）と述べ、チャールズに「モニカを頼むよ。面倒をみてやってくれ、チェールズ ／ これからもずっと」（III. *CPP* 582）と言葉を残す。そしてこのクラヴァトン卿の変容と死はモニカとチャールズという確かな愛の絆となって再生する。

MONICA.　We will go to him together. He is close at hand,

　　　　　Though he has gone too far to return to us.

　　　　　He is under the beech tree. It is quiet and cold there.

　　　　　In becoming no one, he has become himself.

　　　　　He is only my father now, and Michael's.

　　　　　And I am happy. Isn't it strange, Charles,

　　　　　To be happy at this moment?

CHARLES.　It is not at all strange.

　　　　　The dead has poured out a blessing on the living.

MONICA.　Age and decrepitude can have no terrors for me,

　　　　　Loss and vicissitude cannot appal me,

　　　　　Not even death can dismay or amaze me

　　　　　Fixed in the certainty of love unchanging.

　　　　　　　　　　　　　　　　　　I feel utterly secure

　　　　In you; I am a part of you. Now take me to my father.　（III. *CPP* 583）

モニカ：　　一緒に行って（お父様を）見つけましょう。すぐ近くにいらっしゃる
　　　　　わ。／本当はずっと遠くに行ってしまわれて、私たちのところへは
　　　　　もう帰ってこられないのだけど、／橅の木の下にいらっしゃるわ。
　　　　　あそこは静かで寒いのよ。／誰でもないありきたりの人になること
　　　　　で、お父様は自分自身を取り戻した。／今はただ私の父、マイケル
　　　　　の父、というだけのこと。／で、私は幸福だわ。おかしいじゃな
　　　　　い。チャールズ。／こんなとき幸福だなんて？

チャールズ：　ちっともおかしくないよ。／死者が生者に祝福を与えてくれたの
　　　　　だから。

モニカ：　　老齢も老衰も私はもう恐れない。／喪失にも人生の移り変わりにも
　　　　　私はひるまない。死ですらも、私を滅入らせたり驚かせたりできな
　　　　　い。／変わらぬ愛の確かさの中に、しっかりと包まれているこの
　　　　　私。／私はあなたの中にあって、安心しきっている。／私はあなた

の一部なのだわ。さあ、お父様のところに連れていって。

　クラヴァトン卿が罪意識に悩まされる様子は『一族再会』のハリーの場合と似ているが、『一族再会』においてはハリーが幻想に基づく罪意識だと気づき、家族との深い理解を未だ欠いたまま新たな人生へと旅立つところで終わっているが、本詩劇は、クラヴァトン卿が罪意識の根源にある過去の自分の非を悔い改めるに至り、モニカの言葉を用いると、「言葉に表せない」、「見られないが」、「互いの中に生きていて」、「すべてのものをその光の中に包んでしまう」（II. *CPP* 561–2）家族の中の愛にたどり着いているところが決定的な差である。実に 'in love each other,' 'love each other' を含め全体で 12 回 'each other' が用いられている。[48]

　『長老政治家』初演の翌年にブラウンに宛てた手紙によると、エリオット自身は「あからさまにキリスト教的目的を持った劇ではなく、キリスト教徒によって書かれた普通の劇を見たいと思ってきた。劇場では、キリスト教的精神が劇場に浸透し、作用し、直接的に宗教的な劇には抵抗のある観客に影響を与えることができれば」[49]と願っていた。

　このことは 30 年も前にエリオット自身が述べていたとおりである――「われわれは神の現実だけを意識しているわけにはいかない。人間の現実をも意識せざるを得ない。そのためわれわれは参加者ではなく、観客としてかかわるより世俗的な儀式を求めることとなる。こうしてわれわれはミサと同時に、神の劇と関連はあるが、同じものではない人間の劇を望むようになる」（*SE* 49）。

　最終幕で「どこにいらしたの？」とのモニカの問いにクラヴァトン卿が「あの大きな橅の木の下に立っていたのだ」（'Standing under the great beech tree,' III. *CPP* 568）と述べる。そして死して「橅の木」の下で安らぐところで劇は終演する。橅の木はウェルギリウスの『牧歌』（*Bucolica*）の冒頭に出てくるが、内乱のために故郷を去っていくメリボエウス（Meliboeus）が田園での平和な生活を続けることのできる牧人ティテュルス（Tityre）へ述べた言葉――ティテュルスよ、きみは枝を広げた橅の覆いの下に横たわって、森の歌をか細い葦笛で繰り返し奏でている――にあるように、牧人ティテュルスが身を横た

えるのが橅の木である。それは、「もし私の返事をふたたび現世へ戻る者へするのだと私が考えたならば、／この焔はもうふたたび動かないだろう。／だが私の聞くところが真実なら、／この深淵より生きてふたたび還った者は一人もいないのだから、／私が恥を蒙る恐れもないので、お答えしよう（ダンテ『神曲』『地獄篇』第27歌）」から始まったエリオットの自己受容の罪と贖いの探求の旅路の終着点を象徴している。

　スペンダーはエリオットの軌跡を以下のように纏めている。

　　エリオットの詩における、それ自身を〈私〉と呼ぶところの感受性の前進をたどることによって、人はその発展をまず、投射されたペルソナ、つまり、プルーフロックというマスクおよび、初期の詩に現れる他の「私」という人物から追求し始めることが可能である。この出発から到達するのは、「神の手から発したもの、単純なる魂」、つまり、エアリアル詩集および『聖灰水曜日』に見られる、救済を探求しながら元の自己へと投げ戻される「私」であり、次は、『四つの四重奏』の、非個性的、代表的な、戦時の防空監視員にして教区委員である「私」に到り、最後には、コロノスのオディプス王の「私」に達するのであるが、この最後の「私」の中には、肉体と魂の和解、天国と地獄の結婚というものが、個性と非個性をも超えた1人の人間において暗示されているのである。[50]

　ますます複雑な様相を呈する現代社会の中でアングロ・カトリストとしてエリオットは個々人の罪意識と宗教的意識を顕在化させて、最小の共同体である家族から共同体的宗教意識を確認し、再生することを宗教劇に特化しない詩劇によって試みたものと思われる。それは自らを凝視していた視点から、自らを越えた時の中心に眼をやる信仰の姿勢である。なぜなら「文化を伝達するうえで最も重要な経路は家族であり」（NT 43）、「文化は本質的に、1国民の宗教の化身（incarnation）である」（NT 28）から。

　さかのぼれば、ハーヴァード時代の比較宗教学、仏教、インド哲学、キリスト教神秘主義を学んだ末、受肉の教義に身を委ね、イギリスに帰化し、フランス留学時代に影響を受けたアングロ・カトリックに改宗し、エリオット

はアーヴィング・バビット、T. E. ヒュームらから受け継いだ古典主義を、ア
ングロ・カトリシズムと結びつけた。モダニズムの旗手として「より巧みな芸
術家」パウンドに産み出されて登場したエリオットが、いわば師を追い抜い
たと見なされるほど確固たる地位を築いたにもかかわらず、「モダニスト」と
しての冠を顧みずアングロ・カトリストとして伝統への回帰を鮮明にしたの
は衝撃的な事実である。

評論においても

　これまで記してきたようにエリオットは評論の世界においても、ロマン
ティシズムを排し、ダンテ、エリザベス朝・ジェイムズ朝の劇、ボードレー
ルやラフォルグらのフランス詩に関心を寄せた。1919 年には「伝統と個人の
才能」、1928 年には「アーヴィング・バビットのヒューマニズム」("The
Humanism of Irving Babbitt,") を著し、自己を越えたところの秩序を謙虚に認
めることを主張する。さらにエリオットは「ヒューマニズム再考」("Second
Thoughts about Humanism," 1929) の中で宗教の必要性を述べている。

　　人間が人間であるのは、人間が超自然的実在を認識できるからであっ
　　て、それを創作できるからなのではない。人間の中のあらゆるものは下
　　からの発展として跡付けられるか、さもなければ上からきたものと考え
　　るほかはないのである。このジレンマを避ける道は 1 つもない。あなた
　　は自然主義者か超自然主義者かのどちらかでなければならない。「人間
　　的」という言葉から、超自然的なものに対する信仰が人間に与えたすべ
　　てのものを奪えば、人間は終いには非常に賢く、順応する、いたずら好
　　きの小動物としか認められないものとなるのである。　(*SE* 485)

　キリスト教の人間観の根幹である「神にかたどって創造された」(創 1:27)
人間は「神の像」としての自らを規定してはじめて他人を、社会を受け入れる
ことができる。エリオットにおいても哲学的前提の前に宗教的前提が必要

だったのである。[51]

　1930年には「ボードレール」（"Baudelaire"）を著し、人間の進歩を謳歌する傾向の強い19世紀において「苦しみを自らに引き寄せ」（*SE* 423）、罪と救いの問題に真摯に取り組んだボードレールの姿勢をヒュームに通ずるものとして評価している。また、宗教がある程度その力を失って、限られた世界に閉じ込められ、文化の領域は宗教よりも広いなどとする、「哲学と宗教の堕落はアーノルドに始まり、それは見事にペイター（Walter Haratio Pater, 1839-94）によって引き継がれた」（"Arnold and Pater," 1930, *SE* 431-43）と述べ、作品批評というより詩人の信仰や神概念を批判している。このころのエリオットの主たる関心はキリスト教倫理にあったといっていい。そして発言の過激さからか、後には 'a bad book, a bad book, a bad book' [52]と述べているが、1933年にヴァージニア大学で行った連続講演『異神を追いて』が発表されるのである。「現代世界は堕落する」から始まり、スコラ主義の影響を受けているとするジョイスを除いて、パウンド、ハーディ、「己が心の光のほかに自分を導くものがない」[53]とエリオットが表現するロレンスらを反近代主義的立場から攻撃する中に、エリオットの姿勢が鮮明となる。

　エリオットは魂の救済においても、「われわれの眼前でつくられつつある社会的状況を考慮すべき」[54]とする自らの信条に則った「キリスト教的社会学」[55]のメッセージを放ち続けた。『クライテリオン』を1922年から16年間、第2次世界大戦が始まる1939年にいたるまで毎年4回刊行した。時代の変化に対応するため1927年5月から1928年までは月刊になったこともあった。

　一般に改宗を境にその主張を分けることができるが、戦争時には、「平和を願望すれば平和が十分保証されると、油断してはならない。冷静な警戒心と自主的な批判精神こそが、平和を保持するための支えなのである」[56]と述べ、1928年12月にファシズムに関する文献を寄せたことを契機にファシズム・共産主義それぞれの論客による論争を掲載する。

　エリオットは政治的理念が宗教的信仰の代用品とされることを危惧した。

　　何かを信じたいという人間の欲求は、悲劇的であるとまでは言えなくても憐みを感じさせるものであり、喜劇的でもある。しかしながら私は、

宗教的信仰が、もちろん無神論も含めて、次元の異なるものであると思っている。ある種のいわゆる宗教的信仰は、その内実は政治的信条で、表面的に宗教を装っているにすぎない。そして、政治的信条の多くは宗教的信仰の代用品なのである。[57]

　戦争が激化するとエリオットが強調したのは、戦争の恐怖、「すべての人が脅かされ、多かれ少なかれそれによって苦しみを余儀なくされる道徳的悪[58]」である。ミルン（A. A. Milne, 1882–1956）の『平和とユーモア』（*Peace with Homour*, 1934）を巡って論争もあり[59]、「戦争と平和の間に極端な区別を設けると、正義の体系全体が建前論に陥る。もし平和裏に正義の体系についてもっと深く考え、努力していたなら、戦争が予期される折、われわれは良心をそれほど酷使する必要はないのかもしれない。……戦争に対する良心の問題は『タイムズ』に手紙を書くことによっておさまってしまうものではなく、それ以上に深く悪の一般的問題に根ざしている[60]」と述べるなど、『クライテリオン』の「論壇」でエリオットは当時の文化人や政治的指導者、政治評論家たちの自由主義や共産主義に対するものとしてキリスト教的正統を掲げていた。[61]
　「教会におけるキリストの言葉ほど生きているものを聞いたことがない」（I have yet to hear of anything more living than the word of Christ in His Church）[62]と主張するエリオットにとって信仰こそ最後の砦であった。

　　「世界」は今、文明的ではあるが、非キリスト教的精神性を形成すべく実験を行っている。この実験は失敗するだろう。が、私たちは、その挫折を待つのに忍耐強くあらねばならない。それまでは、時を贖うのだ（redeeming the time）──「信仰」が来るべき暗黒時代の終わりまでその命脈を保ち得るように──文明を更新し、再建して、「世界」を自殺から救うために。（"Thoughts After Lambeth," *SE* 387）

　さらにエリオットは 1933 年「カトリシズムと国際的秩序」（"Catholicism and International Order"）に、「キリスト教の世界秩序が究極的に、どの観点から見ても有効に機能するただ 1 つの世界秩序である[63]」と述べている。また長期

にわたって講演をした BBC 放送の機関紙『リスナー』にも「現代のジレンマ」
("Modern Dilemma," 1932) や、「世界への教会のメッセージ」("The Church's
Message to the World," 1937) などを著し、現代社会に対して、教会が正しい
神学を確認し、教え、適用する権威を持っていることを力強く主張していた。[64]

　1939 年には『キリスト教社会の理念』を著し、時々刻々新しい文明がつく
られる中「われわれの生活している社会の理念なるものは何か、いかなる目
標に向かってそれは秩序付けられているか」[65]を問う。エリオットは「不完全な
人間がつくる完全な計画はない」[66]との前提に立って、キリスト教社会の要素
として第二講のはじめに次の 3 つをあげる。為政者がキリスト教的な体制を
作り上げるという意味のキリスト教国家 (Christian State)、それは、教区のよ
うに地上の生活の社会的幸福と神の恩恵がすべての人に認知されるキリスト
教共同体 (Christian Community)、さらに信仰と知恵に富む人々が協同してつ
くるクリスチャンの共同体 (Community of Christians) が基礎単位である。地
上の生活は国家に従い、霊的生活は教会に従い、教会に対する尊敬を国家の
上に置くのである。その根底にはアクィナスの有神論的世界観——人間はペ
ルソナとして、すべての人間にとって共通可能な (communicable)、共通善
(bonum commune) を自然本性的に欲求するのであり、このような共通善の欲
求に基づいて成立するペルソナの共同体が人間社会の根本理念であるとす
る——があり、それは「何の目的のためにわれわれは生まれたのか、人間の
目的は何か」[67]という、究極的な問いに答えようとするものである。またそれ
は「その組織体の中では、一切が自らの場を得、恒久的で秩序ある体系とな
る」("Leibniz' Monads and Bradley's Finite Centres," KE 203) ブラッドリーの知
的構成体の図式である。

　エリオットの主張はあくまでモデルを示したものだが、キリスト教か異教
かのいずれかを選ぶべきことを『キリスト教社会の理念』の終わりに記してい
る。

　　1939 年 9 月 6 日。われわれが戦争に入ったと知らされる前に、この書物
　　は序文および注とともに完成していた。しかし今や現実のものとなった
　　戦争の予感は常に私の心のうちにあった。ここに付け加えなければなら

ないと感じていることは次のようなものだ。第1に、その本性をあらわした諸勢力の状況はキリスト教か異教かのいずれかを選ぶべきことをわれわれの意識にはっきりさせるものだということ。第2に、われわれはその建設的な思索を戦闘の終結まで延期することはできないということだ——なぜなら戦争終結の時こそ、経験によれば、優れた勧告が覆い隠されてしまいがちな時なのである。[68]

　だが結局本書は、現実というより論理に終始しているために知識人たちからも、教会人たちからも歓迎されなかった。

　このころ『クライテリオン』の「最後の言葉」（"Last Words"）の中で述懐しているように、全体主義と民主主義との構想が激化し、さらに緊迫するヨーロッパ情勢を鑑み、ヨーロッパを宗教的秩序によって整えることにもエリオットは望みを失いかけたかもしれない。そして『クライテリオン』発刊をやめたのは戦争の直接的影響というより、今やその役割を終えたものとした。統一性と多様性を追求した試みは終極的には達成できなかったのである（NT 116）。「今日の公的状況下において——それは50年間において他の感情とは異なる精神的な沈滞状態をもたらしたが——もはやあるべき文学評をなす情熱を感じなくなった」[69]とエリオットは述懐する。

　しかしエリオットの根底にあったのは、『クライテリオン』発刊当初と違わなかった。すなわち正統な政治哲学は正しい神学を暗示し、そして正しい経済の在り方は正当な倫理に基づくということである。『クライテリオン』終刊後もエリオットのキリスト教による世界秩序構築への願いは衰えることなく1941年には『クリスチャン・ニューズレター』（Christian Newsletter）の編集者で、エキュメニカル運動の担い手J. H. オールダム（J. H. Oldham, 1874–1969）の「教会は未来を見る」（"The Church Looks Ahead"）と題するシンポジウム放送に参加した。また教会の勢力と指導力を強めようとするソーホー（Soho）のセント・アン協会（St. Anne's Society）にも加わった。メンバーにはドロシー・セイヤー（Dorothy Sayers, 1893–1957）、ローズ・マコーレー（Rose Macaulay, 1881–1958）、ジョン・ベッチェマン（John Betjeman, 1906–84）、C. S. ルイス（C. S. Lewis, 1898–1963）、デビッド・セシル（David Cecil, 1902–86）らがいた。[70]

第Ⅴ章　苦しみの意味　331

　さらにエリオットは 1946 年には BBC で「ヨーロッパの統一」（"The Unity of European Culture"）と題して 3 度の講演を行った。[71]1948 年には『文化の定義のための覚書』を発表し、人々の生き方と結びつけて宗教と文化の密接なかかわりを提示した。『カクテル・パーティ』上演の翌年にはシカゴ大学で「教育の目的」（"The Aims of Education," 1950）として 4 回講義を行い、「教育は生活の糧をかせぐためではなく、心と感受性を養うべき」[72]と述べる。講義の最後には「教育における宗教」（"The Issue of Religion"）について論じ、現行の教育法について疑義を呈した。

　ユージーン・グッドハート（Eugene Goodheart）は『批評の失敗』（*The Failure of Criticism*, 1978）の中で、最後にはエリオットは世俗世界の美しさを理解せず、贖い不能な現実を拒否した禁欲主義に撤退したとみているが、[73]このようにエリオットは戦争にもめげずアングロ・カトリストとしてその思いを伝え続けてきた。

　個人主義に反対し、自己と道徳性は本質的には社会的なものであるとするエリオットの姿勢は先祖から受け付いたユニテリアン派の影響、神話や人類学、トマス・アクィナスのすべての人間にとって共有可能な共通善の概念などの影響もあるだろうが、『倫理学研究』などに表されるブラッドリーの思想から受け継いだものでもある。

　ブラッドリーは道徳の行きつく先として理念と一体となった意志としての信仰について述べているが、実にこのヘーゲル的フラッドリーの統合思考の理想をエリオットは、文学のみならず、社会批評においても理念の根幹においていたと思われる。

　　信仰によって自己が達成しようとする目的は、キリスト教においてはほかの世界とかけ離れたものではなく、また人間を排除した抽象的な神性ではなく、人間性と神性の分かつことのできない統一である。それは意志として、意志において肯定される理念であり、理念と一体となった意志である。そしてこの全体は、有限な個体形態として提示されている間は真には提示されてはいない。それは有機的な人間性と神性の全体性として理解されるまではその真理において知られていないのである。多岐

にわたるメンバーを一つの身体が持ち、一つの自己が多くの自己の中で
自己自身を実現し、意志し、愛するようになって初めて、それはその中
で自己を完成するのである。（*ES* 330–1）

　ブラッドリーによると、信仰が実現した時は、道徳は神と1つとなり、矛
盾は永遠に解消され、無限の愛を見いだすことができる（*ES* 342）。しかしそ
うはならない現実に直面する時、ブラッドリーは、「信仰は観念に留まる」
（*ES* 329）と述べざるを得ない。

　エリオットは、原罪を負う人間は、まず神とのかかわりを正される必要が
あると信じ、キリスト教的ユートピア社会を目指したのでは決してない。
『啓示』（*Revelation*, 1937）への寄稿で述べているように、「長年かけて強く、
ますます間違った方向へ意志が導かれ、キリストが生存中、またよみがえら
れた直後の弟子たちが感じたような、キリスト教的考え方とわれわれが陥り
がちなこの世的な考え方や感じ方との途方もない乖離」[74]をエリオットは覚え
ていた。そしてその理想の実現には多くの浄化の火の苦しみを経なければな
らないことをエリオットは身をもって知っていたのである。

　1959年『長老政治家』出版後、1961年6月にリーズ大学で「批評家を批評
する」（"To Criticize the Critic"）を講演し、11月にはアメリカ訪問をし（3月
に帰国）、1962年8月には *The Collected Plays* を出版しているが、12月から
体調を崩し、翌春まで入退院を繰り返す。1963年9月に *Collected Poems
1909–1962* を出版し、11月に最後のアメリカ訪問を（翌年4月まで）した。そ
して1964年1月、懸案の『F. H. ブラッドリーの哲学における認識と経験』の
出版を果たす。

エリオットの終幕

　いよいよエリオットの最期を語る時となった。すでに76歳となったエリ
オットは10月に自宅で倒れ、入院するが、妻と過ごすようにとの医師の計
らいで自宅に戻った。エイケンは12月3日にエリオットが家に帰れることを

第Ⅴ章　苦しみの意味　333

喜んで夫妻に手紙を送っている。[75]エリオットはクリスマス前は快方に向かっていたが、クリスマスになると心臓が衰え始めた。そして再び昏睡状態に陥り、1965年の1月4日に亡くなった。

　『タイムズ』は、「その時代で最も影響力のあった英詩人」という見出しで二段抜きの記事を載せた。セシル・デイ・ルイス（Cecil Day-Lewis, 1904–72）が死亡記事を次のように書いた──「長引いた私生活の悲劇、彼の中年期を暗くさせたこの悲劇は、その詩に深い影響を与えた。たとえば『聖灰水曜日』や『一族再会』のある章句に現れている、あの生々しさ、身を震わす嫌悪、汚染感、そして乾いた絶望などが、そのことを証しているのだ。これほど長い間いやされずにいたこの感情の傷がなかったならば、恐らく彼の詩は、もっと温かく、禁欲的でないものになっていたことであろう。だが、それと同時に、もっと脆弱なものになってしまっていたであろう。……彼の著作の質は、彼を知る者にとっては、その人格全体と分かちがたいものだったのである」。[76]密葬の参列者は、近親者以外はクリストファー・サイクスと、その妻キャミラ（Camilla）だけであった。

　そのほかに、2つの追悼式が行われた。彼の死から1カ月後のウェストミンスター寺院での追悼式では席は埋め尽くされ、女王も首相も代理を送った（ジョン・ヘイワードとエミリー・ヘイルは参列せず、モーリス・ヘイ＝ウッドとメアリー・トレヴェリアンは参列していた）。[77]アレックス・ギネス卿（Sir Alec Guinness, 1914–2000）が、エリオットの詩から採った5つの詩章を読み、聖歌隊が友人ストラヴィンスキー（Igor Fedorovich Stravinsky, 1882–1971）の作曲した讃美歌を歌った。その歌詞には、「リトル・ギディング」第4の‘The dove descending breaks the air’「舞い降りる鳩が大気を破る」で始まる詩行が用いられていた。[78]

　1967年1月4日に献納された最高の名誉ある記念碑、ウェストミンスター寺院の〈詩人墓所〉（ポエッツコーナー）の床に埋められた石碑にはこう書かれている──

THOMAS

STEARNS

ELIOT

O. M.［Order of Merit］

Born 26 September 1888

Died 4 January 1965

　　"the communication

Of the dead is tongued with fire beyond

the language of the living."　（"Little Gidding" 52–3）

メリット勲位

トマス

スターンズ

エリオット

1888 年 9 月 26 日生

1965 年 1 月 4 日没

「死者の語る

その舌は火で、

生きている者の言葉を超える。」

　第 2 の追悼式は、同年 1965 年 9 月に、イースト・コウカーのセント・ミカエル教会で行われた。エリオットは自分の遺骨を火葬に付すようにという指示を残しており、その遺骨は、4 月に、生前望んでいたとおりに、彼の先祖の出身地の村、イースト・コウカーのセント・ミカエル教会へ運ばれた。1965 年 9 月 26 日エリオットの誕生日に記念式が行われた。教会の鐘の音が午後 2 時 40 分まで抑えたトーンで鳴り渡り、キリストの復活を喜ぶ讃美歌（Jesus lives! Thy terror now）が歌われ、牧師が祈り、詩編、続いて「ヨハネ黙示録」21 章 1–7 節——わたしはまた、新しい天と新しい地を見た。……「見よ、神の幕屋が人の間にあって、神と人と共に住み、人は神の民となる。……もはや悲しみも嘆きも労苦もない。……」——が読まれ、エリオットの遺骨の上の壁に嵌め込まれた墓碑板の除幕式が行われ、使徒信条、交読の祈り、献金、讃美歌（Let saints on earth）、祈り、讃美歌（The strife is o'er）、（編集者として『荒地草稿』を複製し、エリオットの 70 歳誕生日にも招かれた）ルーパー

ト・ハート＝デイヴィス卿（Sir Rupert Hart-Davis, 1907–99）が弔辞を述べた。そして讃美歌（The God of love my Shepherd is）が歌われ、祝禱、後奏へと至る。[79]

［本書裏表紙に載せた］楕円形の記念碑にはこう記されている。

 "in my beginning is my end"

OF YOUR CHARITY
 PRAY FOR THE REPOSE
OF THE SOUL OF
THOMAS STEARNS ELIOT
  POET
26th. SEPTEMBER 1888–4th. JANUARY 1965

"in my end is my beginning"

　さらにエリオットが40年間祈りを捧げ、教区委員となり、晩年の8年間、ほぼ同じ席で最愛の妻と礼拝を捧げたグロスター・ロードのセント・スティーヴン教会の南側の壁にも碑銘板がある。メリット勲位の十字架が刻まれていて、その下にこう記されている——

Of your charity / Pray for the repose of the soul of THOMAS STEARNS ELIOT O.M. / Born St. Louis Missouri 26th September 1888 / Died London 4th January 1965 / A churchwarden of this parish for 25 years / He was worshipped here until his death /

We must be still and still moving
   Into another intensity
For a further union a deeper communion （"East Coker" ll. 206–8）

慈愛の心から／その魂の平安を祈るべし

メリット勲位、トマス・スターンズ・エリオット／ミズーリ州セントルイスにて

1888 年 9 月 26 日に生まれ／1965 年 1 月 4 日ロンドンにて没す／

本教区にて、25 年にわたり／教区委員を勤め／死に至るまで、当教会にて礼拝せり／

「われらは静止してなお動きに入らねばならぬ

　　　　次の深みの中へ

より大いなる統合のため、さらに深い交わりを求めて」

　多岐にわたってさまざまな批評はあるものの、エドマンド・ウィルソンは述べている——「T. S. エリオットは人間的経験の様々な局面のあいだの関係について、絶えず一貫して考究しており、均衡と秩序を求める彼の情熱はその詩の中に反映している」[80] と。

　1920 年代からのエリオットの反ユダヤ主義に関してもハーバート・リードは根拠のないものとしてはっきりと否定している。[81] また『クリスチャン・ニューズレター』のゲスト編集者であった 1941 年 9 月 3 日、エリオットはフランスのヴィシー政権（Régime de Vichy）のイデオロギーに賛成していたが、反ユダヤ主義の立法化に対して嘆き、キリスト者が声をあげるべきとした。[82]

　フロスト（Robert Frost, 1874–1963）や、ブルックス（Van Wyck Brooks, 1886–1963）らの文壇からの評は総じてエリオットをアメリカ的価観の離脱者として非難する傾向が強い。[83] しかし当の本人は、1959 年 10 月 21 日、アメリカ学士院（The American Academy of Arts and Sciences）のエマソン・ソロー賞を受賞した折、風景への詩人の影響を言及し、自らが「ニューイングランドの詩人である」と帰属を主張している。それを証明するように「ドライ・サルヴェイジズ」ではミシシッピー川で始まり、先祖の地イースト・コウカーの小さな教会で閉じられている。[84]

　友人たち、とりわけ、これまで記してきたように恩師でもあるパウンドとの関係はより複雑であった。現世肯定的なパウンドは人間の自己疎外は近代

第Ⅴ章　苦しみの意味　337

の合理主義と資本主義によってもたらされたものと考えており、キリスト教の出現そのものが、人間が自己の本質から離れさせるものであるとしていた。エリオットは、「原罪の観念がなくなるにつれて、道徳上のことで真剣に苦しむという考えがなくなるにつれて、今日の詩や小説の中に現れる人物が次第にリアルなものでなくなっていく傾向がある」[85]としてパウンドの立場を『異神を追いて』の中で痛烈に批判した。

　しかしながら宗教的主義主張は異にしても2人は切っても切れない縁で結びついていた。エリオットは個人的にも詩作においてもパウンドに恩義を被っていると述べており、[86]パウンドが若きエリオットを支援したように、パウンドの詩を擁護し続けた。クインに「パウンドとルイスはロンドンの中で推し勧める価値のある作家である」(*WF* xix) と述べ、『エズラ・パウンド――その韻律学と詩』を書き、『クライテリオン』、またフェイバー社の編集者として、エリオットはイギリスにおけるパウンドの著作のほとんどを出版した。パウンド『詩選』でエリオットは、『ヒュー・セリー・モーバリー』(*Hugh Selwyn Mauberley*, 1920) は技術的に優れており、一見荒々しく思える音律の裏には、長年の苦労がひそんでいる。そこには自分の道を熟知している人の複雑性と多様性がみられ、ある時ある場所に生きた人間の感受性の記録、時代の記録、アーノルドの言葉でいえば「人生の批評」('criticism of life') である、と高く評価している。[87]

　しかしパウンドがイタリアのラッパロ (Rapallo) に移ってからは、手紙のやり取りはしていたものの2人の距離は深まった。政治・経済への深い関心からパウンドはイタリアにおいて、ムッソリーニ (Benito Amilcare Andrea Mussolini, 1883–1945) の熱狂的支持者となり、反ユダヤ主義的感情が、その著作の中に見え始めた。第2次世界大戦勃発後もイタリアに留まり、アメリカの参戦に反対し、その阻止のためワシントン D.C. 内の政治的縁故を利用しようとした。戦後、パウンドは、アメリカに送還され、反逆罪による告発を受けたが、彼は、精神障害を理由にして裁判を受けるのに適さないと判断され、精神疾患犯を受け入れるワシントン D.C. のセント・エリザベス病院に無期限の委託に付された。エリオットを含むパウンドの友人たち――詩人アーチボルド・マクリーシュ (Archibald MacLeish, 1892–1982)、フロスト、

ルイス——は、13年にわたって交渉し、ついにアメリカ政府の説得に成功して、告訴を取り下げさせ、パウンドを釈放させた。

　病院を出た後イタリアに戻ったパウンドはヴェニスで娘メアリーとその母オルガ・ラッジ（Olga Rudge）と暮らしたが、彼の精神は衰退し、ライフワークである長編叙事詩『キャントーズ』（*The Cantos,* 1915–62）を捏ね返して、一生を無駄にしただけだというような絶望に満ちた手紙をエリオットに送った。それに対して、エリオットは彼らしく精一杯の同情心を示し、長文の電報を送り、パウンドの懸念はいわれのないものであり、彼こそは偉大な詩を書いた真の詩人であり、その詩の幾つかは不朽のものとなると保証したのである。[88]

　この2人の旧友たちは再会を企てながら長い間実現しなかったが、エリオットの追悼式でようやくそれを果たすことになる。エリオットの死に際し、この盟友エズラ・パウンドの言葉は、短くも、詩作の痛みを分かち合った人の言葉である。79歳のパウンドはヴェニスから飛来し、次のような談話を発表した。

　T. S. Eへ

　彼の声は真実のダンテ的な声であった——十分に尊まれもせず、私が彼に与えたものなどよりはるかに値打ちのあるものなのに。

　　今年はダンテの記念祭で……ヴェニスで会えるつもりでいた——それが、ウェストミンスター寺院でだった。けれども、後刻、彼の家の暖炉には、焔が燃え、心霊がその辺りにいた。

　　……

　私に詩人トマス・スターンズ・エリオットに「関して」書けというのか、それともわが友「おとぼけ氏（ポサム）」のことを？　彼を安らかに安息させるがよい。私が繰り返し、しかも50年前と同じ熱心さで言えること、それは——彼を読みたまえ（READ HIM）ということだけだ。[89]

　そしてその3年後、ヴァレリー・エリオットが『荒地』の「失われた原稿」

と初めて対面した折に、パウンドもそこに現れた。エリオット夫人によると、パウンドは、エリオットを批判するなどということを行ったことに、今はただ「激しい痛み」を感じるばかりだと言って、次のように言葉を続けた——「彼は私を無視すべきだったのだ。リヴライト社はもっと枚数を欲しがっていたのだから、削られた章句のいくつかは、復活させればよかったのだ[90]」と。

　実にエリオットの業績は枚挙に暇がない。ノーベル文学賞を受賞し、メリット勲位を授かった、彼の詩はいわば20世紀文学の最高峰に登り詰めた。また出版人としてオーデン（Wystan Hugh Auden, 1907–73）やルイス、スペンダー、ハート・クレイン（Hart Crane, 1899–1932）などの作品を世に出した。1922年から39年まで『クライテリオン』の編集者として、ハーバート・リード、F. S. フリント（F. S. Flint, 1885–1960）、それに詩人ハロルド・モンロー（Harold Monro, 1879–1932）、ボナミ・ドブリーやフランク・モーリーなどに支援され、プルースト、ヴァレリー、ジャック・リヴィエール、ジャン・コクトー（Jean Cocteau, 1889–1963）、フランスの作家ラモン・フェルナンデス（Ramon Fernandez, 1894–1944）、ジャック・マリタン、シャルル・モーラス、フランスの保守的随筆家アンリ・マシス（Henri Massis, 1886–1970）、ドイツ美術史家ウィルヘルム・ヴァリンガー（Whilhelm Worringer, 1881–1965）、ユダヤ系ドイツ哲学者マックス・シェーラー（Max Scheler, 1874–1928）、ドイツの文学研究家エルンスト・ローベルト・クルツィウス（E. R. Curtus, 1886–1956）をイギリスで初めて出版した。ほかにもジード（André Gide, 1869–1951）、トマス・マン（Paul Thomas Mann, 1875–1955）などの言論を公刊した。ミドルトン・マリーなどには『クライテリオン』はあまりに客観的、伝統的、非人間的にも感じられたがエリオットはこの雑誌を、イギリスという一地域の伝統の内だけに留まるものでなく、むしろヨーロッパのための雑誌となるよう目論んでいた。共通の文化と理念を持つヨーロッパの文化が健全でいるためには異なった要素が共存する必要があるとエリオットは考えていた。[91]

　晩年には詩劇作家としての成功をも収めた。常に悲しげな眼をして、よそよそしく、神経症的な不安を託ちつつ、衒学的な装いで身を固め、すべてに細心に注意を払う不遜な人物像を多くの読者は想い浮かべるのかもしれな

い。「エリオットの前にいる限り、人は、卑しいことを言ったりすることができないという気がした」[92]と言うオーデンのような詩人もいるが、十分に生きていない人生「私の埋もれた人生」[93]との思いをエリオットは託ってもいたのだった。

　エリオットを苦しめたものは、破綻をきたした数々の人間関係、個人的なあの罪この罪というより、根底にあるのはキルケゴールと同じく「原罪意識」のようなものであった。それは幼少期のピューリタンの背景が生んだものであった。「……私のような、カトリック的な傾向の心情とカルヴァン的な遺産とピューリタン的な気質を兼ね備えている人間にとって……」（"Goethe as the Sage," *OPP* 208）と、エリオット自身が述べている。

　序文で言及したエリオットが信頼するハーバート・リード評を紹介すると、

> 彼[エリオット]が望んだ人間像は真面目だが、重々しくなく、厳格であるが、親切さと同情心を忘れず、深い（深く学び、深く詩的で、深く霊的な）人であった。……あらゆる面でたしなみを忘れず、そのたしなみは伝統と同じく獲得されたものであった。……エリオットの苦悩はパスカルのそれであった。……エリオットを判断することはとてもできない。ただ彼の苦悩の深さを思うとおののくばかりである。[94]

ヴァレリー・エリオットは「主人は、詩人になるためにあまりに高い代償を払い、あまりに苦しみが多かったと感じていました」と述べた。[95]その２年前にハーバート・リードに「自分は最良の詩を作るために実に高価な犠牲を払わなければならなかった」とエリオット自身が語っていた。[96]「パスカルの『パンセ』」において、キリスト教の思想家を「信仰に達するまでの連続過程を自分自身に説明すべく意識的、良心的に努力している人」[97]とエリオットが説明しているが、初めに提示したエリオット自身の自己綜合における分裂関係の問題を辿ると、プルーフロックの絶望は「自己関係のくいちがい」として以下のように定義される。「絶望とは自己自身に関係する関係としての自己（綜合）における分裂状態である」。[98]そして『荒地』で表されるのは、罪としての絶望、すなわち、「神の前で、あるいは神の観念を持ちながら、絶望して自

己自身であろうと欲しないこと。もしくは絶望して自己自身であろうと欲することである」[99]。すなわち、ここに至って、絶望の意識は、それが、単なる反省意識を超えて、意志の意識となることになる。つまり、そこに踏みとどまることを欲することによって、絶頂に登り詰めた、そこでこの意欲を裏返しさえすれば、健康な自己関係を取りもどせるはずである。これが『聖灰水曜日』で示された境地、絶対他者からの啓示により、その贖罪の恵みを受け取る信仰の立場であり、次のように定義される。信仰とは、「自己が自己自身に関係しつつ自己自身であろうと欲するに際して、自己は自己を措定した力の中に自覚的に自己自身を基礎づける[100]」ことであり、ここに至って自己綜合における分裂関係からの解放をみる。

　もちろん生きている限り究極的な勝利は得られないが、ゴードンによるとエリオットは1950年くらいから、ポール・ティリッヒ（Paul Tillich, 1886–1965）の著作を読むようになった。[101]受容を受容する勇気、罪過と呪詛の非存在の事実にかかわらずなされる存在の自己肯定を、永遠なるものとの関係において説くその神学にエリオットが存在への勇気を与えられたことは容易に推察できる。

　これまで見てきたように、生涯を通して、エリオットは自己における分裂関係からくる苦悩を、分析し表現した。その背景をなしたのが、ブラッドリー哲学であった。ブラッドリーにとって実在は１つの継ぎ目のない非関係的絶対であり、われわれは、「現象」の世界に生きており、絶対には、多数の「有限的中心」という面からのみ、経験を通して接近し得る。自己も時間もそれ自身で意味を持つことはない。ブラッドリー哲学は見事にエリオット自身の懐疑的精神と調和し、絶対的実在や包括的ヴィジョンを保証してくれるものであった。しかし、ブラッドリーはエリオットが慣れ親しんだユニテリアン派同様、道徳的義務果たす理想的自己は宗教によって実現されうると考えたが、道徳的ヴィジョンを求めれば求めるほど、エリオットは広大なヴィジョンを曇らせる影、罪意識の問題が重くのしかかり、その解決をブラッドリー以外のところへ求めなければならなかった。

　そしてブラッドリーから得た絶対者への渇望から、エリオットはダンテ、アンドリューズ、新トマス主義の影響によりアングロ・カトリックに辿り着

き、受肉の教義に身を委ね、信仰の行為によって視点の転換、すなわち、時間の中に受肉し、廻る世界の静止点、人間の罪のために十字架の死による贖いを達成したキリストに目を向ける新しい眼（自意識）を得た。そして、絶対者のもとで整合的かつ調和的に全体の中に位置づけられた自己を得、執拗にからみつく罪や不安にもかかわらず日々訓練し、存在への勇気に掛ける生き方へとたどり着いた。しかしながら翻ってみると、その苦闘はどこまでも若い時の苦悩の中ブラッドリー哲学に求めた絶対的観念論、「首尾一貫性と包括性」（*KE* 47）を生きた経験とするためのものであったと解釈できる。

『F. H. ブラッドリーの哲学における認識と経験』は、混沌とした世にあって、意味と秩序を求めたエリオットの切なる探求であったが、最終的にもろくも崩れ去り、幻想にしか立ち至らなかった。それは長い間絶対者の全面的関与を受け入れず、主体であるとともに客体でもある自己の実体を直視するにいたらなかったからである。苦悩の果て、客体としての自己を視点の転換により受容した時にエリオット自身の詩劇の主人公たちに見るように「首尾一貫性と包括性」へ、すなわち現象から実在への変容へと至るのである。主客一体となった直接経験の世界である。大きな愛の眼差しのもと、自らが顕在化されている客体であることを知るとき、自らも、他者を顧み、愛する主体となっていくという秘儀に与るのである。

すなわちエリオットが詩・詩劇・評論を問わず霊的自伝ともいえる作品の中で模索し続けたもの、それはキリスト教的有神論に基づき直接経験の今を生きる「実在は1つ」への道であり、究極的な実在である神の前に、畏れとおののきを持って観念的構成体としての自己に死に実在に参与するために浄化の火を選ぶ「眼」から「薔薇」への『神曲』の旅路であった。

唯一の希望か、絶望は
　この薪かあの薪かの選択にかかる――
　火によって火から贖われんがため。

（「リトル・ギディング」ll. 204–6, *CPP* 196）

注

序章

1 Cf. *Four Quartets*, "Burnt Norton," ll. 62, 63, 66; 137, *CPP* 173, 175; "Coriolan," "Triumphal March," *CPP* 128, etc.

2 心、精神、理性などと訳される。ホメロスでは、心とその働きを表す語として用いられたが、ソクラテス以前の自然学者たちにおいては、感官の知覚に対する理性と同義で使用された。アナクサゴラスはヌースを物質に優越し物質に運動と形と生命を与える原理とした。……プラトンになると、ヌースは感覚界を越えたイデア界ないし善のイデアを観照する精神として感覚や臆見に対立する。……ヌースは教えにより伝えられ、常に真なるロゴスをともない不動で神的で少数派にのみ与えうる。このヌースが必然をできるだけ最善の目的に導くところに宇宙が形成されると説く(『ティマイオス』)。アリストテレスにおいても同様で、……この理性は、宇宙においては形相の形相として運動の究極的、目的的原因、自らは不動で他の一切を動かすもの、自己自身を思惟する思惟の思惟、つまり神にほかならない。プロティノスではこの二性のゆえに理性は一者、善なる神の一段下に立つ、神的精神で同時にイデア全体、世界霊魂を産出するもの、感覚界は精神の映像であるヌースの外に立って、はじめて神と冥合することになる。平凡社『哲学事典』1074；聖書において、心(カルディア)は、内的生命・人格性の中心、神がご自身を人間に掲示される場所を意味するが、この意味は、旧約聖書より、新約聖書において、より明白に表現されている。……心は、神によって語りかけられる中心であり、それは信仰と服従の座であるとともに、懐疑と硬化の座でもある。そして、新約聖書における著しい特色は、〈ヌース〉mind の概念との本質的親近性である。……新約聖書が〈カルディア〉(ときに〈ヌース〉)によって意味しているのは、特に人間の神への責任に関する、人間の人格、思惟的自我、感情的自我、意志的自我である。Brown, C. ed., *Dictionary of New Testament Theology*, vol. 2, Exeter, 1978, 181, qtd. in 春名純人「カルヴァンにおける心と神の像」。

3 T. S. Matthews, *Great Tom* (New York: Harper & Row, 1974), 183.

4 T. S. Eliot, *For Lancelot Andrewes; Essays on Style and Order* (London: Faber and Faber, 1970), 7.

5 Letter to William Force Stead, 9 Aug. 1930, Osborn Collection, Beinecke Library, Yale Univ., *Letters* 5, 288.

6 In 1940 Eliot spoke of 'the poet who, out of intense and personal experience, is able to express a general truth.' Lyndall Gordon, *Eliot's New Life* (New York: Farrar, 1988), 7.

7   See *Eliot's New Life*, 2.

8   *Murder in the Cathedral* において 3 回用いられ、J. L. Dawson, P. D. Holland, and D. J. McKitterick, eds., *A Concordance to The Complete Poems and Plays of T. S. Eliot* (Faber and Faber, 1995) によると here (248)、now (417) それぞれ用いられている。

9   センコートが亡くなった時には未完であり、この書は Donald Adamson 編集による。

10   Matthews, 193.

11   和田旦訳、S. スペンダー著『エリオット伝』訳者あとがき参照。

12   数多の綿密な資料に基づくものであっても版権の問題などでその出典に直接アクセスすることが容易でない資料が多いのは大変残念なことでもある。

13   Abigail Eliot speaking in *The Mysterious Mr Eliot*, a BBC television documentary broadcast in January 1971, qtd. in Ackroyd, 22.

14   *American Literature and the American Language: An Address Delivered at Washington University on June 9, 1953 with an Appendix* (St. Louis: The Department of English, Washington University, 1953), 6, rpt., *CC* 45.   高柳俊一『T. S. エリオット研究』第 9 章参照。

15   *American Literature and the American Language: An Address Delivered at Washington University on June 9, 1953,* 28–9.

16   Eliot to Ezra Pound, 11 November 1961, in Beinecke Collection, qtd. in Ackroyd, 13.

17   Charlotte Eliot to Bertrand Russell, 23 May 1916, *Letters* 1, 153.

18   *A New Dictionary of Christian Theology*, 1983, edited by Alan Richardson & John Bowden. A. リチャードソン、J. ボウデン編、古屋安雄監修・佐柳文男訳『キリスト教神学事典』（教文館、1983 年）、573。山折哲雄監修『世界宗教大事典』（平凡社、1971 年）、971–2。

19   "Recent Books," *The Criterion* V:2 (May 1927), 256.

20   William Greenleaf Eliot, "'Regeneration," (1853) in Sydney Ahlstrom et al., ed. *An American Reformation: A Documentary History of Unitarian Christianity* (Middletown: Wesleyan UP, 1985), 270.

21   William Greenleaf Eliot, "Regeneration," 272–6.

22   *New York Times* (1958/9/21), 'Strong his missionary hand,' Letter to Middleton Murry (6 Nov. 1931), The Berg Collection of the New York Public Library; *CC* 44.

23   *American Literature and the American Language*, 4; *CC* 44.

24   F. O. Matthiessen, *The Achievement of T. S. Eliot* (New York, 1947), xvi.

25   *Letters* 1, xviii.

26   Charlotte C. Eliot, *William Greenleaf Eliot: Minister, Educator, Philanthropist with an introduction by James K. Hosmer* (Boston and New York: Houghton, Mifflin, 1904), 252–3.

27   *Letters* 1, 9.

28   *Letters* 1, 10.

29   詩人・批評家、銀行員を経て Lees University で法律と経済を学び、第 1 次世界大戦に参加、受勲を受ける折にエリオットとピカデリー・サーカスで食事したことがエリオットの生涯にわたるかかわりの端緒、精神は自らの現実を投影するプロジェクター

注　345

のようなものと非マルクス的哲学を表明、実存主義哲学から多くを学んだと述べる。エリオットは「ハーバート・リードの扇動的なパンフレットを読むと、19世紀の古いリベラルの宣言を読んでいる感がある」と述べている。'Remembering Eliot' *The Thirties and After* (1978), 251; *Letters* 5, 817. またエリオットはリードを信頼していると述べる。"I have considerable respect," *Revelation*, ed. John Baillie and Hugh Martin (New York: Macmillan, 1937), in *The Idea of a Christian Society*, 172.

30　Eliot to Herbert Read, 'St George's Day' 23 April 1928, *Letters* 4, 137–8; Herbert Read. 'T. S. E.—A Memoir' in *T. S. Eliot: The Man and His Work*, ed. Allen Tate (London: Chatto & Windus, 1967), 15.

31　セーレン・オービエ・キェルケゴール著、斎藤信治訳『死に至る病』岩波文庫、24。

32　林達夫他編『哲学事典』（平凡社、1971年）、554。

33　A lecture in Dublin (1936), published in the *Southern Review* (Autumn 1985), and then in *T. S. Eliot: Essays from the Southern Review* (ed. James Olney, 1988), as "Tradition and the Practice of Poetry," 13.

34　オリジナルなタイトルは *Experience and the Objects of Knowledge in the Philosophy of F. H. Bradley* with the sub-title *A thesis submitted in partial fulfilment of the requirements for candidates for the doctorate of philosophy in philosophy at Harvard University.*『ハーヴァード大学哲学科博士号取得希望者必修科目の一部としての論文』という副題がつけられていた。特に哲学用語訳出において村田辰夫訳『F. H. ブラッドリーの哲学における認識と経験』に随分助けられた。

35　"Three years after his conversion, he described himself as even in religious matters a disciple of Bradley—in other words, he chose that which was in philosophical terms the 'less false.'" He discovered the least incredible belief and grew slowly to understand and accept it (*The Criterion* XII, April 1933) since the highest goal of civilized man was 'to unite the profound scepticism with the deepest faith.' *The Listener*, 9 January 1947.

36　ブラッドリー自身は自らがヘーゲル主義者であることを否定するが、ヘーゲルからの影響があることは自認している（*AR* xi）。『論理学原理』で、矛盾やその止揚に真理や実在を見いだすことを拒否するが、『倫理学研究』では、個々人が家族や社会、国家の一員であり、有機的全体の中でこそ自己実現し、義務を果たすという哲学を展開している。

37　『哲学事典』1209。

38　『哲学事典』832。

39　"F. H. Bradley—the finest philosopher in English," *Letters* 1, 357.

40　"A Commentary," *The Criterion* III: 9 (Oct. 1924), 2.

41　His [Bradley's] prose borrowed none of the persuasiveness of science or literature; it was 'pure' philosophy, yet throbbed, said Eliot, like the prose of James or Frazer 'with the agony of spiritual life,' *Vanity Fair* (USA) (Feb. 1924), 2.

42　W. J. Mander, *An Introduction to Bradley's Metaphysics* (Oxford: Clarendon Press, 1994),

126–7.

43　King's College Archive Centre, Cambridge, The Papers of the Hayward Bequest of T. S. Eliot Material, HB, (covering dates 1860–1988; 7 boxes and 80 volumes; paper).

44　『哲学事典』949。

45　See Donald M. Borchert, et al. eds., *Encyclopedia of Philosophy*, 2nd ed. (New York: Macmillan, 2006), vol. 1, 675–9.

46　以下はDonald J. Childs, *From Philosophy to Poetry* (London: Athlone, 2001), 3–11 による。

47　John D. Margolis, *T. S. Eliot's Intellectual Development 1922–1939* (Chicago and London: U of Chicago P, 1972), 14n; John Casey, "The Comprehensive Ideal,"review of *T. S. Eliot's Intellectual and Poetic Development 1909–1922*, by Piers Gray, *Times Literary Supplement* (10 Sept. 1982): 975; Edward Lobb, *T. S. Eliot and the Romantic Critical Tradition* (London: Routledge & Kegan Paul, 1981), 159–60.

48　R.W. Church, "Eliot on Bradley's Metaphysics,"*Harvard Advocate*, 125.3 (Dec. 1938), 24–6.

49.　Kristian Smidt, *Poetry and Belief in the Work of T.S. Eliot* (1949; rev. edn. London: Routledge & Kegan Paul, 1961) ［以下本書は Smidt と表記］; Grover Smith, *T. S. Eliot's Poetry and Plays: A Study in Sources and Meanings* (Chicago and London: U of Chicago P, 1956) ［以下本書は Grover Smith と表記］; E. P. Bollier, "T. S. Eliot and F.H. Bradley: A Question of Influence," *Tulane Studies in English*, 12 (1963); Lewis Freed, *T. S. Eliot: Aethetics and History* (LaSalle, Illinois: Open Court P, 1962).

50　Eric Thompson, *T. S. Eliot: The Metaphysical Perspective* (Carbondale, Illinois: Southern Illinois UP, 1963). Bolgan の文献は注 54 参照。

51　B.L. Brett, "Mysticism and Incarnation in *Four Quartets*,"*English*, 16.93 (Autumn 1966); Richard Wasson, "T. S. Eliot's Antihumanism and Antipragmatism," *Texas Studies in Literature and Language*, 10 (Fall 1968); Adrian Cunningham,"Continuity and Coherence in Eliot's Religious Thought," in *Eliot in Perspective: A Symposium*, ed. Graham Martin (London: Macmillan, 1970).

52　J. Hillis Miller, *Poets of Reality: Six Twentieth-Century Writers* (Cambridge: Harvard UP, 1965); Harry T. Antrim, *T.S. Eliot's Concept of Language: A Study of Its Development* (Gainesville, Fla.: U of Florida P, 1971); Mowbray Allan, *T. S. Eliot's Impersonal Theory of Poetry* (Lewisburg, Pa.: Bucknell UP, 1974).

53　'I had great difficulty, even agony, with the first draft, owing to my attempt to reach a positive conclusion' (T. S. Eliot to J. H. Woods, 28 January 1915, *Letters* 1, 91).

54　'To these, an almost inexhaustible mine to quarry has been given, for it is patently clear to anyone who has studied the work of both these men that it is Bradley's mind that lies behind the structuring principles of Eliot's poetry, as well as behind every major theoretical concept appearing in his literary criticism. One cannot hope to exhaust such an embarrassment of riches within the limits of any single study but what one can do is to break some ground and let the glittering ore shine through, if there is any' "The Philosophy of F. H. Bradley and the Mind and

Art of T. S. Eliot: An Introduction" in *English Literature and British Philosophy*, ed. S. P. Rosenbaum（Chicago: U of Chicago P, 1971）, 252. Cf. Anne C. Bolgan, *What the Thunder said: Mr. Eliot's Philosophical Writings*（Toronto, 1960）; "The Philosophy of F. H. Bradley and the Mind and Art of T. S. Eliot: An Introduction," *English Literature and British Philosophy* ed. S. P. Rosenbaum（Chicago: Chicago UP, 1971）; *What the Thunder Really said: A Retrospective Essay on the Making of The Waste Land*（Montreal: McGill-Queen's UP, 1973）.

第 I 章

1　Caroline Behr, *T. S. Eliot: A Chronology of his Life and Works*（London: Palgrave Macmillan, 1983）, 2.

2　"Je suis la plaie et le couteau;" "L' Héautontiaorouménos," *Les Fleurs du Mal, Ceuvres Complètes*（Paris, 1961）.

3　T. S. Eliot, "Books of the Quarter," *The Criterion* IX: 36（1929–1930）.

4　Ezra Pound, *Selected Poems,* edited with an introduction by T. S. Eliot（London: Faber & Faber, 1959）, 8.

5　Arthur Symons, *The Symbolist Movement in Literature*, 1899（New York: E. P. Dutton, 1919）, 303–4.

6　Letter to Robert Nichols, 8 Aug 1917, *Letters* 1, 212.

7　See Edmund Wilson, *Axel's Castle: A study in the imaginative literature of 1870–1930*, 97–98.

8　Arthur Symons, *The Symbolist Movement in Literature*, 1899（London: Constable, 1908）, 303–4.

9　『哲学事典』546。

10.　*The Criterion* XIII: 50（October, 1933）.

11　Irving Babbitt, "The Critic and American Life," *Forum*, LXXIX（February 1923）, 166. ただし 1928 年「アーヴィン・バビットのヒューマニズム」において「バビット氏の解している意味でヒューマニズムを定義することはいささか難しい。彼はしきりに、人道主義、自然主義を敵とし、宗教を味方にして、ヒューマニズムに戦陣を張らせようとするし、私のしようとすることは、それを宗教と対照させることなのだから」（*SE* 473）と後にエリオットは立場の違いを明記する。

12　T. S. Eliot, "Prufrock and Raskolnikov Again; A Letter from T. S. Eliot," by John C. Pope, *American Literature,* vol. XVIII, no. 4 （Jan. 1947）, 319, qtd. in Loretta Lucido Johnson, *T. S. Eliot's Criterion: 1922–1939*（Umi, 1980）, 71.

13　Lyndall Gordon, *T. S. Eliot: An Imperfect Life*（New York: Norton, 1998）, 52. 本書は以下 *An Imperfect Life* と表記。

14　Ackroyd, 42.

15　フランス王党派のナショナリズム運動で 1984 年のドレフュス事件後、いわゆるウルトラ・モンテニズムの傾向を背景にして、カトリック知識人を結集しようとした運

動であった。

16　Barry Spurr, *'Anglo-Catholic in Religion' T. S. Eliot and Christianity* (Cambridge: The Lutterworth Press, 2010), vii.

17　Mid-July 1911, *Letters* 1, 22–5.

18　Mardi 17 October 1911, *Letters* 1, 28.

19　Lundi 22 Avril 1912, *Letters* 1, 33–5.

20　Le 26 Décembre 1912, *Letters* 1, 37–8.

21　*Paris Review Interviews*, I (2006), 67.

22　*The Selected Letters of Ezra Pound*, ed., D. D. Paige (London: Faber and Faber, 1971), 40–41.

23　See *T. S. Eliot: Inventions of the March Hare Poems 1909–1917 by T. S. Eliot,* 176–190.
「プルーフロックの不眠の夜」'Prufrock's Pervigilium' という、「J. アルフレッド・プルーフロックの恋歌」から削除された原稿がある（*IMS* 41）。ゴードンは、「『プルーフロックの不眠の夜』'Prufrock's Pervigilium' には制作日付が書かれていない。多分、1912 年に『ノートブック』に書き写されたのであろう、とする。その他の『プルーフロック』もの（最終的に発表された詩）は、1911 年 8 月に、『ノートブック』に彼特有の上下に線の突き出た字体で書き写されている。だがエリオットはこの詩の真ん中に、意図的に 4 ページ分の空白を置いた。それはいずれ完成するつもりの『不眠の夜』の下書きを彼が持っていたことを暗示する」Lyndall Gordon, *T. S. Eliot: An Imperfect Life* (New York: Norton, 1998), 66.

24　To Kristian Smidts, 5 June 1959, qtd. in *The Poems of T. S. Eliot*, vol. I, ed. Christopher Ricks and Jim McCue (London: Faber and Faber, 2015), 376.

25　Interview, *Grantite Review*, 24, no. 3 (1962), 16–20, qtd. in *Eliot's Early Years*, 45.

26　*An Imperfect Life*, 152–3.

27　Rice Brenner, "Thomas Stearns Eliot," *Poets of Our Time* (New York, 1941), 162–3.

28　Edmund Wilson, "T. S. Eliot," *New Republic*, LX (1929), 349.

29　See *Selected Letters of Conrad Aiken,* ed. Joseph Killorin (New Haven and London: Yale UP, 1978), 42; To Conrad Akin in MS Huntington Library 31 Dec 1914 (Merton College, Oxford), *Letters* 1, 81–2; *Inventions of the March Hare Poems,* 179, 222–3.

30　*The Poems of T. S. Eliot,* 398.

31　*A Sermon Preached in Magdalen College Chapel* (on 7 March 1948).

32　Henry Bergson, *L'Évolution créatrice* (Paris: Flex Alcan, 1907), translated as *Creative Evolution*, by A. Mitchell (New York: Henry Holt, 1922), 7.

33　Henri Bergson, *Essai sur les données immédiates de la conscience* (Paris: Felix Alcan, 1889), translated as *Time and Free Will : An Essay on the Immediate Data of Consciousness*, by F. L. Pogson (New York: Macmillan, 1910), 240.

34　*Time and Free Will,* 231.

35　Henri Bergson, *Matière et mémoire: Essai sur la relation du corps a l'espri* (Paris: Felix

注　349

Alan, 1896), translated as *Matter and Memory*, by Nancy Margaret Paul and W. Scott Palmer (New York: Zone Books, 1988), 193–4.

36　Henri Bergson, *La Pensée et le mouvant: Essais et conférences* (Paris: Felix Alcan, 1934), translated as *The Creative Mind*, by Mabelle L. Andison (New York: A Citadel Press Book, 1992), 164.

37　*The Criterion* VI: 4 (October 1927), 346.

38　"What France Means to You," *La France Libre* (15 June 1944).

39　*Letters* 1, xxv.

40　See *The New English Weekly*, 6 June 1935; Eliot's preface to Joseph Pieper's *Leisure as the Basis of Culture* (1952).

41　他者から独立にそれ自身において存立し、他者の制約を受けないものとして、無制約者ともいわれるが、それ自身において充足した完全なものという意味も含まれている（語源的にも独立性と完全性という二つの意味が込められている）。神とよばれることが多いが、汎神論的見地からは、相対的依存者の全体にその根底として内在するものとみられ、超越神論の見地からは、相対者をまったく超越したものと解される。『哲学事典』833。

42　プラトンの対話編では、イデアは事物の超感性的な原型と考えられ、中世哲学においても、キリスト教の原理と結びついて、神はその心の中にあるイデアを原形として万物を創造したという思想が続いている。しかし近世になるとデカルトやイギリス経験論の哲学者たちによって、イデアは人間の心の中にあらわれる表象、想念、意識内容を意味するものと考えられるようになった『哲学事典』281。

43　『哲学事典』318。

44　『哲学事典』1515。

45　『哲学事典』1155。

46　Behr, 7.

47　"Prediction in Regard to Three English Authors," *Vanity Fair* (Feb. 1924).

48　ハイデガーの後期とブラッドリーとは解釈学において関連がある。See F. Asaad-Mikhall, 'Bradley et Heidegger,' *Revue de Metaphysique et de Morals*, 75 (1970), 151–188. Cf. Harriet Davidson, *T. S. Eliot and Hermeneutics* (Boston: Louisiana State University Press, 1935, 1985).

49　なぜなら My **mind** ... is **a point of view** from which I cannot possibly escape ... (*KE* 145) / The soul of man only has **self-consciousness**, a knowledge of eternal and necessary truths—*vous* (**mind**),... (*KE* 193). すなわち a point of view=self-consciousness.

50　*Vanity Fair* (Feb 1924).

51　'Appearances appearance,'in T. S. Eliot's Letter to Conrad Aiken, 25 July 1914, *Letters* 1, 50.

第II章

1　T. E. Hulme, *Speculations*, ed. Herbert Read, 1924 (New York, 1936), 47, 48, 70–1.

2　*The Poems of T. S. Eliot,* 448.

3　Behr, 7.

4　Behr, 9.

5　George Watson "Quest for a Frenchman" in *The Sewanee Review,* vol. 84, no. 3（Summer 1976）, 465–75, 467.

6　"A Commentary," *The Criterion* XIII: 52（April 1934）, 452.

7　*Letters* 1,137.

8　*Letters* 1,105.

9　Maurice Haigh-Wood, in conversation with Michael Hastings, qtd. in Ackroyd, 64.

10　Ezra Pound to Henry Ware Eliot, 28 June 1915, in Beinecke colletion, *Letters* 1, 99–100.

11　『哲学事典』1444、岩波『哲学・思想事典』1655。

12　*The Autobiography of Bertrand Russell,* 2, 54（Postmark 9 Sep. 1915）.

13　*The Autobiography of Bertrand Russell,* 2, 55–6（10 Nov. 1915）.

14　*The Autobiography of Bertrand Russell,* 2, 58（11 Jan. 1916）; *Letters* 1, 139.

15　*Selected Letters of Bertrand Russell: The Public Years 1914–1970,* ed. Micholas Griffin（Routledge, 2001）, 51.

16　*The Autobiography of Bertrand Russell,* 2, 19.

17　『クライテリオン』1924年4月号でエリオットはこの恩師であり、友人でもあった人物を批判している。そうかと思えば1949年6月10日には数々の栄誉を讃えた手紙を出し、それに対する返答をラッセルはしている（*The Autobiography* 3, 52）。再婚後1964年5月20日にはエリオットはヴァレリーとラッセルの放送を聞き、意見は異なるがその「威厳があり説得的でさえある」（'dignified and even persuasive'）発言に感銘を受けたことを告げており、ラッセルも礼状を返している。*The Autobiography,* 3, 52–3. なおラッセルのブラッドリー評は *History of Western Philosophy*（London: Unwin Paperback, 1979）, 693 等参照。

18　たとえば Eliot to Henry Eliot, 2 July 1919, *Letters* 1, 369. ヴィヴィアンへの感謝を述べている。

19　Stephen Spender, *T. S. Eliot*（New York: Viking P, 1975）, 46.

20　Osbert Sitwell's unpublished memoir, Texas, qtd. in Ackroyd, 111.

21　Hugh Kenner, *The Pound Era*（California: U of California P, 1974）, 276.

22　Matthews, 104.

23　Wyndham Lewis to Sidney Schiff, 2 May 1922, British Library, qtd. in Ackroyd, 104.

24　Qtd. by Stephen Spender in *T. S. Eliot: The Man and His Work*, 52.

25　*Paris Review Interviews*, 71.

26　Behr, 14–5.

27　Ackroyd, 90; Behr, 16.

28　*The Diaries of Virginia Woolf,* vol. i: 1915–19, ed. Anne Oliver Bell（New York: Penguin Books, 1979）, 15 November 1918, 217–9.

注　351

29　"He is a dear old fellow: … I felt I liked him … with intimacy in spite of God" in *The Diary of Virginia Woolf*, vol. iv: 1931–35, 20 June 1935, 324. ／ "A very nice man, Tom; I'm very fond of Tom." In *The Diary of Virginia Woolf*, vol. iv: 1931–35, 23 September 1935, 344.

30　Leonard Woolf, *Beginning Again*: *An Autobiography of the Years 1911–1918*（London: Hogarth Press, 1965）, 243.

31　Eliot to Henry Ware Eliot, 23 December 1917, *Letters* 1, 242.

32　*Letters* 1, 262.

33　Behr, 17.

34　I. A. Richards in Tate Collection, qtd. in Ackroyd, 99.

35　Conrad Aiken to Jessie Aiken, 10 June 1920 in *Selected Letters of Conrad Aiken,* 51.

36　*My Friends When Young: the memoirs of Brigit Patmore, edited by Derek Patmore*（London: 1968）, 43.

37　1924 年夏にも母は渡英しておりエリオットは数週間まったく何も書けない状態に悩まされた。Cf. Ackroyd, 144.

38　Behr, 22.

39　*Letters* 1, 593–4, 598.

40　*Letters* 1, 599. またエイケンが 1921 年 12 月 3 日、ロバート・N. リンスコット（Robert N. Linscott）に宛てた手紙にも「トム・エリオットはイギリス人であることの緊張やなにやかやで神経症でダウンしており、ローザンヌにいる」（*Selected Letters of Conrad Aiken*, 65）と伝えている。

41　To Ottoline Morrell, 30 Nov. 1921, *Letters* 1, 608–9.

42　*Letters* 1, 618–9.

43　To Ezra Pound, 24?［sic］January 1922, *Letters* 1, 629.

44　Typescript of the letter in the Quinn Collection, New York Public Library, qtd. in C.B. Cox and A. P. Hinchcliffe, eds., *The Waste Land: A Casebook*（London: Macmillan, 1968）, 76.

45　Written for the Gotham Book Mart's catalogue *We Moderns*（New York, 1940）, 24, qtd. in D. Gallup's *T. S. Eliot: A Bibliography*, 7.

46　*Paris Review Interviews*, 68–9.

47　エジプトと西アジアの諸民族は、オシーリス、タムズ、アドーニス、およびアッティスの名のもとに、年ごとに死んでまた死から甦る神として彼らが人格化したところの生命、特に植物の生命の年ごとの死と復活とを表した。アドーニスに関してはフレイザー著永橋卓介訳『金枝篇』（三）第 29–33 章 7-51. Sir James George Frazer, *The Golden Bough: A Study of Magic and Religion*（Createspace Independent Publishing Platform, 2016）186–199.『ギリシャ・ローマ神話辞典』21 参照。なおバビロニアのタムズ（Tammuz）は同じ農業神。

48　*The Golden Bough*, 199–207.『金枝篇』（三）第 34–7 章 52–79。『ギリシャ・ローマ神話辞典』20 参照。

49　*The Golden Bough*, 207–18.『金枝篇』（三）第 38–40 章 80–124。『ギリシャ・ローマ神

話辞典』82 参照。

50　國原吉之助訳『サテュリコン——古代ローマの諷刺小説』（岩波文庫、1991 年）、48章。

51　ティレシアスは、傍観者にすぎず、「登場人物」でもないが、すべての人物を結びつけている一番重要な人物である。片目の商人が「フェニキアの水夫」に溶け込み、ファーディナンドと区別できないように、どの女も、1 人の女とみられ、両性がティレシアスの中で合体しているのである（*CPP* 78）。Cf. *The Poems of T. S. Eliot*, 662.

52　Geoffrey Chaucer: *The Canterbury Tales*, "Prologue." Cf. Cooper, Helen. *The Canterbury Tales*, Oxford: Oxford UP, 1996.

53　*The Golden Bough*, 362–67.『金枝篇』（五）第 63 章「火祭りの意味」5–21。

54　*The Golden Bough*, 199–204.『金枝篇』（三）第 34 章「アッティスの神話と典礼」52–60。

55　David Gunby, David Carnegie and Anthony Hammond, eds., *The Works of John Webster,* volume one (Cambridge: Cambridge UP, 1995), 241.

56　*The Poems of T. S. Eliot*, 621.

57　オウィディウス著中村善也訳『変身物語』（上）第六 241–56。

58　Cf. Michael North, ed., *T. S. Eliot The Waste Land* (New York: Norton, 2001), 51–4.
楽曲はジーン・バック（Gene Buck）とハーマン・ルービィ（Herman Ruby）作詞、ディビィッド・スタンパー（David Stamper）作曲のジョゼフ・W. スターン他（Joseph W. Stern & Company）による『あのシェイクスピア調ラグ』（*That Shakespearian Rag*, 1912）。蓄音機によって録音再生された音楽で、第 3 部「火の説教」においてタイピストの情事の場面にも流れている。

59　『エウメニデス』（Εὐμενίδες, Eumenides）は、アイスキュロス（Aischinēs, 390c–314 BC）によるギリシャ悲劇の 1 つであり、『アガメムノン』『コエポロイ』（供養する女たち）に続く『オレスティア』3 部作の中の 1 篇。母殺しの罪からいかに逃れるかをテーマに、復讐の女神たちエリニュエス（Erinys）に取り憑かれたオレステス（Orestes）が、ヘルメスに付き添われながら、アポローン神殿、続いてアテナイ神殿を訪ね、最後にアレイオス・パゴスの評決によって無罪となり、復讐の女神たち（エリニュエス）が慈愛の女神たちエウメニデス（Eumenides）へと変化するまでが描かれる（『集英社　世界文学事典』、1–3 参照）。

60　『キリスト教神学事典』等参照。

61　H. C. Warren's *Buddhism in Translation* (Harvard Oriental Series, 1896), qtd. in Herbert Howarth, *Notes on Some Figures Behind T. S. Eliot,* 204. 日本語訳は筑摩版『インド集』132–33 からの引用。

62　See *Confessions of St. Augustine*, trans. F. J. Sheed (London and New York: Sheed & Wird, 1944), Book Three I, 30 (cf. Book Ten, XXXIV, 197.).

63　William Empson, 'My God There's Bears on It,' *Essays in Criticism* XXII (Oct. 1972), 417–29.

64 *The Poems of T. S. Eliot,* 681.

65 *Blick ins Chaos*（*Gazing into Chaos*）,1920, qtd. in 'Notes on the Waste Land,' *CPP* 77. Cf. *The Dial*, New York, volume 72.6（June 1922）, 607–18.

66 Spender, *T. S. Eliot*, 119–20.

67 Spender, *T. S. Eliot*, 120.

68 *The Works of John Webster,* volume one, 248.

69 『哲学事典』1018。しかしブラッドリーはこの引用が示すように、われわれは独我論の殉教者になっているとは信じていなかった。「私の実在との接触は限られた窓からである。すべては現実的ではあるが、超越的で、この角度では熱烈に感じられる共通の本質の拡張である。……そしてその関係を主張すること、この本質的接触は、私の自己との関係であり、独我論は忘れてはならないことを銘記させる」（*AR* 260）と述べてもいるが、根本的には、ブラッドリーにとってはこの世界というものは、いくつかの精神、あるいは有限の心の中心が 1 つの世界を志向しているというその行為のために現成しているものなのである（*KE* 204）。はじめからブラッドリーは個の限界を認めている。「自己犠牲と自己主張の問題がこれに絡まっていることに気づいていない。これは個人の問題を越えていることを…… ／ 個人の完成は宇宙のほかとかかわりがないのではない。全体の本質にかかわる問題である。個人的な福利は社会的なものであり、他の人の福祉をも巻き込むものである」（*AR* 416）とも述べる。*AR* の最後において現象の中にすでに不完全ながら個が含まれているという、ある意味相互依存の世界観が垣間みられる（cf. *AR* 525）。

70 「……神はいへり、『神聖なる父はわれ等に語るところあれ』と。彼は彼等にこのダーなる 1 音節を発して（問へり）、『儞等了解せりや』と。『われ等は了解せり』と、彼等はいへり、『制御せよと（ダームヤッタ）、告げ給へり』と。彼はいへり、『然り、儞等は了解せり』と。「次に人間は彼らにいへり、（以下『制御せよ』の代わりに『布施せよ（ダッタ）』が入り、ほかは同じ）。「次に阿修羅は彼にいへり、（以下『憐愍せよ（ダヤドヴァム）』が入り、ほかは同じ）。「実にこれを復誦して、かの天声すなわち雷は響く ダ・ダ・ダと。すなわち、制御せよ、布施せよ、憐愍せよと。人はこの三、すなわち、制御・布施・憐愍を習得すべし」辻直四郎著『ヴェーダとウパニシャッド』（創元社、1953 年）、181–2。ヴェーダとはインド最古の文献で、バラモン（古代のヒンドゥー教）の根本聖典の総称である。ウパニシャッドはヴェーダの哲学部門を代表する。辻直四郎著『インド文明の曙——ヴェーダとウパニシャッド』岩波新書 D12、1967 年；中村元訳『ブッダの言葉——スッタ・ニパータ』岩波文庫、2015 年、68–9。

71 T. S. Eliot to J. H. Woods, 28 Jan. 1915, *Letters* 1, 91.

72 See Grover Smith, 96–7.

73 C. B. Cox and A. P. Hinchcliffe, eds, *The Waste Land: A Casebook*, 29–30.

74 *The Waste Land: A Casebook*, 30–33.

75 Lucas, F. L., 'The Waste Land': a review in *New Statesman*, 3 November 1923; reprinted in Jewel Spears Brooker, ed. *T. S. Eliot: The Contemporary Review*（Cambridge: Cambridge UP,

2009), 115–7.（Also in *The Waste Land: A Casebook*, 33–8.）

76　*Axel's Castle*, 93–131.

77　E. M. Forster said, "Eliot was the poet of a whole generation," in *Abinger Harvest*, qtd. in "Comments and Reactions" in *The Waste Land: A Casebook*, 48.

78　*The Poems of T. S. Eliot,* 574.

79　Northrop Frye, *T. S. Eliot: An Introduction*（Chicago and London: U of Chicago P, 1981）, 64–71.

80　*Letters* 1, xvx.

81　Hugh Kenner, *The Mechanic Muse*（New York: Oxford UP, 1987）, 36. 松本明訳『機械という名の詩神』（上智大学出版、2009 年）、45–6 参照。

82　*The Diaries of Virginia Woolf*, vol. ii: 1920–24, 20 September 1920, 67–7.

83　*Inventions of the March Hare*, xl–xli.

84　To Conrad Aiken, 10 January 1916, *Letters* 1, 137–8.

85　Eliot to C.C. Abbot, 13 October 1927. University Library, Durham.

86　Ackroyd, 309, 317. Cf. Miller, J. E. Miller, *T. S. Eliot's Personal Waste Land*（The Pennsylvania State UP, 1977）, 11–6, 41–5.

87　Spender, *T. S. Eliot*, 111.

88　Miller, J. E. *T. S. Eliot's Personal Waste Land: Exorcism of the Demons*. The Pennsylvania State University Press, 1977.

89　Ad de Vries, ed. *Dictionary of Symbols and Imagery*, 265.

90　『ギリシャ・ローマ神話辞典』205。語源である美青年ヒュアキントスが同性愛者であったことから時に男性の同性愛を表す。ギリシャ神話においては、同性愛はむしろ美徳とされておりヒュアキントスもその 1 人でオリンパス十二神の 1 人、ゼウスの息子アポローンと円盤投げに興じている時、西風の神ゼピュロス（Zephyrus）の嫉妬からアポローンが投げた円盤の軌道が変わり、ヒュアキントスの額を直撃し、アポローンの懸命の治療にもかかわらずヒュアキントスは出血死する（Ovid 10, 18–）。ヒアシンスはこの時に流れた大量の血から生まれたとされ、「悲しみを超えた愛」の象徴となっている。

91　Behr, 6.

92　*Letters* 1, xix.

93　ブライト・パットモアはアイリッシュ系の英国詩人・評論家のコヴェントリー・パットモア（Coventry Patmore, 1823–96）の孫と結婚し、文学界の女主人的存在となり、パウンドやオルディントン（Richard Aldington, 1892–1962）は彼女に詩を献じている。'Most worried and self-accusatory apologise,' *My Friends When Young*, 87.

94　Matthews, 110.

95　*An Imperfect Life*, 147.

96　"Eeldrop and Appleplex, I,"*The Little Review*, vol. 4, no. 1（May, 1917）: 7–11; "Eeldrop and Appleplex, II," *The Little Review*, vol. 4, no. 5（September, 1917）: 16–9. 以下本作品からの

引用は（　）によって本文中にそのページ数を表す。

97 Donald J. Childs は *T. S. Eliot: Mystic, Son and Lover* (2014), 1 においてこの 'a sceptic, with a taste for mysticism' との表現はまさに 1917 年であろうが 1940 年代であろうがエリオットの宗教的・哲学的見解を適格に述べたものとする。

98 G. W. Leibniz: *La manadologie*, 1714, 河野与一訳：岩波文庫『単子論』。

99 河野与一訳『単子論』57。Gottfried Wilhelm Leibniz, *The Monadology and other Philosophical Writings*, trans. Robert Latta (Oxford: Clarendon Press, 1898), 248.

第Ⅲ章

1 『タイムズ紙文芸付録』*Times Literary Supplement*、1935 年 1 月 10 日のコメント。

2 Sir Herbert Read in *The Man and His Work*, Allen Tate, ed., 34.

3 1605 年 11 月 5 日、当時イギリス国教会優遇政策下にあったガイ・フォークス (Guy Fawkes) とその仲間のカトリック教徒が企てた事件。国王ジェームズ 1 世と議員たちを殺すために、上院議場の下まで坑道を掘り、大量の火薬 (gunpowder) で爆破しようとしたが、寸前で発覚し、主謀者はロンドン塔に送られ、翌年 1 月 31 日に処刑された。その事件を記念するため、11 月 5 日にガイ・フォークスと呼ぶ人形を作って、町中を 1 日中引き回し、夜にそれを焼き捨てる風習が生れた。*Dictionary of National Biography* 参照。

4 *The Poems of T. S. Eliot,* 719.

5 Craig Raine, *T. S. Eliot* (Oxford UP, 2011), 15.

6 "Dante's white rose is the symbol of divine love,"Commentaries of *The Divine Comedy. 3: Paradiso*, trans. Dorothy L. Sayers and Barbara Reynolds (New York: Penguin Classics, 1962), 324.

7 *The Poems of T. S. Eliot,* 721.

8 *The Poems of T. S. Eliot,* 723.

9 To Norbert Wiener, 6 January 1915, *Letters* 1, 87–8.

10 'my fatal disposition toward scepticism,' *Letters* 1, 91.

11 'From such premisses there is in my opinion no road except to total scepticism,' *ETR*, 199.

12 'His philosophy seems to give you everything that you ask,' said Eliot in despair, 'and yet to render it not worth wanting' (*Vanity Fair*, Feb. 29 1924, 98).

13 Richard Wollheim, "Eliot and F. H. Bradley: An account," in *Eliot in Perspective*, ed. Graham Martin (London: Macmillan, 1970), 169–93.
   Eliot は哲学書とともに宗教的経験の心理に関する書物を多く読んでいた。ゴードンは Houghton Library に残されている 40 にものぼるカードを証拠として記載している。(*An Imperfect Life*, 537–8. 主なものは、Ames, E.S. *The Psychology of Religious Experience*. Boston, 1910; Caldecott, A. *The Philosophy of Religion in England and America*. London, 1909; Inge, W. R. *Christian Mysticism*. London, 1899. —*Personal Idealism and Mysticism*. London. 1907. —*Studies of English Mystics*. London, 1906. Ladd, G. T. *The Philosophy of*

Religion. 2 vols. New York, 1905; James, William. *The Varieties of Religious Experience.* London, 1902.

14 塚田理『イングランドの宗教——アングリカニズムの歴史とその特性』157。

15 Nicholas Lossky, *Lancelot Andrewes: The Preacher* (1555-1626) (Oxford: Clarendon Press, 1991), 173, 331–5.

16 See "Andrewes is one of the most resourceful of authors in his devices for seizing the attention and impressing the memory. Phrases such as 'Christ is no wild-cat. What talk ye of twelve days? or 'the word within a word, unable to speak a word,' do not desert us. . . ." ("Lancelot Andrewes," 1926, *SE* 349).

17 "*Sermon 5 Of the Nativitie: Christmas 1610,*" in *Sermons,* ed. G. M. Story (Oxford: Clarendon Press, 1967), 33–4, qtd. in *SE* 348–9. 以下 *Sermons* とあるのは本書のことである。

18 G. R. G. Mure, 'Bradley: towards a Portrait,' *Encounter,* xvi no. 1 (Jan. 1961), 28.
   クラパム運動は聖公会福音主義の非公式なグループ。社会問題については保守的な傾向にあったが、強い道徳的責任感を持ち、宗教は善行によって示されなければならないとの信念に基づく。『キリスト教大事典』347。

19 自由主義神学なる語は、正統的神学に対して用いられるもので、人間の主体的な活動の意義と余地を認める神学である。したがって自由主義神学においては、聖書やキリストや信仰の理解が、批判精神や科学的な歴史研究や宗教的経験や信仰の実存的な把握と結びつけられる。『キリスト教大事典』512。

   See Bradley's 'The Presuppositions of Critical History,' *Collected Essays,* 1–70, esp. 51–2.

20 Qtd. in *The Idea of a Christian Society,* 168.

21 イギリス国教会の多くは、平日は戸が閉じられているが、施錠はされておらず、中に入ることが許されている。この折も、誰もいないような佇まいであったが、中に入らせていただくと、すぐ、2人の教会員の方が、(1人は花束を持って)教会の清掃に来られた。当然のことながら高名なエリオットが受洗した教会であることを誇らしく思っておられた。

22 Herbert Read in *The Man and His Work,* 22.

23 *Letters* 2, 96. Cf. Ronald Schuchard, *Eliot's Dark Angel* (Oxford: Oxford UP, 1999), 152, 169.

24 *A Sermon Preached in Magdalene College Chapel* (Cambridge UP, 1948), 8.

25 Sencourt, 104.

26 *An Imperfect Life,* 223; Matthews, 99–100.

27 Barry Spurr, *'Anglo-Catholic in Religion' T. S. Eliot and Christianity,* 21.

28 『キリスト教事典』55、『キリスト教神学事典』36–7、『新キリスト教辞典』(いのちのことば社、1991年)、1196–98、など参照。

29 熊沢義宣・高柳俊一日本語訳監修、アリスター・E. マクグラス『現代キリスト教神学思想大事典』(新教出版社、2001年)、16–7。Cf. ブルック・フォス・ウェストコット

注　357

(Brooke Foss Westcott, 1825–1901)『受肉と共同体生活』(*Incarnation and the Common Life*, 1893)。

30　*Catholicity*：*A Study in the Conflict of Christian Tradition in the West*. London: Dacre Press, 1947.

31　Sencourt, 107–8.

32　Sencourt, 108.

33　Sencourt, 108.

34　*The Times Literary Supplement*, 23 September 1926.

35　Sister Mary James Power宛ての書簡、1932年12月。Staffan Bergsten, *Time and Eternity: A Study in the Structure and Symbolism of T. S. Eliot's Four Quartets* (Stockholm: Uppsala, 1960), 44–5.

36　日本聖公会「祈祷書」より引用。

37　『キリスト教大事典』418。

38　To William Force Stead, 10 April 1928, *Letters* 4, 128.

39　*The Diaries of Harold Nicolson*, 2 March 1932. Entry in *The Diaries and Letters of Harold Nicolson*, edited by Nigel Nicolson. London, 1966–68.

40　Eliot to Paul Elmer More,'Shrove Tuesday'1928, qtd. in *Eliot's Dark Angel*, 152.

41　Sencourt, 111.

42　"*Sermon15 Of the Nativitie: 1622*," *Sermons* 109.

43　"*Sermon 15 Of the Nativitie: Christmas 1622*," *Sermons* 109–10.

44　Cf. Zacharies peace."*Sermon 11 Of the Nativitie: Christmas 1616*," *Sermons* 70.

45　"*Sermon 4 Of Repentance: Ash-Wednesday 1619*," *Sermon*s 122.

46　Letter to John Middleton Murry, mid-April? 1925, *Letters* 2, 627.

47　Letter to John Middleton Murry, mid-April? 1925, *Letters* 2, 632.

48　See *The Golden Bough*, 317–26.『金枝篇』(四) 第57章「公的替罪羊——具象化した災厄の追放」158–85。

49　Gordon, *Eliot's New Life,* 1977, 58–9; *T. S. Eliot: An Imperfect Life*, 200–01.

50　Eliot to Paul Elmer More, 10 August 1930, *Letters* 5, 292–3.

51　Vivien Eliot to Virginia Woolf, 27 April 1923. Sussex, The Manuscripts Section of the University of Sussex Library, *Letters* 2, 118.

52　ヴィヴィアンは Fanny Marlow, Feiron Morris, Felise Morrison, FM, Irene Fassett 等幾つもの名で執筆していた。*The Criterion* of April 1925, qtd. in *Painted Shadow*, 403–6.

53　Hugh Kenner, *The Pound Era* (London: Faber & Faber, 1973), 277; *The Mechanic Muse*, 33.『機械という名の詩神』、42。

54　St. John of the Cross, *Dark Night of the Soul,* trans. E. Allison Peers (Radford VA: Wilder Pub, 2008), Bk. II. Ch. XIX–XX, 109–13.

55　『神曲』『浄罪篇』第9歌。

56 *Dark Night of the Soul*, Bk. II. Ch. XXI. 114.

57 Cf. *The Poems of T. S. Eliot,* 748.

58 ホルヘ・ルイス・ボルヘス（Jorge Luis Borges）、『幻獣辞典』（晶文社、1974年）「グリュプス」。

59 *The Poems of T. S. Eliot,* 751.

60 "*Sermon 12 Of the Nativitie: Christmas 1618,*" *Sermons* 85, qtd. in *SE* 350.

61 アメリカ出身の数学者。TLSで勤務した後Faber & Faberの主導的編集者になり、友人の問題に耳を傾けるタイプの人物でエリオットとも親交を深める。*Letters* 5, 87n.

62 Ackroyd, 206.

63 Cf. *T. S. Eliot and Christianity*, 117–8.

64 E. W. F. Timlin speaking at Canterbury symposium, 8 May 1983, qtd. in Ackroyd, 211.

65 Barry Spurr, *Anglo-Catholic in Religion: T. S. Eliot and Christianity*, 138.

66 Joseph Chiari, *T. S. Eliot: A Memoir* (London: The Enitharmon P, 1982), 7.

67 "The Modern Mind,"*The Listener*, 16th March 1932, 383.

68 Roger Kojecky, *Social Criticism* (London: Faber and Faber, 1971), 78.

69 *Christian News-Letter*, 3rd September 1941.

第Ⅳ章

1 *The Paris Review Interviews*, 79.

2 *The Paris Review Interviews*, 79.

3 『哲学事典』1271 参照。

4 1753年キートの長男トーマス（Thomas）がSir Dudley Ryderに屋敷を売り、1901–2年にかけて大幅な増築が行われ現在は8代目Earl of Harrowbyが所有し、彼と再婚した元モデル、現在インテリアデザイナーのCaroline Sandonが史実も交えて小説 *Burnt Norton* を著わしている。

5 Eliot to Helen Gardner, 2 December 1942. Bodleian, qtd. in Ackroyd, 229.

6 Helen Gardner, *The Composition of Four Quartets* (London: Faber and Faber, 1978), 35.

7 Frank Morley in *The Man and His Work*, 106.

8 *The Composition of Four Quartets,* 14.

9 *The Invisible Poet T. S. Eliot*, 297.

10 See *Dark Night of the Soul*, Bk II, Ch. VI, 68. Inasmuch as God here purges the soul according to the substance of its sense and spirit, and according to the interior and exterior faculties, the soul must needs to be in all its parts reduced to a state of emptiness, poverty and abonnement, and must be left dry and empty and in darkness. For the sensual part is purified in aridity, the faculties are purified in the emptiness of their perceptions and the spirit is purified in thick darkness.

11 *Dark Night of the Soul*, Bk II, Ch. VIII, 74.

For in order that soul may be divinely prepared and tempered with its faculties for the Divine union of love, it would be well for it to be first of all absorbed, with all its faculties, in this divine and dark spiritual light of contemplation, and thus to be withdrawn from all the affections and apprehensions of the creatures ... And thus, the simpler and the purer is this Divine light in its assault upon the soul, the more does it darken it, void it and annihilate it according to its particular apprehensions and affections, with regard both to things above and to things below ....

12　Grover Smith, 253.

13　*Dark Night of the Soul,* Bk. II, Ch. XIX–XX, 109–13. エリオット自身は「10 の階段の比喩」の説明を求められることに疎ましさを覚えてもいた。*The Poems of T. S. Eliot,* 923.

14　"T. S. Eliot—Poet 1888–1965," printed by Taunton Printing Company, 1967, Foreword.

15　"A Guide to St. Michael's Church, East Coker, Somerset," written by Cecil C. Foulkes—Church Warden In collaboration with Rev. David Hunt, July 1987 Revised by Mary Field, January 1997, 1–2.

16　James Johnson Sweeney, "'East Coker': A Reading," *Four Quartets: A Casebook* (Macmillan, 1963), 40.

17　*The Composition of Four Quartets*, 99.

18　Saint John of the Cross, "Doctor of the Church," *The Complete Works*, translated and edited by E. Allison Peers, vol. I, 62–3.

19　*"Sermon 2 Of the Passion: Good-Friday 1604,"Sermons* 161–2.

20　菅沼晃編『インド神話伝説辞典』（東京堂出版、1985 年）、139–43。

21　Grover Smith, 327. なお Smith は Portuguese Church of Our Lady of Good Voyage としている。

22　*The Poems of T. S. Eliot,* 982.

23　*The Poems of T. S. Eliot,* 987.

24　ハーバートはエリオットにとってダンやクラショーらと比べれば関心は薄かったが、『ジョージ・ハーバート』はエリオットの主要なエッセーの最後に当たる。ハーバートは日常語を適所に意味を凝縮させて配置する名人と称賛した。Cf.T. S. Eliot, *George Herbert* (London, 1962), 28.

25　Barry Spur, "The Genesis of 'Little Gidding,'" *Yeats-Eliot Review* 6 (1979), 30.

26　*The Composition of Four Quartets*, 62–3; Ronald Schuchard, *Eliot's Dark Angel* (Oxford: Oxford UP, 1999), 181.

27　Cf. *The Composition of Four Quartes*, 65; *The Poems of T. S. Eliot*, 1012–4.

28　*The Poems of T. S. Eliot,* 1012.

29　Julian of Norwich, *Revelations of Divine Love with an Introduction* by Dom Roger Hudleston (Mineola: Dover, 2006), an unabridged republication of the 1952 (second) printing of the work first published in 1927 by Burns, Oates and Washbourne, Ltd., London, ch 27. Cf. *The Poems of T. S. Eliot,* 1031.

30　*The Composition of Four Quartets*, 71.

31 ウェルギリウスはダンテにとって終始指導者として仰ぎ見られているが、時に宗教的知識の不足をあらわにして弱みをさらけ出し、作者ダンテはウェルギリウスの知識の限界をも見落としてはいない。そのことは神学を哲学の上に置くというトマス思想の峻厳さを垣間見せているとも思われる。

32 高津春繁『ギリシャ・ローマ神話辞典』244。

33 *The Poems of T. S. Eliot,* 1042. なお編者 Ricks は典拠を *Appearance and Reality* ch. XV としているが、実際は ch. XXV である。

34 *The Cloud of Unknowing*, ed. from the British Museum Ms. Harl 674, with an Introduction by Evelyn Underhill, John M. Watkins (Oxford: 2009), 25. 作者不詳奥田平八郎訳『不可知の雲』(現代思潮社、1969 年第 1 刷、1974 年第 2 刷)、27「解説」参照；『一族再会』"And design is accident / In a cloud of unknowing" (II. *CPP* 337) でアガサが言及している。

35 B. Rajan, *T. S. Eliot: A Study of His Writings by Several Hands* (New York: Haskell House, 1964), 76.

36 『浄罪篇』第 8 歌 28–30 行に出てくる天使だけは、浄罪にいそしみ希望に燃える亡霊にふさわしく、「いま萌え出たばかりの若葉のごとき緑色」の衣を纏っているが、その他の箇所では、天使の着衣はすべて雪白である。「ダニエル書」7:9、「マタイによる福音書」28:3 参照。寿岳文章訳『神曲 天国篇』415–6 注。

37 実体とはそれ自体で存在する具体的な個物、たとえば生物、人間、天使など。偶有とはそれ自身で存在せず、実体の属性として存在するもの。寿岳文章訳『神曲 天国篇』443 注。

38 See *T. S. Eliot: A Study of His Writings by Several Hands*, 77; *The Composition of Four Quartets*, 70, 204.

39 Spender, *T. S. Eliot*, 8.

40 B. C. Southam, *A Student Guide to the Selected Poems of T. S. Eliot*, 1968 (London: Faber and Faber, 1985), 119,

41 野上素一『ダンテ』145–8。

42 野上素一『ダンテ』163。

43 Smidt, 4.

44 Qtd. in Spender, *T. S. Eliot*, 26.

45 Evil assuredly contributes to the good of the whole, but it contributes something which in that whole is quite transformed from its own nature (*AR* 441). See also *ES* 322–3.

46 *The Monist: An International Quarterly Journal of General Philosophical Inquiry*, October 1916, qtd. in Ackroyd, 93.

47 "Nouvelle Revue Française and Vanity Fair,"qtd. in Hugh Kenner,*T. S. Eliot: A Collection of Critical Essays*, "Bradley,"40.

48 M. D. Zabel, "T. S. Eliot in Mid-Career," *Poetry: A Magazine of Verse*, XXXVI (1930), 334.

49 Cf. P. R. Headings, *T. S. Eliot* (New York: 1964), 31–8, 56–61, 70–95.

50 『キリスト教大事典』(教文館、1963)、757 参照。『神学大全』第 12 問第 4 項等。

注　361

51　Behr, 44.

52　Eliot to Stanley Rice, 1 Oct. 1923, *Letters* 2, 230.

53　Eliot to Herbert Read, 11 December 1925. Victoria, *Letters* 2, 794–8. Cited in Ackroyd, 155. 193.『形而上学』1072b でアリストテレスは目的因の本質や宇宙の運動の目的を詳しく述べている。*Works of Aristotle*, VIII ed. W. D. Ross（Oxford: Clarendon Press, 1928, 1072a）．エリオットは「バーント・ノートン」の中で「愛は不動で ／ ただ運動の原因と目的で ／ 無時間で利己的な気持ちがないもの」（*CPP* 175 / 122）と述べている。

54　Smidt, 28.

55　T. S. Eliot, "Mr. Middleton Murry's Synthesis," *The Criterion* VI: 4（Oct. 1927）, 340, qtd. in *T. S. Eliot and Christian Tradition,* ed. Benjamin G. Lockerd（Maryland: Fairleigh Dickinson UP, 2014）, 112.

56　*T.S. Eliot and Christian Tradition*, 99. エリオットは人間としてはマリタンに親しい思いを抱いていたが、トマス主義の解釈が幾分主観的であるとして違いも感じており、Etienne Gilson, Paul Elmer More, and Josef Pieper らのプラトン主義に関心を向けていく。Cf. E. W. F. Tomlin, *T. S. Eliot: A Friendship*（London: Routledge, 1988）, 73.

57　高柳俊一『T. S. エリオットの思想形成』（南窓社、1990 年）、32。

58　高柳俊一『T. S. エリオットの思想形成』117。

59　Smidt, 210.

60　*SE* 260 Directio voluntatis（＝direction of will）goes in parallel with God's will or not.（*De Vulgari Eliquentio*, II, ii, 7.）『俗語論』（1302–1305）.『天国篇』第 5 歌 19–24 行、『浄罪篇』第 21 歌 40–72 行参照。

61　Ernst Robert Cirtius, *Kritiscge Essays zur europäischen Literatur*, 1954. 川村二郎他訳『ヨーロッパ文学評論集』（みすず書房、1991 年）、329。

62　Eliot to Philip Mairet, 31 October 1956. The Collection of Violet Welton, qtd. Ackroyd, 271.

63　Ackroyd, 271–2. なお手法は異なるが、『四つの四重奏』をエリオットのキリスト教化されたブラッドリー思想と見ているものとしてチャイルズは、Jewell Spears Brooker の 'F. H. Bradley's Doctrine of Experience in T.S. Eliot's *The Waste Land* and *Four Quartets*,' *Modern Philosophy*, 77.2（November 1979）: 152; 'Transcendence and Return: T.S. Eliot and the Dialectic of Modernism,' *South Atlantic Review*, 59. 2（May 1994）: 53–74 等をあげている。

64　Sencourt, 154.

65　Mary Trevelyan, "The Pope of Russell Square 1938-1958: Twenty Years 'and no-tomorrow,'" unpublished memoir, qtd. in Carole Seymour-Jones, *Painted Shadow: The Life of Vivienne Eliot, First Wife of T. S. Eliot*, 2001, 581.

66　*Painted Shadow,* 581.

67　*An Imperfect Life*, 297–8.

68　Anne Oliver Bell, ed., *The Diary of Virginia Woolf*, vol. iii 1925–30, 30 November 1930, 331.

69　*Painted Shadow*, 3, 574.

362

70　Michael Hastings, Introduction, *Tom and Viv* (London: Penguin, 1984).

71　*My Friends When Young*, 84–6.

72　Vivien は *The Criterion* に 11 編もの散文と詩を寄稿している。Matthews, 83.

73　*Painted Shadow*, 4–5.

74　Christopher Sykes, "Some Memories," *The Book Collector*, Winter 1965, qtd. in Ackroyd, 276.

75　E. W. F. Tomlin in the *Listener*, 28 April 1977.

第 V 章

1　*Paris Review Interviews*, 76–7.

2　E. Martin Browne: *The Making of T. S. Eliot's Plays* (Cambridge: Cambridge UP), 342.

3　*The Poems of T. S. Eliot*, 860.

4　*The Poems of T. S. Eliot*, 860.

　　The Rock (London: Faber and Faber), 1964. 以下本作品からの引用は（　）によって本文中にそのページ数を表す。

5　Browne, 10.

6　"Mr. Barnes and A. L. Rowse," *The Criterion* VIII: 33 (July 1929): 687–8.

　　その後エリオットは共産主義を含む全体主義に興味を抱く。

7　Browne, 17.

8　Browne, 34.

9　『キリスト教大事典』953。

10　2 章注 59 参照。エウメニデスは、初めはエリニュエスたち（Erinys）と呼ばれた。主として肉親間の、しかしまた一般に殺人、その他の自然法に反する行為に対する復讐あるいは罪の追及の女神。ウーラノスの男根がクロノスによって断ち切られた時、その血にしたたりが大地に落ちて、そこから生まれたとされ、最初の、ゼウス以前の神である。彼女たちは神話伝説中では、母殺しのオレステスのごとき罪人を追う恐ろしい女神として登場するが、彼女たちは大地との関係から多産豊穣をもたらすものとして、デーメーテール・エリニュエスなる呼称が示すごとく、好意ある神として、エウメニデスともセムナイ Semnai（おごそかなる女神たち）とも呼ばれ、両者は混乱している。『ギリシャ・ローマ神話辞典』、72。

11　年齢はエリオットの設定による。Browne, 143–44.

12　David Ward, *T. S. Eliot Between Two Worlds: A Reading of T. S. Eliot's Poetry and Plays* (London: Routledge, 1973), 231–2.

13　Browne, 160.

14　Browne, 106–8.

15　*Paris Review Interviews*, 77.

16　Browne, 173.

17　Browne, 173.

18 『ギリシャ・ローマ神話辞典』49。

19 Browne, 285.

20 Browne, 279.

21 Cf. Bonamy Dobrée in *The Man and His Work*, 81.
　平凡な人間愛は私たちを神の愛に導くことはできず、むしろ神の愛は、さもなければ動物の「自然な」愛情とほとんど区別するところのない、私たちの人間的愛情を、啓発し増大し、向上させることができると思うのです。望遠鏡を逆にして、そこからそれを、ちょっと眺めてごらんなさい！

22 Behr, 75. Ackroyd, 315.

23 Eliot to Ezra Pound, 13 August 1954, in Beinecke collection, qtd. in Ackroyd, 316.

24 Ezra Pound to Ernest Hemingway, 9 August 1955, qtd. in Ackroyd, 316.

25 Behr, 76.

26 Eliot to Bonamy Dobrée, 22 November 1956. Brotherton, qtd. in Ackroyd, 318.

27 *An Imperfect Life,* 497–8（Valery Eliot のこと）.

28 Ackroyd, 319–20.

29 Matthews, 139–48.

30 E. W. F. Tomlin, *T. S. Eliot: A Friendship*（London: Routledge, 1989）, 171.

31 Matthews, 149; *Painted Shadows*, 592.

32 Matthews, 150; *An Imperfect Life*, 431.

33 *An Imperfect Life*, 426.

34 Matthews, 151.

35 Denis Donoghue,"The Temptation of St. Thomas," *The New York Times Book Review*（Oct. 16, 1988）: 38. 『T. S. エリオットの思想形成』302 参照。

36 Ackroyd, 180–1.

37 Ackroyd, 306.

38 *An Imperfect Life*, 467.

39 Ackroyd, 320. メアリー・トレヴェリアンは、エリオットとの別れの傷を抱えつつも社会的貢献を成し、ロンドンに国際学生寮を創り、知事となり「大英帝国勲章」OBE（Order of the British Empire）を 1956 年に「大英帝国勲章司令官」CBE（Commander of the Order of the British Empire）をエリオットの死後 2 年経た 1967 年に受け、1983 年に生涯を全うした。

40 Matthews, 124–6, 155–7.

41 Christopher Sykes, "Some Memories," *The Book Collector*, Winter 1965.

42 Matthews, 161.

43 Robert Giroux, quoting Eliot, in Tate Collection, qtd. in Ackroyd, 321.

44 Behr, 79.

45 Stephen Spender in *The Man and His Work*, 60.

46 Ackroyd, 321–3.

47 Browne, 311.

48 *The Poems of T. S. Eliot,* 1061.

49 Browne, 312.

50 Stephen Spender: *Recent Essays,* published in Japan through the translators' personal arrangement with Mr. Stephen Spender, trans. Rikutaro Fukuda and Shozo Tokunaga (Eichosha, 1954), 171. 福田陸太郎・徳永暢三共訳『スペンダー評論集』、171。

51 春名純人「カルヴァンにおける心と神の像」『カルヴァンの信仰と思想』(すぐ書房、1981)、175。

52 Behr, 43.

53 *After Strange Gods*, 59.

54 "Preface to the English Tradition," *Christiandom*, 10:38 (June 1940):106.

55 "The Church and the World: Problem of Common Social Action," *Times* (17 July1937):18; "Last Words," *The Criterion* XVIII: 71 (January 1939): 272–3.

56 "A Commentary," *The Criterion* VIII:30 (September 1928):5.

57 "Literature of Fascism," *The Criterion* VIII: 31, 282.

58 "A Commentary," *The Criterion* XVI:62 (October 1936):66.

59 Behr, 47.

60 "A Commentary," *The Criterion* XV:61 (July 1936), 664.

61 "Last Words," 269, 270, 273, 274, 275.

62 T. S. Eliot, "Review of *Books,"* *English Review*, LIII (June-December 1931), 120.

63 "Catholicism and International Order," in *Essays Ancient and Modern*, 172.

64 *Listener*, xvii/423 (17 Feb 1937), 373 (Reprinted as an appendix to *The Idea of a Christian Society*, 1939).

65 *The Idea of a Christian Society*, 43.

66 'No perfect scheme can work perfectly with imperfect men.' in "Christianity and Communism," *Listener*, March 16, 1932, qtd. in Smidt, 29.

67 *The Idea of a Christian Society,* 106.

68 *The Idea of a Christian Society,* 83.

69 *WF.* xxvi–xxvii; "Last Words," 273.

70 *An Imperfect Life,* 188.

71 *Notes Towards the Definition of Culture* の Appendix として掲載されている。Cf. *NT* 110–24.

72 "Can 'Education' be Defined?"; "The Interrelation of Aims'; 'The Conflict between Aims"; "The Issue of Religion" (*CC* 61–124).

73 Cf. Eugene Goodheart, *The Failure of Criticism* (Cambridge: Harvard UP, 1978), 51–9.

74 *Revelation*, 39 in *The Idea of A Christian Society*.

75 *Selected Letters*, 318.

76 Qtd. in Matthews, 181. Cf. *An Imperfect Life*, 528.

77　*An Imperfect Life*, 525.

78　Matthews, 181; *An Imperfect Life*, 525–6.

79　"T.S. Eliot—poet 1888–1965," printed by Taunton Printing Company, 1967, On the Seventy-Seventh Anniversary of his birth, a 'Memorial Service For Thomas Stearns Eliot and the Unveiling of a Memorial Plaque' by Mrs. T. S. Eliot.

80　*Axel's Castle*, 112.

81　Herbert Read in *The Man and His Work*, 35.
　　Cf. Julius, Anthony. *T. S. Eliot: Anti-Semitism and Literary Form*. Cambridge: Cambridge UP, 1995; Raine, Craig, 'In Defence of T. S. Eliot' in *In Defence of T. S. Eliot*. Picador, 2000; Broooker, Jewel Spears ed., 'T. S. Eliot in the Dock' in *T. S. Eliot and our Turning World*. London: Macmillan, 2001; Paulin, Tom, 'Undesirable,' in the *London Review of Books*, 9 May 1996.

82　Behr, 56.

83　文壇から、たとえば大衆には好かれるが、アカデミズムから軽視されてきたロバート・フロストは同業者に辛辣であったが、エリオットに対しても「食わせ物の詩人で、口先だけの俗物」と嘲笑し、バーヴァードの同級生で、同じフォックス・クラブ（Fox Club）に属していたヴァン・ウィック・ブルックスもエリオットを「祖国を捨てた」のみならず悪影響を与える「信仰薄く、希望はさらに薄く、慈愛の影もない」キリスト者と嫌悪した。Matthews, 183–4.

84　"The Influence of Landscape upon the Poet," *Daedalus*（Journal of the American Academy of Arts and Sciences）, 89（1969）, 421, 422.

85　*After Strange Gods*, 42.

86　Letter to Gilbert Seldes, 27 December 1922, *Letters* 1, 813.

87　*Ezra Pound, Selected Poems*, 20. Richard Aldington はその著で 2 人を比較して、パウンドは世の中が繁栄している時にその声を駆使したがエリオットは戦時の混乱時に詩を発表し始めた。しかしその卓越した思慮によって、自らの人間的感性、その多くの考えをイギリス文学界に課すことに成功したと述べている。Richard Aldington, *Life for Life's Sake: A Book of Reminiscences*（New York: Viking, 1941）, 217, qtd. in *Eliot's Criterion*, 35.

88　Matthews, 177–8.

89　Ezra Pound in *The Man and His Work*, 89; *The Pound Era*, 550–1. なおポッサムとは、いつもつかまえどころがなく慎重な態度をとることから、自分を捕食しようとする動物を避けるために死んだふりをするフクロウネズミを表すパウンドがつけたニックネーム。*Old Possum's Book of Practical Cats*, 1939, 14 篇の詩からなるこの詩集はエリオットがシリアスな詩『四つの四重奏』を書き始めた時期と重なり、精神的なバランスを鑑みての執筆であるとの解釈も成り立つ。

90　Matthews, 178.

91　Cf. *Notes towards the Definition of Culture, Chapter,* III,"Unity and Diversity: The Region."

92 Matthews, 186.

93 'My buried life, and Paris in the Spring,' "Portrait of a Lady," *CPP* 19.

94 Herbert Read in *The Man and His Work*, 27–32, 36–7.

95 *Interview with Valerie Eliot in the Observer,* 20 February 1972, qtd. in Ackroyd, 334.

96 Eliot to Herbert Read, 1 August 1963. The Special Collections of the University of Victoria Library, qtd. in Ackroyd, 334.

97 'The "Pensées" of Pascal,' *SE* 408; 'the sequence that culminates in faith.'

98 『死に至る病』24。

99 『死に至る病』185。

100 『死に至る病』215。

101 *An Imperfect Life*, 493.

参考文献

〈エリオットによる資料〉

Eliot, T. S. *After Strange Gods: A Primer of Modern Heresy,* London: Faber and Faber, 1934.

————. *American Literature and the American Language: An Address delivered at Washington University on June 9, 1953 with an Appendix.* Washington University, 1953.

————. "An Anglican Platonist: The Conversion of Paul Elmer More." Review of *Pages from an Oxford Diary*, by Paul Elmer More. *Times Literary Supplement*（30 Oct. 1937）: 792.

————. *Ara Vos Prec*. London. The Ovid Press, 1920.

————. "Catholicism and International Order."In *Essays Ancient and Modern*. London: Faber, 1936. Originally published in *Christendom* 3（Sep., 1933）: 171–84.

————. *The Cocktail Party.* 1950. London: Faber and Faber, 1982.

————. "Commentary." *The Criterion.* III:9, V:2, VI:4, VIII:30, 31, 33, IX: 36, XIII: 50, 52, 71, XV:61, XVI:62. "Last Words." *The Criterion* XVIII（January, 1939）: 269–75. Rpt. New York: Barnes & Noble, 1967.

————.*The Complete Poems and Plays of T. S. Eliot*. London: Faber and Faber, 1969.

————. *The Confidential Clerk.* 1954. London: Faber and Faber, 1974.

————. "The Contemporary Thomist." *The New Statesman*（29 December 1917）: 312–3.

————. "Degrees of Reality." King's College Archive Centre, Cambridge, The Papers of the Hayward Bequest of T. S. Eliot Material, HB,（covering dates 1860–1988; 7 boxes and 80 volumes; paper）.

————. "Eeldrop and Appleplex, I." *The Little Review.* Vol. 4. 1. New York. May, 1917, 7–11.

————."Eeldrop and Appleplex, II." *The Little Review.* Vol. 4. 5. New York. September, 1917, 16–9.

————. *The Elder Statesman.* 1959. London: Faber and Faber, 1976.

————. *Ezra Pound: His Metric and Poetry*. New York: Alfred Knopf, 1917.

————. *The Family Reunion.* 1939. London: Faber and Faber, 1983.

————. *For Lancelot Andrewes: Essays on Style and Order.* 1928. London: Faber and Faber, 1970.

————. *Four Quartets*. 1944. London: Faber and Faber, 1979.

————. *The Idea of a Christian Society and Other Writings with an Introduction by David L.*

Edwards. 1939. London: Faber and Faber, 1982.

—————. Interview of Donald Hall in *Paris Review Interviews*, 1. With an Introduction by Philip Gourevitch. New York: Picador, 2006.

—————. "Introduction, *Savonarola, A Dramatic Poem*." By Charollote Eliot with an Introduction by T. S. Eliot. London, 1926.

—————. *Inventions of the March Hare: 1909–1917*. Ed. Christopher Ricks. London: Faber and Faber, 1996. 村田辰夫訳『三月兎の調べ、詩篇 1909–1917』国文社、2002 年。

—————. *Journey of the Magi*. London, Faber & Gwyer, 1927.

—————. *Knowledge and Experience in the Philosophy of F. H. Bradley*. London: Faber and Faber, 1964. 村田辰夫訳『F. H. ブラッドリーの哲学における認識と経験』南雲堂、1986 年。

—————. *The Monist* XXVI（October 1916）534–56. "'The Development of Leibniz' Monadism."

—————. *The Monist* XXVI（October 1916）566–76. "Leibniz' Monads and Bradley's Finite Centres."

—————."The Modern Dilemma: Christianity and Communism." *Listener* 7, no. 166（March 16, 1932）: 382–3.

—————."Mr. Middleton Murry's Synthesis." *The Criterion* VI. 4.（October, 1927）: 340–7.

—————. *Murder in the Cathedral*. 1935. London: Faber and Faber, 1976.

—————. *Notes towards the Definition of Culture*. London: Faber and Faber, 1948.

—————. *On Poetry and Poets*. 1957. London: Faber and Faber, 1986.

—————. *Poems Written in Early Youth*. London, 1967.

—————. "Poetry and Propaganda," in *Literary Opinion in America*, ed. M. D. Sable. New York: Harper and Brothers, 1951.

—————. *Points of View*. London, Faber & Faber, 1941. Hyperion Press, 1990.

—————. *The Rock*. 1934. New York: The Polygraphed Company, 1934.

—————.*The Sacred Wood*. 1920. London: Methuen, 1966.

—————. *Selected Essays*. 1932. London: Faber and Faber, 1986.

—————. *A Sermon Preached in Magdalene College Chapel*. Cambridge: Cambridge UP, 1948.

—————. *Revelation*. Ed. John Baillie and Hugh Martin. New York: Macmillan, 1937.

—————. *The Use of Poetry and the Use of Criticism: Studies in the Relation of Criticism to Poetry in England. 1933*. London: Faber and Faber, 1980.

—————. *To Criticize the Critic and Other Writings*.1965. London: Faber and Faber, 1978.

—————. *The Varieties of Metaphysical Poetry*. Ed. Ronal Schuchard. New York, 1993. 村田俊一訳『クラーク講演』松柏社、2001 年。

Eliot, Valerie, ed. *The Letters of T. S. Eliot*. Volume 1: 1898–1922.: Faber and Faber, 1988.

—————, *The Waste Land: A Facsimile and Transcript of the Original Drafts Including the Annotations of Ezra Pound*. London: Faber and Faber, 1971.

Eliot, Valerie and Haughton, Hugh, eds. *The Letters of T. S. Eliot*. Volume 1: 1898–1922, Revised Edition. London: Faber and Faber, 2009.

——, eds. *The Letters of T. S. Eliot*. Volume 2: 1923–1925. London: Faber and Faber, 2009.

——, eds. *The Letters of T. S. Eliot*. Volume 3: 1926–1927. London: Faber and Faber, 2012.

——, eds. *The Letters of T. S. Eliot*. Volume 4: 1928–1929. London: Faber and Faber, 2013.

——, eds. *The Letters of T. S. Eliot*. Volume 5: 1930–1931. London: Faber and Faber, 2014.

——, eds. *The Letters of T. S. Eliot*. Volume 6: 1932–1933. London: Faber and Faber, 2016.

〈ブラッドリーによる資料〉

Bradley, F. H. *Appearance and Reality*. Oxford: Clarendon Press, 1893. London: Swan Sonnenschein, 1908.

——. *Collected Essays*. Vols. 1–2. Oxford: Clarendon Press, 1935. Bristol: Thoemmes Press, 1999.

——. *Essays on Truth and Reality*. 1914. Oxford: Clarendon Press, 1962.

——. *Ethical Studies*. 1876. Oxford: Oxford UP, 2006.

——.*The Principles of Logic*. Vols. 1–2. 1883. Oxford: Oxford UP, 1922.

〈その他の資料〉

Abbott, Carpenter, et al., *Catholicity: A Study in the Conflict of Christian Traditions in the West*. London, 1950.

Ackroyd, Peter. *T. S. Eliot*. London: Abacus, 1984. 武谷紀久雄訳『T. S. エリオット』みすず書房、1988 年。

Ahlstrom, Sydney et al., eds. *An American Reformation: A Documentary History of Unitarian Christianity*. Middletown: Wesleyan UP, 1985.

Aiken, Conrad. *Selected Letters of Conrad Aiken*. Ed. Joseph Killorin. New Haven: Yale UP, 1978.

Aldington, Richard. *Ezra Pound and T. S. Eliot*. MA: The Journeyman Press, 1987.

Alighieri, Dante. *Dante's Inferno*. Translated and argued by J. A. Carlyle and revised by H. Oelsner. The Temple Classics. London: Dent & Sons Ltd., 1962.

——. *Dante's Purgatorio*. Translated by Thomas Okey and argued by Philip H. Wicksteed. The Temple Classics. London: Dent & Sons Ltd., 1962.

——. *Dante's Paradiso*. Translated and argued by P. H. Wicksteed. The Temple Classics. London: Dent & Sons Ltd., 1962. 野上素一訳『神曲』筑摩書房、1964 年。

——. *The Divine Comedy. Vol. I: Inferono*. Translated with an introduction, notes, and commentary by Mark Musa. Penguin Classics. New York: Indiana UP, 1971.

——. *The Divine Comedy. Vol. II: Prugatory*. Translated with an introduction, notes, and commentary by Mark Musa. Penguin Classics. New York: Indiana UP, 1981.

——. *The Divine Comedy. Vol. 3: Paradiso*. Translated by Dorothy L. Sayers and Barbara

Reynolds. Penguin Classics. New York, 1962.

Allan, Mowbray. *T. S. Eliot's Impersonal Theory of Poetry.* Lewisburg: Bucknell UP, 1974.

Ames, E. S. *The Psychology of Religious Experience.* Boston, 1910.

Andrewes, Lancelot. *Ninety-six Sermons.* Oxford: John Henry Parker, 1891.

──────. *Sermons.* Ed. G.M. Story. Oxford: Clarendon Press, 1967.

Antrim, Harry T. *T. S. Eliot's Concept of Language: A Study of Its Development.* Fla.: U of Florida P, 1971.

Asher, Kenneth. *T. S. Eliot and Ideology.* Cambridge: Cambridge UP, 1995.

Austin, Allen. *T. S. Eliot: The Literary and Social Criticism.* Bloomington: Indiana UP, 1971.

Baldwin, Gayle R. *T. S. Eliot and Anglicanism: Incarnation in the Post-conversion Poems.* Milwaukee, 1993.

Behr, Caroline. *T. S. Eliot: A Chronology of his Life and Works.* London: Macmillan, 1983.

Bergonzi, Bernard, ed. *T. S. Eliot, Four Quartets: A Casebook.* New York: Macmillan, 1969.

Bergson, Henri. *Les Deux sources de la morale et de la religion.* Paris: Flex Alcan, 1932. Translated as *The Two Sources of Morality and Religion*, by R. A. Audra and C. Brereton. Indiana: UP of Notre Dame, 1977. 中村雄二訳『道徳と宗教の二源泉』〈ベルグソン全集 6〉白水社、1993 年。

──────. *L'Évolution créatrice.* Paris: Flex Alcan, 1907. Translated as *Creative Evolution*, by A. Mitchell. New York: Henry Holt, 1922. 松浪信三郎・高橋允昭訳『創造的進化』〈ベルグソン全集 5〉白水社、1991 年。

──────. *Essai sur les données immédiates de la conscience.* Paris: Felix Alcan, 1889. Translated as *Time and Free Will: An Essay on the Immediate Data of Consciousness*, by F. L. Pogson. New York: Macmillan, 1910. 平井啓之訳『時間と自由』〈ベルグソン全集 1〉白水社、1993 年。

──────. *Matière et mémoire: Essai sur la relation du corps a l'esprit.* Paris: Felix Alan, 1896. Translated as *Matter and Memory*, by Nancy Margaret Paul and W. Scott Palmer. New York: Zone Books, 1988. 田島節夫訳『物質と記憶』〈ベルグソン全集 2〉白水社、1993 年。

──────. *La Pensée et le mouvant: Essais et conférences* (Paris: Felix Alcan, 1934). Translated as *The Creative Mind*, by Mabelle L. Andison (New York: A Citadel Press Book, 1992), 矢内原伊作訳『思想と動くもの』〈ベルグソン全集 7〉白水社、2001 年。

Bergsten, Staffan. *Time and Eternity. A Study in the Structure and Symbolism of T. S. Eliot's Four Quartets.* Stockholm: Uppsala, 1960.

Bolgan, Anne C. *What the Thunder said: Mr. Eliot's Philosophical Writings.* Toronto, 1960.

──────. *What the Thunder Really said: A Retrospective Essay on the Making of "The Waste Land."* Montreal and London: McGill-Queen's UP, 1973.

──────. "The Philosophy of F. H. Bradley and the Mind and Art of T. S. Eliot: An Introduction," *English Literature and British Philosophy* ed. S. P. Rosenbaum.

Chicago: Chicago UP, 1971.

Borchert, Donald M., et al. Eds. *Encyclopedia of Philosophy*. 2nd ed. New York: Macmillan, 2006.

Brabant, Frank Herbert. *Time and Eternity in Christian Thought*. London, Longman, 1937.

Braybrooke, Neville, ed. *T. S. Eliot: A Symposium for His Seventieth Birthday*. New York: Farrar, 1958.

Brenner, Rice. "Thomas Stearns Eliot." Frederick E. Finn. *Poets of Our Time*. New York, 1941.

Brooks, Cleanth. *Modern Poetry and the Tradition*. Chapel Hill, N. C.: U. of North Caroline P, 1939; London, 1948.

————.*The Hidden God: Studies in Hemingway, Faulkner, Yeats, Eliot and Warren*. New Haven: Yale UP, 1963.

Browne, E. Martin. *The Making of T. S. Eliot's Plays*. Cambridge: Cambridge UP, 1969.

Bush, Ronald. *T. S. Eliot: A Study in Character and Style*. New York: Oxford UP, 1983.

Caldecott, A. *The Philosophy of Religion in England and America*. London, 1909.

Carr, Stephen. "Faith and Metaphysics in the Philosophy of F. H. Bradley." Diss. Cambridge U, 1986.

Cattaui, George. *T. S. Eliot*. London: Merlin P, 1966.

Chiari, Joseph. *T. S. Eliot: A Memoir*. London: Enitharmon Press, 1982.

Childs, Donald J. *T. S. Eliot: Mystic, Son & Lover*. London: Athlone Press, 1997.

————. *From Philosophy to Poetry*. London: Athlone, 2001.

Cox, C. B. and Arnold P. Hinchliffe, eds. *The Waste Land: A Casebook*. London: Macmillan, 1968.

Davidson, Harriet. *T. S. Eliot and Hermeneutics: Absence and Interpretation in "The Waste Land."* Baton Rouge: Louisiana State UP, 1985.

Dawson, J. L., P. D. Holland, and D. J. McKitterick. *A Concordance to the Complete Poems and Plays of T. S. Eliot*. Ithaca: Cornell UP, 1995.

Douglass, Paul. *Bergson, Eliot, and American Literature*. Lexington: U of Kentucky P, 1986.

Drew, Elizabeth. *T. S. Eliot: The Design of His Poetry*. New York: Scribner's, 1949.

Eliot, William Greenleaf. 'Regeneration' (1853), in Sydney Ahlstrom et al., ed. *An American Reformation: A Documentary History of Unitarian Christianity*. Middletown: Wesleyan UP, 1998.

Fei-Pai Lu. *T. S. Eliot: the Dialectical Structure of His Theory of Poetry*. Chicago: U of Chicago P, 1966.

Frazer, James George. *The Golden Bough: A Study of Magic and Religion*. Createspace Independent Publishing Platform, 2016. 永橋卓介訳『金枝篇』岩波文庫 5 巻、1986 年。

Freed, Lewis. *T. S. Eliot: Aethetics and History*. Illinois: Open Court P, 1962.

Frye, Northrop. *T. S. Eliot*. Edinburgh: Oliver and Boyd, 1963.

Gallup, Donald. *T. S. Eliot. A Bibliography*. London: Faber and Faber, 1969.

Gardner, Helen. *The Art of T. S. Eliot*. 1949. London: Faber and Faber, 1979.

————. *The Composition of Four Quartets*. London: Faber and Faber, 1978.

Gerson, Lloyd P., ed. *Plotinus* Cambridge: Cambridge UP, 1999.

Gilson, Etienne und Böhner, Philotheus. *Der Hl. Augustinus Der Hl. Thomas von Aquin*. Paderborn, 1954. 服部英次郎・藤本雄三訳『アウグスティヌスとトマス・アクィナス』みすず書房、1981 年。

Gish, Nancy K. *Time in the Poetry of T. S. Eliot*. The Macmillan Press, 1981.

Goodheart, Eugene. *The Failure of Criticism*. Cambridge: Harvard UP, 1978.

Gordon, Lyndall. *Eliot's Early Years*. Oxford: Oxford UP, 1977.

————. *Eliot's New Life*. New York: Farrar, 1988.

————. *T. S. Eliot: An Imperfect Life*. New York: London: W.W. Norton, 1998.

Gray, Piers. *T. S. Eliot's Intellectual and Poetic Development 1909–1922*. Sussex: The Harvard Press, 1982.

Gunby, David, David Carnegie and Anthony Hammond, eds. *The Works of John Webster*. Volume One. Cambridge: Cambridge UP, 1995.

Hall, Donald. *Remembering Poets: Reminiscences and Opinions*. New York: Harper & Row, 1977.

Hannay, Alastair, and Mario, Gordon D., eds. *The Cambridge Companion to Kierkegaard*. Cambridge; New York: Cambridge UP, 1998.

Headings, Philip R. *T. S. Eliot*. New York: Twayne, 1964.

Hesse, Hermann. *Blick Ins Chaos: Drei Aufsatze*（1921）. Kessinger Publishing. 2010.

Howarth, Herbert. *Notes on Some Figures behind T. S. Eliot*. Boston: Houghton Mifflin, 1964.

Hulme, T. S. *Speculations*, ed. Herbert Read, with a Foreword by Jacob Epstein. New York, 1924.

Inge, William Ralph. *Christian Mysticism*. London: Methem, 1899.

————. *Personal Idealism and Mysticism*. London, 1907.

————. *Platonic Tradition in English Religious Thought*. London: Longmans, Green, 1926.

————. *Studies of English Mystics*. London, 1906.

Jain, Manju. *T. S. Eliot and American Philosophy: The Harvard Years*. Cambridge: Cambridge UP, 1992.

Johnson, Loretta Lucido. *T. S. Eliot's The Criterion: 1922–1939*. Umi, 1980.

Jones, David E. *The Plays of T. S. Eliot*. London: Routledge & Kegan Paul, 1960.

Jones, Genesius. *Approach to the Purpose: A Study of the Poetry of T. S. Eliot*. London: Hodder & Stoughton, 1964.

Julian of Norwich, *Revelations of Divine Love, with an Introduction*. By Dom Roger Huddleston. Mineola: Dover Publications, 2006.

Kearns, Cleo McNelly. *T. S. Eliot and Indic Traditions: A Study in Poetry and Belief*. Cambridge:

Cambridge UP, 1987.

Kenner, Hugh. *The Invisible Poet: T. S. Eliot.* University Paperbacks, London: Methuen, 1959.

─────. *The Mechanic Muse.* New York: Oxford UP, 1987.

─────. *The Pound Era.* California: U of California P., 1974.

─────, ed. *T. S. Eliot: A Collection of Critical Essays.* Prentice-Hall, 1962.

Kierkegaard, Søren Aabye. *Sygdommen til Døden.* 1849. 斎藤信冶訳『死に至る病』岩波文庫、1993 年。

Kirk, Russell. *Eliot and His Age: T. S. Eliot's Moral Imagination in the Twentieth Century.* New York: Random House, 1971.

Kojecky, Roger. *Social Criticism.* London: Faber and Faber, 1971.

Kramer, Kenneth Paul. *Redeeming Time: T. S. Eliot's* Four Quartets. Lanham: Cowley Publications, 2007.

Laforgue, Jules. *Poems.* Translated by Peter Dale. London: Anvil, 2001.

─────. *Œuvres completes de Jules Laforgue.* 2 vols. Paris, 1957.

広田正敏訳『ラフォルグ全集』1, 2, 3. 創土社、1981 年。

Laski, Harold J. *The Dilemma of Our Times.* London: Allen & Unwin, 1952.

Leavis, F. R. *New Bearings in English Poetry.* London: Chatto & Windus, 1932. Rpt. London: Chatto and Windus, 1971.

Leibniz, Gottfried Wilhelm. *The Monadology and other Philosophical Writings.* Trans. Robert Latta. Oxford: Clarendon Press, 1898.

Lewis, Wyndham. *Men Without Art.* London: Cassell, 1934.Rpt. N.Y. : Russell & Russell, 1964.

Lockerd, Benjamin G., ed. *T. S. Eliot and Christian Tradition.* Maryland: Fairleigh Dickinson UP, 2014.

Lossky, Nicholas. *Lancelot Andrewes: The Preacher（1555–1626）: The Origin of the Mystical Theology of the Church of England.* Foreword by Michael Ramsey. Afterword by A. M. Allchin. Translated from the French by Andrew Louth. Oxford: Clarendon Press, 1991.

Mallinson, Jane. *T. S. Eliot's Interpretation of F. H. Bradley: Seven Essays.* Dordrecht: Kluwer Academic, 2010.

Mander, W. J. *An Introduction to Bradley's Metaphysics.* Oxford: Clarendon P, 1994.

Manganiello, Dominic. *T. S. Eliot & Dante.* London: Macmillan, 1989.

March, Richard, and Tambimuttu, eds. *T. S. Eliot: A Symposium.* London: Frank Cass, 1948.

Margolis, John D.*T. S. Eliot's Intellectual Development: 1922–1939.* Chicago: U of Chicago P, 1972.

Martin, Graham, ed. *Eliot in Perspective: A Symposium.* New York: Humanities Press, 1970.

Matthews, T. S. *Great Tom: Notes towards the Definition of T. S. Eliot.* New York: Harper & Row, 1974. 八代中・中島斉・田島俊雄・中田保訳『評伝 T. S. エリオット』英宝社、1979 年。

Matthiessen, F. O. *The Achievement of T. S. Eliot: An Essay on the Nature of Poetry.* 1935; 2nd, revised and enlarged ed. New York: Oxford UP, 1947.

Maxwell, D. E. S. *The Poetry of T. S. Eliot*. London: Routledge & Kegan Paul, 1952.

Middleton, Thomas. *A Game at Chess*. Ed. T. H. Howard-Hill. Manchester and New York: Manchester UP, 1993.

Miller, James. E. Jr. *T. S. Eliot's Personal Waste Land: Exorcism of the Demons*. University Park: Pennsylvania State UP, 1977.

Miller, J. Hills. *Poets of Reality: Six Twentieth-Century Writers*. Cambridge: Harvard UP, 1965.

Moody, A. David, ed. *The Cambridge Companion to T. S. Eliot*. Cambridge: Cambridge UP, 1994.

————. *Thomas Stearns Eliot: Poet*. Cambridge: Cambridge UP, 1979.

Murphy, Russell Elliott. *Critical Companion to T. S. Eliot: A Literary Reference to His Life and Work*. New York: Facts on File, 2007.

Nicolson, Nigel, ed. *The Diaries and Letters of Harold Nicolson*. London: Collins, 1966–68.

North, Michael, ed. *T. S. Eliot The Waste Land*. New York: Norton, 2001.

Nott, Kathleen. *The Emperor's Clothes*. London: Heinemann, 1953.

Okada, Yayoi. "The Transformation of T. S. Eliot's Self–consciousness." *Edgewood Review* XV. 1988.

————. "T. S. Eliot's Concept of the Absolute and his Empirical Verification of his Immediate Experience." *The Seisen Review*, 1991.

————. "T. S. Eliot's Spiritual Quest through 'Journey of the Magi.'" *Kwansei Gakuin Sociology Department Studies*, 1999.

Paige, D. D., ed. *The Selected Letters of Ezra Pound 1907–1941*. London: Faber and Faber, 1971.

Patmore, Derek, ed. *My Friends When Young: the memoirs of Brigit Patmore*. London: Heinemann, 1968.

Pound, Ezra. *Selected Poems*. Edited with an introduction by T. S. Eliot. London: Faber & Faber, 1959.

Raine, Craig. *T. S. Eliot : Lives and Legacies*. Oxford: Oxford UP, 2006. 山形和美訳『T. S. エリオット──イメージ、テキスト、コンテキスト』彩流社、2008 年。

Rainey, Lawrence, ed. *The Annotated "Waste Land" with Eliot's Contemporary Prose*. New Haven: Yale UP, 2006.

————. *Revising "The Waste Land."* New Haven: Yale UP, 2005.

Rajan, B., ed. *T. S. Eliot: A Study of his Writings by Several Hands*. London: Dennis Dobson, 1947; N.Y.: Russell & Russell, 1966.

Ransom, J. C. *The New Criticism*, Norfolk, Va.: New Directions, 1941.

Read, Herbert. *T. S. E.—A Memoir*. Wesleyan U., 1965.

Richards, I. A. *The Principles of Literary Criticism*. London: Kegan Paul, 1926.

Richardson, Alan, ed. A *Theological Word Book of the Bible*. London: SCM, 1950.

Richardson, Alan, and Bowden, eds. *The New Dictionary of Christian Theology.* Philadelphia: SCM, c.1983. A. リチャードソン、J. ボウデン編、古屋安雄監修・佐柳文男訳『キリスト教神学事典』教文館、1983 年。

Ricks, Christopher. *T. S. Eliot and Prejudice.* London: Faber and Faber, 1988.

Ricks Christopher and Jim McCue, eds. *The Poems of T. S. Eliot.* Vol. I. London: Faber and Faber, 2015.

Robins, Rossell Hope. *The T. S. Eliot Myth*, 1951.

Russell, Bertrand. *The Autobiography of Bertrand Russell.* Volume One: 1972–1914. 1967. London: George Allen and Unwin, 1971.

—————. *The Autobiography of Bertrand Russell.* Volume Two: 1914–1944. 1968. London: George Allen and Unwin, 1971.

—————. *The Autobiography of Bertrand Russell.* Volume Three: 1944–1967. 1969. London: George Allen and Unwin, 1971.

—————. *History of Western Philosophy.* 1946. London: Unwin Paperbacks, 1979.

—————. *Selected Letters of Bertrand Russell: The Public Years 1914–1970.* Ed. Nicholas Griffin. London: Routledge, 2001.

Schuchard, Ronald. *Eliot's Dark Angel: Intersections of Life and Art.* New York and Oxford: Oxford UP, 1999.

Sencourt, Robert. *T. S. Eliot, A Memoir.* Edited by Donald Adamson. London: Garnstone Press, 1971.

Seymour-Jones, Carole. *Painted Shadow: The Life of Vivienne Eliot, First Wife of T. S. Eliot.* New York: Anchor Books, 2003.

Seyppel, Joachim. *T. S. Eliot.* New York: Unger, 1972.

Sigg, Erik. *The American T. S. Eliot: A Study of the Early Writings.* Cambridge: Cambridge UP, 1989.

Singh, Amar Kumar. *T. S. Eliot and Indian Philosophy.* New Delhi: Sterling, 1990.

Skaff, William. *The Philosophy of T. S. Eliot: From Skepticism to a Surrealist Poetic 1909-1927.* Philadelphia: U of Pennsylvania P, 1986.

Smidt, Kristian. *Poetry and Belief in the Work of T. S. Eliot.* London: Routledge and Kegan Paul, 1961.

Smith, Grover. *T. S. Eliot's Poetry and Plays: A Study in Sources and Meaning.* Chicago: U of Chicago P, 1956.

Southam, B. C. *A Student's Guide to the Selected Poems of T. S. Eliot.* London: Faber and Faber, 1987.

Spender, Stephen. *T. S. Eliot.* New York: Viking, 1975. 和田旦訳『エリオット伝』みすず書房、1979 年。

Spurr, Barry. *'Anglo-Catholic in Religion' T. S. Eliot and Christianity.* Cambridge: The Lutterworth Press, 2010.

Spurr, David. *Conflicts in Consciousness: T. S. Eliot's Poetry and Criticism*. Urbana. Ill.; U of Illinois P, 1984.

Sri, P. S. *T. S. Eliot, Vedanta and Buddhism*. Vancouver: U of British Columbia P, 1985.

St. John of the Cross. *Ascent of Mount Carmel*. Image Books, 1958. 奥村一郎訳『カルメル山登攀』ドン・ボコス社、1969 年。

————. *Dark Night of the Soul*. Translated by E. Allison Peers, Radford VA: Wilder Pub, 2008.

Stock, Noel. *The Life of Ezra Pound*. New York: Routledge Revivals, 1970.

Symons, Arthur. *The Symbolist Movement in Literature*, 1899, London: Constable, 1908.

Tate, Allen, ed. *T. S. Eliot: The Man and His Work*. New York: A Delta Book, 1966.

Thompson, Eric. *T. S. Eliot: The Metaphysical Perspective*. Illinois: Southern Illinois UP, 1963.

Tillich, Paul. *The Courage to Be*. New Haven: Yale UP, 1952. 谷口美智雄訳『存在への勇気』新教出版社、1973 年。

————. *The Eternal Now*. New York: Scribner's, 1963. 茂洋訳『永遠の今』新教出版社、1965 年。

————. *The New Being*. New York: Scribner's, 1955.

————. *Systematic Theology*. 3 vols. Chicago: U of Chicago P, 1951–63.

Tomlin, E. W. F. *T. S. Eliot: A Friendship*. London: Routledge, 1988.

Trevelyan, Mary. *From the Ends of the Earth*. Faber and Faber, 1946.

————. *I'll Walk Beside You*. Longmans, Green and Co., 1946.

Unger, Leonard, ed. *T. S. Eliot: A Selected Critique*. N. Y.: Rinehart, 1948; reprinted, N. Y.: Russell & Russell, 1966.

Vries, Ad de, ed. *Dictionary of Symbols and Imagery*. Amsterdam: North-Holland, 1974. 山下主一郎・荒このみ訳『イメージ・シンボル事典』大修館書店、1984 年。

Ward, David. *T. S. Eliot Between Two Worlds: A Reading of T. S. Eliot's Poetry and Plays*. London: Routledge, 1973.

Whittaker, Thomas. *The New Platonists: A Study in the History of Hellenism*. Hildesheim: G. Olms.

Williamson, George. *A Reader's Guide to T. S. Eliot: A Poem-by-Poem Analysis*. 2nd ed. New York: Noonday Press, 1966.

Wilson, Edmund. *Axel's Castle*. New York: Scribner's, 1931. 土岐恒二訳『アクセルの城』筑摩書房、2000 年。

Wilson, Frank. *Six Essays on the Development of T. S. Eliot*, London: The Fortune P, 1948.

Winters, Yvor. *The Anatomy of Nonsense*. Norfolk, Va.: New Directions, 1943.

Wollheim, Richard. *F. H. Bradley*, 1959: reissued, Baltimore: Penguin Books, 1969.

Woolf, Leonard. *Downhill All the Way*. New York: Harcourt, Brace & World, 1967.

Woolf, Virginia. *The Diary of Virginia Woolf*. Ed. Anne Oliver Bell, assisted by Andrew McNeillie. London: Hogarth; NY: Harcourt, Brace. 5 vols. 1977–84.

Wright, George T. *The Poet in the Poem*. Berkeley and Los Angeles: U of California P., 1962.

Cloud of Unknowing. Translated into Modern English with an Introduction by Clifton Wolters. Penguin books, 1961. 奥田平八郎訳『不可知の雲』現代思潮社、1969 年。

The Dictionary of National Biography. Ed. Leslie Stephen. Oxford UP, 1885–1901.

上村勝彦訳『バガヴァッド・ギーター』岩波文庫、2016 年。

岡田弥生『ウィリアム・フォークナーのキリスト像――ジェレミー・テイラーの影響から読み解く』関西学院大学出版会、2010 年。

小川正廣訳『ウェルギリウス 牧歌 ／ 農耕詩』京都大学学術出版会、2004 年。

川崎淳之助訳『エリザベス朝悲劇・四拍子による新訳三編――タムバレイン大王、マクベス、白い悪魔』英光社、2010 年。

川村二郎他訳『ヨーロッパ文学評論集』みすず書房、1991 年。

工藤綏夫『キルケゴール』清水書院、人と思想 19、1992 年。

國原吉之助訳『サテュリコン――古代ローマの諷刺小説』岩波文庫、1991 年。

熊代荘歩『エズラ・パウンドと T. S. エリオット』北星堂書店、1977 年。

佐伯惠子『T. S. エリオット詩劇と共同体再生への道筋』英宝社、2011 年。

―――.「混沌の自画像―― T. S. エリオットの殉教詩」京都女子大学『英文学叢書』58 号、48–66 頁、1914 年。

詳訳新約聖書刊行会『詳訳聖書　新約』1962 年。

下中邦彦編『哲学事典』平凡社、1985 年。

寿岳文章訳『神曲［Ⅰ］地獄篇』、『神曲［Ⅱ］煉獄篇』、『神曲［Ⅲ］天国篇』集英社、2003 年。

須原和男「『荒地』解釈の新機軸」『ワルプルギス』91–9 頁、1978 年。

高津春繁『ギリシャ・ローマ神話辞典』岩波書店、1985 年。

高柳俊一『T. S. エリオット研究』南雲社、1987 年。

―――『T. S. エリオットの思想形成』南雲社、1990 年。

高柳俊一・佐藤亨・野谷啓二・山口均編『モダンにしてアンチモダン―― T. S. エリオットの肖像』研究社、2010 年。

筑摩世界文学大系『インド・アラビア・ペルシャ集』1974 年。

塚田理『イングランドの宗教――アングリカニズムの歴史とその特質』教文館、2004。

辻直四郎著『ヴェーダとウパニシャッド』創元社、1953 年。

―――『インド文明の曙――ヴェーダとウパニシャッド』岩波新書、1967。

中村善也訳『変身物語』（上）（下）岩波書店、1984 年。

中村元訳『ブッダの言葉――スッタ・ニパータ』岩波文庫 33–301–1、1984 年第一刷、2015 年。

西脇順三郎『T. S. エリオット』研究社、1956 年。

日本基督教協議会文書事業部・キリスト教大事典編集委員会　企画・編集『キリスト教大事典改訂新版第 12 版』教文館、2000 年。

日本聖書協会『聖書　新共同訳』1993 年。

野上素一訳『ダンテ 神曲』筑摩書房、1964 年。

春名純人「カルヴァンにおける心 COR と神の像 IMAGO DEI」『カルヴァンの信仰と思想』すぐ書房、1981 年。

――――『思想の宗教的前提――キリスト教哲学論集』聖恵授産所出版部、1993 年。

平井正穂『エリオット』研究社 20 世紀英米文学案内 18、1967 年。

廣松渉・子安宣邦・三島憲一・宮本久雄・佐々木力・野家啓一・末木文美士編　岩波『哲学・思想事典』岩波書店、1998 年。

深瀬基寛『エリオット研究』英宝社、1955 年。

深瀬基寛他『エリオット全集』全 5 巻中央公論社、1960 年。

星野美賀子『T. S. エリオット――詩と人生』研究社、研究社選書 22、1982 年。

森山泰夫『四つの四重奏曲』大修館書店、1980 年。

福田陸太郎・森山泰夫『荒地・ゲロンチョン』大修館書店、1967 年。

――――『T. S. エリオット「灰の水曜日」研究』文化評論出版、1972 年。

松村赳・宮田虎男編『英米史辞典』研究社、1999 年。

村田俊一『T. S. エリオットの思索の断面――F. H. ブラッドリーとニコラス・クザーヌス』弘前大学出版会、2014 年。

山折哲雄監修『世界宗教大事典』東京、平凡社、1971 年。

山田昌訳『トマス・アクィナス・神学大全』I. II. 中央公論社、2014 年。

吉田健一・平井正穂他『エリオット選集』全 4 巻弥生書房、1959 年。

ラフォルグ、橋口修郎訳『嘆き節――ジュール・ラフォルグ詩集』審美社、1995 年。

年　表

西暦	主な出来事
1888 年	9 月 26 日、アメリカ合衆国 St. Louis に Henry Ware Eliot と Charlotte Champe Stearns の 7 人兄弟の末っ子として生まれる。ユニテリアン派の教会で洗礼を受ける。
1898 年	秋（10 歳）、Smith Academy に通い始める。
1904 年	（ルイジアナ割譲 100 周年記念）St. Louis World's Fair（セントルイス万国博覧会開催）。
1905 年	ボストン近郊の名門校 Milton Academy で歴史、ラテン語、物理を集中的に学ぶ。
1906 年	10 月（18 歳）、ハーヴァード大学入学（フランス文学、古代および近代哲学、比較文学などを学ぶ）。同級生には Conrad Aiken、教授陣に George Santayana, Irving Babbitt らがいた。（インド哲学や仏教など東洋神秘に関心を持つようになる）。
1908 年	Arthur Symons, *The Symbolist Movement in Literature* に出合う。
1909 年	10 月、大学院にすすむ（21 歳）。11 月、*The Harvard Advocate* に "Nocturne" を発表。
1910 年	1 月、*The Harvard Advocate* にラフォルグ風 "Humouresque," "Spleen" が掲載される。6 月ハーヴァードで英文学修士号取得。夏季休暇を家族とともに Gloucester, Massachusetts の別荘で過ごす。 10 月、フランスに渡る。ソルボンヌ大学で哲学、文学を研究（Collège de France での Henri Bergson 講義を聞く。Charles Maurras の Action-Française を知る）。下宿先で医学生 Jean Verdenal と親しくなる。
1911 年	2 月、ロンドンを訪れ、"Interlude in London" 執筆。 7 月、Munich を出て北イタリアへ。"Prelude" と "The Love Song of J. Alfred Prufrock" 完成。 9 月半ば、帰国し、ハーヴァード大学院哲学専攻へ進学。サンスクリット、古代インド哲学なども研究。 11 月、"Portrait of a Lady" 完成。
1912 年	Emily Hale と出会う。
1913 年	Josiah Royce の演習に翌年まで加わる。6 月、F.H. Bradly, *Appearance and Reality*（1893）に出合う。

西暦	主な出来事
1914 年	**8 月第 1 次世界大戦勃発。** 3 月、ハーヴァード客員教授 Bertrand Russell に会う。1914–15 年 Sheldon Travelling Fellow として Oxford の Merton College で過ごす計画であった。ドイツに留学（ベルリンに 2 週間ほど滞在）。開戦によりイギリスに渡る。ロンドンで、Ezra Pound と出会い、バートランド・ラッセルの紹介で Lady Ottoline Morrell のサロンに出入りする。Virginia Woolf と出会い、Bloomsbury Group の文学者と交流する。Oxford University Merton College で F. H. Bradley の思想を研究。Harold Joachim のもとで Aristotle を研究。パウンドの勧めもあり、ロンドンに住む。
1915 年	4 月、Vivienne Haigh-Wood と出会う。 5 月、Jean Verdenal 戦死。 6 月（26 歳）、ヴィヴィアンと結婚。Hampstead にある夫人の実家に住む。 7 月、エリオット East Gloucester の両親の許へ渡米、学位のために帰国するか考慮する。 8 月、イギリスに帰り定住することを決意する。High Wycombe Grammar School で教鞭をとる。この年パウンドの紹介で "The Love Song of J. Alfred Prufrock" を *Poetry* に発表。その他パウンド編集の *Catholic Anthology* や W. Lewis 編集の雑誌 *The Blast* に、それぞれ数編の詩が発表され、英米詩壇の注目を浴びる。
1916 年	Highgate Junior School で教壇に立つ。 2 月、博士論文 "Knowledge and Experience in the Philosophy of F. H. Bradley" を完成、ただしハーヴァードでの口頭試験を受けなかったため博士号を放棄。オックスフォード大学とロンドン大学の夜間公開講座で、フランス文学と英文学の授業を行う。"Leibniz' Monads & Bradley's finite Centres," *Monist* XXVI, 4 (October 1916).
1917 年	**4 月 6 日、アメリカ第 1 次世界大戦参戦。** 先天性ヘルニアのため、アメリカ海軍より兵役却下。 3 月、Lloyd Bank に職を得る。 6 月、*The Egoist* の編集を引き受ける。詩集 *Prufrock and Other Observations* を発表。フランス語詩篇を 1919 年まで執筆。
1918 年	**ドイツ敗北し、第 1 次世界大戦終結。** 夏に再度入隊志願をするが心臓頻拍のため不適格と判断される。*Ezra Pound, His Metric and His Poetry* ニューヨークで出版。
1919 年	1 月、父死亡。母は St. Louis から Massachusetts Cambridge に移住。"Gerontion" を執筆、作品は 1920 年、詩集 *Ara Vos Prec* に収められた。 8 月、Wyndham Lewis とブルターニュ徒歩旅行。

西暦	主な出来事
1920 年	第 6 回ランベス会議「全キリストの教会再一致アピール」。 *Poems*（New York：Knopf, 1920）および評論集 *The Sacred Wood* 発表。
1921 年	アングリカンとローマ・カトリック教会間の国際宣教協議会（IMC）設立。 銀行の業務と精力的な執筆活動、妻の病気、母のロンドン滞在などの心労から体調を崩す。 11 月、スイスの Lausanne で転地療養をする（翌 1 月 1 日まで）。
1922 年	イタリア、ファシスト党「ローマ進軍」。ムッソリーニ政権誕生。 （『荒地』412 行の注に）初めて公的に Bradley へ言及する。10 月、ヨーロッパの知的交流、文化的統一をこころざして季刊文芸誌 *The Criterion* 創刊（34 歳）。創刊号に "The Waste Land" 発表。"For Ezra Pound il miglior fabbro" を添えて *The Dial* 12 月号に出版。The Dial Award を受賞。
1923 年	*The Waste Land* の単行本としてのイギリス版、ヴァージニア・ウルフの Hogarth Press より出版。
1924 年	季刊雑誌 *Commerce* に *The Hollow Men* I を発表（執筆は 1922 年の冬頃、その後 II〜V が断続的に書かれ、『詩集 1909–1925 年』に収められた）。"A Prediction in Regard to Three English Authors: (F. H. Bradley, J.G. Frazer, and H. James)." *Vanity Fair* XXI (6 February 1924).
1925 年	7 月、*The Criterion* 1926 年 1 月まで出版を止める。 11 月、ロイズ銀行を退社。Faber & Gwyer（のちの Faber & Faber）出版社の編集部に勤める。*Poems 1909–1925* を Faber & Gwyer 社より出版。
1926 年	1 月から 3 月までケンブリッジ大学 Trinity College の Clark Lecturer として招聘される。*The New Criterion* が出るが 5 月まで休刊、5 月に『月刊クライテリオン』として再版。1928 年 3 月まで続く。このころから Lancelot Andrewes に関するエッセーを発表。また母の劇詩 *Savonarola: A Dramatic Poem*（Cobden-Sanderson）に序文を書く。
1927 年	6 月 29 日（38 歳）、イギリス国教会の一員となる。6 月 30 日に堅信式を受け、11 月 2 日、イギリスに帰化。"Bradley's Ethical Studies." *Times Literary Supplement* 1352 (29 December 1927), [981–1]. Unsigned. Lately reprinted as "Francis Herbert Bradley" in *SE* 394–404.
1928 年	6 月から 1929 年 1 月まで『クライテリオン』季刊となる。『聖なる森』第 2 版、*For Lancelot Andrewes* 出版。序文で「文学では古典主義者、政治では王党派、宗教ではアングロ・カトリック」と自らの立場を語る。
1929 年	労働党マクドナルド内閣発足・世界大恐慌始まる。 評論 *Dante* 出版。9 月 10 日、母死亡。
1930 年	4 月、*Ash- Wednesday* 出版。

西暦	主な出来事
1931 年	**英国植民地、英連邦制に移行。スペイン革命、共和党政権誕生。** 3 月、*Thoughts after Lambeth* 発表。
1932 年	17 年ぶりにアメリカに帰国。ハーヴァードで Charles Eliot Norton Professor of Poetry として翌年春まで連続講義。9 月、*Selected Essays 1917–1932*、12 月、*Sweeney Agonistes* 出版。
1933 年	**1 月、ヒトラーが首相に任命され、ナチ政権誕生。ローズヴェルト大統領 New Deal 政策を導入。** 妻ヴィヴィアンと別居の法律的手続きを取る。春、ヴァージニア大学で「異神を追いて」連続講演を行う。6 月英国に帰国。ヴィヴィアンと別居。St. Stephen の牧師館に移り、そこで 5 年間生活する。Martin Browne の協力を得て、ページェント劇 The Rock『岩』執筆開始。ハーヴァードでの講義を纏めた *The Use of Poetry and the Use of Criticism* 出版。
1934 年	5 月から 6 月にかけて、教会基金募集のために上演された『岩』の台本を執筆。ヴァージニア大学講演を *After Strange Gods* として出版。7 月 Emily Hale と Burnt Norton を訪問。11 月、*Sweeney Agonistes* 上演。
1935 年	6 月、*Murder in the Cathedral* 出版。Canterbury Festival のため *Murder in the Cathedral* 上演。11 月、ロンドンで *Murder in the Cathedral* 上演。
1936 年	**7 月、スペイン内戦始まる。** 2 月、"Burnt Norton" を含めた *Collected Poems 1909–1935* 出版。 5 月、Little Gidding を訪問。
1937 年	8 月、East Coker を訪問。
1938 年	**3 月 13 日ドイツ、オーストリアを併合。** ヴィヴィアン、弟によって精神病院に委託される。
1939 年	**9 月、ドイツ、ポーランド侵攻、イギリス、ナチ・ドイツに宣戦布告、第 2 次世界大戦勃発。** 1 月、17 年編集を続けた *The Criterion* 廃刊。 3 月、*The Family Reunion* 出版。*The Family Reunion* ウェストミンスター劇場で開演。 10 月、*Old Possum's Book of Practical Cats* 出版。(3 月に Cambridge で行った講演) *The Idea of a Christian Society* 出版。
1940 年	**5 月、チャーチル内閣成立。パリ没落。9 月ロンドンにナチス空軍の夜間爆撃、翌年 5 月まで。** 3 月、"East Coker" 出版。

西暦	主な出来事
1941 年	2 月、*Burnt Norton*, "The Dry Salvages" 出版。
1942 年	10 月、"Little Gidding" 出版。
1943 年	5 月、*Four Quartets* として纏められてアメリカで初版。
1944 年	10 月、*Four Quartets* イギリスで出版。
1945 年	**ドイツ、日本、イタリア、無条件降伏により第 2 次世界大戦終結。** 12 月、30 年間で初めて渡米。St. Elizabeth に拘禁されているパウンドを訪ねる。
1946 年	初旬 Chelsea の John Hayward のフラットの部屋を借り、そこに再婚まで住んだ。
1947 年	**東西冷戦始まる。** 1 月 23 日、妻ヴィヴィアンが 1938 年以来収容されていた精神病院にて死去(58歳)。 3 月、The British Academy で "Milton" と題して講演。4 月、兄の死期が迫っているのを知り急遽渡米、自らが送った手紙を焼却。
1948 年	10 月、*Notes towards the Definition of Culture* 出版。The Order of Merit 勲位を授けられる。 12 月 10 日(60 歳)、Nobel Prize in literature 受賞。
1949 年	**北大西洋条約機構（NATO）成立。** 8 月、The Edinburgh Festival で *The Cocktail Party* 上演され好評を博す。秋に Arnold Toynbee (1889–1975) と共に、6 週間のドイツ講演に出かける。
1950 年	1 月、*The Cocktail Party* ニューヨークで開演。3 月、*The Cocktail Party* 出版。*The Cocktail Party* ロンドンで上演。 7 月、"What Dante Means to Me" 講演。 10 月、シカゴ大学 "The Aims of Education" 講義 4 回行う。 12 月、軽い心臓発作を起こす。
1951 年	4 月、*Selected Essays* 第 3 版出版。
1952 年	**2 月、エリザベス 2 世即位。** 11 月、*The Complete Poems and Plays, 1909–1950* 出版。
1953 年	6 月、ワシントン大学（St. Louis）で創立 100 年のための記念講演 "American Literature and the American Language" を行う。 8 月、The Edinburgh Festival で *The Confidential Clerk* 上演。
1954 年	重い心臓病発作。3 月、*The Confidential Clerk* 出版。
1955 年	前年度の The Hanseatic Goethe Prize 授賞に際し、5 月、ハンブルグ大学で "Goethe as the Sage" と題して講演。

西暦	主な出来事
1956 年	4 月、6 週間アメリカ訪問、ミネソタ大学にて "The Frontiers of Criticism" 講演。
1957 年	1 月(68 歳)、1950 年以来エリオットの秘書をしていた Valerie Fletcher と結婚。9 月、評論集 On Poetry and Poets 出版。
1958 年	5 月、Dante Gold Medal 受賞。8 月、The Edinburgh Festival で The Elder Statesman 初演。9 月、ロンドンで The Elder Statesman 上演。
1959 年	**ヨーロッパ経済共同体（ECC）発足。** 4 月、The Elder Statesman 出版。9 月、バチカンで Murder in the Cathedral 上演。
1960 年	Bolgan, Ann C. "Mr. Eliot's Philosophical Writings, or What the Thunder Said." Unpublished doctoral dissertation. U of Toronto, 1960. Kenner, Hugh. The Invisible Poet: T. S. Eliot.
1961 年	**1 月、John・F・Kennedy 大統領就任。ソ連ベルリンの壁構築。** 7 月、"To Criticize the Critic." The sixth Convocation Lecture delivered at the U of Leeds. 11 月、アメリカ訪問（翌年 3 月帰国）。 12 月、David Jones の第 1 次世界大戦の詩 In Parenthesis に序文を書く。
1962 年	8 月、Collected Plays 出版。この年の終わりにかけて危険な状態となり、ロンドンの病院に 5 週間入院。 11 月、George Herbert 出版。
1963 年	**キューバ危機。11 月、ケネディ大統領暗殺。** 9 月、1936 年の詩集に Four Quartets を加えた Collected Poems, 1909–1962 出版。 11 月、最後のアメリカ訪問（翌年 4 月帰国）。
1964 年	1 月、Knowledge and Experience in the Philosophy of F. H. Bradley 出版。 10 月、自宅で倒れる。
1965 年	1 月 4 日(76 歳)、ロンドンで呼吸器疾患のため死去。灰は 4 月に East Coker の St. Michael 教会に埋葬される。 11 月、未亡人の手によって評論集 To Criticize the Critic and Other Writings が出版される。
1967 年	Westminster Abbey の Poets' Corner に記念板除幕式。 Poems Written in Early Youth 出版。
1969 年	T. S. Eliot: The Complete Poems and Plays 出版。

年　表　385

西暦	主な出来事
1971 年	11 月、*The Waste Land: a Facsimile & Transcript, including the annotations of Ezra Pound*, edited by Valerie Eliot が出版される。Bolgan, Anne C. "The Philosophy of F. H. Bradley and the Mind and Art of T. S. Eliot."
1972 年	8 月、*Murder in the Cathedral* 再演。
1979 年	4 月、*The Family Reunion* 再演。
1981 年	5 月、*Old Possum's Book of Practical Cats* を基にしたミュージカル *Cats* が New London Theatre で上演され、好評を博す。

あ と が き

　'April is the cruellest month...' 初めて『荒地』に接した若き日、訳も分からず胸が打ち震えた。読むたびになぜか今も胸の高鳴りは変わらない。『荒地』は論理的というより何か心情的な反応を冒頭から呼び起こさせる。それは 20 世紀の繁栄ともの悲しさが混じったとらえがたいリズムを伴って読む者の胸を切なく疼かせる。

　筆者にとってのエリオット像は哲学用語で身をかためた衒学的でよそよそしい詩人ではない。過度の自意識のゆえに、自らの過ちに苦しみ、全能者の前に身を投げ出すしかなかったエリオットの姿である。ここには確かに苦しみ抜いた人の声がある。21 世紀の変化の多い今日、20 世紀文学の巨匠エリオットを語ることにどれほどの意味があるのかと問われるかもしれない。しかし文学はどのような時代にあっても、ネット社会のただ中においても消え失せることはなく人々の心の中に生き続ける。なぜなら文学は事実の背後に隠され、それがなければ生きている意味が消失する真実を提供し、心的中心としての〈ヌース voῦς〉を知る手立てとなるからである。決して偉大でも崇高でもないが、筆者の人生にもエリオット作品が裏打ちされている。

　筆者の主たる研究対象は William Faulkner（1897–1962）と、T. S. Eliot（1888–1965）であり、2010 年に、大学より与えられた特別研究期間にウィリアム・フォークナーに関して『ウィリアム・フォークナーのキリスト像——ジェレミー・テイラーの影響から読み解く』を著した。フォークナーが愛読し、死の床にまで置いてほしいと要望したにもかかわらず、また作品にも幾度か言及されているにもかかわらず、ジェレミー・テイラーの影響に関しては歴代の研究家は言及してこなかった。そのテイラーの影響を読み取り、さらにユダヤ神秘主義カバラの影響も実証的研究から導きだし、フォークナー作品において「時間はキリスト」であるという壮大なテーマに挑戦した。しかし仕事の忙しさにかまけ、しばらく遠ざかっていたエリオット研究に関しては出版を回避したいと心のどこかで思っていた。

　しかし 2016 年大学より再び特別研究期間が与えられることとなり、何とか

力を振り絞って私のエリオット論を纏めたいと一念発起をした。実際これを書かなければ研究生活を終えられないと思うほどエリオットには執着があった。文学においても哲学・神学においてもエリオットの知識には到底及ばない浅学な者が、なぜこの歳になって、再び必死にエリオットに向き合ったのだろうか。思い返せば遠い昔、誰もが経験することだろうが、「この人生に何の意味があるのだろう」と、どうしても処しきれない思いをひたすら「魂の告白」と題して書き連ねた。今よりはるかに真剣で、丁寧に書き残した何冊ものノートを見ると、「この思いは裏切れない」と感傷的にならざるを得ない。はなはだ不遜ではあるが、ケンブリッジ大学キングス・カレッジのアーカイヴスで出合った手書きの哲学論文に向かうエリオットに、切なくも無為に過ごした若き日の自らを重ねたのかもしれない。

　高柳俊一氏はエリオット研究において「我々は、哲学に対するエリオットの関心が救済の問題を契機として、救済の認識論的意義を追求するものであり、それが彼の詩全体の感情的・知性的雰囲気を形成したとするボルガン女子の指摘を、よく考えてみる必要がある。なぜならば、恐らくここに、……より広い見地に立ってエリオットの宗教意識を研究するきっかけがあると思われるからである」とその著『T. S. エリオットの思想形成』の最後に述べておられるが、まさに本書はその要求に応えようとしたものである。ベースには筆者がエリオットの主要詩作品から修士論文として著した "The Transformation of T. S. Eliot's Self-consciousness" があるが、本書は修論では理解の及ばなかったブラッドリー哲学とアングロ・カトリシズムの関連を探るべくエリオットの主要作品（それは評論、詩劇にまで及ぶ）をブラッドリー哲学との関連で読み解いたものである。日々更新されているエリオット研究にどこまで追いついているのか心もとなくもあり、はなはだ恐れ多いと恐縮しつつ認めさせていただいた。

　ブラッドリー流にいえば、「現象」のまた「現象」である文学作品から、作者の「直接経験」に少しでも近づき、それによって真実を知りたいと試みた。しかしある意味「閉じられた円形」として個別的に存在するほかないわれわれにとって、他者を完全に理解することは不可能に近く、あくまでエリオットについての相対的な理解でしかない。エリオット研究は際限がないと思わざるを得ないのも正直なところである。アクロイドが述べているように、伝記は都合の良い

あとがき　389

虚構であり、いくら伝記的事象を事細かに挙げてもエリオットの孤独の全容は解けない謎のままなのかもしれない。

　ただフォークナー同様エリオットから明確に読み取れるものは、キルケゴールの言葉を借りれば、罪と絶対者の観念を持ちつつも、なお自我の殻にしがみつこうとする生の空しさと深刻な不安、そしてそれにもかかわらずその現実の全容を凌駕する自らをはるかに越えた実在への憧憬であると思わされる。　信仰は「このようなものにもかかわらず」憐れみを注がれる絶対者に身をゆだね、与えられた現実を生き抜く世界である。思いの丈を綴って、今心に響くのは「イースト・コウカー」の "The only wisdom we can hope to acquire ／ Is the wisdom of humility: humility is endless" の詩句である。

　なお本書は関西学院大学の出版助成を受けて出版の運びとなった。関係各位に心から御礼を申し上げる。また校正をはじめ多大なご尽力をいただいた関西学院大学出版会田中直哉様、浅香雅代様、戸坂美果様に深く御礼を申し上げる。さらにこれまでこのような者を励まし支えてくださった多くの方々、特に恩師、故三宅晶子先生、関西学院でお世話になった村川満先生、春名純人先生、森川甫先生、ルース・グルーベル先生、学会関係でお世話になった小山敏夫先生、花岡秀先生、細川正義先生、そして 2002 年ケンブリッジでイースト・コウカーとリトル・ギディングに連れて行ってくださった伊澤東一先生、また原稿を読んでくださった安田吉三郎引退牧師に厚く御礼を申し上げる。その他関西学院大学でともに過ごすことが許された敬愛する多くの方々、亡き父母、夫岡田信にも心からの感謝を捧げる。

　省みれば、日本 T. S. エリオット協会を含め、世界中の数多のエリオット研究の功績を受けて筆者なりのエリオット論を纏めるに至ったが、自らの非力さゆえにさまざまな欠陥を免れていないことが多く、恥じ入らざるを得ない。「この愛に誘われ、この召命の声を聞き」、なおも真理を祈り求め続けたい。

　　2018 年 1 月

　　　　　　　　　　　　　　　　　　　　　　　　　　　　岡田　弥生

索引

ア

アイスキュロス（Aeschylos） 277, 278, 290, 352
　『アガメムノン』（*Agamemnon*） 85, 352
　『エウメニデス』（*Eumenides*） 277, 278, 352
　『コエボロイ』（*Choephoroi*） 278, 352
アウグスティヌス、アウレリウス（Aurelius Augustinus） 95, 96, 108, 115, 257
アクィナス（Aquinas, Thomas） 252, 253, 258, 329, 331
　『神学大全』（*Summa Theologica*） 252, 253, 360
アクション・フランセーズ（Action Française） 31, 253
アクロイド、ピーター（Ackroyd Peter） 4, 30, 64, 115, 258, 388
　『T. S. エリオット』（*T. S. Eliot*） 4
姉崎正治（Anesaki, Masaharu） 106
アラン＝フルニエ、アンリ（Alan-Fournier, Henri） 30
アリオット、ウィリアム・ド（Aliot, William de） 6
アリストテレス（Aristotle） 14, 60, 121, 200, 252, 253, 343, 361
アルケスティス（Alcestis） 291, 294, 298
アングリカニズム（Anglicanism） 148, 155, 356, 388
アングロ・カトリシズム（Anglo-Catholicism） 155, 326
アングロ・カトリック（Anglo-Catholic） 1, 3, 148, 154, 155, 158, 325, 341, 381
アンダーヒル神父（Father Underhill） 158
アンドリューズ、ランスロット（Andrews, Lancelot） 23, 148, 149, 150, 151, 156, 162, 163, 166, 179, 181, 217, 251, 258, 341

イ

イェイツ、ウィリアム・バトラー（Yeats, William Butler） 110, 236
イギリス国教会（Church of England） 1, 148, 153, 154, 155, 156, 157, 253, 265, 271, 355, 356, 381
イースト・コウカー（East Coker） 6, 204, 205, 207, 334, 336, 384, 389
イーストボーン（Eastbourne） 61, 259
イマジズム（Imagiism） 60

ウ

ヴィア・メディア（via media） 154
ウィルソン、エドマンド（Wilson, Edmund） 27, 38, 109, 336
ウェストン、ジェシー・L.（Weston, Jessie L.） 71, 72, 125
　『祭祀からロマンスへ』（*From Ritual to Romance*） 72
ウェブスター、ジョン（Webster, John） 26, 82, 104
ウェルギリウス（Virgil） 33, 96, 173, 240, 241, 255, 256, 307, 324, 360
ヴェルドナル、ジャン（Verdenal, Jean） 30, 31, 32, 60, 61, 98, 112, 113, 114, 115
ヴォルハイム、リチャード（Wollheim, Richard） 249, 355
渦巻き派（Vorticism） 60, 65, 199
ウッズ、ジェームズ・ホートン（Woods, James Haughton） 106
ウルフ、ヴァージニア（Woolf, Virginia） 67, 95, 111, 185, 260, 381
ウルフ、レナード（Woolf, Leonard） 67, 172

エ

エイケン、コンラッド（Aiken, Conrad）
33, 39, 57, 60, 61, 110, 112, 332, 351

エヴィ、ジョージ（Every, Brother George）
231

『手詰まり──リトル・ギディングにおける
王』（Stalemate—The King at Little
Gidding） 231

エウメニデス（Eumenides） 85, 279, 280,
286, 287, 289, 314, 316, 352, 362

『エゴイスト』（The Egoist） 67, 68

『エッセイズ イン クリティシズム』（Essays
in Criticism） 113

エディンバラ（Edinburgh） 313

エディンバラ・フェスティヴァル（Edinburgh
Festival） 290, 299, 383

エリオット、アビガイル・アダムス（『エイダ』）
（Eliot, Abigail Adams） 4

エリオット、アンドルー（Eliot, Andrew）
6

エリオット、ヴァレリー（Eliot, Valerie） 3,
6, 15, 64, 71, 110, 111, 185, 309, 310, 313,
338, 340, 350, 384

エリオット、ヴィヴィアン（Eliot, Vivien）
5, 6, 61, 62, 63, 64, 65, 66, 67, 68, 69, 110,
112, 115, 116, 117, 127, 152, 158, 165, 172,
178, 184, 185, 259, 260, 261, 262, 264, 290,
298, 310, 311, 312, 350, 357, 380, 382, 383

エリオット、ウィリアム・グリーンリーフ
（Eliot, William Greenleaf） 6, 7, 8, 9,
220

エリオット、シオドーラ（Eliot, Theodore）
4

エリオット、シャーロット・シャンプ（Eliot,
Charlotte Champe） 4, 9, 64, 69, 165,
379, 380, 381

エリオット、テレサ（Eliot, Theresa） 261

エリオット、トマス・スターンズ（Eliot,
Thomas Stearns） 4, 336, 338

「ある婦人の肖像」（"Portrait of a Lady"）
27, 30, 62, 366, 379

『荒地』（The Waste Land） 11, 59–126,

127, 156, 170, 190, 191, 197, 199, 233,
238, 249, 261, 286, 338, 340, 381, 387

『荒地草稿』（The Waste Land: A Facsimile and
Transcript of the Original Drafts）
39, 40, 64, 71, 110, 112, 114, 115, 124,
261, 337, 364, 385

『異神を追いて──近代異端入門の書』
（After Strange Gods: A Primer of Modern
Heresy） 253, 327, 337, 382

「イースト・コウカー」（"East Coker"）
200, 204–219, 245, 299, 309, 382, 389

『一族再会』（The Family Reunion） 82,
116, 263, 277–290, 298, 306, 307, 308,
310, 316, 322, 324, 333, 360, 382, 385

「従妹ナンシー」（"Cousin Nancy"） 25

「イールドロップとアプルプレックス」
（"Eeldrop and Appleplex"） 67,
117–121

『岩』（The Rock） 264–270, 276, 306, 382

「『岩』のコーラス」（"Choruses from 'The
Rock'"） 198, 199, 264, 277, 288

『うつろなる人々』（The Hollow Men） 11,
127–138, 146, 164, 166, 189, 249, 280,
381

『エズラ・パウンド──その韻律学と詩』
（Ezra Pound: His Metric and His Poetry）
67, 337, 380

『F. H. ブラッドリーの哲学における認識と
経験』（Knowledge and Experience in the
Philosophy of F. H. Bradley） 1, 11,
12, 13, 15, 17, 19, 20, 21, 34, 37, 38, 47,
49, 50, 51, 52, 53, 54, 55, 56, 121, 122,
124, 125, 140, 141, 143, 144, 158, 171,
172, 173, 199, 247, 249, 250, 254, 259,
262, 271, 291, 322, 329, 332, 342, 345,
349, 353, 380

『エリオット書簡集第1巻（新版）』（Letters
of T. S. Eliot, vol. 1） 31, 344, 345,
346, 347, 348, 349, 350, 351, 353, 354,
355, 356, 365

『エリオット書簡集第2巻』（The Letters of
T. S. Eliot, vol. 2） 356, 357, 361

『エリオット書簡集第4巻』（The Letters of

T. S. Eliot, vol. 4） 345, 357

『エリオット書簡集第 5 巻』（*The Letters of T. S. Eliot*, vol. 5） 343, 345, 357, 358

「エリザベス時代の四人の劇作家」（"Four Elizabethan Dramatists"） 26

「オード」（"Ode"） 65

『カクテル・パーティ』（*The Cocktail Party*） 289, 290–299, 305, 307, 311, 314, 331, 383

「カトリシズムと国際的秩序」（"Catholicism and International Order"） 328

『カトリック性』（*Catholicity, A Study in the Conflict of Christian Tradition in the West*） 155

「雷の言葉」（"What the Thunder Said"） 98–109, 115, 125, 197

「教育の目的」（"The Aims of Education"） 331, 383

『キリスト教社会の理念』（*The Idea of a Christian Society*） 289, 329, 345, 356, 364, 382

『クライテリオン』（*The Criterion*） 61, 71, 110, 252, 253, 260, 261, 267, 270, 289, 327, 328, 330, 337, 339, 344, 345, 347, 349, 350, 357, 361, 362, 364, 365, 381, 382

「ゲロンチョン」（"Gerontion"） 70, 380

「賢者ゲーテ」（"Goethe the Sage"） 340, 383

「コリオラン」（"Coriolan"） 196, 197, 198
　「凱旋行進」（"Triumphal March"） 196, 197
　「政治家の困難」（"Difficulties of a Statesman,"） 197

「三月兎の調べ」（"Inventions of the March Hare"） 30, 33, 348, 354

「J. アルフレッド・プルーフロックの恋歌」（"The Love Song of J. Alfred Prufrock" 11, 25–46, 46, 348, 379

「シェイクスピアとセネカのストア主義」（"Shakespeare and the Stoicism of Seneca,"） 1

「シェイクスピア批評研究」（"The Study of Shakespeare Criticism"） 6

「死者の埋葬」（"The Burial of the Dead"） 73–83, 115, 125

「詩と劇」（"Poetry and Drama"） 263, 270, 276, 277, 289, 290, 291, 307

「序曲集」（"Preludes"） 152, 379

「水死」（"Death by Water"） 97–99, 115, 125, 170

『聖灰水曜日』（*Ash-Wednesday*） 2, 11, 127, 164–183, 189, 190, 196, 247, 261, 264, 325, 333, 341, 381

「聖セバスチャンの恋歌」（"Love Song of Saint Sebastian"） 111

「聖ナーシサスの死」（"The Death of Saint Narcissus"） 38, 111

『聖なる森』（*The Sacred Wood*） 68, 252, 381

『大聖堂の殺人』（*Murder in the Cathedral*） 192, 193, 249, 264, 270–277, 306, 382, 385

「ダンテ」（"Dante"） 33, 95, 241, 381

「チェス遊び」（"A Game of Chess"） 82–89, 115, 125

『長老政治家』（*The Elder Statesman*） 10, 53, 287, 307, 314–325, 332, 384

「伝統と個人の才能」（"Tradition and the Individual Talent"） 2, 68, 254, 326

『闘士スウィーニー』（*Sweeney Agonistes*） 85, 264, 279, 382
　「あるプロローグの断片」（"Fragment of a Prologue"） 85
　「勝負争い」（"Fragment of an Agon"） 85, 86

「東方の博士たちの旅」（"Journey of the Magi"） 159–163, 309

「ドライ・サルヴェイジズ」（"The Dry Salvages"） 5, 220–230, 245, 336, 383

「ナイチンゲールに囲まれたスウィーニー」（"Sweeney among the Nightingales"） 85

「パスカルの『パンセ』」（"The 'Pensées' of Pascal"） 152, 258, 340, 366

「バーント・ノートン」（"Burnt Norton"）
192–204, 207, 213, 245, 268, 280, 287,
361, 383
『秘書』（The Confidential Clerk）　299–307,
311, 383
「火の説教」（"The Fire Sermon"）　69,
88–97, 113, 115, 125, 352
「批評家の仕事」（"The Function of
Criticism"）　249
「フランシス・ハーバート・ブラッドリー」
（"Francis Herbert Bradley"）　13, 381
『プルーフロックとその他の観察』
（Prufrock and Other Observations）
11, 26, 32, 33, 66, 67, 380
『文化の定義のための覚書』（Notes towards
the Definition of Culture）　186, 290,
325, 330, 331, 364, 365, 383
「ヘレン伯母さん」（"Aunt Helen"）　25
「ボードレール」（"Baudelaire"）　327
「マリーナ」（"Marina"）　164, 173
「憂鬱」（"Spleen"）　144, 379
「ユーモレスク」（"Humouresque"）　27,
379
『妖精詩集』（Ariel Poems）　164
『四つの四重奏』（Four Quartets）　11, 14,
189–249, 258, 259, 290, 309, 314, 325,
361, 365, 383
「ライプニッツの単子とブラッドリーの有
限の心の中心」（"Leibniz' Monads and
Bradley's Finite Centres"）　1, 122,
143, 172, 250, 329, 380
「ライプニッツの単子論の発展」（"The
Development of Leibniz' Monadism"）
121, 122
『ランスロット・アンドリューズのために』
（For Lancelot Andrewes）　31, 38,
343, 381
「ランベス会議の感想」（"Thoughts After
Lambeth"）　158, 328, 382
「リトル・ギディング」（"Little Gidding"）
154, 230–248, 333, 334, 342, 359
「レストランにて」（"Dans le Restaurant"）
98

「私にとってダンテは何を意味するか」
（"What Dante Means to Me"）　81,
234, 383
『我汝に請う』（Ara Vos Prec）　68, 380
エリオット、ヘンリー・ウェア（Eliot, Henry
Ware Jr）　4
エリオット、ヘンリー・ウェア（Eliot Henry
Ware Sr）　4, 220, 379
エンプソン、ウィリアム（Empson, William）
96

オ

オックスフォード（Oxford）　39, 65, 154,
311, 317
オックスフォード運動（Oxford Movement）
154, 155, 156
オックスフォード大学（Oxford University）
2, 59, 60, 61, 380
オーデン、ウィスタン・ヒュー（Auden,
Wystan Hugh）　339, 340
オレステス（Orestes）　85, 277, 279, 352, 362
恩寵（Grace）　11, 97, 133, 135, 147, 167,
169, 173, 176, 178, 181, 186, 189, 196, 211,
225, 239, 245, 246, 247, 248, 255, 256, 257,
258

カ

懐疑主義（scepticism）　14, 117, 143, 243
改宗（conversion）　1, 12, 45, 154, 156, 158,
159, 247, 252, 253, 266, 325, 327
ガードナー、ヘレン（Gardner, Helen）　231,
236, 239, 245, 246, 358
神の像（Imago Dei）　252, 326, 343, 364
カルヴァン主義（Calvinism）　7, 154
カルヴァン派（Calvinists）　38, 144
カンタベリー大聖堂（Canterbury Cathedral）
271, 274
カンタベリー・フェスティヴァル（Canterbury
Festival）　270
カント、イマヌエル（Kant, Immanuel）　12,
20, 22, 143
観念的構成体（ideal construction）　50, 245,
342

キ

「黄色いキリスト」（"Yellow Christ"）　32

キルケゴール、セーレン（Kierkegaard, Søren Aabye）　10, 158, 187, 251, 340, 389

『死に至る病』（*Sygdommen til Døden*）　10, 345, 366

ク

クイン、ジョン（Quinn, John ）　71, 337

グールモン、レミ・ド（Gourmont, Rémy de）　60, 252

グロスター（Gloucester）　61, 227, 379

グロスター・ロード（Gloucester Road）　185, 308, 335

グロスタシャー（Gloucestershire）　192

ケ

ケナー、ヒュー（Kenner, Hugh）　12, 21, 22, 65, 71, 111, 194, 350, 354, 357, 360, 384

幻想（hallucination）　35, 45, 51, 54, 55, 59, 80, 81, 99, 115, 117, 147, 173, 248, 286, 324, 342

ケンブリッジ大学（Cambridge University）　14, 96, 148, 165, 189, 312, 381, 388

コ

ゴードン・リンダル（Gordon, Lyndall）　2, 4, 30, 38, 341, 346, 348, 355

コールファックス令夫人（ Colefax, Lady Sibyl）　67

コンラッド、J.（Conrad, Joseph）　70, 93, 102, 128

『闇の奥』（*Heart of Darkness*）　70, 93, 128

サ

サイクス、クリストファー（Sykes, Christopher）　312, 333

サウサンプトン（Southampton）　184, 308

サンタヤーナ、ジョージ（Santayana, George）　29

シ

シアリ、ジョセフ（Chiari, Joseph）　186

自意識（self-consciousness）　1, 4, 10, 11, 14, 15, 23, 25, 29, 34, 37, 38, 39, 42, 53, 54, 55, 119, 125, 141, 142, 173, 191, 247, 251, 276, 316, 342, 387

シェイクスピア、ウイリアム（Shakespeare, William）　26, 109

『テンペスト』（*The Tempest*）　78, 84, 115

シェリング（Friedrich Wilhelm Joseph von Shelling）　48

実在（Reality）　12, 14, 15, 16, 17, 18, 19, 20, 21, 47, 48, 50, 51, 52, 54, 55, 57, 59, 62, 105, 118, 121, 123, 124, 125, 135, 136, 138, 139, 140, 141, 142, 143, 148, 151, 172, 173, 191, 194, 201, 243, 245, 246, 247, 248, 249, 250, 251, 259, 263, 281, 285, 300, 303, 316, 326, 341, 342, 345, 353, 389

シットウェル、デイム・イーディス（Sitwell, Dame Edith）　67, 119

視点（point of view）　15, 20, 34, 49, 51, 52, 53, 54, 55, 105, 111, 117, 118, 122, 123, 124, 125, 127, 131, 139, 141, 143, 172, 187, 199, 247, 250, 251, 258, 262, 287, 295, 298, 307, 322, 325, 342, 352

シフ、シドニー（Schiff, Sidney）　67

シモンズ、アーサー（Symons, Arthur）　26, 27, 263, 379

『文学における象徴主義運動』（*The Symbolist Movement in Literature*　26, 263, 347, 379

十字架の聖ヨハネ（Saint John of the Cross）　159, 173, 178, 199, 202, 213, 214, 287

『魂の暗き夜』（*Dark Night of the Soul*）　173, 199, 202

受肉（Incarnation）　23, 138, 148, 150, 151, 152, 155, 157, 181, 184, 187, 189, 191, 198, 228, 229, 245, 246, 247, 250, 251, 253, 258, 268, 325, 342

シュミット、クリスチャン（Smidt, Kristian）　21, 253, 346, 348, 360, 361, 364

ジョアキム、ハロルド（Joachim, Harold）

60, 252
ジョイス、ジェームズ（James Joyce）　71,
　　110, 327
新観念論（New Idealism）　48
神秘主義（mysticism）　117, 121, 159, 194,
　　325, 387

ス

ステッド、ウィリアム・フォース（Stead,
　　William Force）　2, 153, 154, 158, 343,
　　357
ストラヴィンスキー（Stravinsky, Igor
　　Fedorovich）　333
スペンサー、エドモンド（Spenser, Edmund）
　　90
スペンダー、スティーヴン（Spender, Stephen）
　　3, 4, 64, 101, 113, 247, 313, 325, 339, 344,
　　350, 353, 354, 360, 363, 364
　　『エリオット伝』（Eliot）　3, 4, 344, 350,
　　　353, 354, 360
スミス学院（Smith Academy）　9
スミス、グロヴァー（Smith, Grover）　21,
　　108, 200, 227, 346, 353, 359

セ

聖杯伝説（Grail Romance）　92, 106
セイモアー・ジョーンズ（Carole Seymour-
　　Jones）　260
　　『描かれた影』（Painted Shadow）　260
セイヤー、スコーフィールド（Thayer,
　　Scofield）　61
絶対者（Absolute）　15, 16, 17, 19, 48, 123,
　　138, 139, 141, 142, 144, 146, 148, 151, 172,
　　187, 250, 251, 253, 341, 342, 389
センコート、ロバート（Sencourt, Robert）
　　3, 153, 155, 159, 186, 344
　　『T. S. エリオット──想い出』（T. S. Eliot, A
　　　Memoir）　3
セント・スティーヴン教会（St. Stephen's
　　Church）　185, 186, 308, 311, 335
セント・バーナバス教会（St. Barnabas Church）
　　309, 311
セント・ミカエル教会（St. Michael Church）

205, 334, 384
セントルイス（St. Louis）　4, 5, 6, 8, 9, 220,
　　336, 379

ソ

ソポクレス（Sophokles）　290

タ

大英博物館（British Museum）　60, 66
高柳俊一（Takayanagi Shunichi）　344, 356,
　　361
　　『T. S. エリオット研究』　344
ダーダネルス海峡（Dardanelles）　60, 115
ダン、アニー（Dunne, Annie）　5
ダン、ジョン（Donne, John）　44
ダンテ（Dante, Alighieri）　11, 23, 25, 32, 33,
　　42, 60, 68, 70, 77, 81, 104, 105, 109, 115,
　　130, 135, 146, 147, 148, 153, 158, 169, 173,
　　174, 212, 218, 233, 234, 235, 240, 246, 248,
　　252, 255, 256, 258, 287, 307, 325, 338, 341,
　　360
　　『神曲』（Divina Commedia）　25, 32, 72,
　　　96, 104, 130, 147, 169, 233, 234, 252,
　　　258, 325, 342, 357
　　　『地獄篇』（Inferno）　42, 70, 79, 96, 98,
　　　　104, 115, 130, 212, 233, 235, 240,
　　　　247, 258, 325
　　　『浄罪篇』（Purgatorio）　32, 68, 72, 79,
　　　　93, 95, 108, 115, 146, 147, 173, 177,
　　　　178, 179, 233, 237, 241, 247, 254,
　　　　255, 256, 258, 357, 360, 361
　　　『天国篇』（Paradiso）　11, 77, 131, 133,
　　　　134, 135, 147, 179, 241, 245, 246,
　　　　247, 256, 257, 258, 287, 355, 360, 361
　　『新生』（La Vita Nuova）　248

チ

チータム神父（Cheetham, Father Eri　185,
　　186, 264, 270, 308
チチェスター（Chichester）　66, 264
チッピング・カムデン（Chipping Camden）
　　192, 310
チャイルズ（Childs, Donald J.）　21, 22, 361

『哲学から詩へ』(*From Philosophy to Poetry*) 21

直接経験(immediate experience) 16, 17, 19, 49, 50, 52, 53, 124, 125, 140, 144, 179, 203, 245, 250, 287, 322, 342, 388

ツ

罪意識(awareness of sin) 59, 88, 110, 114, 116, 125, 146, 167, 173, 199, 263, 282, 283, 296, 299, 312, 313, 316, 317, 324, 325, 340, 341

テ

テイラー、ジェレミー(Taylor, Jeremy) 186
　『神聖なる死の規則と行使』(*The Rule and Exercises of Holy Dying*) 186
　『神聖なる生活の規則と行使』(*The Rule and Exercises of Holy Living*) 186
ティリッヒ、ポール(Tillich, Paul) 341
ティレシアス(Tiresias) 73, 88, 93, 113, 114, 191, 352
デカルト、ルネ(Descartes Rene) 22, 143, 349

ト

独我論(solipsism) 19, 59, 123, 124, 125, 138, 353
トマス主義(Thomism) 253, 341, 361
ドライ・サルヴェイジズ(The Dry Salvages) 220, 224, 245
トレヴェリアン、メアリー(Trevelyan, Mary) 259, 311, 333, 363

ニ

ニコルソン、ハロルド(Nicolson, Harold) 158

ノ

ノーサンバランド・ハウス(Northumberland House) 259
ノリッチのジュリアン(Julian of Norwich) 239, 246

ハ

ハイガット・ジュニア・スクール(Highgate Junior School) 66, 112
ハイデガー(Heidegger, Martin) 53, 349
ハイワイコム・グラマー・スクール(High Wycombe Grammar School) 63
ハーヴァード大学(Harvard University) 6, 9, 12, 25, 27, 29, 31, 33, 48, 59, 60, 62, 65, 71, 106, 111, 116, 144, 158, 263, 264, 309, 325, 345, 379, 380
パウンド、エズラ(Pound, Ezra) 26, 33, 60, 61, 66, 67, 68, 69, 70, 71, 72, 98, 102, 110, 114, 153, 308, 309, 326, 327, 336, 337, 338, 339, 354, 365, 380, 383
バガヴァッド・ギーター(*Bhagavad-Gita*) 106, 224, 225, 226, 227
ハクスリー、オールダス(Huxley, Aldous) 66, 67
ハクスリー、ジュリアン(Huxley, Julian) 69, 239, 246
ハッチンソン、メアリー(Hutchinson, Mary) 66, 117
ハート＝デイヴィス、ルーパート(Hart-Davis, Rupert) 334
パトモア、ブリジット(Patmore, Brigit) 117
ハーバート、ジョージ(Herbert, George) 148, 230, 359, 384
バビット、アーヴィング(Babbitt, Irving) 29, 30, 47, 106, 252, 326, 347
ハムステッド(Hampstead) 61
薔薇園(rose-garden) 193, 194, 199, 245, 284, 285, 286, 287, 288, 316
パリ(Paris) 27, 30, 31, 32, 39, 46, 60, 69, 70, 111, 120, 156, 382
ハリファックス卿(Lord Halifax) 153, 155, 156, 157, 264
バーント・ノートン(Burnt Norton) 192, 193, 194, 245, 309, 383

ヒ

ピーター、ジョン(Peter, John) 113

「『荒地』の新解釈」（"A New Interpretation of *The Waste Land*"） 113

BBC　313, 329, 331, 344

ヒューム、デイヴィッド（Hulme, David）　12

ヒューム、T. E.（Hulme T. E.）　59, 60, 326, 327

ピューリタニズム（Puritanism）　9

ピューリタン（Puritan）　38, 125, 340

ヒンクリー、エリナー（Hinkley, Eleanor）　61

フ

フェイバー社（Faber and Faber）　71, 204, 218, 220, 230, 259, 337

フェラー、ニコラス（Ferrar, Nicholas）　230

『不可知の雲』（*Cloud of Unknowing*）　244, 360

フッカー、リチャード（Hooker, Richard）　148

ブラウン、E. マーティン（Browne, E. Martin）　264, 289, 290, 291, 324, 362, 363, 364, 382

ブラッドリー、F. H.（Bradley, F. H.）　12, 13, 14, 15, 16, 17, 18, 19, 20, 21, 22, 23, 45, 48, 49, 50, 51, 56, 60, 64, 104, 105, 117, 122, 123, 124, 125, 135, 138, 139, 141, 142, 143, 144, 148, 151, 166, 172, 179, 189, 194, 199, 201, 202, 219, 248, 249, 250, 251, 258, 259, 287, 294, 303, 304, 329, 331, 332, 341, 342, 345, 346, 349, 350, 353, 361, 379, 380

『現象と実在』（*Appearance and Reality*）　15, 16, 17, 18, 19, 49, 105, 122, 123, 124, 135, 138, 141, 142, 143, 144, 151, 166, 201, 243, 249, 251, 345, 353, 360, 379

『真理と実在』（*Essays on Truth and Reality*）　19, 143, 151, 355

『評論集』（*Collected Essays*）　139, 356

『倫理学研究』（*Ethical Studies*）　15, 17, 49, 143, 151, 331, 332, 345, 360

『論理学原理』（*The Principles of Logic*）　15, 49, 345

フリント、F. S.（F. S. Flint）　339

ブルームズベリー・グループ（Bloomsbury

Group）　67, 119, 380

フレイザー（Frazer, James George）　72, 351

『金枝篇』（*The Golden Bough*）　72, 79, 351, 352, 357

フロスト、ロバート（Frost, Robert）　336, 337, 365

ヘ

ベアトリーチェ（Beatrice）　77, 146, 147, 148, 169, 248, 255, 256

ヘイ＝ウッド、モーリス（Haigh Wood, Maurice）　61, 184, 259, 260, 333

ヘイル、エミリー（Hale, Emily）　115, 116, 192, 194, 309, 310, 311, 333, 379, 382

ヘイワード、ジョン（Hayward, John）　189, 236, 239, 259, 261, 312 346, 383

ベケット、トマス（Becket Archbishop Thomas）　193, 194, 270, 271, 272, 273, 275, 276, 277

ヘーゲル、ゲオルク・ヴィルヘルム・フリードリッヒ（Hegel, Georg Wilhelm Friedrich）　5, 12, 13, 14, 21, 22, 47, 151, 331, 345

ベーコン神父（Bacon, Father）　186

ヘッセ、ヘルマン（Hesse, Herman）　101

『混沌への一瞥』（*Blick ins Chaos*）　101

ヘミングウェイ、アーネスト（Hemingway, Ernest）　308

ヘラクレイトス（Heraclitus）　191, 196

ベルグソン、アンリ（Henri Bergson）　45, 46, 47, 49, 111, 118, 253, 279, 346, 348, 349, 379

ベル、ジョージ（Bell, George）　264

ホ

ボストン（Boston）　6, 9, 25, 32, 116, 185, 220, 310, 379

ボードレール、シャルル（Baudelaire, Charles）　25, 26, 79, 80, 112, 326, 327

ボニー・アンド・リヴァライト社（Boni and Liveright）　71

ポープ、アレキサンダー（Pope, Alexander）　70

ボルガン、アン（Bolgan, Anne）　12, 22, 346, 347, 384, 385, 388

ホワイトヘッド、アルフレッド・ノース
　（Whitehead, A. N.）　48, 60

マ

マイノング、アレクシウス（Alexius Meinong）
　21, 62
マーゲート（Margate）　69, 93, 94, 95
マシューズ、T. S.（Matthews, T. S.）　1, 3,
　116, 117, 309
　『評伝 T. S. エリオット』（Great Tom）　3,
　　343, 344, 350, 354, 356, 362, 363, 365,
　　366
マリー、ジョン・ミドルトン（Murry, John
　Middleton）　67, 68, 167, 249, 339
マリタン、ジャック（Maritain, Jacques）
　253, 339, 361

ミ

ミシシッピー川（Mississippi River）　5, 220,
　336
ミュンヘン（Munich）　31, 32, 60, 289
ミラー、ジェイムズ・E（Miller, James E.）
　114
　『エリオットの私的「荒地」──悪霊の悪魔
　　祓い』（T. S. Eliot's Personal Waste Land:
　　Exorcism of the Demons）　114
ミルトン学院（Milton Academy）　9
ミルトン、ジョン（Milton, John）　85, 212
　『サムソン・アゴニスティーズ』（Samson
　　Agonistes）　85, 212

ム

村田辰夫　345

メ

メリタス（Mellitus）　266
メリット勲位（Order of Merit）　334, 335,
　336, 339, 383

モ

モア、ポール・エルマー（More, Paul Elmer）
　106, 159
モーラス、シャルル（Maurras, Charles）

31, 339
モーリー、フランク（Morley, Frank）　185,
　197, 313, 339
モレル、オットリン（Morrell, Ottoline）
　62, 66, 69

ユ

ユニテリアン（Unitarian）　6, 7, 8, 9, 38, 116,
　144, 157, 310, 331, 341, 379

ラ

ライプニッツ、ゴットフリート・ヴィルヘル
　ム（Leibniz, Gottfied Wilhelm）　121,
　122, 123, 142
ラッセル、バートランド（Russell, Bertrand）
　21, 47, 49, 60, 62, 63, 64, 66, 69, 344, 350,
　380
ラフォルグ、ジュール（Lafarge, Jules）　26,
　27, 29, 30, 43, 80, 110, 309, 326, 379
ランマン、C. R.（Lanman, Charles Rockwell）
　106

リ

リチャーズ、I. A.（Richards, I. A.）　68
リード、ハーバート（Read, Herbert）　9,
　127, 152, 313, 336, 339, 340, 345
リトル・ギディング（Little Gidding）　230,
　231, 238, 245, 382, 389

ル

ルイス、ウィンダム（Lewis, Wyndham）
　65, 67, 337, 338, 339

レ

霊的自伝（spiritual autobiography）　2, 22, 38,
　306, 342, 346
レイン、クレイグ（Raine, Craig）　130

ロ

ロイス、ジョサイア（Josiah Royce）　15, 48
ロイズ銀行（Lloyds Bank）　66, 381
ローザンヌ（Lausanne）　69, 71, 111, 351
ローマ・カトリック教会（Roman Catholic

Church） 156, 381

ロマンティシズム（romanticism） 47, 50,
326

ロンドン（London） 60, 63, 66, 68, 69, 70,
79, 80, 88, 90, 93, 95, 96, 120, 153, 155,
156, 185, 199, 233, 234, 242, 268, 269, 290,
291, 295, 300, 309, 316, 336, 337, 355, 363,
379, 380, 381, 382, 384

わ

ワグナー、ヴィルヘルム・リヒャルト
（Wagner, W. R.） 32, 76, 92, 93
『トリスタンとイゾルテ』（*Tristan und
Isolde*） 76

【著者略歴】

岡田　弥生 （おかだ・やよい）

神戸出身。神戸女学院大学大学院文学研究科英文学専攻修士課程修了
博士（文学）学位取得（関西学院大学大学院文学研究科）

2002 年、2012 年　イギリス、ケンブリッジ大学客員教授。
現　　在　関西学院大学大学院言語コミュニケーション文化研究科、関西学院大学
　　　　　社会学部教授。

〈主要業績〉
マイケル・グリーン著『逃避にはしる現代人』（共訳）すぐ書房、1987 年。
『ウィリアム・フォークナーのキリスト像──ジェレミー・テイラーから読み解く』
関西学院大学出版会、2010 年。その他　英文論文多数。

関西学院大学研究叢書　第 197 編

「眼」から「薔薇」へ
F. H. ブラッドリー哲学から読み解く T. S. エリオットの自意識の変容

2018 年 3 月 31 日初版第一刷発行

著　　者　　岡田弥生

発行者　　田中きく代
発行所　　関西学院大学出版会
所在地　　〒 662-0891
　　　　　兵庫県西宮市上ケ原一番町 1-155
電　話　　0798-53-7002

印　刷　　株式会社クイックス

©2018 Yayoi Okada
Printed in Japan by Kwansei Gakuin University Press
ISBN 978-4-86283-254-2
乱丁・落丁本はお取り替えいたします。
本書の全部または一部を無断で複写・複製することを禁じます。